HEYNE<

Zum Buch

Als die zarte Sonia Bonneval erfährt, dass sie Jean Pierre Rouillard heiraten soll, ist sie entsetzt: Ihr Zukünftiger ist zwar reich, doch für seine Skrupellosigkeit und Grobheit berüchtigt. Sonia plant ihrer bevorstehenden Hochzeit auf der Überfahrt von Louisiana nach Mexiko zu entfliehen. Aber dann begleitet sie der Fechtmeister Kerr Wallace – um ihren Schutz zu garantieren. Ihre Fluchtpläne sind vereitelt und Sonia lässt ihre Wut und Enttäuschung an Kerr aus. Der ist ebenfalls nicht gerade begeistert von der Aufgabe, den Leibwächter der in seinen Augen kapriziösen und verwöhnten Sonia zu spielen. Beide jedoch haben die Gefahren der Seereise unterschätzt: Ihr Schiff wird überfallen und sie finden sich unerwartet an Land einer einsamen Insel wieder – allein. Dort sind ihren Gefühlen keine Grenzen gesetzt …

Pressestimmen

»Verführerische, attraktive Helden … gutgemacht, Ms Blake!«
– *The Romance Readers Connection*

Zur Autorin

Jennifer Blake gehört seit den 70er-Jahren zu den bekanntesten und erfolgreichsten Liebesromanautorinnen. Sie hat bisher eine große Anzahl äußerst erfolgreicher Romane veröffentlicht, die ihr eine ständig wachsende Fangemeinde bescheren. Jennifer Blake ist verheiratet, hat vier Kinder und lebt mit ihrer Familie in Louisiana.

Lieferbare Titel

»Kampf der Gefühle« (978-3-453-49009-3)
»Schwerter der Liebe« (978-3-453-49008-6)
»Gefechte der Leidenschaft« (978-3-453-49007-9)
»Rächer des Herzens« (978-3-453-49006-2)

JENNIFER BLAKE

Duell der Leidenschaft

Roman

*Aus dem Amerikanischen von
Ralph Sander*

**WILHELM HEYNE VERLAG
MÜNCHEN**

Das Original GALLANT MATCH
(CHALLENGE TO HONOR) erschien
bei Mira Books

Verlagsgruppe Random House FSC-DEU-0100
Das für dieses Buch verwendete FSC-zertifizierte Papier
Holmen Book Cream liefert Holmen Paper, Hallstavic, Schweden.

Vollständige Erstausgabe 05/2009
Copyright © 2009 by Jennifer Blake
Copyright © 2009 der deutschen Ausgabe
by Wilhelm Heyne Verlag, München,
in der Verlagsgruppe Random House GmbH
Printed in Germany 2009
Umschlagillustration: © Daeni, Pino via Agentur Schlück
Umschlaggestaltung: Nele Schütz Design, München
Satz: IBV Satz- und Datentechnik GmbH, Berlin
Druck und Bindung: GGP Media Gmbh, Pößneck

ISBN: 978-3-453-49010-9

www.heyne.de

Erstes Kapitel

New Orleans, Louisiana/Mai 1846

Der Regen hielt sich so hartnäckig wie die Tränen einer Witwe. Sonia Bonneval sah durch den Vorhang aus silbrigen Fäden, die vom Dach herabfielen, sich auf den harten Blättern der Fächerpalmen und auf dem Boden des Innenhofs verteilten, wo sich das Regenwasser mit jenem Rinnsal vereinte, das im offenen Ablauf in Richtung Tordurchfahrt floss. Im Licht der Pechfackel an dieser dunklen, tunnelgleichen Einfahrt zum Innenhof nahmen die Regentropfen einen kupfernen Glanz an. Von ihrem Versteck hinter einer Blauregenranke, die am Galeriepfeiler vor der Garçonnière nach oben wuchs, beobachtete Sonia aufmerksam den Durchgang. Jeden Moment musste Vaters heimlicher Besucher daraus hervortreten wie ein aus dem Hades aufsteigender Dämon.

Nur wenige Augenblicke zuvor war die Glocke an der Halbtür geläutet worden, und Vaters Majordomus Eugene hatte sich auf der Freitreppe nach unten begeben, um dem Besuch zu öffnen. Eugene war ein Mann, dessen Gesicht ihn deutlich älter wirken ließ als die dreißig Jahre, die er in Wahrheit zählte, und der stets mit knappen, präzisen Bewegungen auftrat. Sie konnte ihn jetzt eine ehrerbietige Begrüßung aussprechen hören, eine tiefe Stimme antwortete ihm, die kraftvoll und zielgerichtet klang. Dann kamen beide, Eugene mit schlurfenden und der Gast mit ausholenden und resoluten Schritten, durch die Einfahrt.

Schatten bewegten sich in der Düsternis und wurden länger, als die beiden Männer an der Laterne vorbeigingen und durch den Torbogen traten.

In ihrem Versteck musste Sonia beim Anblick des Besuchers nach Atem ringen.

Der Fremde erschien ihr ungeheuer groß zu sein, und der Eindruck wurde durch den wallenden langen Mantel noch verstärkt, der ihm bis zu den Knöcheln reichte. Seine Schultern waren so breit, dass es schien, als würden sie die gesamte Durchfahrt ausfüllen. Sein Zylinder berührte fast die Decke, den er absolut gerade aufgesetzt hatte, nicht etwa schräg, wie es der Mode entsprach. Von Sonias Platz aus war es unmöglich, sein Gesicht zu sehen. Sie konnte lediglich erkennen, dass er seinen Stock wie eine Waffe in der Hand trug.

Gewaltig. Dieser Mann war einfach gewaltig.

Abrupt drehte er den Kopf zur Seite und sein Blick richtete sich auf die Stelle, wo sie sich versteckt hielt. Er konnte sie dort nicht sehen, das war völlig unmöglich. Doch eine Art animalischer Instinkt schien seinen Blick in ihre Richtung zu dirigieren. Sie fühlte sich wie angewurzelt, als würde sie sich nie wieder bewegen können. Ihr stockte der Atem, und das Herz hämmerte in ihrer Brust. Ein Kribbeln auf ihrer Haut schien sie vor einer drohenden Gefahr warnen zu wollen. Die Nacht wurde ganz still, als warte sie darauf, dass sich etwas ereignete.

Eugene war an der Treppe angekommen, die zum Laubengang des Stadthauses führte. Dort blieb er kurz stehen, das schwache Licht aus den Zimmern im ersten Stock fiel auf seine walnussbraune Haut, als er sich zu dem Besucher umdrehte. »Hier entlang, Monsieur.«

Der Mann schaute den Majordomus an, zögerte noch einen Moment, bis er ihm schließlich zur Treppe folgte.

Sonia legte eine Hand auf ihre Brust. Ihr Atem ging so hastig, als würde sie vor dem Fremden davonlaufen, obwohl sie doch nur dastand und verfolgte, wie er sich in gemächlichem Tempo in das erste Stockwerk ihres Hauses begab.

Sie hätte sich gar nicht hier aufhalten dürfen, denn sie sollte nichts von der Ankunft dieses mitternächtlichen Gastes wissen. Wie typisch für ihren Papa, ihr das zu verschweigen, als ginge sie die Angelegenheit nichts an, die den Mann herführte. Ihr Vater wollte sie vor vollendete Tatsachen stellen, wenn er ihr den Gentleman präsentierte, wobei er sich zweifellos auf ihre guten Manieren verließ, um jeden ihrer Einwände im Keim zu ersticken.

Dass ihr Vater diesen Fehler beging, verwunderte sie nicht. Er hatte sie noch nie verstanden und sich auch nie die Zeit genommen, es wenigstens zu versuchen.

Natürlich bestand die Möglichkeit, dass auch dieser neueste Bewerber für die ihrem Vater vorschwebende Stelle nicht seine Gunst für sich gewann und nach einer gründlichen Befragung so wie alle anderen vor ihm auch weggeschickt wurde. Sie betete, es möge so ausgehen, doch verlassen konnte sie sich darauf nicht.

Dieser Mann unterschied sich deutlich von den anderen. Er wirkte nicht wie ein vagabundierender Abenteurer oder ein Spieler, der zu einem zuträglicheren Hafen mitgenommen werden wollte. Er bewegte sich mit Entschlossenheit und erweckte den Eindruck, mühelos jede Aufgabe erfüllen zu können, die ihm womöglich übertragen wurde. Er war der Inbegriff maskuliner Bedrohung.

Sonia zog das indische Tuch enger um ihre Schultern, da ihr mit einem Mal ein Schauer über den Rücken lief. Dass irgendwann jemand kommen würde, der der Aufgabe gewachsen war, hatte sie von Anfang an gewusst. Doch ihrer Hoffnung nach hätte ihr mehr Zeit bleiben sollen. Ihre Pläne mussten unverzüglich umgesetzt werden, eine weitere Verzögerung konnte sie sich nicht erlauben.

Das zwischen Mobile und New Orleans verkehrende Dampfboot würde in ein oder zwei Tagen im Hafen anlegen. Sonia konnte nur inständig hoffen, dass ihre Großmutter an Bord war, weil sie nicht wusste, was sie sonst machen sollte.

Aber stimmte das wirklich? Sie hielt inne, als ihr eine Idee durch den Kopf ging.

Angenommen, der Gentleman ließ sich davon abbringen, den Posten anzunehmen. Das könnte passieren, wenn er seiner Schutzbefohlenen mit Abneigung begegnete, überlegte sie konzentriert. Kaum ein Gentleman wollte es mit einer Vettel aufnehmen, und erst recht waren sie nicht dafür zu begeistern, mit einer solchen viele Tage hintereinander zu verbringen. Wenn nötig, konnte sie eine Vettel sein. O ja, ganz bestimmt konnte sie das.

Mit Standhaftigkeit und Kühnheit würde sie ein oder zwei Wochen Zeit gewinnen, auch wenn ihr davor graute, sich dem Zorn ihres Vaters zu stellen. Ihr schauderte, als sie sich vorstellte, wie er ihr die kalte Schulter zeigte, was für sie viel schlimmer war als ein Wutausbruch.

Als Kind hatte sie immer dieses Gefühl gefürchtet, ihn enttäuscht und sich selbst in Verlegenheit gebracht zu haben. Alles hätte sie getan, damit er sie wieder anlächelte. Ihr tat es nicht mehr weh, seit sie erkannt hatte, dass er auf diese Weise nur ihren Gehorsam erzwingen wollte, um sie gefügig und von ihm abhängig zu machen. Dennoch verursachte es ihr auch danach immer noch Magenschmerzen.

Jetzt darüber nachzudenken half ihr allerdings nicht weiter. Wenn er das ganze Ausmaß ihres Täuschungsmanövers durchschaute, würde sie längst über alle Berge sein. Außerdem waren manche Dinge das mit ihnen verbundene Risiko wert.

Auf dem Laubengang gegenüber blieben Eugene und der Besucher vor der Tür zum Arbeits- und Rauchzimmer ihres Vaters stehen, wo Eugene ihm Mantel und Stock abnahm und ihm die Tür öffnete. Der Gentleman fuhr sich durchs Haar, straffte die Schultern und betrat dann den Raum.

Der kurze Blick, den Sonia auf sein Gesicht erhaschen konnte, genügte, dass ihr zum zweiten Mal an diesem Abend die Luft wegblieb. Dieses Gesicht hatte etwas Fesselndes, und unter dem vollen Haar von der Farbe von Eichenblättern im Herbst wirkte es nahezu streng. Ihr entgingen auch nicht seine tief liegenden Augen, die im schwachen Licht beinahe wie leere Höhlen wirkten, wäre da nicht das kurze silbrige Aufblitzen zu sehen gewesen. Sein kantiges Gesicht und das entschlossen gereckte Kinn strahlten eine raue, nahezu urtümliche Form männlicher Schönheit aus, wie sie sie noch nie erlebt hatte. Was sie entsetzte, war die Tatsache, dass sie sich tief im Bauch bei diesem Anblick zu verkrampfen begann.

Er war Amerikaner, überlegte sie. Sehr wahrscheinlich ein *Kaintuck*, wie die französischen Kreolen die Leute aus den wilden Bergregionen von Kentucky und Tennessee nannten. Sie waren ein Völkchen für sich, und als solches verhielten sie sich Frauen gegenüber weniger manierlich und zuvorkommend als die Männer aus dem Vieux Carré. Einige von ihnen waren regelrechte Grobiane, die ihre mit Schweinen, Mais und Maisschnaps beladenen Kielboote flussabwärts steuerten. Das Geld, das sie damit verdienten, brachten sie in den heruntergekommenen Stadtteilen wieder durch, wo sie sich betranken, mit Fäusten und Füßen kämpften und sich den abscheulichsten Ausschweifungen hingaben.

Andere von ihrem Schlag – Amerikaner aus dem Norden und dem Osten – besaßen zwar mehr Schliff, doch auch ihnen fehlte es an gesellschaftlichem Charme und Esprit sowie an der Fähigkeit zu einer zivilisierten Konversation. Ihnen schien es nur darum zu gehen, ihren Reichtum zu mehren. Sie schauten auf alles herab, was sie für die gottlosen Gewohnheiten der französisch-kreolischen Gesellschaft hielten. Und warum? Nur weil die Gentlemen im Vieux Carré von New Orleans sich lieber amüsierten, anstatt jedem *piastre* nachzurennen, und weil ihre Ladys Mode *à la Parisienne* bevorzugten und der Natur ein wenig nachhalfen, indem sie sich dezent schminkten.

Und diese Amerikaner sprachen sich auch dagegen aus,

dass Theater und Spielhallen am Sonntag geöffnet hatten. Ebenso hatten sie etwas gegen die freundliche Angewohnheit von Gastgeberinnen, für Tanzmusik zu sorgen, wenn sie am Sonnabend zu einer Soiree einluden. Wie arrogant sie doch waren, wenn sie glaubten, es sei tugendhafter, in unmoderner Kleidung bis oben zugeknöpft dazusitzen und einander in die ernsten Gesichter zu starren, anstatt sich gut zu kleiden und sich zu vergnügen, wenn man mit *le bon Dieu* seinen Frieden geschlossen hatte.

Zu ihrem Vater hätte es gepasst, sich für diesen Mann allein wegen seiner Herkunft zu entscheiden. Papa würde schon darauf achten, dass nichts an dessen Gebaren oder Auftreten auf sie anziehend wirkte, und in diesem Fall lag er damit auch genau richtig.

Mére de Dieu! Aber sie musste alles daransetzen, um zu verhindern, dass die Wahl auf den *Kaintuck* fiel.

Nachdem sie in ihr Schlafzimmer zurückgekehrt war, ging Sonia zum Kamin und zündete an den auf dem Rost liegenden glühenden Kohlen einen Fidibus an.

Damit begab sie sich zu den Kerzen in den Leuchtern zu beiden Seiten ihres Frisierspiegels und zündete sie an. Der helle Lichtschein ließ ihr rotes Haar so erstrahlen, dass ihr Gesicht im Vergleich dazu kreidebleich erschien. Ihre Augen wirkten darin wie zwei brennende blaue Punkte, umgeben von lavendelfarbenen Schatten als Reaktion ihres Körpers auf die letzten Wochen, die beileibe nicht einfach gewesen waren.

An ihrem Toilettentisch sitzend, dachte sie noch einen Moment lang über den Gast ihres Vaters nach. Was würde der wohl zu einer übermäßig geschminkten Vettel sagen?

Von einem plötzlichen Entschluss erfasst, ließ sie das Schultertuch fallen und griff mit beiden Händen den Saum ihres Mieders, um es ein Stück nach unten zu ziehen, damit die Wölbung ihrer Brüste deutlicher in den Mittelpunkt rückte. Das Ergebnis hatte etwas nahezu Verruchtes, was genau ihrer Absicht entsprach. Als Nächstes griff sie nach einem kleinen Päckchen mit rotem Schminkpapier, das auf dem Tisch lag, zog ein Blatt heraus und rieb es fest über ihre Wangen. Dann benetzte sie mit der Zunge ihre Lippen und drückte das Papier darauf, doch der Effekt genügte ihr noch nicht. Wagemutig rieb sie mit dem Blatt über ihre Augenlider, folgte dem Schwung ihres Halses und schob es zwischen ihre Brüste. So sah das schon besser aus.

Sie griff zu einem Pinsel und ein wenig Öl, um ihre Wimpern mit Lampenruß zu schwärzen. Als die Tür zu ihrem Zimmer aufging, erschrak sie sich so, dass ihr fast der Pinsel aus der Hand gefallen wäre.

»*Chère*! Was machst du denn da? Du siehst ja aus wie das Abbild einer Dirne!«

Mit trotzigem Blick betrachtete sie das Spiegelbild der gepflegten älteren Lady in der Türöffnung. »Genau das ist meine Absicht, Tante Lily.«

»Wie meinst du denn das? Dein Papa wird entrüstet sein.«

»Das ist es mir wert, wenn der Gentleman, der ihn besucht, genauso reagiert. Außerdem weißt du genau, was du sagen musst, um Papa zu beschwichtigen und die Wogen zu glätten.«

Ihre Tante – seit vielen Jahren ihre Anstandsdame – kam herein und schloss hinter sich die Tür. »Aber nein, *chère*«, sagte sie und setzte eine besorgte Miene auf. »Dezent ist all das, was die Schönheit betont. Das habe ich dir doch schon so oft gesagt, dass …« Mitten im Satz hielt sie inne. »Gentleman? Was für ein Gentleman? Ich weiß von keinem Gentleman.«

»Ein Amerikaner. Nach dem Aussehen zu urteilen ein *Kaintuck*. Ich glaube, die mögen ihre Frau blass und schwach, und die Kleider müssen sie so hochgeschlossen wie Nonnen tragen. Sich zu schminken betrachten sie als Teufelswerk.«

»Dann willst du, dass dieser Amerikaner dich abstoßend findet? Im Namen aller Heiligen, warum denn das?«

»Damit er den Posten ablehnt, den Papa ihm in diesen Minuten anbietet. Warum wohl sonst?«

Ihre Tante legte eine Hand an die Schläfe. »Was denn, noch ein Kandidat, der auf dich aufpassen soll? Vielleicht wird er ja so wie die anderen weggeschickt.«

»Ich fürchte, das wird nicht der Fall sein. Er ist … anders.«

»Trotz allem ist er auch ein Mann, zumindest sollte man das annehmen. Wenn er die Gunst deines Papas gewinnt, dann wird er den Posten *tout de suite* in der Hoffnung annehmen, dass du tatsächlich die liederliche Frau bist, als die du dich präsentierst. Nein, wirklich, *chère*, das wird nicht funktionieren.«

Skeptisch betrachtete Sonia ihr Spiegelbild, ehe sie wieder zu ihrer Tante sah. »Glaubst du, ich habe es übertrieben?«

»Ganz bestimmt.«

Ihre Tante Lily kannte sich in solchen Dingen besser aus als sie selbst. Zweimal war Lily verheiratet gewesen, beide Male wurde sie Witwe, und als immer noch gut aussehende Frau genoss sie regelmäßig die Gesellschaft verschiedener älterer Gentlemen. Diese Verehrer buhlten darum, wer ihren Fächer oder ihre Tanzkarte halten durfte, sie boten ihr den Arm an, um ihr bei ein paar Stufen oder an der Bordsteinkante zu helfen. An den Besuchstagen kamen sie zu ihr und sorgten mit charmanten Unterhaltungen für ihren Zeitvertreib.

Dabei wurden sie von Tante Lily kaum einmal zu einem solchen Engagement aufgefordert. Nach Sonias Empfinden genoss sie es einfach, von Männern umschwärmt zu werden. Sie wäre vielleicht zu einer dritten Ehe bereit gewesen, doch sie hatte ihren Haushalt aufgegeben, um Anstandsdame für Sonia zu sein, die einzige Tochter ihrer Schwester, die nun schon seit so vielen Jahren tot war. Dank ihrer *corsetière* und Schneiderin konnte sie eine tadellose Figur vorweisen, und ihr glänzendes Haar ließ nicht erkennen, dass sie schwarzen Kaffee benutzte, um das ursprüngliche Goldbraun zu erhalten. Auch ihre Wimpern hätten von Natur aus so dunkel sein können, wäre Sonia nicht das Gegenteil bekannt gewesen. Sonias größter Wunsch war es, in diesem Alter noch so auszusehen wie ihre Tante. Allerdings würde sie nach Möglichkeit versuchen, einer Ehe aus dem Weg zu gehen, erst recht einer zweiten!

»Das muss ausreichen«, sagte Sonia schließlich. »Ich wüsste nämlich nicht, wie ich den Mann sonst entmutigen könnte.« Sie wandte sich vom Spiegel ab und hob das Schultertuch auf, das sie auf den Boden hatte fallen lassen. »Mit ein wenig Glück wird er genauso moralisierend und ablehnend reagieren wie die anderen seiner Art. Wünschst du mir *bonne chance.*«

Auch wenn ihre Tante dazu neigte, sie zu schelten, unternahm sie darüber hinaus wenig, um ihre Schutzbefohlene im Zaum zu halten. »Von ganzem Herzen«, antwortete sie – in ihren braunen Augen lag ein besorgter Ausdruck –, »auch wenn ich nach wie vor glaube, dass du einen Fehler begehst.«

»Wenn er sich davon nicht abschrecken lässt, dann werde ich mir eben etwas anderes ausdenken müssen, nicht wahr?« Sonia lächelte, als sie über die Schulter zu ihrer Tante blickte. Dann atmete sie tief durch, um sich zu entspannen, und schwebte regelrecht aus dem Zimmer.

Zweites Kapitel

Kerr Wallace erhob sich von seinem Platz, als ein Wirbelwind aus Seide, Spitze und betörendem Parfümduft ins Zimmer gestürmt kam. Seine Geste war natürlich eine höfliche Reaktion gegenüber einer Lady, zugleich erhob er sich aber aus dem Sessel, weil der Auftritt dieser Lady ihn auf das Äußerste beunruhigte. Das konnte doch nicht die Tochter sein, die eine Begleitung zu ihrer Hochzeit benötigte. Nicht dieses Geschöpf mit rotem Haar, aufblitzenden Augen und zarten milchig weißen Brüsten, denen der Kerzenschein einen rosigen seidigen Glanz verlieh.

Falls ja, dann hätte er mehr als genug zu tun.

Warum in Gottes Namen konnte sie nicht nachlässig gekleidet und demütig sein, flachbrüstig und mit einem schielenden Auge? Mit einer solchen Frau wäre er wohl zurechtgekommen.

Aber er hätte es ohnehin wissen sollen. Ein Mann wie Jean Pierre Rouillard konnte keine schlichte Braut haben, sondern es musste einfach die schönste und feinste sein. Wenn nicht seine Eitelkeit, dann verlangte allein schon sein Stolz das.

Auch sein Gastgeber Monsieur Bonneval war aufgesprungen, jedoch zeigte sein Gesicht einen missbilligenden Ausdruck, so als würde er oft eine solche Miene aufsetzen, sodass die tiefen Falten wie eingemeißelt wirkten. »Sonia, *ma chère*, du störst eine geschäftliche Angelegenheit. Lass uns bitte allein.«

Kerr entging nicht, dass die Worte als Befehl gemeint waren. Die Lady ließ sich davon allerdings nicht beeindrucken, sondern trat einen Schritt vor und streckte ihm die Hand entgegen. »Aber wir haben einen Gast, Papa«, sagte sie und warf nur einen kurzen Blick über die Schulter. »Er muss willkommen geheißen werden. Willst du mich ihm nicht vorstellen?«

»Sonia!«

Unter dem Rot ihrer Wangen wurde sie ein wenig blasser, wie Kerr bemerkte. Er bedauerte, die Ursache für diese Reaktion zu sein, und er sah keinen Grund, warum es so weitergehen sollte. Außerdem missfiel ihm der Gedanke, so lange nicht würdig zu sein, Bonnevals Tochter vorgestellt zu werden, bis er für den fraglichen Posten endgültig ausgewählt worden war.

»Kerr Wallace, zu Ihren Diensten, Mademoiselle.« Er beugte sich über ihre Hand und hielt sie locker und recht ungelenk, da die junge Lady keine Handschuhe trug und er seine eigenen dem Butler übergeben hatte, der ihn ins Haus ließ.

»Sehr erfreut, Monsieur Wallace, und ich bin Sonia Blanche Amalie Bonneval. Ich glaube, Sie und mein Vater besprechen die Reise zu meiner Hochzeit, nicht wahr?«

»Das ist richtig.«

Ihre Finger fühlten sich kühl an und zitterten ein wenig, so als koste es sie große Mühe, die Fassung zu wahren. Er ließ es sich nicht anmerken, doch unwillkürlich überlegte er, was der Grund dafür sein mochte. Und genauso fragte er sich, welchen Hintergrund die angespannte Stimmung zwischen Vater und Tochter haben mochte. Nicht, dass es ihn etwas anginge, schließlich war er nur aus einem einzigen Grund hier. Was es mit den Menschen auf sich hatte, die damit im Zusammenhang standen, zählte letztlich nicht. Nicht einmal dann, wenn die Berührung der Lady wie betäubend durch seinen Arm jagte, als sei er vom Blitz getroffen worden.

Er hätte ihre Hand längst losgelassen, doch sie gestattete es ihm nicht. Sie klammerte sich an ihn und schien mit aufgerissenen Augen etwas in seinem Gesicht zu suchen. Ihre Wimpern leuchteten nahe dem Lid kastanienrot, während sie an den Spitzen sonderbarerweise schwarz waren. Die Augen selbst hatten den blaugrauen Farbton eines stürmischen, bewölkten Himmels, darüber lag ein trügerischer Hauch von Immergrün wie der von Bergastern im Herbst. Und so wie ein stürmischer Himmel kündigten auch diese Augen an, dass große Probleme folgen sollten.

»Ich befürchte jedoch, es könnte eine gefährliche Reise werden, wenn man bedenkt, dass über uns die schreckliche Bedrohung eines Krieges schwebt«, fuhr sie fort und hielt ihn fester, sodass ihre Hand von seiner schwieligen Handfläche allmählich gewärmt wurde. »Sie schrecken davor nicht zurück?«

»Unsinn«, warf Monsieur Bonneval mit einem gereizten Unterton ein. »Ein paar Scharmützel entlang der Grenze stellen schließlich keinen Krieg dar. Es gibt absolut nichts zu befürchten.«

Die Lady nahm ihren Vater kaum zur Kenntnis, was Kerr dazu veranlasste, vieles von der Strenge des Mannes als Wichtigtuerei abzutun. Ihre ganze Aufmerksamkeit galt ihm, dem Gast. »Und, Monsieur? Stimmen Sie dieser Ansicht zu?«

Kerr hatte Mühe, sich auf ihre Worte zu konzentrieren, da er nur noch diese Lippen wahrnahm, über die sie kamen – diese sanft geschwungenen, vollen Lippen. So verlockend waren sie, und so sehr wollte er ihre Süße kosten, dass ihm allein bei ihrem Anblick bereits das Wasser im Mund zusammenlief. Auf ihren Mund zu starren war sicher nicht das Klügste, was er in diesem Moment tun konnte, doch es schien ihm die bessere Lösung, da er sonst auf ihr verlockendes Dekolleté gestarrt hätte, das sie ihm so offenherzig präsentierte. Und obwohl er fortsah, spürte er, wie sein Körper reagierte und heißes Blut durch seine Adern schickte.

Gleichzeitig bemerkte er ein Kribbeln im Nacken, eine Warnung, von der er seit einigen Jahren wusste, dass er sie nicht ignorieren durfte. Auslöser dafür musste wohl der sehr abschätzende Blick sein, den er in den Tiefen ihrer Augen ausmachen konnte.

»Oh, es wird Krieg geben«, entgegnete er in ruhigem Tonfall, der jedoch eine Spur schroffer als beabsichtigt war.

»Dann ist die Situation gefährlich.«

»Das könnte sein.«

»Papa glaubt, es macht nichts aus. Er ist der Meinung, Zivilisten und vor allem Frauen werden in Sicherheit sein, ganz gleich, was kommen wird. Was denken Sie? Werde ich in Sicherheit sein?«

Kerrs persönliche Meinung war, dass Bonneval mexikanischem Edelmut zu große Bedeutung zumaß. Oder aber der Mann interessierte sich nicht weiter für das Wohl seiner Tochter. Diese Frage kümmerte ihn aber genauso wenig wie die Reibereien zwischen den beiden. Er wollte von Bonneval nur die Zusage bekommen, dass er die zukünftige Braut begleiten sollte. Er brauchte diesen Auftrag, um nach Mexiko zu gelangen und sich Zutritt zu Rouillards Haus zu verschaffen – weiter nichts.

»Ich bezweifle, dass Ihr Vater Sie vorsätzlich in Gefahr bringen würde«, antwortete er bewusst diplomatisch.

»Sind Sie sich denn sicher, dass Sie selbst diese Reise unternehmen wollen?«

»Ich hatte von vornherein die Reise geplant. Da kann ich diese Gelegenheit nutzen, die sich mir hier bietet.« Das waren klare und deutliche Worte, doch Kerr verscheuchte sie aus seinem Gedächtnis, kaum dass er sie ausgesprochen hatte. Eine Lady von diesem Schlag war zweifellos an eine gewähltere Ausdrucksweise gewöhnt, ebenso an anmutige Komplimente sowie an Beteuerungen, dass ihr Leben in seiner Begleitung nicht in Gefahr war. Doch so zu reden war nicht seine Art. Er sprach die Dinge so aus, wie sie ihm durch den Kopf gingen, und in der Mehrzahl der Fälle machte er sich auch keine weiteren Gedanken darüber.

»Es ist unwahrscheinlich, dass Monsieur Wallace Sorge verspüren wird, meine liebe Sonia«, erklärte ihr Vater mit einem Anflug von Ironie in seiner Stimme. »Immerhin ist er ein Fechtmeister.«

Die Lady zog die Hand zurück, als hätte sie glühende Kohlen angefasst. »Was?«

»Ein Fechtmeister mit einem eigenen Salon an der Passage de la Bourse, die von der Rue St. Louis bis zur ...«

»Ich weiß, wo sie verläuft! Aber das kann doch nicht dein Ernst sein!«

»Aber bitte, *ma chère*, du wirst doch nicht geglaubt haben, ich würde dem erstbesten Mann den Auftrag geben, für deinen Schutz zu sorgen! Du solltest erfreut darüber sein, dass du einen Experten im Umgang mit der Klinge an deiner Seite hast, einen Gentleman, der mit der Gefahr vertraut ist, von der du ja so fest ausgehst, dass sie auf dich lauert.«

»Verspotte mich nicht, Papa! Wie kannst du nur glauben, ein solcher Mann wäre akzeptabel? Aber das glaubst du auch gar nicht, denn du weißt, er genügt nicht.«

Die Lady schien vor Kummer wie erstarrt, die geballten Fäuste drückte sie an ihre Seiten, und ihre Wangen waren so rot, als würden sie jeden Moment in Flammen aufgehen. Ihre Augen funkelten so sehr, dass man meinen konnte, Blitze müssten aus ihnen hervorschießen. Und ihre Lippen presste sie so sehr aufeinander, dass sie nur noch eine schmale, blasse Linie bildeten. Es war ein interessantes Spektakel, insbesondere mit Blick auf ihre Brüste, über denen die Seide ihres Mieders bis zum Zerreißen gespannt war.

Kerr trat einen Schritt zurück und verschränkte die Arme, während er abwartete, wie sich die Situation entwickeln würde. Über die Tatsache, dass ihre Ablehnung ihn auf eine sonderbare Weise schmerzte, wollte er dabei nicht nachdenken.

Ihr Vater beugte sich über den Schreibtisch, seine Fingerspitzen ruhten auf der polierten Tischplatte. »Er ist ein Gentleman, der die besten Referenzen vorweisen kann, darunter die persönliche Empfehlung des Conde de Lérida.«

»Der selbst auch einmal ein Fechtmeister war und deshalb mit seinesgleichen mitfühlte. Nein und nochmals nein! Wallace ist ganz offensichtlich ein flegelhafter *Kaintuck* ohne jegliche Manieren. Eine Stunde in seiner Gesellschaft wäre unerträglich, von mehreren Tagen ganz zu schweigen.«

»Beherrsch dich, Sonia. Der Gentleman ist Gast in diesem Haus.«

»Ich habe ihn nicht eingeladen, und ich ertrage den Gedanken nicht, von jemandem wie ihm auf meiner Reise nach Vera Cruz begleitet zu werden. Jean Pierre wäre so entsetzt wie ich.«

»Und was ist mit diesem Krieg, von dem du ständig redest? Meinst du etwa, ein Dandy, der gut Walzer tanzt und dein hübsches Gesicht lobt, würde etwas taugen, wenn es zu einem Kampf kommt? Da du es nicht kannst, müssen eben dein Verlobter und ich praktisch denken.«

»Ganz bestimmt gibt es jemanden mit besseren Manieren und mehr Stil – zumindest aber jemanden, der nicht so tölpelhaft ist und sich allein auf seine Muskeln verlässt.«

»Wie ich schon sagte, sind das Aussehen und das Benehmen deiner Eskorte nicht von Bedeutung. Ich muss dich ja wohl nicht daran erinnern, dass er dich zu deinem Vergnügen begleitet.«

Er sagte noch mehr, doch davon bekam Kerr kaum noch etwas mit. Zu ihrem Vergnügen. Die Bilder, die bei diesen Worten vor seinem geistigen Auge entstanden – ihre milchig weißen Oberschenkel, die sich ihm öffneten, zarte Hände, die nach ihm griffen, alles begleitet von leisen Seufzern und unterdrücktem Stöhnen –, sollten von der Kirche verboten werden, aber vermutlich waren sie das auch. Sie bewirkten, dass ihm sein Hemdkragen zu eng vorkam und sein Kopf anzuschwellen schien. Er atmete tief durch, um das in den Griff zu bekommen, was zweifellos unziemliche Reaktionen auf diese Frau und die Situation waren.

»Aber sein Französisch, Papa! *C'est atroce!* Einfach schrecklich! Ich würde verrückt werden, müsste ich ihm über längere Zeit zuhören. Und wie peinlich es für mich wäre, ihn an meiner Seite zu haben, sodass jeder sehen kann, er ist meine Eskorte. Ich kann dir gar nicht sagen, wie unangenehm mir das wäre.«

Im ersten Augenblick hatte die Lady Kerr tatsächlich noch leidgetan. Mit einem Mann wie Rouillard verheiratet zu werden und die eigene Familie zu verlassen, um in einem fremden Land zu leben, konnte für sie nicht leicht sein. Aber vielleicht gab es einen Grund dafür, dass sie noch nicht verheiratet war. Und möglicherweise war ein zänkisches Weib wie sie genau die Richtige für einen Bastard wie Rouillard.

»Dann sag es mir auch nicht. Sag mir einfach gar nichts mehr.« Monsieur Bonneval warf seiner Tochter einen missbilligenden Blick zu, während er sich mit vor Wut gerötetem Gesicht über seinen Schreibtisch beugte. »Da du kein akzeptables Verhalten an den Tag legen kannst, wirst du uns sofort verlassen.«

»Aber Papa!«

»Auf der Stelle, Sonia.«

Das war ein klarer Befehl. Die Lady presste die Lippen aufeinander, während sich ihre Brust bei jedem aufgebrachten Atemzug hob und senkte. Sie warf ihrem Vater und Kerr einen letzten zornigen Blick zu, dann wirbelte sie herum und stürmte wutschnaubend aus dem Arbeitszimmer. Hinter ihr fiel die Tür laut ins Schloss.

Die anschließende Stille hielt nur Sekunden an, erschien aber wie eine halbe Ewigkeit. Bonneval drückte Zeigefinger und Daumen auf seinen Nasenrücken und hielt die Augen geschlossen. Mit einem Mal wirkte er um zehn Jahre gealtert. Dann schüttelte er den Kopf und machte eine wegwerfende Geste.

»Sie müssen meine Tochter entschuldigen, Monsieur Wallace. Seit über fünfzehn Jahren ist sie ohne den besänftigenden Einfluss einer Mutter. Ich fürchte, ihre Tante, die den Platz meiner geliebten Frau als Sonias Anstandsdame einnahm, hat sie zu oft das tun lassen, wonach ihr der Sinn stand. Die Ehe mit Monsieur Rouillard wird diesem lachhaften Eigenwillen ein Ende setzen – ein Grund mehr, jede weitere Verzögerung zu vermeiden.«

Diese Lösung war nach Kerrs Ansicht maßlos übertrieben, und das fand er sogar trotz seiner verletzten Gefühle. Aber natürlich ging ihn das alles nichts an. »Sie scheint entschlossen, mich nicht als ihren Begleiter zu akzeptieren.«

»Sie scheint gegen jeden geeigneten Mann eingestellt zu sein. Nehmen Sie einfach keine Notiz davon. Ihre Aufgabe wird es sein, sie unversehrt zu ihrem zukünftigen Ehemann zu bringen, weiter nichts.«

»Ich hatte auch nichts anderes erwartet.«

Bonneval schürzte die Lippen. »Die Bemerkungen meiner Tochter könnten Sie zu der Ansicht gebracht haben, dass dieser Posten einen gesellschaftlichen Aspekt besitzt. Mich freut es, zu sehen, dass Sie sich der Grenzen bewusst sind.«

Mit anderen Worten, dachte Kerr ein wenig mürrisch, er sollte Mademoiselle Sonia Bonneval auf dem Schiff nicht zu nahe kommen. Aber da hatte ihr Vater nichts zu befürchten. Eher würde er mit einem Bärenweibchen flirten, bevor er sich dieser Lady zuwandte. »Heißt das, Sie bieten mir den Posten an?«

»Wenn Sie interessiert sind«, antwortete Monsieur Bonneval und nickte dabei ernst.

»Dann nehme ich an.« Kerr stand auf, streckte den Arm über den Mahagonischreibtisch hinweg, der sie beide voneinander trennte, und wartete, dass sein Gegenüber einschlug, um den Vertrag zu besiegeln.

»Exzellent.« Bonneval ergriff seine Hand, wenn auch erst nach einem kurzen Zögern, als sei ihm die Geste nicht vertraut – oder als überrasche ihn Kerrs prompte Zusage. Der hatte schon vor einer Weile festgestellt, dass diese aristokratischen Kreolen sich gern mit allen Dingen Zeit ließen.

»Wann fange ich an?«

»Sofort, wenn Sie möchten. Die *Lime Rock* hat am Morgen am Anlegeplatz festgemacht. Treffen Sie alle Vorbereitungen, die Sie für nötig erachten, und dann halten Sie sich zur Abreise bereit, wenn sich das Schiff auf den Rückweg nach Vera Cruz macht.«

Die Zeit, die ihm damit noch zur Verfügung stand, war begrenzt – es ging nur um die wenigen Tage, die nötig waren, um die mitgebrachte Fracht zu löschen und neue an Bord zu nehmen. Kerr würde dafür sorgen, dass er mit dieser wenigen Zeit hinkam, da sich eine solche Gelegenheit sehr wahrscheinlich nicht wieder bieten würde. Jahrelang hatte er in New Orleans gewartet, ohne auch nur ein Wort von Rouillard zu hören. Und dann auf einmal fiel ihm die Chance einer reifen Frucht gleich in den Schoß, indem er die Braut dieses Mannes zu ihm bringen sollte. Er hatte befürchtet, mit seiner Bewerbung um den Posten zu spät zu kommen, doch wie es schien, war der dank der Halsstarrigkeit dieser Lady noch nicht besetzt worden. Dafür war er ihr zu großem Dank verpflichtet, ganz gleich, wie betrübt sie darüber war. Nichts würde ihn noch davon abhalten können, zusammen mit Mademoiselle Bonneval an Bord dieses Dampfschiffs zu gehen.

Kerr verabschiedete sich mit jener Förmlichkeit, die die Herzen dieser Franzosen höher schlagen ließ, unter denen er nunmehr seit vier Jahren lebte. Der Majordomus brachte ihm seine Sachen, darunter auch den Stockdegen, und ließ ihn nach draußen, die in das größere schmiedeeiserne

Tor der Durchfahrt eingefügt war. Kerr trat hinaus in die regnerische Nacht und sah nachdenklich drein, da er überlegte, was vor seiner Abreise alles noch zu erledigen war. Unter anderem musste er sicherstellen, dass er über genügend Hemden für die Seereise verfügte, ferner war es erforderlich, den Fechtsalon vorübergehend zu schließen. Er hatte fast die Häuserecke erreicht, an der die Gasflamme der kunstvoll verzierten Straßenlaterne hinter dem dicken Glas hin und her zuckte, als er plötzlich hinter sich Schritte hörte.

Abrupt drehte er sich um, seine kräftigen Muskeln bewegten sich geschmeidig, der aufgeknöpfte Mantel wirbelte um ihn herum. Der in seinem Stock verborgene Degen zischte, als Kerr ihn herauszog.

»*Monsieur!*«

Eine Mischung aus Wut und Erstaunen ließ Kerr einen Moment lang wie erstarrt dastehen, dann erst löste er sich aus seiner instinktiv eingenommenen Fechthaltung. Er steckte den Degen zurück in den Stock, nahm seinen Zylinder ab und hielt beides gegen seinen Mantel gedrückt.

»Es ist ein gefährliches Spiel, Mademoiselle Bonneval, wenn Sie sich um diese nachtschlafende Zeit von hinten einem Mann nähern. Das könnte leicht Ihren Tod zur Folge haben.«

»Das sehe ich.«

Ihr reizvolles, an die Form eines Diamanten erinnerndes Gesicht war blass, die Augen waren weit aufgerissen, doch sie schrak nicht vor ihm zurück. Sie hatte ein Cape über ihr Kleid gezogen und die Kapuze hochgeschlagen, damit sie ihr Gesicht vor dem Regen und vor den Blicken anderer Passanten verbergen konnte, doch sie machte keine Anstalten, sich unter dem Stoff zu verstecken. Mademoiselle Sonia Bonneval war eine kühne Lady, jedoch keine besonders vorsichtige.

»Sie wollten mich sprechen? Machen Sie's am besten

schnell, da es Ihrem guten Namen schaden dürfte, mit mir auf der Straße gesehen zu werden.«

»Dessen bin ich mir bewusst.« Als Reaktion auf seinen ironischen Tonfall wurde ihre Stimme noch ein wenig frostiger. »Ich wollte ... das heißt, ich möchte Sie bitten, den Posten abzulehnen, den mein Vater Ihnen anbot. Ich bin mir sicher, diese Reise ist für Sie mit großen Unannehmlichkeiten verbunden, und um ganz ehrlich zu sein, Mexiko ist derzeit nicht der Ort, an dem sich ein Amerikaner aufhalten sollte.«

»Ein *Kaintuck*, meinen Sie, richtig?«

»Ich entschuldige mich, dass ich Sie mit dieser Bezeichnung beleidigt habe. Und ich werde es noch tausendmal tun, wenn ich Sie davon überzeugen kann, meiner Bitte nachzukommen.«

Er gestattete sich ein zynisches Lächeln. Die Regentropfen liefen ihm bereits von den nassen Haaren über seine Schläfen. »Ich habe es gar nicht als Beleidigung aufgefasst, da ich zufälligerweise aus Kentucky komme. Doch worum Sie mich bitten, das muss für Sie eine sehr wichtige Sache sein.«

»Sie können sich gar nicht vorstellen, wie wichtig. All meine Hoffnungen hängen davon ab. Bitte! Ich flehe Sie an, lehnen Sie das Angebot ab.«

»Verraten Sie mir, warum ich das machen sollte.«

Lange sah sie ihn schweigend an, und während die Straßenlaterne in den Tiefen ihrer Augen ein bläulich violettes Feuer aufleuchten ließ, konnte er dort zugleich die Zweifel erkennen, die diese Lady plagten. Einen Moment lang nahm Kerr überdeutlich wahr, wie der Regen auf die Erde niederprasselte, wie ganz in der Nähe das Schild über dem Eingang zum Geschäft eines Schuhmachers leise knarrte, wie die feuchte Nachtluft einen Geruch nach Schlamm, frisch gebrühtem Kaffee und regennassen süßlichen Olivenblüten mit sich trug. Auch das Aroma der Lady stieg ihm in die Nase – eine Mischung aus fein gemahlener Seife, Veilchen und dem Duft eines warmen, vom Regen durchnässten weiblichen Körpers. Seine Muskeln spannten sich an und zogen mit einer Gewalt an seinen Lenden, dass ihm Tränen in die Augen traten.

Endlich antwortete sie, doch es hörte sich an, als würde ihr jemand jedes Wort einzeln aus der Nase ziehen.

»Ich will nicht heiraten, und vor allem verspüre ich nicht den Wunsch, die Ehefrau von Monsieur Rouillard zu werden.«

»Kann es sein, dass Sie ihn näher kennen?« Er wollte kein Mitgefühl mit ihr verspüren, er wollte sich davon nicht in seiner Entscheidung beeinflussen lassen.

»Ich bin ihm nur ein einziges Mal begegnet, und er machte auf mich einen äußerst unangenehmen Eindruck.«

»Eine eindrucksvolle Anklageschrift«, meinte er ironisch.

»Es könnte doch sein, dass er sich geändert hat.«

»Das ist eher unwahrscheinlich.« Dann presste sie die Lippen aufeinander – ein untrügliches Zeichen für ihren Unwillen, mehr als das zu sagen. Ihr Blick schien den Regentropfen zu folgen, die ihm über die Wange und den Hemdkragen liefen.

»Aber Sie wissen es nicht mit Sicherheit.«

»Ich weiß, er versäumte es, sich mit seinem Heiratsantrag an mich zu wenden. Stattdessen ließ er lediglich meinen Vater wissen, er wünsche mich zu heiraten, und teilte ihm das Datum mit, wann ich bei ihm eintreffen solle.«

»Wie anmaßend.« Unwillkürlich umfasste Kerr seinen Stockdegen fester, als Erinnerungen wach wurden an die Machenschaften dieses Gentleman, die sogar noch arroganter und egoistischer waren. Untaten wie zum Beispiel Lügen, Betrügen, Stehlen und seine Freunde dem Tod zu überlassen.

»Er ist das übersteigerte Selbstbewusstsein in Person …

»Mitten im Satz hielt sie inne, holte tief Luft und sah sofort zur Seite, als sich ihrer beider Blicke trafen. »Aber das ist es nicht, worum es mir geht. Ich werde nicht nach Mexiko reisen und den Mann nicht heiraten, also brauche ich auch keine Eskorte, keinen Beschützer oder wie immer Sie sich auch nennen mögen. Es gibt keinen Posten, der besetzt werden müsste. Sie können sich die Mühe sparen, sich reisefertig zu machen, nur um dann zu erfahren, dass Ihre Dienste nicht benötigt werden.«

»Ihr Vater scheint das anders zu sehen.«

»Mein Vater befindet sich im Irrtum.«

Sekundenlang schwieg er. Der Regen wurde heftiger. Kleine Sturzbäche sammelten sich im Rinnstein neben dem Bürgersteig, das Wasser ergoss sich von einem Balkon auf die Straße und schüttete schier endlos vom Himmel herunter. Der Regen durchnässte die Vorderseite ihres Capes, sodass sich der Stoff eng an ihre Brüste schmiegte, während die kalte Nässe bewirkte, dass sich unter der dunkelroten Seide ihre Brustspitzen versteiften. Der feine Stoff würde vom Regen ruiniert werden, doch das schien sie nicht zu kümmern.

Zumindest vermutete er, dass Kälte und Regen bei ihr diese Reaktion hervorriefen. Er hielt es für sehr unwahrscheinlich, seine Gegenwart könnte etwas damit zu tun haben.

Mit nachdenklicher, aber leicht bemühter Stimme sagte er: »Soweit ich das beobachten konnte, haben die wenigsten Töchter von Ihrem Schlag bei diesen Vereinbarungen etwas mitzureden.«

»Von meinem Schlag?« Sie reckte das Kinn und starrte ihn an.

»Die Franzosen, die hochrangigen Ladys und Gentlemen dieser schönen Stadt, die – wie nennen Sie sich selbst noch gleich? Ach ja, die *crème de la crème*. Oder vielleicht auch lieber die *Sorti de la cuisse de Jupiter*. Diejenigen geschaffen aus dem Oberschenkel des alten Jupiter persönlich, um sagen zu können, dass sie von den Göttern abstammen.«

»Sie verachten uns, und in Ihrer Arroganz halten Sie sich für etwas Besseres.«

»Zumindest für etwas Gleichrangiges.«

Sie warf den Kopf in den Nacken, wodurch die Kapuze auf ihre Schultern rutschte und der Regen ihre Haare durchnässte. »Es ist schon gut, dass Sie mit mir nirgendwohin reisen werden.«

In ihrer Geringschätzung war sie so herrlich, wie sie in ihrer Verachtung wundervoll war. In diesem Moment wünschte er sich nichts mehr, als sie in seine Arme zu nehmen und diese Geringschätzung und Verachtung von ihren Lippen ebenso zu vertreiben wie aus ihren Augen und dem Herzen. Er sehnte sich danach, sie zu berühren, zu fühlen, wie sie sich an ihn schmiegte und auf ihn so reagierte, wie sie ohne Zweifel auf jenen Gentleman reagieren würde, den sie heiraten sollte. Er wollte in ihren Augen würdig sein, er wollte von ihr als tapfer wahrgenommen werden, um selbst einen Platz zwischen den Göttern und Göttinnen einzunehmen.

Er wurde aus seinen absurden Träumereien geholt, als er sah, dass ihr schwarze Rinnsale über die Wangen liefen. Blinzelnd wollte er einen von ihnen mit dem Daumen wegwischen, doch als er sie berührte, sammelte sich die Schwärze an der schwieligen Außenseite seines Fingers. Ihre Haut ... oh, ihre Haut war kühl und fest, zugleich aber so zart, dass seine Zunge sich danach verzehrte, über diese Haut zu streichen und sie zu kosten.

»Sie weinen schwarze Tränen«, sagte er und stellte fest, dass seine Stimme ungewohnt belegt klang.

»Ich weine nicht!«, gab sie zurück und schlug seine Hand weg, wobei die schwarze Farbe auf ihrer Wange verschmiert wurde. Fasziniert sah er sie an, bis ihm bewusst wurde, dass es sich um Schminke handelte, die sich im Regen aufzulösen begann. Er hatte davon gehört, dass französisch-kreolische Ladys sich schminkten, aber gesehen hatte er das bislang nur bei den Schauspielerinnen und Operndiven im Theater. Mademoiselle Bonneval dagegen musste nicht auf solche Kniffe zurückgreifen, das konnte er ihr deutlich ansehen. Dass nun diese Schminke zerfloss, wirkte auf ihn erheiternd, auf eine gewisse Weise aber auch anrührend, weil es ihn an einen traurigen Clown erinnerte.

»Hören Sie, es tut mir leid, dass Sie gegen Ihren Willen verheiratet werden sollen«, sagte er so sachlich, wie er konnte. »Aber ich kann daran nichts ändern. Ich wurde angeheuert, um einen Auftrag zu erledigen, mehr nicht.«

»Es tut Ihnen leid?«, wiederholte sie, wobei ihre Augen glühten. »Ich spucke auf herzloses Leid, auf ein Leid, das zu beenden Sie nicht einmal versuchen wollen.«

Den Teufel würde er tun. Seine Aufgabe war es lediglich, sie zu ihrer Hochzeit zu begleiten, und was dann kam …

Nun, was dann kam, da konnte er für nichts garantieren.

»Tun Sie, was Sie tun müssen, Mademoiselle Bonneval. Aber für mich ist nur Ihr Vater derjenige, der mich aus unserer Vereinbarung entlassen kann.« Er setzte seinen Hut auf und rückte ihn zurecht, ehe er eine knappe Verbeugung beschrieb. »Bis dahin freue ich mich schon auf unsere gemeinsame Reise.«

Mit diesen Worten machte er auf dem Absatz kehrt und ließ sie im Regen stehen. Die Versuchung, sich zu ihr umzudrehen, war groß und wurde mit jedem Schritt stärker, doch er blieb standhaft und ging weiter. Gleichzeitig wuchs seine Entschlossenheit, die Lady nach Mexiko und zu Jean Pierre Rouillard zu bringen – und wenn es das Letzte war, was er tun würde.

Und wenn das erledigt war …

Nun, wenn das erledigt war, würde er endlich seinen

eigenen Weg gehen können. Dann wäre alles anders und die Lady wohl froh darüber, dass ein Ignorant aus Kentucky mit einem abscheulichen Akzent bereit war, ihr zu helfen.

Drittes Kapitel

Sonia durchschritt den von Säulen flankierten Eingang zum Hotel Saint Louis und blieb unter der hohen Bleiglaskuppel der berühmten Rotunde stehen. Mondlicht fiel durch das riesige Glasgebilde in über sechzig Fuß Höhe und sorgte trotz der Gaslampen auf dem Marmorfußboden für ein farbenprächtiges Muster. Dutzende von Menschen eilten im Foyer umher – hauptsächlich Männer, auch wenn ein paar von ihnen in Begleitung von Ladys in Abendkleidern waren. Ihre Stimmen wurden von den ebenfalls mit Marmor verkleideten Wänden des großzügig geschnittenen Rundbaus zurückgeworfen und vermischten sich mit den Klängen eines Streichquartetts im ersten Stock, das eine solche Geräuschkulisse erzeugte, dass man kaum sein eigenes Wort verstehen konnte. Sonias Tante Lily flüsterte ihr etwas zu, während sie sich an ihrem Arm festhielt, doch obwohl ihr Atem über Sonias Ohr strich, hatte sie keine Ahnung, was ihre Tante da redete.

Vor ihnen lag die breite Treppe, die hinauf in den ersten Stock und damit zum Ballsaal führte, einem der schönsten in der ganzen Stadt. Sie bewegten sich auf diese Treppe zu und hielten sich ständig vor Augen, dass wegen des stützenden Krinolins in ihren Röcken ein breiter freier Weg vonnöten war, wenn sie vorankommen wollten. Im Foyer hing ein Geruch, eine Mischung aus kaltem Zigarrenrauch und Schweiß, die daran erinnerte, dass dieser Ort für gewöhnlich Schauplatz geschäftlicher Angelegenheiten war, an dem man jeden zweiten Samstag Auktionen veranstaltete. Gehandelt wurde dort alles von Aktien und Pfandbriefen, über Land und

Eigentum bis hin zu Schiffsladungen und Sklaven. Sonia rümpfte darüber die Nase, gleichzeitig hob sie ihre Röcke weit genug an, um den Fuß auf die erste Stufe der Treppe zu setzen.

»Da drüben. Hast du gesehen?« Tante Lily zog ruckartig an ihrem Arm und redete hastiger auf sie ein. »Sieh jetzt nicht hin, aber ich bin mir sicher, das da ist dein *Kaintuck*.«

Der Wunsch, sich sofort umzudrehen, war fast übermächtig. Doch Sonia ging entschlossen Stufe für Stufe weiter nach oben und geduldete sich, bis die elegant geschwungene Treppe es ihr erlaubte, den Blick über das weitläufige Foyer in die von ihrer Tante angedeutete Richtung schweifen zu lassen.

Monsieur Kerr Wallace war schnell ausfindig gemacht. Er überragte die meisten Gentlemen um einen Kopf und war ein Riese von einem Mann, womit er zweifellos gut in die gewaltigen Gebirgslandschaften seiner Heimat passte. Seine Abendkleidung war dem Anlass angemessen, das Haar glänzte im Gaslicht wie poliertes Leder. Mit Blicken aus Augen so dunkel wie die Nacht verfolgte er wachsam ihr Vorankommen auf der Treppe.

Sonias Herz schien einen Schlag lang auszusetzen. Die Wärme in der Rotunde kam ihr auf einmal so intensiv vor, dass ihr die Luft wegblieb, und irgendwo tief in ihrem Inneren regte sich ein verworrenes Durcheinander aus Wut, Verzweiflung und Faszination.

Erst als sie von ihrer Tante angestoßen wurde, begriff sie, dass sie stehen geblieben war. Zum Glück hielt sie sich mit einer Hand am Geländer fest, sonst wären sie beide hingefallen, was peinlicher nicht hätte sein können.

»Pass auf, *ma petite*«, rief ihre Tante aus, als sie ihr Gleichgewicht wiedererlangte. »Aber ich habe doch recht, oder? Ist er das? Ich frage mich, was er hier zu suchen hat.«

»Wir sind in einem öffentlichen Hotel. Ich vermute, er darf besuchen, wen immer er möchte.«

»Da fällt mir ein, die Straße der Fechtmeister ist so gut wie um die Ecke. Zweifellos nutzen sie oft den Speisesaal des Hotels.« Ihre Tante beugte sich vor. »Ich muss sagen, er ist ein wunderbarer Mann. Und sieh dir nur den Gentleman neben ihm an. *Magnifique*, möchte ich sagen, wenn auch auf eine wilde Art.«

Ihre Tante neigte dazu, die meisten Männer auf die eine oder andere Weise als wunderbar zu bezeichnen, doch der Gentleman, der sich mit Monsieur Wallace unterhielt, war tatsächlich ungewöhnlich anzuschauen. Seine Haut hatte einen kupfernen Farbton, ganz im Gegensatz zu dem olivefarbenen Teint jener Gentlemen, die Sonia kannte, und anders auch als die gebräunte Haut des Mannes aus Kentucky, die sich am ehesten mit dem Parkettboden vergleichen ließ. Die Augenbrauen dieses Fremden waren buschig und ausdrucksstark, die Nase so schmal wie eine Klinge, das Kinn unerbittlich kantig, das Haar so schwarz, dass es einen bläulichen Schein bekam. Da er so groß war wie Wallace, ragten die beiden aus der Menge heraus wie zwei unerschütterliche Eichen, die von einer Flut umspült wurden.

»Es sieht so aus, als sei er ...«, setzte Sonia nachdenklich an.

»Aber ja. Es heißt, in seinen Adern fließt das Blut der einstigen Führer des Stammes der Natchez, auch wenn er als Kind von Priestern getauft wurde. Man gab ihm den Namen Christien Lenoir, doch er wird *Faucon* oder Falke genannt, weil dies die Bedeutung seines Namens in seiner eigenen Sprache war.

»Du scheinst ja einiges über ihn zu wissen.«

Das Lächeln ihrer Tante war ein klein wenig betreten. »Ich holte gestern Morgen Erkundigungen ein, da mich das plötzliche Interesse gepackt hat, über alles und jeden Bescheid zu wissen, der irgendetwas mit Monsieur Wallace zu tun hat. Die Damen meines Stickkränzchens sind ein wahrer Quell an Informationen.«

»Das kann ich mir vorstellen.« Zu gern hätte Sonia erfahren, was man sich denn so über Wallace erzählte, doch das konnte noch warten. Im Augenblick zählte nur, nicht dazustehen, zu gaffen und zu tuscheln, als wäre sie eine Mademoiselle vom Lande. Auch wollte sie dem Gentleman aus Kentucky nicht die Genugtuung geben, seine Anwesenheit könnte für sie von Bedeutung sein. Sie griff nach den Enden ihres Schultertuchs und nahm sie zusammen mit ihrem Fächer in eine Hand, dann hob sie mit der anderen ihre Röcke aus blassblauer Seide an und drehte dem Mann den Rücken zu.

Was Monsieur Wallace tat und wohin er sich begab, war ihr wirklich egal, überlegte sie, als sie die Treppe weiter hinaufging. Von diesem Mann würde sie sich nirgendwohin eskortieren lassen. Sie hatte sich einen Plan zurechtgelegt, und nichts und niemand würde sich ihr in den Weg stellen können, schon gar nicht dieser Tollpatsch von Amerikaner, auch wenn er noch so Furcht einflößend groß war.

Der Gesichtsausdruck, mit dem er sie betrachtete, hatte etwas Besitzergreifendes an sich, als sei sie ihm über jeden Schritt Rechenschaft schuldig. Wohin sie ging und was sie tat, ging ihn nichts an. Ihr Vater mochte ihr Wohl in die Hände dieses Mannes gelegt haben, doch sie selbst hatte seine Vormundschaft nicht akzeptiert.

Aber auch wenn der Verstand ihr das sagte, hatte eine nervöse Spannung sie erfasst, und ein heftiges Unbehagen regte sich in ihrer Brust, als stünde sie am Rand einer Klippe. Sie konnte sich nicht daran erinnern, sich je so verwirrt gefühlt zu haben.

Der Ball an diesem Abend unterschied sich auf den ersten Blick in nichts von anderen derartigen Veranstaltungen. Auf dem Podest spielte ein Streichquartett, Rosenduft erfüllte die Luft, die Gentlemen trugen dunkle Abendanzüge, die Ladys bildeten ein pastellfarbenes Kaleidoskop aus Seidenkleidern. Dutzende solcher Bälle hatte es während der sich nun dem Ende zuneigenden *saison des visites* gegeben, einige davon in diesem, andere in den Ballsälen anderer Hotels hier im Vieux Carré ebenso wie im amerikanischen Viertel, für das sich allmählich der Name Garden District durchsetzte.

Eine Gruppe Gentlemen gab jeder einen gewissen Betrag, um den Ballsaal zu mieten, ließ ihn schmücken, sorgte für Erfrischungen und stellte Dienstpersonal ein, das sich um das Aufkommen an Kutschen ebenso kümmerte wie um das Wohl und die Sicherheit der Gäste. Diese Gäste wählten die einladenden Gentlemen nach ihrem Ermessen aus, wobei die nächsten Angehörigen auf der Liste zuoberst standen, gefolgt von Freunden und deren Ladys und schließlich von weiteren Bekannten. Eine solche Einladung wurde nur selten ausgeschlagen, weil ganz New Orleans geradezu verrückt nach Tanzen war, vor allem nach Walzern, von denen Woche für Woche neue Variationen aus den Ballsälen von Paris und Wien gespielt wurden.

Für gewöhnlich begegnete man auf jedem Ball den gleichen Leuten, da jeder die *crème de la crème* einlud. Doch als sich Sonia nun umschaute, musste sie feststellen, dass ihr kaum ein Gesicht vertraut war. Es war auffallend, aber wohl auch nachvollziehbar. Mardi Gras und Fastenzeit waren bereits vorüber, und die Palmenwedel, die vom Priester zu Ostern gesegnet und sorgfältig hinter Spiegel und Bilderrahmen gesteckt worden waren, sammelten sich längst auf dem Fußboden. Jetzt, da die Tage wieder wärmer wurden, waren einige Fälle von Fieber gemeldet worden. Viele Leute hatten ihre Sachen gepackt, um auf ihre Plantagen auf dem Land zurückzukehren oder um auf Reisen zu gehen und Kurorte wie Saratoga und White Sulphur Springs oder ferne Ziele wie Paris, Rom oder Wiesbaden zu erleben. Sogar ihr Vater plante eine Geschäftsreise nach Memphis.

Niemand trat vor, um Sonia und ihre Tante zu begrüßen, nicht eine Bekannte war in der Menge auszumachen. Die meisten Gäste um sie herum bewegten sich für gewöhnlich am äußersten Rand der besseren Gesellschaft. Sie erkannte eine geschiedene Frau wieder, die nur selten in ein Haus eingeladen wurde, das etwas auf sich hielt. Dort war ein Plantagenbesitzer, der wegen seiner Vorliebe für purpurrote Seidenhemden und gut aussehende Jungs viele Jahre im Exil in Havanna verbracht hatte. Und da drüben stand eine ältere Witwe, der man nachsagte, sie habe ihren zweiten Ehemann schockierend kurz nach der Eheschließung bereits zu Grabe getragen. Anwesend war auch der berühmte Fechtmeister und Duellist Pépé Llulla, gefällig und todbringend, sowie sein italienisches Pendant Gilbert Rosière. Wo immer diese beiden auftauchten, teilte sich vor ihnen wie durch ein Wunder die Menschenmenge, um eine breite Gasse zu bilden, und sobald sie hindurch waren, schlossen sich die Reihen wieder.

Eben erst hatte es Sonia zu dämmern begonnen, in welcher Situation sie sich hier befanden, da tauchten Monsieur Wallace und sein Freund mit der kupferfarbenen Haut am Eingang zum Ballsaal auf. Sie zeigten ihre Einladungen vor, dann nahm man ihnen Hut und Stockdegen ab und ließ sie eintreten, als würden sie hierher gehören.

»Tante Lily«, setzte Sonia an. »Ich glaube …«

»Ich weiß, *chère*, keiner von den Kreisen, in denen wir üblicherweise verkehren. Aufregend, nicht wahr?« In den Augen ihrer Tante sah sie ein freudiges Funkeln, während sie ihren Fächer aus schwarzer Spitze lässig hin und her bewegte.

»Papa wird außer sich sein.«

»Aber warum sollte er? Dein Beschützer ist ebenfalls anwesend. Wenn dein Papa einen solchen Mann engagiert, damit er dich zu deiner Hochzeit begleitet, dann kann er wohl kaum etwas dagegen einwenden, dass du einen Abend in seiner Gesellschaft verbringst.«

»Ich bezweifle, dass er so vernünftig darüber denken wird. Aber dich scheint das alles gar nicht zu überraschen.«

»Sagen wir, ich hatte eine Ahnung, wie dieser Abend verlaufen würde«, stimmte ihre Tante in verschwörerischem Tonfall zu. »Immerhin handelt es sich bei den Schirmherren um vier ehemalige, angesehene Fechtmeister. Es sind der Conde de Lérida sowie die Messieurs Pasquale, O'Neill und Blackford. Da sie französisch-kreolische Ladys heirateten, sind aus ihnen in den letzten Jahren respektable Gentlemen geworden. Aber so war es ja schon immer, musst du wissen. Selbst die Spanier, die vor Jahrzehnten als Eroberer herkamen, wurden erst von der Gesellschaft akzeptiert, nachdem sie eine Frau aus unseren Reihen geheiratet hatten.«

»Das war mir nicht bewusst ... ich meine, wer liest auch schon die Auflistung der Schirmherren durch?« Sie erkannte jetzt auch die vier Gentlemen, nachdem ihre Tante sie auf sie aufmerksam gemacht hatte. Es waren eindrucksvolle Männer, die mit ihren Ladys zwanglos nahe dem Kamin beisammenstanden und ihre Gäste begrüßten. Die Gruppe lachte und unterhielt sich ausgelassen untereinander, was auf eine ausgeprägte Kameradschaft zwischen ihnen schließen ließ. Ein Grund für ihre Belustigung waren allem Anschein nach die raffiniert geschneiderten Kleider der beiden Frauen, die unübersehbar ein Kind erwarteten.

Mancher hätte gesagt, sie sollten in diesem Zustand besser zu Hause bleiben, doch die Meinung anderer schien ihnen gleichgültig zu sein, was sich auch an ihrer Wahl des Ehemanns und der Gäste zeigte.

Ihre Tante machte eine verwunderte Miene, als sie Sonias reglosen Gesichtsausdruck bemerkte. »Die ganze Saison hindurch hast du dich darüber beklagt, wie sehr dich die üblichen Bälle und die übrigen Veranstaltungen langweilen. Deshalb dachte ich, dieser Abend könnte dein Interesse wecken. Außerdem wirst du bald verheiratet sein, daher musst du deinen Horizont erweitern, *chère*. Ich hege starke Zweifel, dass Jean Pierre so nette Bekannte hat wie dein Papa.«

In dem Punkt musste Sonia ihrer Tante zwar recht geben, doch letztlich war egal, mit wem ihr Verlobter Umgang hatte, da sie ohnehin nicht an seiner Seite sein würde, um sie zu empfangen.

»Was glaubst du, wie wir auf die Gästeliste gelangt sind?«

»Ich habe keine Ahnung.« Ihre Tante hob die Schulter. »Vielleicht weiß einer der Gastgeber von deiner Verbindung zu Monsieur Wallace.«

»Meinst du nicht, wir sollten besser gehen?«

»Aber nicht doch. Das verspricht ein interessanter Abend zu werden, den ich für nichts in der Welt verpassen möchte. Und was die Frage des Anstands angeht – ich bin schließlich an deiner Seite, nicht wahr? Außerdem weiß ich, du wirst mich nicht allein lassen.«

»Selbstverständlich werde ich das nicht tun«, erklärte Sonia in treuer Ergebenheit. Um ehrlich zu sein, war es sogar recht aufregend, inmitten dieser schillernden Gesellschaft zu sein. Schon oft hatte sie sich gefragt, wie es fernab jener gesetzten Kreise sein würde, in denen sie sonst verkehrte. Ihre größte Sorge war, dass ihr Vater missbilligend darauf reagieren und ihr die wenigen Freiheiten, die ihr zugestanden waren, weiter beschneiden würde. Das käme ihr im Augenblick sehr ungelegen.

Was den Mann aus Kentucky anging, würde sie einfach so tun, als existiere er gar nicht. Das sollte ihr nicht weiter schwerfallen.

Tatsächlich erwies sich dieser Vorsatz als äußerst schwierig umzusetzen. Egal wohin sie auch sah, immer schien er sich irgendwo am Rand ihres Gesichtsfelds aufzuhalten, und seine tiefe Stimme überlagerte stets das allgemeine Gemurmel. Es war zum Verrücktwerden.

Insgesamt versprach dieser Abend aber kaum eine Abwechslung von den Dutzenden anderen Bällen, die sie in diesem Winter besucht hatte. Die Musik war genauso lebhaft, die Dekorationen waren ebenso verschwenderisch, und an Speisen und Getränken wurde gleichfalls nicht gespart. Trotz der ungewohnten Gesellschaft behandelte man Sonia nicht wie ein Mauerblümchen. Kaum hatte sie sich auf einen Stuhl gesetzt und ihre Röcke um sich herum ausgebreitet, da wurde sie auch schon von einer ganzen Schar Gentlemen belagert. Denys Vallier, der Schwager des Conde de Lérida und ein mustergültiger Gentleman, stand dabei in vorderster Reihe, begleitet wurde er von seinen speziellen Freunden Albert Lollain und Hippolyte Ducolet. Die beiden Tänze mit ihr, die jeder von ihnen erbettelte, machten sich gut auf der Tanzkarte, die man ihr beim Hereinkommen überreicht hatte. Doch nachdem sie notiert waren, wurde Sonia wählerischer. Eine solche Karte zu füllen erforderte große Sorgfalt. Zwar sollte eine Lady darauf Lücken vermeiden, dennoch konnte es sein, dass sie den einen oder anderen Tanz frei halten wollte für den Fall, dass ein besonders angenehmer Gentleman erst mit Verspätung an sie herantrat.

Ein paar Mal betrat Wallace auch die Tanzfläche, was ihr nicht entging, wobei er jedes Mal mit der Ehefrau des einen oder anderen Freundes den Walzer tanzte. Er war nicht so tollpatschig, wie sie angenommen hatte. Vielmehr schien es ihm sogar Spaß zu machen, vor allem wenn er seine Partnerin drehen und ihre Röcke wirbeln lassen konnte. Dabei sorgte seine körperliche Kraft dafür, dass sie nicht den Halt verlieren konnten. Insgeheim wünschte sich Sonia, er würde auch sie um einen Tanz bitten, aber natürlich nur, weil es ihr eine Freude gewesen wäre, ihm einen Korb zu geben.

Bei ihrem zweiten Tanz mit Hippolyte – einem Sportsmann, bekannten Possenreißer und Bonvivant, der nur wenige Fingerbreit größer war als sie und bereits die rundlichen Konturen ihres geschätzten Vaters annahm – bemerkte sie, wie sich ein Gentleman Monsieur Wallace näherte. Sie hätte davon keine Notiz genommen, jedoch war der vor Charme sprühende, ältliche Lebemann mit den spärlichen Locken nur Augenblicke zuvor mit ihrer Tante in ein Gespräch vertieft gewesen. Nun schien es so, als habe Tante Lily den Gentleman auf eine Mission geschickt. Der deutete auf den Alkoven, in dem die Lady sich aufhielt, deren Miene einen bittenden Ausdruck angenommen hatte.

Der Fluch, den Sonia murmelte, war so heftig, dass ihr Tanzpartner ein Stückchen zurückwich und sie ansah. »Ich bitte tausendmal um Verzeihung, wenn ich Ihnen auf die Zehen getreten sein sollte.«

»Nein, nein, es ist … ich wollte sagen, ich sah nur etwas sehr Überraschendes.«

»Nun, dann bin ich erleichtert. Ich weiß, ich kann ein rechter Tollpatsch sein, aber üblicherweise merke ich es, wenn ich einer Lady auf die Füße trete.« Er drehte sich so, dass er ihrer Blickrichtung folgen konnte, und sah den Fechtmeister neben dem Überbringer der Nachricht auf Tante Lily zugehen. »*Sacre!* Ihre Tante kokettiert mit Wallace. Weiß sie, wer er ist?«

»Da können Sie sich sicher sein. Zumindest dem Ruf nach weiß sie es.«

»Ihrer Tante gefällt es, neue Leute kennenzulernen«, meinte er höflich.

Das stimmte, vor allem wenn es sich dabei um Männer handelte. »Und es gefällt ihr auch, meinem Vater auf der Nase herumzutanzen.«

»Sie ist die Schwester Ihrer Mutter, richtig?«

»Sie sagen es.« Sonias Lächeln hatte einen ironischen Hauch.

Eine Zeit lang hatte sie geglaubt, ihr Vater und Tante

Lily könnten heiraten. So etwas war keineswegs ungewöhnlich, wenn die Schwester einer verstorbenen Ehefrau in den Haushalt kam, um sich der Kinder anzunehmen, die ohne Mutter waren. Damit wurde man nicht nur den Konventionen gerecht, wonach es nicht gern gesehen wurde, wenn eine ungebundene Frau im gleichen Haus lebte wie der Witwer. Man nahm auch an, dass sie für ihre Schutzbefohlenen eine natürliche Zuneigung empfinden würde. Dazu war es jedoch nicht gekommen. Tante Lily hielt ihren Schwager distanziert und reserviert, was nichts anderes heißen sollte, als dass er sich nicht zu ihr hingezogen fühlte. Ihr Vater wiederum sah in Sonias Tante eine Frau, deren Ansichten über die Kindererziehung und über den Platz der Frau in der Gesellschaft beklagenswert überspannt waren. Allein wegen Sonia war er bereit, ihre Art zu tolerieren. Bemerkenswert war jedoch, dass beide gleichermaßen die Unschicklichkeit der bestehenden Situation ignorierten, da sie sich beharrlich weigerten, einem solchen Unsinn bindende Bedeutung beizumessen.

Hippolyte schaute abermals zum Alkoven. »Wenn sie sich vorgenommen hat, Ihren Herrn Papa zu verärgern, wird es genügen, Wallace in seinem Stadthaus ein und aus gehen zu lassen.«

»Ich bezweifele, dass sie so weit gehen wird«, antwortete Sonia. »Wahrscheinlich ist sie nur neugierig. Aber kennen Sie den Gentleman?« Ihr erschien es nicht notwendig, ihn sofort wissen zu lassen, dass sie mit Monsieur Wallace bereits Bekanntschaft gemacht hatte.

»Ich bin mit ihm in der Louisiana Legion marschiert, und ein- oder zweimal stand ich ihm schon auf der Fechtbahn in seinem Salon gegenüber.«

Letzteres sagte einiges über ihren Tanzpartner aus, denn nur die besten Fechter wagten es, sich mit einem *maître d'armes* zu messen – sofern ihnen dieses Privileg überhaupt gewährt wurde. Hippolyte selbst musste einige Erfahrung im Umgang mit dem Degen haben. »Dann hatten Sie einen guten Eindruck von ihm?«

»Oh, aber gewiss doch. Er ist stark wie ein Bär und gerissen wie ein Wolf, und durch seine Körpergröße stellt die Reichweite seiner Klinge den Inbegriff des Schreckens dar.«

Sie reagierte mit einem ironischen Lächeln. »Eine lehrreiche Beschreibung, dessen bin ich mir sicher. Aber meine Frage bezog sich auf sein Wesen.«

»Oh.« Hippolyte wurde vom Hals an rot, was seinen Wangen noch mehr Farbe verlieh als zuvor. »Ich hätte nichts dagegen, ihn an meiner Seite zu haben, wenn ich nachts auf einer dunklen Straße unterwegs bin.«

»Das sind lobende Worte.«

Er zuckte beiläufig mit den Schultern, zumindest aber gab er vor, dass es beiläufig war. »Er ist eine ehrliche Haut, da sind sich alle einig.«

»Sie finden nicht, dass er wenig geheimnisvoll ist?« Für einen winzigen Moment verharrte dabei ihr Blick auf dem Fechtmeister aus Kentucky, der den Kopf soeben über die Hand ihrer Tante beugte.

»Wie bitte?«

»Wegen seiner Herkunft, meine ich.«

»Er ist gewiss kein Barbar«, meinte Hippolyte gelassen. »Er scheint über die meisten Dinge so zu denken, wie man es von einem Mann erwarten sollte. Er ist ein Geschäftsmann, unser Monsieur Wallace. Obwohl er seinen Fechtsalon vor gerade mal zwei Jahren eröffnete, hat er so viele Kunden, wie er nur in seinem Terminplan unterbringen kann. Und erst heute Morgen sah ich ihn bei Hewlett's Exchange, der von den Amerikanern bevorzugten Börse, wie Sie vielleicht wissen.«

»Und da sahen Sie ihn?«, fragte sie in einem auffordernden Tonfall. Ihr war zwar gleich, was sie von ihm zu hören bekam, doch es konnte nicht verkehrt sein, so viel

41

wie möglich über den fraglichen Gentleman in Erfahrung zu bringen. Aber natürlich war sie nicht annähernd so neugierig wie ihre Tante.

»Es heißt, er habe die Legion verlassen, und das, nachdem er dort die meiste Zeit seiner vier Jahre in der Stadt gedient hatte. Jetzt, da sich die Lage zuspitzt und täglich mit einer Kriegserklärung gerechnet werden kann, macht er sich auf den Weg nach Vera Cruz.«

»Ist das so sonderbar?«

»Es ist schon eigenartig, da er immer so entschlossen wirkte, seine Waffe für eine gute Sache einzusetzen. Man möge verzeihen, wenn jemand auf den Gedanken kommt, die Entscheidung könnte durch eine wichtige Angelegenheit ausgelöst worden sein.«

»Zum Beispiel, weil er New Orleans verlassen muss?«, fragte sie in einem beiläufigen und scheinbar desinteressierten Tonfall, während sie weitertanzten.

»Oder weil er für irgendetwas nach Mexiko muss. Seit ich davon gehört habe, denke ich immer wieder angestrengt nach, ob mir vielleicht jemand etwas über Wallace gesagt hat, was mir entfallen ist. Wie es scheint, kam er in die Stadt, weil er einem Schurken auf der Spur war, mit dem er wohl noch eine Rechnung offen hatte.«

»Sehr interessant.«

»Natürlich kann es auch sein, dass ich da etwas durcheinanderbringe«, fügte er achselzuckend hinzu.

Es erschien ihr ratsam, für den Augenblick das Thema zu wechseln, bevor offensichtlich wurde, wie sehr sie sich dafür interessierte. »Wir hören schon seit einer Ewigkeit von einem möglichen Krieg mit Mexiko. Manche sagen, ein solcher Krieg sei unvermeidbar. Glauben Sie, es wird dazu kommen?«

»Es kann gar nicht anders kommen. Sehen Sie sich doch nur an, was geschehen ist, seit sich Texas im letzten Herbst der Union angeschlossen hat. Zuerst weigern sich die Mexikaner, unseren John Slidell als amerikanischen Gesandten anzuerkennen, und werfen ihm die angebotenen vierzig Millionen für Kalifornien und New Mexico vor die Füße. Und jetzt besetzt ihr General Ampudia mit über fünftausend Mann den Streifen Land zwischen Rio Grande und Rio de la Nueces und stellt sich General Taylor und seinen Bataillonen in den Weg, nachdem die zu einem Marsch von Fort Jessup aus gezwungen waren, um sein Vorrücken zu verhindern. Wenn es nicht zu einer Auseinandersetzung kommt, dann esse ich mein Halstuch. Sobald da ein Kampf ausbricht, wird sich der Kongress für einen Krieg aussprechen müssen.«

»Und die Legion wird in den Kampf einbezogen werden?«

»*Naturellement*. Es wird eine Massenversammlung bei Hewlett's geben, um mehr Freiwillige zu rekrutieren, und ich rechne stündlich mit dem Marschbefehl. Texas liegt einfach zu dicht bei Louisiana, wie Sie wissen. Wenn wir ihnen nicht dort Einhalt gebieten, werden sie als Nächstes vor unserer Haustür stehen.«

»Papa sagt, die Scharmützel an der texanischen Grenze seien nichts weiter als ein Säbelrasseln, bei dem jede Seite ihre Degen und Gewehre präsentiert. Es werde nichts daraus entstehen, so wie auch nie etwas aus all dem Gerede entstand, seit Texas vor zehn Jahren unabhängig wurde.«

Hippolyte schüttelte den Kopf. »Diesmal ist es anders.«

»Aber diesen Krieg werden Sie ohne den *Kaintuck*-Fechtmeister austragen müssen.« Sie sah, wie Tante Lily blinzelte, als der Gentleman sie begrüßte. Die Billigung, die unter diesem leichten Kokettieren verborgen lag, versetzte Sonia einen Stich, weil es ihr wie ein Verrat vorkam.

»Das wird wohl so sein.« Hippolyte hielt kurz inne, dann fuhr er ein wenig schüchtern fort: »Ich frage mich, Mademoiselle Sonia, ob Ihr Interesse dem Krieg oder womöglich Monsieur Wallace gilt.«

Sie lächelte ihn schwach an. »Ich fürchte, Sie haben mich durchschaut. Was es mit diesem Gentleman auf sich hat, ist für mich insofern interessant, als dass er mich auf der Reise zu meiner Hochzeitsfeier als mein Beschützer begleiten soll.«

»*Quelle dommage*! Sie werden heiraten?«

»Ja, und zwar Jean Pierre Rouillard, wie es mein Vater arrangiert hat. Er befindet sich derzeit in Vera Cruz. Unser Gelübde werden wir ablegen, sobald ich mit Tante Lily eingetroffen bin.«

»Ihr Vater wird also nicht mit Ihnen reisen? Ich will sagen, ansonsten würden Sie niemand anders benötigen, der Sie eskortiert.«

»Leider ist er durch geschäftliche Angelegenheiten verhindert.« Wieder rang sie sich ein Lächeln ab. »Zweifellos ist es die Gefahr eines drohenden Krieges, die ihn glauben lässt, Monsieur Wallace' Anwesenheit sei notwendig.«

»Dann erklärt das, warum er die Legion verlassen hat. Wer würde einer so erfreulichen Pflicht nicht den Vorzug geben?«

»Das haben Sie sehr nett gesagt, aber ich bin mir sicher, es hat nichts mit mir zu tun, dass er diesen Posten annahm.«

Ihr Tanzpartner erwiderte darauf nicht sofort etwas, stattdessen nahm seine Miene einen nachdenklichen Ausdruck an. »Rouillard«, überlegte er. »Wissen Sie, ich glaube fast ...«

»Ja?«

»Ach, nichts. Es kann damit nichts zu tun haben, davon bin ich überzeugt.« Er schenkte ihr ein Lächeln, als die Musik verstummte. »Gestatten Sie mir, Ihnen zu Ihrer bevorstehenden Heirat zu gratulieren. Ich werde dafür beten, dass Sie sicher nach Mexiko gelangen. Ich wüsste zwar nicht, ob ich einer Lady aus meiner Familie gestatten würde, sich derzeit auf den Weg nach Vera Cruz zu begeben, aber ich bin mir sicher, dass Monsieur Wallace gut für Ihren Schutz sorgen wird. Und ich nehme nicht an, dass ich etwas Verletzendes über den Gentleman verlauten ließ.«

Das wäre ein Ding der Unmöglichkeit, dachte Sonia. Kerr Wallace hatte sie bereits dadurch auf das Äußerste beleidigt, dass er überhaupt existierte. Natürlich sprach sie das nicht aus, sondern nahm die Glückwünsche an und drehte sich zu ihrer Tante um, die mit dem Fechtmeister und dessen Freund zusammenstand. Tief in Gedanken versunken, ging sie wie von selbst in diese Richtung.

»Es ist eine wahrhaft traurige Angelegenheit, gegen den eigenen Willen verheiratet zu werden, Monsieur Wallace«, sagte ihre Tante, während Sonia sich näherte. »Ich spreche aus Erfahrung, müssen Sie wissen. Mein eigener Vater war so sehr davon überzeugt, es besser zu wissen als ich – aber reden wir nicht länger davon. *Ma chère* Sonia hat einen Hass auf diese Vorstellung entwickelt, der alles Vorstellbare übertrifft. Die Schuld daran gebe ich mir, weil ich sie mit den Romanen von Monsieur Scott und seinesgleichen bekannt machte. Mit der Zeit wird sie sich damit abfinden, so wie es die meisten von uns machen. Bis dahin kann man es ihr nicht verübeln, wenn sie sich dagegen sträubt und seufzend von der wahren Liebe träumt. Sie mag ein wenig starrsinnig sein, aber sie hat das gütigste Herz, das man sich wünschen kann.«

Die mit tiefer und ungewöhnlich melodischer Stimme vorgetragenen Liebenswürdigkeiten des Mannes aus Kentucky waren nicht so gut zu verstehen wie ihre Tante, aber Sonia versuchte es auch gar nicht erst. »Ich glaube, du vergeudest deine Zeit damit, Monsieur Wallace meine Gefühle zu erklären. Daran kann er kaum Interesse haben, und erst recht kümmert ihn nicht mein Herz.«

»Oh, da irrst du dich bestimmt«, widersprach ihre Tante und griff nach Sonias Arm, um sie zu sich zu ziehen. »Er scheint mir ein durchaus vernünftiger Gentleman zu sein.«

»Jedenfalls für einen *Kaintuck*«, fügte Kerr an und lächelte breit.

Sonia stutzte und reagierte irritiert auf den neckischen Ausdruck in seinen Augen, der ihnen einen silbrigen Glanz verlieh, auf die strahlend weißen Zähne, die einen krassen Kontrast zu seiner von der Sonne gebräunten Haut bildeten, und auf das plötzliche Auftauchen eines Zuges in seinem Gesicht, der nahe an ein Grübchen herankam. Diese Verwandlung erschreckte sie, da sie den Mann für todernst gehalten hatte.

»Ganz genau«, erwiderte ihre Tante auf seine Bemerkung und strahlte ihn an. Es war nicht zu übersehen, dass sie mit ihm flirtete. Mit einem Kopfnicken in Richtung seines Begleiters sagte sie an Sonia gewandt: »*Ma chère*, darf ich dir einen Freund von Monsieur Wallace vorstellen? Monsieur Christien Lenoir. Sein Salon liegt gleich neben dem von Monsieur Wallace in der Passage de la Bourse, wenn ich das richtig verstanden habe.«

»Absolut richtig, Madame.«

Der dunkelhaarige Fechtmeister nahm die Hand, die Sonia ihm hinhielt, und verbeugte sich so knapp, wie sie ihren Knicks ausfallen ließ. Als er dann einen Schritt nach hinten trat, warf er ihr einen forschenden Blick zu, gab aber nicht zu erkennen, zu welchem Schluss er gelangt war. Seine Augenbrauen waren dunkle Streifen über den tief liegenden, fast schwarzen Augen, die Gesichtszüge waren schroff, doch auf eine antike Weise zugleich auch edel. Das Haar, das frei war von jener Pomade, mit denen die meisten Gentlemen ihre Locken bändigten, wies den Glanz von schwarzem Satin auf. Die Art, wie er seinen wohlgeformten Mund verzog, als er seinem Freund einen Blick zuwarf, schien etwas Mitleidvolles zu vermitteln.

Der Mann aus Kentucky bekam davon nichts mit, denn er war ganz auf Sonia konzentriert, wie sie feststellen musste. Sein Mund war ein wenig geöffnet, als wolle er etwas sagen. Sie vermutete, dass er sie um den nächsten Tanz bitten wollte. Das Gefühl, das sich daraufhin in ihrer Brust regte und ihr vorkam wie das Flattern von Schmetterlingen, war so beunruhigend, dass sie sich abrupt zu ihrem vorangegangenen Tanzpartner umwandte, der ihr gefolgt war und sich hinter sie gestellt hatte.

»Ich glaube, Sie kennen diesen Gentleman, Monsieur Ducolet.«

Tante Lily lachte leise auf. »*Mon Dieu, chère*, was für eine Vorstellung. Monsieur Wallace, Monsieur Lenoir, dies ist Monsieur Hippolyte Ducolet.«

Während man sich begrüßte und an frühere Fechtkämpfe erinnerte, setzte der nächste Walzer ein, womit die Gelegenheit verpasst war, sich wieder zu den anderen auf die Tanzfläche zu begeben. Monsieur Wallace schien den Impuls vergessen zu haben, obwohl er seinen Blick über Sonias Körper wandern ließ, ehe er sich erneut Tante Lily zuwandte. »Sagen Sie doch bitte Kerr zu mir, Madame. Auf Förmlichkeiten zu bestehen erscheint albern, wenn wir doch schon in wenigen Stunden auf engstem Raum zusammenleben werden.«

»Ich fürchte, mein Freund empfindet alles Förmliche als absurd«, meinte Christien Lenoir ironisch.

»Das ist es ja auch. Die Leute könnten hier genauso gut auf einen Vornamen verzichten. Ein Mann und eine Frau können seit vierzig Jahren das Bett teilen, ein Dutzend Kinder haben und sich gegenseitig bei Krankheit und Trauer Trost spenden, und trotzdem reden Sie sich gegenseitig immer noch mit Monsieur oder Madame an, wenn einer von ihnen bereits im Sterben liegt. Kann es etwas Lachhafteres geben?«

»Monsieur!«

Verwundert sah Kerr Tante Lily an. »Was habe ich denn gesagt? Ach so, den Teil über das Bett und die Kinder. Ich hoffe, Sie sehen mir das nach, doch ist das nicht der wesentliche Punkt? Man stelle sich nur vor, wie die beiden von der Leidenschaft erfasst ...«

»Das werden wir uns nicht vorstellen, wenn ich bitten darf.« Tante Lily tippte ihm dabei auf den Arm, ihr Tonfall war bestimmend, doch in ihren Augen lag abermals dieses Funkeln. »Diese Höflichkeit, die Sie so verabscheuen, ermöglicht ein angenehmes Leben, *n'est ce pas*, vor allem in der Ehe. Wo wären wir, wenn jeder genau das sagen würde, was er denkt und fühlt, völlig ohne Manieren und ohne Rücksicht auf die Konsequenzen? Männer und Frauen könnten niemals zusammenleben, ohne sich zu streiten. Ich wäre sehr überrascht, wenn sie sich nicht schon eine Woche nach der Hochzeit gegenseitig an die Gurgel gehen würden.«

Kerrs Verbeugung war höflich, doch ihr fehlte es an der Tiefe wahrer Demut. »Ich ziehe meine Behauptung zurück, Madame. Ich bin mir sicher, auf diesem Gebiet haben Sie weit mehr Erfahrung vorzuweisen als ich.«

»Unverschämter Schuft.« Sie bedachte ihn mit einem entrüsteten Blick. »Aber Sie sprachen davon, wir müssten bald auf engstem Raum zusammenleben. Wie meinten Sie das?«

»Nichts Skandalöses, das versichere ich Ihnen. Ich wollte Sie damit nur wissen lassen, dass die Fracht des Dampfschiffs nach Vera Cruz gelöscht und neue Ladung an Bord genommen wurde. Man wartet jetzt nur noch auf den Befehl zum Ablegen.«

»O weh.«

»Sind Sie sich da sicher?« Sonia konnte sich ihren grimmigen Tonfall nicht verkneifen.

»Sehr sicher«, antwortete der Mann aus Kentucky äußerst liebenswürdig.

»Wenn alles reibungslos verläuft, werden wir morgen Nachmittag an Bord gehen, und am Morgen darauf wird das Schiff auslaufen.«

»Wie freundlich von Ihnen, uns das wissen zu lassen.«

Vermutlich genoss er es, ihr diese Nachricht zu überbringen, weil er wusste, mit welchem Widerwillen Sonia sie aufnahm. Dennoch musste sie ihm zugutehalten, dass er die Ankündigung nicht an die große Glocke hängte, sondern es ihr mehr beiläufig sagte. Es änderte aber nichts an dem Mienenspiel rund um seine Mundwinkel, das ihr Blut zum Kochen brachte.

»Da ich von Ihrem Vater nichts Gegenteiliges gehört habe, werde ich zur verabredeten Zeit auf der *Lime Rock* eintreffen. Wenn ich Ihnen mit dem Gepäck helfen kann, so werden Sie mich das sicherlich wissen lassen.«

»Das wird bestimmt nicht nötig sein.«

»Wie Sie wünschen. Mit dem Ablegen werde ich meine Posten antreten. Sobald die Reise beginnt, werde ich zu Ihnen kommen.«

Er sprach ruhig und ohne irgendwelche Betonung, dennoch konnte sie sich gut vorstellen, dass er dankbar war, von ihrem Vater nicht abgelehnt worden sein. Aber sie würde ihm nicht den Gefallen tun, ihn erkennen zu lassen, dass sie es wusste. Also schwieg sie einfach.

»Wir freuen uns schon darauf, Sie dort zu sehen«, antwortete ihre Tante für sie in einem viel höflicheren Tonfall, als es nötig gewesen wäre. »Zweifellos wird die Reise so langweilig und ereignislos verlaufen, wie man es sich nur wünschen kann. Aber sollte das nicht der Fall, dann können wir beruhigt sein, dass Sie in unserer Nähe sind.«

»Ich werde alles tun, um nicht das Vertrauen zu enttäuschen, das Sie in mich setzen, Madame.«

Kerr Wallace' Verbeugung mangelte es an wahrer Eleganz, dennoch war sie höflich und zurückhaltend – ganz im Gegensatz zum zynischen Leuchten in seinen Augen, in das sich Vorfreude zu mischen schien. Ein Leuchten, das sehr beängstigend wirkte.

Einen Moment lang fühlte sie sich an ihren Auftritt als zänkisches Weib wenige Tage zuvor erinnert, ebenso an die Situation kurz darauf, als sie Monsieur Wallace auf der Straße angesprochen hatte und der Regen ihre Schminke verlaufen ließ. Wie peinlich war ihr doch ihr Spiegelbild erschienen, als sie sich nach der Heimkehr im Spiegel betrachtete. Heute Abend hatte sie mit diesem Erscheinungsbild nichts mehr gemein. Zweifellos würde ihn der Eindruck, den sie bei ihm in ihrem Ballkleid hinterließ, jenes andere Bild vergessen lassen.

Und selbst wenn nicht, wäre es ihr auch egal gewesen. Sie würde nicht auf der *Lime Rock* sein, wenn die ablegte, sie benötigte nicht Monsieur Wallace' Begleitung, und es konnte ihr gleich sein, wie er über sie dachte.

Sie würde woanders sein, wenn das Dampfschiff sich auf den Weg nach Vera Cruz machte und dem Fluss in Richtung Golfküste folgte. Sollte der Mann aus Kentucky darin Genugtuung finden, wenn ihm das gelang.

Viertes Kapitel

Kerr saß auf einem Stuhl in einer Schenke nahe seinem Salon, ein Bein hatte er vor sich ausgestreckt, auf dem Tisch neben ihm stand ein Glas Bier. Missgelaunt und nicht zum Reden aufgelegt, trommelte er mit den Fingern auf die mit Kerben übersäte Tischplatte. Christien hatte ihm gegenüber auf einem Hocker Platz genommen. Männer aller Couleur füllten dieses Lokal, unterhielten sich lautstark, tranken und rauchten Stumpen oder selbst gedrehte Zigaretten, deren Qualm die Luft noch stickiger machte. Kerr nahm von alledem kaum Notiz. Stattdessen machte er eine verdrießliche Miene. Er vernahm nur zu deutlich die leisen Walzerklänge aus dem Hotel, wo der Ball noch bis zum Morgengrauen weitergehen würde. Sie beide hatten den Ball vor einer Stunde verlassen. Nun quälten ihn Bedenken, deren Ursache sich nicht näher bestimmen lassen wollte. Bedenken, die Mademoiselle Bonneval betrafen.

Sonia war an diesem Abend viel zu ruhig und zu beherrscht gewesen. Über ihren Augen hatte eine Art Schleier gelegen, und ihr Lächeln hatte er als zu einstudiert empfunden. Die bei ihrer ersten Begegnung zur Schau gestellte Abneigung hatte sie aufgegeben, zumindest vermittelte sie diesen Eindruck. Aber er war sich sicher, dass sie sich noch längst nicht in ihr Schicksal gefügt hatte.

Diese Lady plante etwas, darauf hätte er schwören können.

Beinahe hätte er sie um einen Tanz gebeten. Sie ein paar Minuten lang in seinen Armen halten zu können, während sie sich im intimen Kontakt des Walzers über die Tanzfläche bewegten, war eine Vorstellung, die in ihm diesen Wunsch geweckt hatte. Was ihn jedoch davon abhielt, ihn in die Tat umzusetzen, war ihre undurchschaubare Miene. Es wäre durchaus möglich gewesen, dass sie ihm, ohne zu zögern, einen Korb gegeben hätte, und ihm hatte der Sinn nicht nach einer öffentlichen Demütigung gestanden.

»Hast du schon gepackt? Und hast du alles für diese Reise nach Mexiko arrangiert?«

Christien blinzelte und betrachtete sein Gegenüber genau, wie Kerr feststellen musste. Christien war ein guter Freund, aber ein unangenehmer Gegner. Ganz in der Art derjenigen, die in den Wäldern aufgewachsen waren, entging ihm nur wenig von dem, was sich um ihn herum abspielte, und er spürte verdammt gut, woher der Wind wehte. Es kam ihm vor, als hätte sein Freund wahrgenommen, was ihm durch den Kopf ging. Am besten wäre es wohl, ihn von dem Thema wegzulotsen.

»Nur noch ein paar Kleinigkeiten«, bestätigte er nickend. »Habe ich mich eigentlich schon bei dir bedankt, dass du während meiner Abwesenheit auf meinen Salon aufpasst?«

»Mindestens ein halbes Dutzend Mal. Mach dir darüber nicht weiter Gedanken, sorg lieber dafür, dass du heil zurückkommst.«

»Das ist meine Absicht, das garantiere ich dir.«

»Und ich werde dich daran erinnern. Ich kann mit meiner Zeit Besseres anfangen, als deine Habseligkeiten zu verkaufen, um deine Miete zu bezahlen.«

»Dazu sollte es gar nicht erst kommen, aber falls doch ...« Kerr ließ den Satz unvollendet und zuckte fatalistisch mit den Schultern.

»Dann ist es eine Sache von Leben und Tod.«

»So kann man das sagen.«

Kerr war nicht der Typ, der über sich oder sein Geschäft redete. Je weniger Menschen wussten, was er wusste, desto besser. Diese wortkarge Einstellung lag in der Familie. Sein Vater war so gewesen, sein Großvater ebenso bis zurück zum Clan der Wallace' aus den schottischen Highlands. Als starrsinnigen Stolz und als das Bedürfnis, die Zügel in der Hand halten zu wollen, hatte seine Mutter es immer bezeichnet. Vielleicht hatte sie damit ja recht gehabt.

»Die Lady schien nicht übermäßig erfreut, als sie erfuhr, dass die *Lime Rock* bald auslaufen wird.«

Das Licht der vom Ruß matten Laternen glitt über Christiens schwarzes Haar, als er den Kopf neigte.

»Das ist mir auch aufgefallen.«

»Ich kann nicht sagen, dass ich dich darum beneide, mit ihr diese Reise zu unternehmen.«

Kerr sah seinen Freund skeptisch an. »Wenn du meinst, ich glaube, dass …«

»Gott bewahre, ich schwöre es dir. Ich bevorzuge meine Frauen sanfter und fügsamer.«

»Vorsicht, mein Freund. Den alten Göttern macht es Spaß, einem Mann seine eigenen Worte zum Nachtisch zu servieren und mit einer gehörigen Portion Problemen zu versalzen.«

»Das erfährst du gerade am eigenen Leib, nicht wahr?«

»Wie meinst du das?«

»Warst du nicht der Mann, der jedem Versuch der Ehefrauen seiner Freunde aus dem Weg ging, für ihn eine Frau zu finden? Der unerschrockene Fechtmeister, der mit einer verwöhnten Kreolen-Schönheit nichts anfangen konnte und keine Zeit für solche Spielereien hatte? Und nun sieh dich an, was aus dir geworden ist.«

»Ich habe mich verpflichtet, eine Lady zu ihrer Hochzeit zu begleiten, weiter nichts.«

»Aber du wirst auf sie aufpassen, nicht aus den Augen lassen und dafür sorgen, dass ihr nichts zustößt. Ehe du es dich versiehst, wirst du ihr wie ein kranker Welpe hinterherlaufen.«

Kerr sah ihm in die Augen und hielt dem Blick seines Gegenübers stand. »Ich würde darauf kein Geld wetten.«

Christien redete ungerührt weiter. »Oder du rennst hin und her und fluchst, während du dich fragst, wohin sie verschwunden sein kann, als du ihr einen Moment lang den Rücken zugedreht hast. Mademoiselle Bonneval wirkt auf mich wie eine Lady, die ihren eigenen Willen hat. Sie wirst du nicht wie ein Pferd an einer Stelle festbinden und erwarten, dass es sich bis zu deiner Rückkehr nicht von der Stelle gerührt hat.«

»Ich bin dir für diese weise Erkenntnis dankbar, da ich von selbst niemals auf eine solche Idee gekommen wäre.«

»Oh, ich zweifle nicht daran, dass du auf alles gefasst bist. Das Problem ist nur, die Lady ist ihrerseits zu allem bereit, und sie scheint über ihr Schicksal nicht sehr glücklich zu sein. Wenn du und ihr Vater einmal nicht hinsehen, wird sie auf und davon sein.«

Kerr verspürte ein Kribbeln im Nacken, dann lief ihm ein Schauer über den Rücken. Soeben hatte Christien das in Worte gefasst, worüber er selbst bereits die ganze Zeit nachgedacht hatte. Das war genau das gewesen, was ihn an Sonia Bonneval an diesem Abend so gestört hatte: ihre Stimmung, ihre gefasste Art, wie sie nach der ersten Überraschung die Nachricht von der bevorstehenden Abfahrt der *Lime Rock* aufnahm.

Sie hatte gar nicht vor, an Bord zu sein, wenn das Schiff ablegte. Sie wollte vor der Hochzeit und vor ihm davonlaufen.

Die Stuhlbeine schabten über den Steinboden, als Kerr plötzlich aufsprang. Aus seiner Hosentasche zog er einige Münzen, warf sie auf den Tisch und wandte sich zum Gehen.

»Augenblick, wohin willst du denn?«, rief Christien ihm nach.

»Nach meiner Schutzbefohlenen sehen«, antwortete er über die Schulter hinweg.

»Du hast sie vor uns den Ball verlassen sehen. Sie wird längst im Bett liegen.«

»Davon will ich mich ja überzeugen.«

Hinter ihm murmelte Christien irgendetwas, aber Kerr machte sich nicht die Mühe nachzufragen. Er glaubte allerdings etwas in der Art gehört zu haben, dass Götter was zu lachen hatten.

Stunden später ging ihm die Unterhaltung in der Kneipe immer noch durch den Kopf, als er sich gegenüber dem Stadthaus der Bonnevals an die Hauswand lehnte. Durch das Gespräch mit Christien war er auf die richtige Fährte gebracht worden. Er war sich so sicher gewesen, dass Mademoiselle Bonneval sich absetzen wollte und sie ihre Siebensachen packte, um sich aus dem Haus zu schleichen und bei einer Freundin oder einer Verwandten Unterschlupf zu finden. Zumindest hatte er das geglaubt.

Jetzt war er sich da längst nicht mehr so sicher. Die Nacht war fast vorüber, und er stand immer noch da und beobachtete wie ein liebeskranker Dummkopf ihr Fenster. Jetzt fehlte ihm nur noch eine Gitarre, und er hätte in bester kreolischer Manier ein Lied anstimmen können wie jemand, der um seine Geliebte warb. Allerdings konnte ihm so etwas nicht widerfahren, da er nicht in der Lage war, eine Melodie zu halten. Vielleicht hätte er sich dennoch besser eine Mundorgel oder Geige beschafft, damit er eine Ausrede hatte, wenn die Gendarmen das nächste Mal auf ihrer Runde bei ihm vorbeikamen.

Würde er nur einen Funken Verstand besitzen, dann hätte er sich in seine Räumlichkeiten über dem Salon begeben, um etwas Schlaf zu bekommen. Noch eine Stunde, und dann würde er genau das machen. Bis dahin war der neue Tag angebrochen, und es war zweifelhaft, dass sie dann noch die Flucht antreten würde.

Womöglich war das aber ohnehin nie ihre Absicht gewesen. An wen sollte sie sich auch wenden? Wer würde sie bei sich aufnehmen, wenn er wusste, er würde es mit Monsieur Bonneval zu tun bekommen?

Was war ihr Vater doch für ein altmodischer Kerl. Es war schon schlimm genug, sie mit einem Mann zu verheiraten, den sie kaum kannte, aber er musste sie auch noch unmittelbar vor dem Ausbruch eines Kriegs in ein fremdes Land schicken. Alles Mögliche konnte ihr zustoßen. Armeen waren dafür bekannt, mit Zivilisten nicht allzu freundlich umzuspringen, wenn die ihnen in die Quere kamen – erst recht nicht mit solchen, die aus dem Land des Gegners kamen. Und Sonia mit Rouillard zu verheiraten stellte ein weiteres Risiko dar. Wer wusste schon, wie er eine Frau behandeln würde? Seine Frau saß bei ihm in der Falle und konnte sich an niemanden wenden, der ihr helfen würde, sollte sich ihr Gemahl von seiner brutalen Seite zeigen.

Allerdings war nicht anzunehmen, dass es überhaupt dazu kommen würde. Ginge es nach Kerr, dann wäre die Ehe vorüber, noch bevor sie geschlossen worden war – und sein Entschluss stand fest, *dass* es nach ihm ging.

Zu schade, dass er ihr nicht sagen konnte, sie müsse sich keine Sorge machen, weil sie noch vor der Hochzeitsnacht Witwe sein würde. Das Problem daran war, er konnte es ihr nicht garantieren. Womöglich würde Rouillard derjenige sein, der die Konfrontation überlebte. Ein anderer Grund für sein Schweigen war der, dass Frauen unberechenbar waren. Vielleicht war sie ja nur beleidigt, weil ihr Zukünftiger sich nicht die Mühe gemacht hatte, angemessen um sie zu werben. Wenn sie nun erfuhr, dass sein Leben in Gefahr war, könnte sie sich ihm gegenüber verpflichtet fühlen und es ausposaunen, sobald sie ihn zu sehen bekam. Was würde ihm das einbringen?

Zumindest unternahm sie die Reise nicht allein. Ihre Tante Lily würde da sein, um ihr beizustehen und Trost zu spenden. Ob sie bei ihrer Nichte bleiben oder nach New Orleans zurückkehren würde, wusste er nicht, auf jeden Fall fühlte er sich durch sie nicht ganz so schuldig.

Ein Schatten bewegte sich über die Jalousien vor der Doppeltür des Schlafzimmers im ersten Stock. Er wusste, es war Sonias Zimmer, weil er sie zuvor beobachtet hatte, wie sie dort die Vorhänge zugezogen hatte. Über ihrem Nachthemd hatte sie einen Überwurf getragen, und ihr Haar war zu einem langen Zopf geflochten, der ihr bis zu den Hüften reichte. Obwohl er sie nur einen winzigen Moment zu sehen bekommen hatte, erschien es ihm, als sei dieser Anblick in sein Gedächtnis eingebrannt worden. Allein der Gedanke ließ in seinen Lenden eine solche Hitze entstehen, dass er unruhig von einem Bein aufs andere trat.

Welche Art von Nachthemd mochte sie wohl tragen? Etwas Hauchdünnes, mit Spitze besetzt und mühelos auszuziehen – so wie die Handvoll Seide, das er einer ihm zugetanen Schauspielerin des St. Charles Theater abgestreift hatte? Nein, das war nicht zu hoffen. Er vermutete eher einen zweckmäßigen Baumwollstoff, etwas, das bis zum Hals zugeknöpft werden konnte – mit jener Art von Verschluss, die einen Mann zum Fluchen bringen konnte. Und das um Hals und Handgelenke herum mit diesem kratzigen weißen Zeugs besetzt war, das von Nonnen gestickt wurde. Ja, so etwas musste es sein.

Aber warum sorgte dieses Bild dann dafür, dass sein Herz so laut in seiner Brust hämmerte?

Während er nach oben sah, bemerkte er, dass das Licht im Zimmer dunkler wurde und verlosch. Endlich ging sie zu Bett. Es hatte auch lange genug gedauert. Nur weil sie sich nicht schlafen legte, hatte er so lange in der Dunkelheit ausharren müssen. Er fragte sich, ob sie wohl damit beschäftigt gewesen war, ihren Koffer zusammenzustellen und das Abendkleid sowie andere, unaussprechliche Kleidungsstücke einzupacken, die sie auf dem Ball getragen hatte. Ihr

Schatten war wiederholt über das Fenster gehuscht, wobei sie jedes Mal etwas in den Armen gehalten hatte.

Oder war sie rastlos im Zimmer auf und ab gegangen, während sie fieberhaft überlegte, wie sie ihm entkommen konnte? Diese Möglichkeit tat ein Übriges, dass er keine Ruhe finden wollte.

Er holte seine Taschenuhr hervor, warf einen Blick darauf und steckte sie wieder weg. Er würde ihr genug Zeit lassen, um einzuschlafen, und dann würde er sich auf den Heimweg machen, um sich ebenfalls ins Bett zu legen. Was für eine Schande, dass er allein schlafen musste. Die vor ihm liegende Reise drohte zu einer langwierigen Tortur zu werden, wenn er sich bei jedem Geräusch und jeder Bewegung von Sonia Bonneval gleich nach ihr verzehrte.

An diesem Abend war sie ihm recht blass vorgekommen, was bei ihm Unbehagen ausgelöst hatte – bis ihm klar geworden war, dass sie nicht geschminkt war.

Wie eigenartig, dass sie zu Hause zu Schminke griff, nicht aber, wenn sie zu einem Ball ging. Ihm drängte sich die Frage auf, ob sie für gewöhnlich auf Schminke verzichtete und sie an dem Abend in ihrem Haus nur so aufgetreten war, um ihm einen Gefallen zu tun. Wenn sie glaubte, ihn auf diese Weise aus der Reserve locken zu können, dann befand sie sich auf dem Holzweg.

Aber Moment ... nein, das wäre das Letzte, was sie bei ihm erreichen wollte. Folglich musste sie das genaue Gegenteil angestrebt haben. Doch auch damit war sie einem Irrglauben erlegen, denn ob sie nun geschminkt war oder nicht, löste sie bei ihm immer die gleiche unerfreuliche Reaktion aus. Obwohl er ihren Vater kennengelernt hatte, konnte er sich nicht vorstellen, dass sie je die Gelegenheit bekommen haben sollte, etwas anderes zu sein als ein mustergültiges Beispiel an Tugendhaftigkeit.

Ohne jeden Zweifel schlief sie den Schlaf der unerfahrenen Jungfrau, frei von allem brennenden Verlangen, frei von jeglicher Versuchung. Ihr zukünftiger Ehemann würde ihr diese Unschuld nehmen, ein Gentleman, den sie kaum kannte. Was für eine Schande, und was für eine Vergeudung. Aber wenn es nach Kerr gehen sollte, dann würde dieser Mann nicht Rouillard sein, so viel stand fest.

Bislang war er in seinen Grübeleien nie zu einer solchen Entschlossenheit gelangt. Warum es ihm mit einem Mal so wichtig war, die Hochzeitsnacht zu verhindern – das war eine Frage, der er sich lieber nicht zu eindringlich widmen wollte.

Er hatte sich in der Lady getäuscht, denn offenbar verschwendete sie gar keinen Gedanken daran, sich gegen ihr Schicksal zur Wehr zu setzen. Warum er so sicher war, dass sie etwas im Schilde führte, konnte er sich nicht recht erklären. Es handelte sich wohl um eine Mutmaßung, einen Instinkt. Und vielleicht war auch Angst im Spiel gewesen. Er war so weit gekommen, da konnte er es sich nicht leisten, dass sie ihm entwischte. Eigentlich hätte er sich bei ihr entschuldigen müssen, weil er ihr so misstraut hatte, aber dafür wäre es erforderlich gewesen, ihr seinen Argwohn zu gestehen. Das war natürlich völlig undenkbar, also würde er es auf eine wortlose Weise erledigen. Mehr konnte er sich selbst nicht zugestehen, denn nur deswegen war er auch engagiert worden.

Plötzlich bemerkte er eine Bewegung an der Doppeltür, die er die ganze Zeit über so unverdrossen beobachtet hatte. Die Tür ging auf, eine schlanke Gestalt trat nach draußen auf den Balkon. Sie trug einen dunklen Mantel und eine Hose, in einer Hand hielt sie einen Zylinder.

Die Lady hatte also mitternächtlichen Besuch empfangen.

Dann war sie also gar nicht so unschuldig, wie er angenommen hatte.

Kerrs Mundwinkel verhärteten sich. Er hätte es wissen sollen. Das erklärte Mademoiselle Bonnevals hartnäckigen

Widerspruch gegen ihre arrangierte Heirat ebenso wie die Suche ihres Vaters nach einem Bewacher, der sicherstellen sollte, dass sie auch bei ihrem Bräutigam ankam. Ihr Liebhaber musste schon etwas Skandalöses auf dem Kerbholz haben und für sie gänzlich ungeeignet sein, dass solche Maßnahmen erforderlich wurden, die Tochter zu verheiraten.

Kerr hatte fast schon Mitleid mit dem armen Teufel, der gezwungen war, sich mit einem letzten heimlichen Besuch von ihr zu verabschieden. Seine Geliebte würde am Nachmittag an Bord der *Lime Rock* gehen, und damit war das Ende dieser Affäre gekommen.

Es konnte nicht schaden, dem Gentleman diese Tatsache vor Augen zu halten, überlegte Kerr. Es durfte kein hysterisches Lebewohl geben, auch keine Rettungsversuche in letzter Minute oder andere zum Scheitern verurteilte Heldentaten.

Kerr stieß sich von der Hauswand ab und überquerte lautlos die Straße. Als er das Stadthaus erreichte, hörte er auf dem Balkon über sich leise Schritte. Den Mann konnte er nicht länger sehen, da der genauso wie er selbst von dem Balkon verdeckt wurde. Vermutlich bewegte er sich zu dem geriffelten Metallpfeiler gleich neben Kerr. Der ging genau dort in Position und wartete ab.

Das Balkongeländer knarrte, als der Unbekannte darüberkletterte, dann konnte Kerr die Stiefel des Gentlemans sehen, der langsam an dem metallenen Pfeiler nach unten glitt. Etwas an der schlanken Statur des Mannes irritierte Kerr für einen winzigen Augenblick, doch es blieb keine Zeit, sich damit zu befassen, da er bereits zum Angriff überging. Er bekam den Schurken zu fassen, umklammerte ihn mit den Armen und wollte ihn mit sich zu Boden ziehen.

Seine Hände ertasteten sanfte, rundliche Formen, ein Duft nach Seife und Veilchen hüllte ihn ein. Im gleichen Moment stieß sein Opfer einen gellenden Schrei aus, der ihn so erschreckte, dass er seinen Griff ein wenig lockerte und zurückwich, stolperte und zu Boden fiel, den mysteriösen Gentleman aber mit sich riss. Die Luft wurde ihm aus den Lungen gepresst, als Mademoiselle Bonneval auf ihm landete und er zusätzlich den Druck ihrer Hüften auf seinen Lenden spürte.

Fünftes Kapitel

Ein paar Sekunden lang lag Sonia wie benommen da, dann gewannen Wut und Entsetzen die Oberhand. Sie fuchtelte mit den Armen und trat nach ihm, wobei sie wieder und wieder versuchte, sich aus der unerbittlichen Umklammerung ihres Gegenübers zu befreien. Ihr Atem ging keuchend, und der Rand ihres Gesichtsfeldes wurde langsam schwarz.

Es war einfach nicht gerecht, dass sie unbemerkt das Haus verlassen hatte, um einem betrunkenen Seemann oder Gewohnheitssäufer in die Hände zu fallen, der heimwärts taumelte. Das war nicht gerecht …

»Hören Sie auf! Sonst schwöre ich, dass ich …«

Diese Stimme! Dieser verdammte Akzent!

Kerr Wallace. Das durfte doch nicht wahr sein, aber … er war es tatsächlich. Sie verstärkte ihre Anstrengungen, um sich von ihm loszureißen und schaffte es, ihm einen Ellbogen in die Rippen zu stoßen.

»*Verdammt noch mal!*«

Vor ihren Augen verwandelte sich die Welt in einen Wirbel aus Schwarz und Rot, Beige und Braun. Sie fiel auf den Rücken und konnte noch eben einatmen, bevor ein muskulöser Körper auf ihr landete. Lange Beine legten sich um ihre und drückten sie zu Boden, die Handgelenke wurden in einen stählernen Griff genommen und links und rechts von ihrem Kopf auf den Boden gepresst. Ein schwerer Körper legte sich auf ihre Brust und machte es Sonia unmöglich, sich zu rühren.

Sie kniff die Augen zusammen, da sie ihn nicht sehen

wollte. »Sofort runter von mir«, fauchte sie ihn an. »Lassen Sie mich gehen!«

»Und wohin?«, wollte er wissen, während er sich hochdrückte, um sie anzusehen. »Was haben Sie vor, dass Sie wie ein Knabe gekleidet sind, der sich einen vergnügten Abend machen will? Eine Zielscheibe für jeden Schuft von hier bis zur Levee Street? Sie können von Glück reden, dass ich auf Sie aufgepasst habe.«

»Glück?« Sie warf dem *Kaintuck* einen zornigen Blick zu. »Wären Sie nicht gewesen, dann würde ich ...«

»... nicht an Bord der *Lime Rock* gehen, nicht wahr?«, führte er den Satz zu Ende, den sie abrupt abgebrochen hatte. »Und wohin wollten Sie gehen, so ganz ohne Gepäck? Falls Sie durchbrennen wollen, schlagen Sie sich das gleich wieder aus dem Kopf.«

»Als ob ich das wollte! Das Letzte, was ich gebrauchen kann, ist ein Mann oder gar ein Ehemann.«

Plötzlich schien er zu erstarren, als liege ihm etwas auf der Zunge, was er besser nicht laut aussprechen sollte. Gleichzeitig wurden ihr seine Wärme und sein Gewicht bewusst, das auf ihrem Körper und vor allem am Ansatz ihrer Oberschenkel ruhte. Sein Geruch – eine Mischung aus gestärktem Leinenstoff, warmer Wolle und purer Männlichkeit – umgab sie, und sie fühlte sich unglaublich bereit zu allem, was er womöglich tun würde. Dabei kam sie sich auf eine Weise verwundbar vor, die ihr so fremd war, dass sie von Panik erfasst wurde. Ihr Herz schlug wild in ihrer Brust, die sich mit jedem angestrengten Atemzug hob und senkte. Ihr Busen drückte so sehr gegen seinen Oberkörper, dass sie sich fragte, ob er fühlen konnte, wie ihre Brustspitzen hart wurden. Wut, Trübsal und ungestümes Verlangen lieferten sich einen wilden Kampf in ihrem Kopf und ließen ihr Tränen in die Augen steigen.

Ein gehauchter Fluch trieb über ihr durch die Nacht.

Kerr Wallace richtete seinen Oberkörper auf und schob

ein Knie zwischen ihre Beine, um sich aufstützen zu können, dann schließlich stand er auf, zog Sonia aber mit sich hoch, da er ihre Handgelenke nach wie vor umschlossen hielt.

Da sie völlig unvorbereitet auf die Füße gezogen wurde, schwankte sie im ersten Moment ein wenig und kippte gegen ihn. Er legte die Arme um sie, damit sie nicht hinfiel. Es war, als sei sie von einer dicken Mauer umgeben. Seine Brust war fest und muskulös, die Arme gaben unter Sonias Gewicht kein bisschen nach. Einen Augenblick lang fühlte sie sich behütet und geschützt, vor allen denkbaren Gefahren in Sicherheit. Der Wunsch, sich einfach nur gegen diesen Mann sinken zu lassen und sich keine Sorgen mehr machen zu müssen, war so überwältigend, dass ihr schwindelig wurde.

Dieser war jedoch erschreckender als alles, was zuvor geschehen war. Sie wich mit solcher Abscheu vor ihm zurück, dass sie mit dem Rücken gegen den Balkonpfeiler hinter sich stieß und die ganze Konstruktion erzitterte. Eine Hand an den Hals gelegt und die Augen zu schmalen Schlitzen verengt, atmete sie gereizt durch.

»Und jetzt?«, wollte sie wissen. »Werden Sie die Türglocke läuten und mich meinem Vater übergeben?«

»Warum denn das? Damit Sie wieder aus dem Fenster steigen, sobald er sich umgedreht hat?«

Genau das hatte sie sich überlegt. Es änderte nichts an ihrer Absicht, dass er sie durchschaute. »Sie könnten ihm ja auch empfehlen, mich zu fesseln, bis die *Lime Rock* ablegt. Überlegen Sie doch mal, wie viel Mühe Ihnen damit erspart bliebe. Morgen könnten Sie mich zum Hafen transportieren, wie man ein verschnürtes Schwein zum Markt bringt.«

»Keine schlechte Idee«, meinte er gedehnt.

Sie hatte gedacht, es könnte nicht mehr schlimmer kommen, aber das war ein Irrtum gewesen.

Unerwartet bückte er sich, als verfolge er irgendeine perverse Absicht, griff nach ihrem Handgelenk und zog sie an sich. Ihr Atem wurde ihr mit einem gar nicht damenhaften Grunzlaut aus den Lungen gedrückt, da sie mit dem Solarplexus gegen seine harte Schulter traf. Als er sich dann wieder zu seiner vollen Größe aufrichtete, lag sie auf einmal über seiner Schulter. Sie spürte, wie er seinen Arm um ihre Kniekehlen legte, sich mit ihr umdrehte und dann in Richtung Fluss die Straße entlangging.

Ein erstickter Schrei kam ihr über die Lippen, als eine nie zuvor gekannte Wut sie überwältigte. Sie schaukelte bei jedem seiner ausholenden Schritte hin und her, doch sein Arm war wie eine stählerne Klammer, und seine langen Finger bohrten sich in ihren Oberschenkel. Das Blut stieg ihr in den Kopf, ihre Schläfen begannen zu pochen, und sie musste schlucken, damit ihr der Mageninhalt nicht nach oben kam. Der Hut war ihr beim Sturz aufs Pflaster vom Kopf gerutscht, und nun lösten sich auch noch ihre Haarnadeln und fielen mit leisem Klimpern auf den Fußweg. Damit geriet die Fülle ihrer Haarpracht außer Kontrolle. Außer sich trommelte sie mit den Fäusten auf seinen Rücken, aber er schien davon nichts zu bemerken. Stattdessen brachte sie sich durch ihre heftigen Bewegungen aus dem Gleichgewicht und musste sich an seiner Jacke festklammern, wenn sie nicht kopfüber auf die Straße stürzen wollte.

»Was ... tun Sie ... da?«, brachte sie mühsam heraus. »Lassen Sie ... mich runter. Mein Vater wird ...«

»Was wird er? Mir einen Orden verleihen?« Er zog sie ein Stück weit nach vorn, sodass ihre Pobacke gegen seinen kantigen Kiefer drückte. »Rufen Sie ruhig nach Ihrem Papa, nur zu. Es sei denn, Sie wollen ihm jetzt lieber nicht gegenübertreten.«

Er hatte natürlich recht. Das Letzte, was sie wollte, war, von ihrem Vater so gesehen zu werden und ihm ihr Vorhaben gestehen zu müssen, wäre ihre Flucht nicht vereitelt worden. Dieser Gedanke war so unerträglich, dass er ihr die Kehle zuschnürte und sie keinen Ton herausbekam.

Seine Art, einfach wie eine unaufhaltsame Naturgewalt weiterzugehen, während er sie über die Schulter trug, ließ sie vor Wut kochen, aber zugleich machte es ihr auch Angst. Ein Schauer lief ihr über den Rücken, der ein Zittern am ganzen Leib auslöste. »Sie ... Sie müssen mich anhören, Monsieur. Ich kann Sie ... ich kann Sie bezahlen. Meine Großmutter ...«

»Dorthin wollten Sie? Zu Ihrer Großmutter?«

»Sie ... sie nimmt mich bei sich auf, wenn ich ... wenn ich es bis zu ihr schaffe. Sie lebt in ...« Mitten im Satz brach sie ab, da sie fürchtete, zu viel zu verraten.

»Nicht in New Orleans, möchte ich wetten, sonst hätten Sie längst bei ihr Zuflucht gesucht. Außerdem bräuchten Sie dann keine Tarnung, um zu ihr zu kommen, nicht wahr? Wo wohnt sie dann? Flussaufwärts? In Natchez? St. Francisville? Oder vielleicht flussabwärts Richtung Mobile?«

Gegen ihren Willen versteifte sie sich, als er Mobile erwähnte. Zwar hoffte sie noch, dass es ihm nicht auffiel, doch schon mit dem nächsten Satz machte er diese Hoffnung zunichte.

»Also in Mobile. Der Dampfer nach Mobile traf am Dock ein, kurz bevor die *Lime Rock* anlegte, und wird am Nachmittag losfahren, wie mir soeben einfällt. Ich vermute, darauf haben Sie gezählt. Zu schade.«

Niedergeschlagenheit erfasste Sonia. Ihre Großmutter mütterlicherseits war ihre ganze Hoffnung gewesen, ihre einzige Chance für eine Zuflucht. Ihr Brief, der mit dem Dampfboot eingetroffen war, enthielt das Angebot, ihr dort Unterschlupf zu gewähren.

Ma'mere war nie gut auf den Mann zu sprechen gewesen, der ihre Tochter – Sonias Mutter – geheiratet hatte, und sie hatte sich auch gegen die Heirat ausgesprochen, war aber an Sonias Großvater gescheitert, der nichts dagegen einzuwenden hatte. Sie gab Simon Bonneval auch die Schuld am Tod ihrer Tochter, weil er sich nie richtig um sie kümmerte, weil er von ihr erwartet hatte, sich binnen weniger Tage von jeder ihrer Fehlgeburten zu erholen, damit er mit ihr wieder ein Kind zeugen konnte. Aus seiner Enttäuschung darüber, dass sie ihm eine Tochter anstelle des begehrten Sohns schenkte, machte er auch keinen Hehl. Er war ein Ehemann gewesen, der an allem etwas auszusetzen hatte und der nie ihre Leistungen zu würdigen wusste. Er war derjenige, der ihrer Mutter die Lebensfreude nahm, so hatte *Ma'mere* es Sonia erzählt, und im zwölften Jahr nach Sonias Geburt verlor sie durch eine weitere Fehlgeburt des sechsten Sohns auch ihren Lebenswillen.

Sonia, die in den letzten Jahren den Platz ihrer Mutter als Haushälterin eingenommen hatte, mochten die Dinge, die sie von ihrer Großmutter hörte, durchaus der Wahrheit entsprechen. In der ganzen Zeit hatte sie selbst ihn ebenfalls kaum einmal mit ihrer Arbeit zufriedenstellen können.

»Monsieur Wallace, ich flehe Sie an«, flüsterte sie mit heiserer Stimme.

Für den Bruchteil einer Sekunde geriet der Mann ins Stocken, dessen war sie sich sicher. Doch er blieb nicht stehen und ließ auch durch keine andere Reaktion erkennen, dass er sie gehört hatte.

Ihre Wut von vor wenigen Minuten war nichts im Vergleich zu dem Zorn, von dem sie nun verzehrt wurde. Dieser *Kaintuck* war ein Ungeheuer, ein herzloser, ignoranter Barbar, und es war einfach nur dumm von ihr gewesen, etwas anderes für möglich zu halten. Für das, was er ihr antat, würde sie ihn hundertfach bezahlen lassen, das schwor sie beim Grab ihrer Mutter.

Sie erreichten das weitläufige Gelände des Place d'Armes vor der Kirche und dem Cabildo, dem Regierungsgebäude. Dort angekommen, bog Kerr Wallace ab und ging in Richtung Anlegeplatz weiter. In diesem Moment wusste sie, wohin er sie brachte.

Minuten später hatten sie das Dock erreicht, an dem die *Lime Rock* ruhig und friedlich vertäut lag. Wallace blieb stehen und beugte sich vor, damit ihre Füße zurück auf den Boden kamen, dann hielt er kurz ihre Unterarme fest, bis sie das Gleichgewicht zurückerlangt hatte. Schwindel befiel sie, als das in ihrem Kopf gestaute Blut zurückströmte, doch sie ließ sich davon nichts anmerken, sondern warf ihm einen trotzigen Blick zu, obwohl sie ihn noch gar nicht richtig wahrnehmen konnte.

Der Anlegeplatz erwachte kurz vor Tagesanbruch erst allmählich zum Leben. Flussabwärts und flussaufwärts wurde das lange, gewundene Ufer von Dampfbooten und Segelschiffen gesäumt, so weit das Auge reichte. Die Signalleuchten strahlten wie eine irdische Ausgabe der Milchstraße und bewegten sich leicht im Auf und Ab des Flusses, auf dessen Oberfläche ihr Schein reflektiert wurde. Güter in Kisten und Fässern sowie Berge von Baumwollballen lagen bereit, um im Licht des neuen Tages verladen zu werden.

Hinter ihnen lag die Stadt, deren präzise angelegtes Straßennetz von Lampen an jeder Kreuzung und Ecke gekennzeichnet wurde. Katzen und Hunde streunten umher, Schweine schnüffelten hier und da, und Männer patrouillierten durch die Stadt, um auf diejenigen ein Auge zu haben, die den Unachtsamen aufzulauern versuchten. Aus dieser Richtung wurden mit der morgendlichen Brise die blechernen, melancholischen Klänge einer Drehorgel herübergetragen.

Sie beide – Sonia und der Mann aus Kentucky – standen ganz allein hier im Halbdunkel. Diese Tatsache löste bei ihr ein sonderbares Kribbeln im Bauch aus. Sein Griff um ihre Handgelenke war nicht schmerzhaft, aber der ausgeübte Druck verriet ihr, dass sie besser nicht versuchen sollte, sich zu wehren. Die Macht seines Griffs wirkte auf sie wie eine Droge, sodass sie leicht schwankte.

Dieses fiebrige Bewusstsein machte sie wahnsinnig, wo sie doch eigentlich nichts anderes wollte, als vor ihm wegzulaufen ... weit, weit wegzulaufen.

»Wir beide begeben uns jetzt auf das Dampfschiff«, erklärte er mit einer Stimme, die so rau klang, als würde man einen Schlitten über einen Kiesweg ziehen. »Wir können das nett und freundlich erledigen, wir können es auch zum Problem werden lassen. Sie können selbst über die Laufplanke an Bord gehen, oder ich trage Sie. Die Wahl liegt bei Ihnen, Mademoiselle Bonneval.«

Sie wollte sich weigern, seine Anweisung zu befolgen. Sie wollte ihm diese Weigerung ins Gesicht schleudern, sich aus seinem Griff losreißen und wie der Wind davoneilen.

Das Problem war nur, er hätte sie sehr wahrscheinlich viel zu schnell eingeholt. Und dann würde er seine Drohung wahr machen, sie über die Schulter legen und wie einen Sack Mehl an Bord tragen, mit ihrem Hinterteil nach oben, sodass jeder es sehen konnte. Der Gedanke war schlicht unerträglich.

Ihr Stolz verlangte von ihr, einen Kompromiss zu schließen, ganz gleich wie schmerzhaft der auch für sie war. Außerdem konnte er nicht die ganze Zeit bei ihr bleiben, bis das Schiff ablegte. Damit blieben ihr noch ein paar Stunden, ehe sie sich der Verzweiflung hingeben musste.

»Vielleicht lässt uns der Captain ja gar nicht an Bord«, warf sie ein. Im Angesicht ihrer Kapitulation klangen ihre Worte steif und würdelos.

»Ich muss ihm nur die Absichtserklärung Ihres Vaters zeigen, in dem ich zu Ihrem Begleiter auf dieser Reise bestimmt werde. Wenn es ein Problem gibt, kann er sich ruhig an ihn wenden.«

»Aber ich trage Männerkleidung. Das wird seltsam aussehen.«

»Das hätten Sie sich überlegen sollen, bevor Sie Ihre Unterröcke ablegten.«

Sie schaute zur Seite. »Lieber lasse ich mich für einen Jungen halten als für ein ... ein leichtes Mädchen.«

»Da muss ich Ihnen zustimmen«, sagte er und nickte finster.

»Nicht, dass ich mich meinetwegen sorge, aber Ihr guter Name könnte darunter leiden, wenn man mich an Ihrer Seite in einer Hose sieht.«

Er nahm eine Strähne ihres Haars zwischen die Finger, die sich über ihre Schulter gelegt hatte. »Niemand könnte Sie für einen Knaben halten, solange das alles um Ihren Kopf weht. Und es wäre nur dienlich für meinen Ruf, würden Sie in voller weiblicher Pracht erscheinen.«

Es wäre als Kompliment aufzufassen gewesen, wenn sie das gewollt hätte. Doch das wollte sie nicht. Sie befreite ihre Haarsträhne aus seiner Hand und warf sie sich über die Schulter. »Das dürfte schwierig sein, wenn ich kein Gepäck bei mir habe.«

»Wollen Sie mir tatsächlich erzählen, dass Sie Ihre *chère* Tante Lily nicht darauf geschult haben, sofort mit Ihrer ganzen Garderobe angelaufen zu kommen, sobald Sie danach verlangen? Ich werde veranlassen, dass sie von Ihrem Meinungswandel erfährt.«

»Sie sind zu gütig«, brachte sie angestrengt heraus, da sie gleichzeitig versuchte, ihre Tränen zurückzuhalten.

»Dafür werde ich bezahlt.«

Seine Worte kamen ihm abrupt missverständlich über die Lippen. Es sollte heißen, ihr Vater hatte ihn damit beauftragt, dafür zu sorgen, dass sie an Bord der *Lime Rock* ging, aber auch auf ihre Sicherheit und einen vertretbaren Komfort zu achten – und sicherzustellen, dass sie so wie jede lebende Fracht in der gleichen Verfassung an Land ging, in der sie ursprünglich das Schiff betreten hatte. Kerr Wallace würde seinen Pflichten nachkommen. Mehr konnte sie von ihm nicht erwarten, und erst recht nicht weniger.

Er ließ einen ihrer Arme los, hielt aber den anderen Ellbogen weiterhin fest, als traue er ihr immer noch zu, sie könne bei der erstbesten Gelegenheit die Flucht ergreifen. Möglicherweise hatte er damit recht, überlegte sie. In ihrer gegenwärtigen Laune wusste sie selbst nicht so genau, wozu sie fähig war. Ihre Abneigung gegen diesen Mann war so groß, dass sie sich wünschte, sie hätte irgendeine Waffe zur Hand, um ihn außer Gefecht zu setzen.

Gemeinsam mit ihr drehte sich Kerr Wallace in Richtung der *Lime Rock* um. Nach wenigen Schritten stolperte sie und stieß einen erschreckten Aufschrei aus, da sie drohte hinzufallen. Wallace zog sie hoch, bevor ihr etwas passieren konnte, dann ging er langsamer weiter. Dennoch hatte sie Schwierigkeiten, in diesen Stiefeln von der Stelle zu kommen. Gefunden hatte sie die in einem Schrank in der Garçonniére, wo einer ihrer Cousins sie bei einem Besuch zurückgelassen hatte. Von da stammte auch der Gehrock, der so wie das Schuhwerk einige Nummern zu groß war, während die vom Sohn der Köchin ausgeliehene Hose gerade so passte. Insgesamt sah sie einfach schrecklich aus, doch dass sie sich überhaupt Gedanken darüber machen konnte, ärgerte sie fast noch mehr als alles andere.

An der Anlegestelle angekommen, grüßte Wallace den Wachposten und bat um Erlaubnis, an Bord kommen zu dürfen. Eine schier unendliche Wartezeit schloss sich an, bis endlich der Captain an Deck kam und die Erlaubnis erteilte. Das Seil an der Laufplanke hing locker, und sie überwanden die rutschigen Planken mit den festgenagelten Sprossen. Sonia ging voran und musste immerzu daran denken, welchen ungehinderten Blick man auf ihre Beine hatte. Umso erleichterter war sie, als sie auf dem Schiff waren und ein Schiffsmaat angewiesen wurde, sie unter Deck zu bringen.

An der Kabine, die vermutlich für ihre Tante und sie selbst reserviert war, blieben sie stehen. Der Maat nickte und zog sich zurück. Als Sonia nach dem Riegel griff und die Tür aufstieß, stellte sich ihr Kerr in den Weg.

Sie warf ihm einen wütenden Blick zu, doch er zog lediglich den Kopf ein und betrat den kleinen Raum. In der Mitte blieb er stehen, stemmte die Hände in die Hüften und musterte die düsteren Ecken, den Perserteppich, der für den einzigen Farbtupfer sorgte, die übereinander angeordneten Kojen mit den ordentlich eingesteckten Laken und Decken, der kleinen Kommode mit eingelassener Waschschüssel und Kanne sowie den Türen darunter, hinter denen das Nachtgeschirr verborgen war. Es war nicht weiter schwierig, die Kabine zu inspizieren, war sie doch so klein, dass er mit ausgestreckten Armen beide Wände gleichzeitig hätte berühren können. Sein Blick fiel auf eine kleine Reisetruhe auf dem Boden vor den Etagenbetten. Er packte sie an einem Griff und schleuderte sie hinaus in den Korridor. Nachdem das erledigt war, gab er Sonia ein Zeichen, zu ihm zu kommen.

»Was war das?«, fragte sie abfällig, während sie über die Schwelle trat. »Ist hier schon jemand untergebracht?«

»Ein Irrtum«, antwortete er. Wieder ließ er die Hände auf seinen Hüften ruhen. »Ich werde mich darum kümmern.«

Daran hegte sie keinen Zweifel. »Ein Irrtum, den Sie erwartet haben?«

»Auf manchen Schiffen läuft es nach dem Prinzip ab, ›wer zuerst kommt, mahlt zuerst‹. Ich glaube, mit dem Eigentümer der Truhe würden Sie sich nicht gern die Kabine teilen.«

Sie konnte kaum ein Schaudern unterdrücken. »Sicher nicht.«

»Das dachte ich mir. Auch wenn Sie sich neulich abends das Gesicht angemalt hatten.«

Dass sie jetzt diese Bemerkung zu hören bekam, hatte

sie sich selbst zuzuschreiben, so ungern sie das auch einräumen musste. Sie drehte sich von ihm weg, hielt sich an der Tür fest und stand stocksteif da. »Ich hoffe nicht, dass Sie erwarten, den Platz desjenigen einzunehmen, dem diese Truhe gehört.«

»Das würde mir nie in den Sinn kommen.«

»So, nun haben Sie mich hier untergebracht. Sie müssen für mich weiter nichts tun, als mich allein zu lassen.«

Er schürzte die Lippen, widersprach jedoch nicht. Aber er versuchte auch gar nicht erst, sich das zynische Funkeln in seinen Augen zu verkneifen. Er ging an ihr vorbei, duckte sich wieder und deutete eine Verbeugung an, dann zog er die schwere Tür hinter sich zu.

Sie atmete seufzend aus, obwohl ihr nicht bewusst gewesen war, dass sie überhaupt den Atem gebannt angehalten hatte. Sie hatte befürchtet, er …

Was genau hatte sie eigentlich befürchtet? Dass er als ihr Bewacher bei ihr bleiben würde? Dass er es sich in einer der beiden Kojen bequem gemacht hätte? Dass er sich wegen der ungewöhnlichen Situation, in die sie sich selbst manövriert hatte, irgendwelche Freiheiten herausnehmen könnte?

Natürlich hätte er ihr nicht so deutlich zu verstehen geben müssen, dass er keinerlei Interesse an ihr hatte. Auch wenn keine seiner Handlungen Anlass zu der Vermutung gab, seine Überlegungen könnten in diese Richtung gehen, war sein Verhalten unpassend gewesen.

Mon Dieu. Sie konnte sich nicht daran erinnern, wann sie sich das letzte Mal der Kraft eines Mannes ebenso wie seiner überlegenen Größe so bewusst gewesen war. Wäre er zum Schluss gekommen, bei ihr zu bleiben, wie hätte sie ihn dann zurückweisen sollen?

Nun, er war nicht zu dem Schluss gekommen, und das würde auch in Zukunft nicht der Fall sein. Für ihn war sie lediglich jemand, für den er eine Zeit lang verantwortlich war. Bloß war es so, dass er sie angefasst und sie getragen hatte, als sei sie so leicht wie ein Päckchen getrockneter Bohnen. Er hatte sie so fest an sich gedrückt, dass ihre Wollhose sich an seinen Bartstoppeln rieb. Dabei konnte sie deutlich das Spiel seiner Kiefermuskeln spüren, als er die Lippen aufeinanderpresste. Warum er das machte, vermochte sie nicht zu sagen. Sie war eine solche Behandlung nicht gewöhnt, und noch nie in ihrem Leben hatte sie sich in einer so peinlichen Lage befunden.

Es war nicht so, als sei ihr die für Jungs so typische raue und übermütige Art völlig fremd. Einige Jahre lang war sie selbst so ein Wildfang gewesen, ehe sie begann, ihr Haar hochzustecken und sich in ihr Schicksal als Frau zu fügen. An vielen Morgen schlich sie mit ihren Cousins aus dem Haus, den Kindern des jüngeren Bruders ihres Vaters. Sie spielten im Straßenschmutz mit Murmeln, balancierten auf Backsteinmauern, sprangen nach dem Regen in morastige Abwassergräben und Pfützen und prügelten sich mit den Raufbolden von außerhalb des Vieux Carré. Sie lernte Schwimmen, indem sie wie wild mit den Armen ruderte, nachdem man sie in den Fluss gestoßen hatte, und sie lernte noch vieles mehr.

Natürlich war jeder ihrer ausgelassenen Späße vom alten Fonz beobachtet worden, der eigentlich Alphonse hieß und als Majordomus für ihren Vater arbeitete. Vor drei Wintern war er an Schüttelfrost gestorben. Er glaubte, um die achtzig Jahre alt zu sein, doch so genau hatte er das nicht sagen können. Als Junge war er von einem Onkel in die Sklaverei verkauft worden, der seinen Vater und den älteren Bruder ermordet hatte, um sich zum Stammesführer in seinem afrikanischen Dorf aufzuschwingen. Er hatte sich nicht beklagt, zumindest sagte er das. Als Sklave führte man kein einfaches Leben, doch es war immer noch besser, als tot zu sein. So hatte sie ihn auf seine alten Tage kennengelernt – sie als sein Küken, sein Kätzchen, als das kleine Mädchen mit den Zöpfen, das ihn verehrt hatte, weil er es auf seine großväterliche Art liebte.

Alphonse hätte ihrer Heirat mit Rouillard nicht zugestimmt, und er hätte alles daran gesetzt, sie zu verhindern, indem er notfalls ihren Vater gedroht hätte, Schande über ihn zu bringen, bis er von dieser Idee Abstand nahm. Fonz mit seinen weißen Haaren und seinem gebeugten Rücken war eine diskrete Macht im Haus gewesen, hatte seine schützende Hand über Sonia gelegt, sodass ihr eine deutlich rauere Kindheit erspart blieb.

All diese Überlegungen benötigten nur Sekunden, um ihr durch den Kopf zu gehen, und sie wurden jäh unterbrochen, als sie hörte, wie Metall über Metall kratzte und dann ein vernehmliches Klick folgte.

Sie drehte sich um und starrte ungläubig zur Tür, die nur einen einzigen Schritt weit von ihr entfernt war. Sie umfasste den Griff und versuchte ihn zu drehen. Auch beim zweiten Anlauf tat sich nichts.

Die Tür war verschlossen.

Mit der flachen Hand schlug sie so fest dagegen, sodass sich bis zu ihrer Schulter ein Brennen im Arm ausbreitete. Dann wandte sie sich von der Tür ab und lehnte sich mit dem Rücken dagegen.

Einen Moment lang stiegen ihr Tränen in die Augen, doch sie sagte sich mit wütender Entschlossenheit, dass sie nicht weinen würde. In ihr regte sich der Wunsch, mit den Fäusten gegen die Tür zu trommeln, zu brüllen und dem *Kaintuck* übelste Flüche hinterherzuschicken.

Aber das wäre ebenfalls vertane Zeit, und sie würde völlig sinnlos ihre Kraft und ihre Leidenschaft vergeuden. Beides brauchte sie noch dringend, wenn sie einen Ausweg aus diesem Dilemma finden wollte. Und wenn sich an ihrem Schicksal nichts ändern lassen sollte, dann würde sie beides benutzen, um Kerr Wallace so zuzusetzen, dass er sich wünschte, nie geboren worden zu sein.

Sechstes Kapitel

Zwei Stunden waren vielleicht vergangen, seit Sonia eingesperrt worden war. Das Licht des neuen Morgens fiel durch das kleine Bullauge, erhellte das trostlose Gefängnis und ließ an der Decke Wasserspiegelungen tanzen, als auf einmal Abwechslung eintraf. Der Tonfall ihrer Tante machte deutlich, dass sie jemanden zurechtwies, der nicht sorgfältig mit ihrem Gepäck umgegangen war. Im nächsten Moment vernahm sie das laute Klappern von Schuhabsätzen draußen im Gang, durch den sich ihre Tante näherte. Die Tür wurde aufgeschlossen und aufgedrückt, dann kam Tante Lily in einem Schwall aus Unterröcken und Spitze hereingeeilt und brachte frische Luft in die Kabine.

»*Ma petite*, was ist denn los? Ich kann nicht glauben, dass du hier bist. Geht es dir gut? Bitte sag mir, dass alles so ist, wie es sein soll.«

Sonia sprang von der Koje auf und ließ sich von ihrer Tante in die Arme schließen, die sie mit einer nach Rosen duftenden Wolke einhüllte. »Ja, ja, es geht mir gut. Ich bin ja so froh, dich zu sehen.«

»Und ich erst, *chère*. Das kannst du mir glauben.« Ihre Tante tätschelte ihr die Schulter und schniefte ein wenig. »Du kannst dir nicht vorstellen, welchen Aufruhr es heute Morgen gab, als man gewahr wurde, dass du nicht da bist. Dein Papa wollte schon die Gendarmen kommen lassen, da traf Monsieur Wallace ein und konnte uns berichten, wo du dich aufhältst. Ich habe wie eine Verrückte gepackt, weil er darauf bestand, dass ich sofort mitkomme.«

»Wie umsichtig von ihm«, sagte sie in einem ironischen

Tonfall an den hünenhaften *Kaintuck* gerichtet, der hinter ihrer Tante stand und ihr Gepäck in ähnlicher Weise auf der Schulter trug, wie er vor nicht allzu langer Zeit auch Sonia transportiert hatte. Er reagierte mit einem knappen Lächeln, als er in der Tür stehen blieb. In seiner freien Hand hielt er den Schlüssel zu der Kabine.

»Nun, so sehe ich das auch, denn er hätte sich nicht die Mühe machen müssen. Die meisten anderen Männer hätten sich damit begnügt, eine Nachricht zu schicken. Welchen Mut er doch bewiesen hat, zum frühestmöglichen Zeitpunkt zu uns zu kommen und zu gestehen, was er getan hatte. Ich rechnete bereits damit, er würde dafür im Gefängnis landen. Aber nichts dergleichen. Dein Papa lobte ihn stattdessen und sagte, er habe genau das getan, was er auch tun soll, um zu verhindern, dass du wegläufst. Natürlich wurde ich umgehend losgeschickt, um dieser Eskapade Achtbarkeit zu verleihen.«

Sonia wurde bewusst, dass Tante Lilys Wortschwall zum einen für Kerr Wallace' Beihilfe bestimmt waren, zum anderen dem Zweck dienten, sie wissen zu lassen, wie viel ans Tageslicht gekommen war. Ihre Tante konnte nicht wissen, wie ausführlich er ihren gemeinsamen Plan bereits erfasst hatte. Sein ironisches Verstehen, das in den grauen Schatten seiner Augen lauerten, machten ihr klar, dass der Mann aus Kentucky ihre Tante längst durchschaut hatte.

Dieser Scharfsinn brachte sie innerlich zur Raserei, da ihr Zweifel an ihrer Fähigkeit kamen, ihn zu täuschen, wenn es darauf ankam. Begleitet wurde ihre Wut jedoch auch von unterschwelliger Traurigkeit. Ihr Vater hatte sich kein bisschen um ihr Wohl besorgt gezeigt, ansonsten hätte Tante Lily das zweifellos erwähnt – allein schon, weil es höchst selten einmal vorkam, dass er sich um sie sorgte. Ihm war offenbar nicht einmal in den Sinn gekommen, dass sie einen guten Grund für ihr Vorgehen haben könnte. Die Schilderungen des Fechtmeisters über die Ereignisse, die dazu geführt hatten, dass sie an Bord des Dampfschiffs eingesperrt wurde, waren von ihm nicht angezweifelt worden, und er erkundigte sich auch nicht nach ihrer Sicherheit und ihrem Wohlergehen. Von ihm kam allem Anschein nach nichts anderes außer Tadel und Sorge um die Schicklichkeit ihres Betragens. Eigentlich hatte sie auch kaum mehr als das von ihm erwartet, dennoch überraschte sie seine Gefühllosigkeit.

Sie erholte sich jedoch gleich wieder von dieser schockierenden Erkenntnis, reckte trotzig das Kinn und atmete tief durch. Tränen, die sie nicht vergießen wollte, behinderten ihre Sicht auf die grauen Augen von Kerr Wallace. Ob er sich als Sieger fühlte, war ihm nicht anzusehen, aber ihr entging nicht, wie sein Gesicht einen ernsten Ausdruck annahm und er die Mundwinkel nach unten zog.

Ihre Tante ließ sie los, holte ein Taschentuch hervor und tupfte sich die Augen. »Aber du wirst dir nichts aus dem Temperamentsausbruch deines Papas machen. Du weißt ja, wie er ist. Und ich bin überzeugt, er wird herkommen, um sich von dir zu verabschieden. Bis dahin müssen wir unbedingt etwas wegen deiner Kleidung unternehmen, *ma chère*. Wie konntest du dich nur in einem solchen Ensemble in die Öffentlichkeit wagen? Für eine Zwölfjährige ist das ja alles schön und gut, auch wenn ich es nie gemocht habe. Aber du bist zweiundzwanzig, also praktisch schon eine alte Jungfer. Ich dachte, solche Indiskretionen hättest du schon lange abgelegt.«

Sonia kannte ihre Tante ebenso gut wie ihren Vater, daher wusste sie, dass diese Moralpredigt eigentlich nur ein nervöses Geplapper war, um ihre Unruhe und Sorge zu überspielen. »Ja, natürlich«, erwiderte sie ohne Betonung. »Vorausgesetzt, Monsieur Wallace gestattet uns die nötige Privatsphäre.«

Ihre Tante fuhr herum und sah den Fechtmeister entrüstet an. »Sind Sie immer noch hier? *Mon Dieu*, Monsieur, sehen Sie denn nicht, dass Sie nicht länger gebraucht werden? Das hier ist die Kabine einer Lady, ohne deren Erlaubnis Sie nicht eintreten werden. Sonias Vater würde vielleicht über eine solche Vertrautheit hinwegsehen, die Sie sich angemaßt haben, aber ich tue das nicht. Stellen Sie das Gepäck ab und machen Sie, dass Sie wegkommen. Los, los, raus mit Ihnen!«

Der Riese von Mann wurde rot – ein Phänomen, das zu beobachten ausgesprochen faszinierend war. Der Grund mochte zwar Verärgerung darüber sein, so zurechtgewiesen zu werden, doch alles sprach für Verlegenheit. Er nickte knapp, stellte das Gepäck in einer Ecke ab und zog sich zurück.

»Augenblick noch!« Tante Lily folgte ihm mit wirbelnden Röcken und hielt ihm die ausgestreckte Hand hin. »Den Schlüssel, wenn ich bitten darf!«

Wortlos überließ er ihn ihr. Sonia sah mit an, wie ihre Tante den Schlüssel entgegennahm und dann Kerr Wallace die Tür vor der Nase zuschlug. Es war ein Vergnügen, mit anzusehen, wie er weggeschickt wurde, doch es verschaffte ihr nicht ganz die Befriedigung, die sie sich davon versprochen hatte.

»So, und nun erzähl mir alles«, forderte ihre Tante sie auf, machte den Schlüssel an der Kette um ihre Taille fest und griff nach Sonias Händen. Sie setzte sich auf die untere Koje, da es die einzige zur Verfügung stehende Sitzgelegenheit war, und zog Sonia zu sich. »Hat sich dein *Kaintuck* wie ein rücksichtsloser Raufbold benommen? Hat er dir wehgetan? Was für ein Benehmen von ihm! In meinem ganzen Leben war ich noch nicht so schockiert gewesen wie heute Morgen, als ich es erfuhr. Dich über der Schulter zu tragen! Unerhört ist das!«

Sonia räusperte sich und sah auf ihre Hände. »Nein, er war nur ... einfach nicht aufzuhalten.«

»Da dachte ich, du bist in Sicherheit auf dem Dampfer

nach Mobile, und machte mich bereit, um mich dir anzuschließen – natürlich auf eine gemächliche Art und Weise, um das Dienstpersonal nicht auf mich aufmerksam werden zu lassen. Als ich hörte, was geschehen war, bekam ich nahezu einen Krampf. Bist du dir sicher, dass er dir nichts getan hat, dieser Monsieur Wallace? Er hat dich doch nicht etwa beleidigt? Auf eine persönliche Art, meine ich.«

Sonia fragte sich, ob ihr Vater den Mann fortschicken würde, wenn sie eine solche Sache behauptete. Die Versuchung war groß, die Probe aufs Exempel zu machen. Aber das konnte sie nicht tun. Kerr Wallace hatte eine derartige hinterhältige Behandlung nicht verdient. Zudem würde er wohl kaum schweigen, wenn sie solche Anschuldigungen in die Welt setzte, und ihr Vater mochte durchaus geneigt sein, seiner Schilderung eher zu glauben als allem, was sie sich aus den Fingern saugen konnte.

»Nein, nein, nichts in der Art.«

Tante Lily schloss kurz die Augen. »*Bien*. Ich kann gar nicht in Worte fassen, wie sehr es mich erleichtert, das zu hören. Etwas an seiner Art brachte mich ins Grübeln ...« Seufzend tätschelte sie Sonias Hand. »Aber das hat sich ja nun erledigt. Vielleicht ist er doch nicht ganz so barbarisch, wie ich es erwartet hatte.«

So ungern Sonia es auch tat, musste sie ihrer Tante in diesem Punkt zustimmen.

»Und nun scheint es, dass du allen Bemühungen zum Trotz doch nach Vera Cruz reisen wirst. Glaub mir, *ma petite*, es gibt für eine Frau Schlimmeres, als einen Mann heiraten zu müssen, der für sie ausgesucht wurde. Mir graust, wenn ich darüber nachdenke, was dir hätte zustoßen können, wärst du auf der Straße irgendeinem betrunkenen Grobian in die Hände gefallen. Oder stell dir vor, Monsieur Wallace wäre kein so anständiger Mann. Er hätte sich die Situation auf das Heimtückischste zunutze machen können.«

Sie wusste sehr gut, was ihre Tante meinte, und ihr war

nur zu deutlich der Moment im Gedächtnis geblieben, als sie auf der Straße gelegen hatte und von seinem Gewicht zu Boden gedrückt wurde. Wäre ihr da nicht bereits seine Identität bekannt gewesen, dann hätte sie zweifellos das Schlimmste befürchtet. »Aber er hat es nicht gemacht«, gab sie zurück. Ihre Stimme zitterte ein wenig, als sie das sagte.

»Was für ein Segen, dass dein Papa einen vertrauenswürdigen und gewissenhaften Mann ausgewählt hat. Dennoch wird er das vielleicht nicht bleiben, wenn du ihn zu sehr provozierst. Komm, sag mir, du wirst vernünftig sein.«

»Das werde ich wohl sein müssen.« Sonia senkte ihren Blick, um ihr Einlenken zu demonstrieren, doch gleichzeitig hielt sie hinter dem Rücken ihre Finger gekreuzt.

»Oh, *chère*, du hast mein volles Mitgefühl, aber wir alle müssen irgendwann unser kindliches Verlangen aufgeben und unseren Weg gehen. Frauen können solche Dinge nicht erwarten, weil es so nicht auf der Welt zugeht.«

»Und was ist mit unserem Recht, unseren eigenen Weg zu wählen, wie wir leben und wen wir heiraten wollen? Du hast immer gesagt ...«

»Ein schönes Ideal, das muss ich zugeben, und es ist mein innigster Wunsch, dass es für uns alle so sein soll. Vielleicht wird es eines Tages so sein, doch diese Zeit ist noch nicht gekommen.«

»Eines Tages«, wiederholte Sonia nachdenklich.

Ihre Tante legte eine Hand an ihr Gesicht. »Ich fürchte, wir müssen realistisch sein und das Beste aus dem machen, was uns gegeben ist. Mit der Zeit gewöhnt man sich an alles, und Kinder aus einer Ehe sind immer ein großer Trost. Aber genug jetzt. Du musst mich dir helfen lassen, dich für den Tag anzukleiden. Eine Frau kann sich allem stellen, wenn sie richtig gekleidet ist.«

Sonia dachte daran, dass ihr Vater Tante Lily immer für ein unbeständiges Geschöpf gehalten hatte, das sich für kaum mehr als Männer, Kleidung und Vergnügungen interessierte und das kaum dazu geeignet schien, auf ein junges Mädchen aufzupassen. Er war nicht immer im Irrtum, aber er hatte auch nie völlig recht.

Ihre Tante Lily war keine Frau, die ständig über ihr Leid klagte. Sie hatte eine arrangierte erste Ehe ausgehalten, ohne dass Kinder aus dieser Verbindung hervorgegangen wären. Auch wenn sie selbst zweifellos Trauer empfunden haben musste, hatte es sie nicht dazu veranlasst, ihre Nichte gegen eine gleichermaßen arrangierte Ehe aufzubringen. Trotzdem war Sonia davon überzeugt, dass ihre eigene Abneigung, sich stumm in ihr Schicksal zu fügen, zum großen Teil daher rührte, was sie von ihrer Tante Lily über derartige Ehen gehört hatte. Zwar hatte ihre Tante selten einen direkten Vergleich gezogen, doch es war immer klar gewesen, dass sie ihre zweite Ehe als wesentlich glücklicher empfand, da sie diesmal aus Liebe geheiratet hatte.

Spontan drückte Sonia ihre Tante an sich, da sie eine unendliche Dankbarkeit für alles empfand, was die für sie getan hatte. Vor allem aber war sie froh, dass sie nun bei ihr war. Innig lächelten sich die beiden an, dann schließlich widmeten sie sich der bedeutsamen Frage, was Tante Lily mitgebracht hatte, um Sonias entwürdigende Knabenkleidung zu ersetzen.

Inmitten des Ankleidens kam ein Seemann mit dem restlichen Gepäck zu ihnen. Ihm folgte eine Frau mit einem Tablett und brachte ihnen Café au lait und Brot mit Butter und Honig. Die stumpf dreinblickende, blasse Frau mittleren Alters sprach nur wenig Französisch, gab ihnen aber mit einer Mischung aus gebrochenem Deutsch, Englisch und Kreolisch zu verstehen, der große amerikanische Gentleman habe ihnen das Frühstück kommen lassen. Sie machte auch deutlich, dass es sich um eine höfliche Geste handelte, die sich nicht wiederholen würde.

Auf Monsieur Wallace angesprochen, schien die Frau keine Ahnung zu haben, wo der sich momentan aufhielt. Sie konnte nicht sagen, ob er sein Gepäck bereits an Bord gebracht hatte oder ob er sich irgendwo in der Nähe aufhielt, um sie zu beobachten.

Es war eine höchst unbefriedigende Situation.

Sonia und ihre Tante verbrachten eine Weile damit, die beengte Kabine möglichst zweckmäßig aufzuteilen, um Zugriff auf ihre Habseligkeiten zu haben. Dass dies eigentlich eine recht nutzlose Beschäftigung war, behielt Sonia lieber für sich. Tante Lily war über ihr scheinbares Einlenken so erleichtert, dass es herzlos gewesen wäre, sie wieder in Aufregung zu versetzen.

Außerdem wollte sie ihre Tante nicht in weitere Fluchtversuche verstricken, die womöglich einen öffentlichen Skandal nach sich ziehen würden. Tante Lily amüsierte sich gern und gab sich kokett, aber innerhalb konservativer Grenzen. Den möglichen Schutz durch ihre Mutter – also Sonias Großmutter – zu erbitten, war eine Sache, aber eine wahre Schande war für sie eine entsetzliche Vorstellung.

Es war bereits fast Mittag, als sie und ihre Tante schließlich die Kabine verließen. Auf dem Weg zum Oberdeck schlenderten sie über die Planken und beobachteten, wie ein endloser Strom an Schauerleuten Fässer, Kartons und Kisten an Bord brachte. Karren säumten den Anlegeplatz und zogen sich in einer Linie bis hin zum Place d'Armes, und jeder von ihnen war mit noch mehr Fracht bepackt, die in den Laderaum geschafft werden musste. Die Menge war so immens, dass man meinen konnte, die *Lime Rock* müsste unter dem Gewicht sinken.

Bei der *Lime Rock* handelte es sich um eines dieser neuen Segelschiffe mit zwei Schaufelrädern, die die Arbeit der Segel unterstützten. Es war von elegantem, schnittigem Aussehen, besaß einen einzelnen Schornstein und verfügte über drei geräumige Decks sowie ein Steuerhaus. Der Anstrich des Rumpfs mit kastanienbraunen und dunkelblauen Streifen oberhalb der Wasserlinie und in Schwarz unterhalb davon wirkte elegant. Im Vergleich zu älteren Segelschiffen war die *Lime Rock* ein schnelles Schiff und verkehrte regelmäßig zwischen New Orleans und einer Reihe von südamerikanischen und mexikanischen Häfen. Auf dem Weg nahm sie Fracht und Nachrichtenblätter mit, sodass Neuigkeiten zwischen den beiden Hemisphären ausgetauscht werden konnten.

Nur wenige weitere Passagiere waren an Bord gekommen. Sonia und ihre Tante grüßten eine geplagte junge Mutter, die an jeder Hand ein Kleinkind hielt, während ein Dienstmädchen ihr mit einem Säugling im Arm folgte. Ein Stück weiter stand ein vornehm aussehender älterer Mann mit Kinnbart und Stehkragen, der sich in hochtrabendem Gebaren mit einem recht sportlichen jungen Gentleman unterhielt, der einen flachen Strohhut und eine Jacke in schwarzem und grünem Hahnentrittmuster trug.

»Noch nicht allzu viele Passagiere«, stellte Tante Lily fest.

Sonia murmelte eine Erwiderung, doch ihre eigentliche Aufmerksamkeit galt der Laufplanke, die offenbar nur von einem einzigen Offizier in dunkler Uniform bewacht wurde. Seine Aufgabe schien es zu sein, Personen am Betreten des Schiffs zu hindern, die dort nichts zu suchen hatten. Was würde er wohl machen, überlegte sie, wenn sie einfach an ihm vorbeiging und das Schiff verließ?

»Ich vermute, der junge Bursche mit dem Strohhut ist ein rechter Draufgänger«, flüsterte ihre Tante ihr zu. »Er erweckt den Anschein, findest du nicht auch? Recht kühn, aber zugleich abgestumpft und viel zu attraktiv.«

»Wie?« Sonia hatte von dem fraglichen Gentleman kaum Notiz genommen, aber nun bemerkte sie seine dunkle Hautfarbe, den beherzten Gesichtsausdruck und einen gepflegten Schnauzbart. Bei seiner durchschnittlichen Größe wirkte sein schlanker Körper fast schon unterernährt. Vor einer

Woche hätte sie ihn noch als breitschultrig bezeichnet, doch da hatte sie noch nicht Monsieur Wallace kennengelernt.

»Auf diesen Schiffen sind üblicherweise ein paar Spieler unterwegs«, redete ihre Tante weiter und nickte wissend. »Der Captain sieht meist darüber hinweg, weil bestimmte Passagiere so etwas gegen ihre Langeweile an Bord tun können.«

»Das kann ich mir vorstellen.«

Sonia fiel es schwer, das gemächliche Tempo ihrer Tante zu wahren. Ihr Blick wanderte über die Stadt hin zum Place d'Armes mit den abbröckelnden spanischen Türmen der Kirche, über die Dächer der Stadthäuser entlang der Rue Royale und der Rue Chartres bis hin zur Glaskuppel des Hotel Saint Louis, die man zwischen den Baumwipfeln hindurch erkennen konnte. Sie gab vor, die Aussicht zu genießen, da sie befürchtete, Tante Lily könnte ansonsten ihre wahren Absichten durchschauen. Zwar würde sie nicht versuchen, Sonia aufzuhalten, doch sie würde protestieren, ihr hinterherrufen und die Umstehenden auf ihre Flucht aufmerksam machen. Genau das musste sie aber vermeiden, wenn sie eine Chance haben wollte, um zu entkommen.

Über dem Place d'Armes kreisten im gelblich grauen Kohlenqualm über der Stadt Tauben – die Nachfahren jener Tiere, die den Käfigen entwischt waren, aus denen Gentlemen holten, was den Tisch zum Abendessen zieren sollte. Händler priesen laut durcheinanderrufend auf den Stufen vor der Kirche und in den Arkaden des Cabildo Gemüse und Beeren, Blumen und Pralinen an. Drehorgeln wurden gespielt, Kinder tanzten zu den Klängen und hofften, sich so ein paar Picayunes zu verdienen. Besucher strömten in das Verwaltungsgebäude, um dort geschäftliche Angelegenheiten zu erledigen, anderswo standen Männer in kleinen Grüppchen zusammen, redeten und gestikulierten dabei wild. Auf dem freien Paradeplatz mit seinen Geschützständen schien irgendeine Versammlung stattzufinden, da die

Männer aus den flussabwärts gelegenen Baracken strömten und sich in Reih und Glied aufstellten.

Sollte sich Kerr Wallace irgendwo in der Menge aufhalten, so konnte sie diesen hochgewachsenen Gentleman jedoch nirgends entdecken.

»Vielleicht ist er nur ein Plantagenbesitzer von weiter flussaufwärts«, sagte ihre Tante und berührte leicht ihren Arm. »Wir müssen unvoreingenommen sein, auch wenn ich zugeben muss, dass er sehr nach einem Schuft aussieht. Vermutlich werden wir bald seine Bekanntschaft machen, da er unablässig zu dir schaut, *chère*.«

Sonia wurde klar, dass ihre Tante noch immer den sportlichen Gentleman zum Thema hatte. Einen Moment lang war sie der festen Meinung gewesen, sie meine den *Kaintuck*.

»Tatsächlich?«

Wieder tippte Tante Lily ihr auf den Arm. »Du musst mehr auf deine Umgebung achten, vor allem in der Gegenwart von Gentlemen. Man weiß nie, wann einer von ihnen versucht, sich dir zu nähern. Das habe ich dir schon tausendmal gesagt.«

»Ja, Tante Lily.«

Die Antwort war rein mechanisch, da ihre Aufmerksamkeit längst einem recht großen Mann galt, der nahe der Laufplanke in einem Liegestuhl saß und dessen Gesicht von einem Nachrichtenblatt verdeckt wurde. Noch bevor er die Zeitung herunternahm, stutzte sie.

»Ah, da ist Monsieur Wallace.« Ihre Tante begann zu lächeln. »Wir hätten wissen müssen, dass er nicht weit weg sein kann.«

Es handelte sich tatsächlich um den Mann aus Kentucky. Er faltete die Zeitung zusammen und stand so unendlich langsam auf, dass Sonias Herzschlag ins Stocken kam. Ihre Blicke trafen sich, und als sie den zynischen Anflug in seinem Lächeln bemerkte, da wurde ihr klar, dass Monsieur Wallace sie die ganze Zeit im Auge behalten und bereits damit gerechnet hatte, sie könnte einen Fluchtversuch wagen.

Dass sie keine Chance gehabt hätte, sich von ihm unbemerkt abzusetzen, machte sie rasend – fast so sehr wie die schmerzhafte Hitze, die sie vor peinlicher Verlegenheit überkam, als sie in die wachsamen grauen Augen des Gentleman sah.

Sofort schaute sie zur Seite und ließ den Blick zum Anlegeplatz wandern, auf dem das untere Ende der Laufplanke ruhte. Ein Gefühl von Niedergeschlagenheit legte sich schwer um ihr Herz. Direkt vor ihrer Nase lag die Freiheit, und doch war sie unendlich fern.

Kerr Wallace tippte an seinen Hut aus glitzerndem Filz, während er näher kam. »Ladys«, grüßte er höflich. »Ich hoffe, Sie sind mit Ihrer Kabine zufrieden.«

»Rundum zufrieden.« Tante Lily strahlte ihn an, als hätte sie ihn nicht erst vor wenigen Stunden regelrecht aus ihrer Kabine geworfen. »Und Sie, Monsieur? Sind Sie auch gut untergebracht?«

Sonia war dankbar, dass ihre Tante das Reden übernahm, denn sie selbst hätte keine so verständliche und gefällige Antwort zustande gebracht.

»Die *Lime Rock* ist ein Frachtschiff, Madame, auf dem Passagiere erst an zweiter Stelle kommen. Es sind nur vier einzelne Kabinen verfügbar, die man Ihnen und Ihrer Nichte, einer Lady, die mit ihren Kindern reist, einem Regierungsvertreter und einer ältlichen und kränklichen Frau zugewiesen hat. Wir anderen müssen uns mit zwei Gemeinschaftskabinen begnügen, einer für die Ladys und einer für die Gentlemen.«

»Dann fühlen wir uns geehrt, zu den wenigen Auserwählten zu gehören«, erwiderte die Tante. »Haben wir das möglicherweise Ihnen zu verdanken?«

»Monsieur Bonneval hat die Passage gebucht, aber jemand anders hatte Ihre Kabine bereits in Beschlag genommen, als wir früher am Tag an Bord kamen. Ich musste den Gentleman nur davon überzeugen, dass Sie vor ihm einen Anspruch auf die Kabine hatten.«

»Ich hoffe, das verlief ohne große Schwierigkeiten, oder?« Das aufgeregte Funkeln in ihren Augen verriet, dass sie gern das Gegenteil davon zu hören bekommen wollte.

Kerr machte weiterhin eine ernste Miene. »Ganz und gar. Jedenfalls, nachdem ich ihm die Situation erklärt hatte.«

»Es war mir ein Vergnügen, das können Sie mir glauben. Und jetzt ist es mir sogar ein noch größeres Vergnügen.«

Der sportliche Gentleman hatte seine Unterhaltung mit dem älteren Mann beendet und kam zu der Gruppe um Wallace geschlendert. Während er redete, nahm er höflich und schwungvoll seinen Strohhut ab.

Tante Lily drehte sich zu dem Neuankömmling um und betrachtete ihn ermahnend. »Wie bitte?«

»Verzeihen Sie bitte meine Einmischung, aber ich habe zufällig Ihre Unterhaltung mitangehört. Ich weiß, es ist anmaßend von mir, mich Ihnen unaufgefordert vorzustellen, aber ich hoffe, unter den gegebenen Umständen werden Sie es mir nachsehen.« Nach einer kurzen Pause fügte er hinzu: »Alexander Tremont, für zwei so reizende Ladys stets zu Diensten.«

Sonias Tante hielt ihm ihre Hand hin und lächelte flüchtig. »Dann sind Sie derjenige, den wir aus der Kabine verbannt haben?«

»Das Ganze beruhte auf einem unglücklichen Missverständnis.«

»Dann denke ich, dass diese ungewöhnliche Art der Vorstellung gestattet sein sollte. Wir können schließlich nicht für die Dauer der Reise so tun, als würden wir Sie nicht kennen.«

Tante Lily hatte zwar grundsätzlich nichts gegen männliche Gesellschaft einzuwenden, doch für gewöhnlich war sie recht zurückhaltend, bevor sie fremde Männer ins Vertrauen zog. Immerhin hatte sie nur wenige Augenblick zuvor keinen Hehl aus ihrer Kritik an dem Thema gemacht.

Sonia wollte kaum glauben, dass sie sich jetzt gegenüber einem Mann so höflich gab, den sie eben noch als Spieler bezeichnet hatte. Zweifellos führte ihre Tante etwas im Schilde. Sie konnte nur hoffen, dass es um nichts weiter ging als darum, einen freundlichen Begleiter zu haben, der einem den einen oder anderen Gefallen erwies, mit dem man den Deckstuhl tauschen konnte, wenn es zu sonnig oder zu windig wurde, und mit dem man sich während des Essens gepflegt unterhalten konnte.

Monsieur Wallace schien sich über diese Entwicklung gar nicht zu freuen. Sein Gesicht behielt den finsteren Ausdruck, und er stand unerschütterlich und wachsam da, als man sich einander vorstellte. Sein Missfallen reichte Sonia, um sich für ihren neuen Bekannten zu erwärmen, selbst wenn der wirklich den vermuteten Beruf ausüben sollte.

Monsieur Tremont hielt ihre Hand geringfügig länger fest als nötig, als sie ihm vorgestellt wurde, doch davon abgesehen, waren seine Manieren tadellos. Seine Bemerkungen richtete er an sie drei insgesamt, und in erster Linie ging es darum, wann sie ablegen und welche Route sie über den Golf nehmen würden und wie erfahren der Captain dieses Schiffs war. Tremont stellte sich ihnen als jemand vor, der im Norden von New Orleans eine Zuckerrohrplantage besaß und in Mexiko und Mittelamerika in Kaffee und Ähnliches investierte. Es mochte sein, dass er die Wahrheit sagte, doch Sonia hatte seinen Ausführungen kaum zugehört.

Ihre Gedanken drehten sich stattdessen längst wieder um die Frage, wie sie das Schiff würde verlassen können. Dieser Mann aus Kentucky besaß eine teuflische Umsicht, trotzdem konnte er nicht überall gleichzeitig sein. Vielleicht würde es ihr also doch noch gelingen, ihn zu überlisten.

In jedem Fall musste sie sich aber sputen, da ihr die Zeit davonlief. Der Dampfer nach Mobile würde in weniger als zwei Stunden ablegen. Sollte sie ihn verpassen, konnte sie sich bis zum nächsten Dampfer immer noch irgendwo in der Stadt verstecken. Aber ihr blieb nicht mehr viel Zeit, um die *Lime Rock* zu verlassen, denn die würde im nächsten Morgengrauen die Anker lichten und die Segel setzen.

»Sollen wir ein wenig spazieren gehen, Gentlemen?«, sagte Tante Lily zu den beiden. »Wir stehen hier in der Sonne, und Sonia und ich haben es versäumt, unsere Sonnenschirme mit an Deck zu bringen.«

Niemand wandte etwas dagegen ein, erst recht nicht Sonia. Nur zu gern wollte sie sich auf dem Schiff umsehen und nach etwas suchen, in dessen Schutz sie ihre Flucht antreten konnte. Nur ein paar Schritte weiter waren zwei Seeleute damit beschäftigt, die Reling abzuschmirgeln und neu zu streichen. Tante Lily hakte sich bei Monsieur Tremont unter, als sie einen Bogen um einen Eimer Firnis machen musste. Damit blieb für Sonia nur Kerr übrig, der ihr Halt geben konnte, während sie ihre Röcke so raffte, dass die mit der Farbe nicht in Berührung kamen. So schnell wie möglich löste sie sich aber wieder aus seinem Griff, da ihr Arm überall dort irritierend kribbelte, wo seine Finger sie berührt hatten.

Als sie die beiden Seeleute passierten, sah einer von ihnen hoch und schaute Sonia in die Augen. Dabei grinste er so breit, dass sie seine Zähne sehen konnte, die sich vom Saft des Kautabaks in seinem Mund rot verfärbt hatten. Etwas an der Art, wie er den Mund verzog, erschien ihr unangemessen keck, außerdem fuhr er sich mit der Zunge über die Lippen, während er seinen Blick über ihren Körper wandern ließ. Er schien von der Sorte Matrose zu sein, die in Kneipen und Bordellen für hohe Einnahmen sorgten, während ihre Schiffe im Hafen lagen.

Sonia schaute sofort weg, gleichzeitig kam Kerr näher und nahm ihren Arm erneut in seinen besitzergreifenden Griff, wobei er dem Mann einen finsteren Blick zuwarf.

»Du da, Baptiste. Zurück an die Arbeit!«

Der Befehl kam von einem Offizier des Schiffs, der an einer Luke in der Nähe stand und das Verladen von Mehlfässern überwachte.

»Aye, Sir. Wird gemacht, Sir.«

In der Antwort des Seemanns, der mit dem Akzent eines englischen Hafenarbeiters sprach, schwang ein aufsässiger Unterton mit, dennoch senkte er den Kopf und widmete sich mit solchem Eifer wieder seiner Aufgabe, als hinge sein Leben davon ab. Während sie weitergingen, schaute Kerr nachdenklich über die Schulter zurück zu dem Mann.

Der Zwischenfall war so unbedeutend und so schnell vorüber gewesen, dass Sonia ihn gleich wieder vergaß. Ganz im Gegensatz zu dem Mann an ihrer Seite, dessen Nähe ihr viel zu deutlich bewusst war. Diesmal ließ er sie nicht wieder los, sondern nahm ihre Hand und legte sie in seine Armbeuge.

Durch den Stoff hindurch konnte sie stählerne Muskeln und Sehnen ertasten, und sie spürte, welche Kraft in seinem großen Körper schlummerte. In seinem graublauen Gehrock, der cremefarben und blau verzierten Weste und der grauen Hose – deren Säume er mit Bändern unter seinen Halbstiefeln hindurch festgemacht hatte und die dadurch gefälliger an ihm aussah – machte er eine düstere, aber imponierende Figur. Die strahlende Sonne betonte die feinen Fältchen in seinen Augenwinkeln, beschien die kantigen Konturen seines Gesichts und erfasste eine kleine Narbe an seinem Kinn, während seine Augen das Licht silbern reflektierten.

Ein sonderbares Frösteln überkam sie und bescherte ihr eine Gänsehaut. Irritiert legte sie die Stirn in Falten. Sie war kein Schulmädchen mehr, das sich von einem Paar breiter Schultern und einem Gang wie bei einem sich an seine Beute anschleichenden Puma beeindrucken ließ. Was war nur los mit ihr, dass sie irgendetwas an diesem Mann als attraktiv empfinden konnte? Es war einfach lächerlich, zumal sie kultivierte Männer bevorzugte. Männer, die zu einem Mindestmaß an zivilisierter Unterhaltung fähig waren.

Natürlich war es ihre Pflicht, zumindest den Versuch einer Konversation zu unternehmen; diese Verhaltensregel war ihr von dem Moment an eingeimpft worden, als sie begann, ihr Haar hochzustecken. Sie hätte sich gern auf ihre Tante verlassen, damit die zu einem Redeschwall ansetzen konnte, ehe betretenes Schweigen überhaupt aufkommen konnte, doch die Lady war mit Monsieur Tremont bereits ein ganzes Stück weit vorausgegangen. Sonia neigte eigentlich dazu, gar nichts zu sagen, da es kaum etwas gab, worüber sie mit dem Mann an ihrer Seite reden konnte. Doch nach kurzem Überlegen entschied sie sich anders. Es war wichtig, bei ihm den Eindruck zu wecken, dass sie sich in ihr Schicksal ergeben hatte. Vielleicht würde er dann nicht mehr ganz so wachsam sein.

»Waren Sie schon mal auf See?« Die Frage, die sie so ruhig vortrug, wie ihre Stimme es zuließ, war ihr in den Sinn gekommen, als sie die sanfte Bewegung des Schiffs durch die Strömung bemerkte.

Kerr Wallace reagierte mit einem skeptischen Blick, antwortete aber ohne zu zögern. »Nur auf Dampfschiffen, die zwischen hier und Mobile oder Charleston entlang der Küste verkehren.«

»Dann wissen Sie gar nicht, ob Sie einen guten Seemann abgeben würden.«

»Richtig. Und Sie?«

»Meine Eltern reisten mit mir nach Frankreich, als ich noch ein Kind war. Die Reise machte mir Spaß, und ich liebte die Schaukelbewegung des Schiffs. Aber das ist schon lange her.«

»Dann können wir nur das Beste hoffen.«

»Ja.« Damit schien dieses Thema abgeschlossen. Während sie krampfhaft überlegte, was sie als Nächstes sagen sollte, griff sie nach dem Fächer, der mit einem Band an ihrem Handgelenk hing, und fächelte den Rauch von ihr weg, der vom Nachbarschiff zu ihnen wehte und sich über sie legte. Dort hatte die Mannschaft alle Hände voll zu tun, alles zum Verlassen des Docks bereit zu machen. Das Dampfschiff hatte Natchez zum Ziel, und gleich dahinter lag das Schiff, das nach Mobile fahren würde. Auch dort hatte man das Feuer entzündet, um in den Kesseln Druck zu erzeugen.

Voller Unwillen dachte sie daran, dass sie jetzt nicht auf diesem Schiff dort war. Der Gedanke weckte zugleich die immer noch frische Erinnerung daran, wie mühelos Kerr Wallace sie in der letzten Nacht gepackt und weggetragen hatte, und bescherte ihr ein sonderbares Gefühl im Bauch. Unwillkürlich ging ihr Blick zu seiner Schulter, über die er sie gelegt hatte, während ihre Hüfte gegen seinen kantigen Kiefer drückte und seine große Hand ihren Oberschenkel umfasst hielt. Dabei näherte er sich bedenklich jenem Bereich zwischen ihren Beinen, wie es noch niemand vor ihm gewagt hatte.

Auf eine hitzige, beinahe schmerzhafte Weise nahm sie ihn als Mann wahr, was sie stärker beunruhigte als alles, was sie bis dahin gekannt hatte.

Ihm war nicht anzumerken, ob er ihr gegenüber etwas Ähnliches verspürte. Aber warum sollte er das? Sie war seine Schutzbefohlene, durch sie erlangte er die finanziellen Mittel, die für eine Reise nach Mexiko erforderlich waren, und er würde deshalb sehr wachsam sein, damit sie ihm nicht entwischte. Er hatte seinen Willen durchgesetzt, und sie war unterlegen. Also konnte er es sich jetzt erlauben, sich zu entspannen. Zumindest für den Augenblick.

»Etwas beschäftigt mich, Mademoiselle Bonneval«, sagte er auf einmal leise. »Sie sind beileibe nicht unansehnlich. Sie können eine gute Familie vorweisen, und ich nehme an, Ihr Vater könnte sich eine gute Mitgift leisten. Wie kommt es dann, dass Sie mit – wie viel war es noch gleich? Zweiundzwanzig? – noch immer nicht verheiratet sind?«

»Das ist eine trübselige und uninteressante Geschichte.« Ihre Antwort fiel knapp aus, da sich in ihr Wut regte, die gegen ihr Unbehagen ankämpfen sollte.

»Wir haben sonst nichts, um die Zeit über die Runden zu bringen.«

Sie musste zugeben, dass er damit recht hatte. Und was würde es schon ausmachen, diese wenigen Einzelheiten aus ihrer Vergangenheit zu erzählen? Vielleicht würden sie ihn in seiner Einstellung ihr gegenüber etwas nachsichtiger machen, falls so etwas bei ihm überhaupt möglich war. Zumindest aber könnte sie sich selbst ablenken und müsste nicht immerzu über die eigenartige Wirkung nachdenken, die er auf sie ausübte, während er mit geschmeidiger Leichtigkeit neben ihr her ging und sie mit seinen breiten Schultern gegen den vom Wasser kommenden Wind schützte.

Sie zwang sich, woanders hinzusehen, dabei bewegte sie langsam den Fächer in ihrer Hand. »Bereits in der Wiege wurde ich dem Sohn unseres nächsten Nachbarn auf dem Land versprochen, Papas bestem Freund. Bernard hieß der Sohn, Bernard Savariat. Wir beide wuchsen zusammen auf, fast so wie Bruder und Schwester. Er war sogar das Patenkind meines Vaters und sein beabsichtigter Erbe.«

»Sein Erbe?«

»Oh, Papa wollte mich nicht im gesetzlichen Sinn enterben. Mein Wohlergehen ist ihm wichtig, auch wenn ...« Sie hielt kurz inne. »Jedenfalls ist seiner Meinung nach eine Frau nicht in der Lage, sich um die Aufgaben zu kümmern, die bei der Führung einer Plantage anfallen. Bernard hätte natürlich die Kontrolle über alles bekommen, was ich erben würde.«

Kerr warf ihr einen forschenden Blick zu, womöglich weil ihre Stimme keinerlei Gefühlsregung erkennen ließ. »Ich nehme an, dass nun Rouillard diese Rolle zufallen wird.«

»Ja, genau.« Ihr Tonfall bei diesen Worten verriet, wie abscheulich für sie diese Vorstellung war. Dann verdrängte sie aber diese Gefühle und sprach weiter: »Jedenfalls war entweder Bernard bei uns zu Hause, oder ich bei ihm. Wir unternahmen alles gemeinsam. Unter dem großen Baum im Hof spielten wir Mutter und Vater, wir ritten auf unseren Ponys am Damm entlang, wir gingen angeln und schwimmen – wir waren unzertrennlich. Er borgte mir Hose und Hemd, damit ich bei den Spielen mitmachen konnte, die er und seine Cousins spielten – die dank irgendeines gemeinsamen Vorfahren auch meine Cousins waren.«

»Eine Gewohnheit, die sich ja als recht nützlich erwiesen hat, wie ich sehen konnte.«

Sie nickte, ohne ihn dabei anzusehen, während sie abermals das Bild aus ihrem Kopf verdrängte, wie er sie über seine Schulter gelegt festhielt, während sie nur ihre dünne Hose trug. Den Blick auf die flachen Häuser der Stadt am gegenüberliegenden, am westlichen Ufer gerichtet, fuhr sie fort: »Aber dann wurden wir erwachsener, oder besser gesagt, wir wurden älter. Bernard war ein Idealist, er hatte so übersteigerte Vorstellungen von Freiheit und Unabhängigkeit, und er wollte die Tyrannei zu Fall bringen. Er fand, jeder sollte wählen können, wer ihn regiert. Jeder sollte so leben, wie und wo er es wollte.«

Nachdenklich nickte Kerr Wallace. »Ich kannte auch einmal einen solchen Menschen.«

»Ich vermute, viele junge Männer denken so, und auch junge Frauen.« Sie stutzte kurz, da sie der Gedanke irritierte, dem Mann an ihrer Seite könnte in seinem Leben ebenfalls etwas Trübseliges widerfahren sein.

»Das stimmt wohl. Aber wo waren wir stehen geblieben?«

»Bei Bernard. Einer seiner Onkels hatte in Texas während des Unabhängigkeitskriegs gegen Mexiko gekämpft und mexikanische Silberdollar mitgebracht, aus denen er eine Glocke für seine Plantage gießen ließ. Er erzählte oft Geschichten über das Land und die Leute, die Texas besiedelten. Bernard war ganz versessen darauf, dieses Land zu sehen, bevor er sesshaft werden und eine Familie gründen wollte. Er überredete seinen Vater, sich der von Präsident Lamar gegründeten Ranger Company anschließen zu dürfen, der zu der Zeit Texas regierte.«

»Ja, ich erinnere mich.« Als sie ihn daraufhin fragend ansah, winkte er nur ab. »Oh, nichts, erzählen Sie weiter.«

»Da gibt es nicht mehr viel zu erzählen«, meinte sie mit einem Schulterzucken. »Die Ranger Company marschierte von San Antonio aus durch die weite westliche Region namens Tejas und hatte es sich zum Ziel gesetzt, Santa Fe einzunehmen.«

»Die glücklose Mier-Expedition.«

»Was?«

»Manche nennen sie so wegen der Stadt, wo die schwersten Kämpfe ausgetragen wurden. Aber sie wird auch als die Santa-Fe-Expedition bezeichnet.«

»Wenn Sie das wissen, ist Ihnen sicherlich auch der Rest bekannt.«

»Ich würde lieber Ihre Version hören.«

Mit einer beiläufigen Geste redete sie weiter. »Lamar war überzeugt, die Leute in diesem Landstrich und vielleicht sogar der Befehlshaber der Festung Santa Fe würden sich den Rangern anschließen und sich gegen Mexiko erheben. Aber das geschah nicht.«

»Ich nehme an, Ihr Bernard starb in Texas.«

»Er gehörte zu jenen, die gezwungen waren, sich bei Mier zu ergeben. Die Gruppe musste ins mexikanische Hinterland marschieren, unternahm aber einen Fluchtversuch. Dabei verirrten sie sich und wurden abermals gefasst. General Santa Ana wies an, dass zur Strafe jeder zehnte Gefangene erschossen werden sollte. Ein Krug wurde mit hundertneunundfünfzig weißen und siebzehn schwarzen Bohnen gefüllt. Bernard zog eine schwarze Bohne, und so holte man ihn aus der Gruppe der Gefangenen und ...«

Sie musste abbrechen, da ihr die Tränen kamen und sie nicht weiterreden konnte. Sie hatte gedacht, diesen Verlust hätte sie längst überwunden, doch offenbar irrte sie sich.

»Mein Bruder Andrew musste diese Tortur nicht ertragen«, sagte der Mann neben ihr, ohne sie anzusehen. »Er gehörte zu jenen, die bei dem Fluchtversuch starben.«

Erstaunt drehte sie sich zu ihm um. »Ihr Bruder? Das wusste ich nicht. Das tut mir leid.«

»Vielleicht haben Ihr Verlobter und mein Bruder sich sogar gekannt.«

»Ja, vielleicht. Jean Pierre, der Mann, den ich heiraten soll, hatte ebenfalls an dieser schrecklichen Expedition teilgenommen. Von ihm erfuhr ich von Bernards Schicksal, als er mir nach seiner Rückkehr einen Besuch abstattete, um mir sein Beileid auszusprechen. Er überbrachte mir die Nachricht, die Bernard vor seinem Tod an mich geschickt hatte. Das war das einzige Mal, dass ich mich mit meinem zukünftigen Ehemann unterhielt.«

Der Mann aus Kentucky reagierte mit einem sonderbaren Blick und machte den Mund auf, als wolle er ihr widersprechen. Stattdessen sagte er nach kurzem Zögern: »Das ist nicht viel, um darauf eine Ehe aufzubauen.«

»Nein, das ist es wirklich nicht.«

»Dies ist nun schon eine ganze Weile her. Haben Sie seitdem keinen anderen Mann kennengelernt? Ich meine, fühlten Sie sich zu niemandem sonst hingezogen?«

Sie glaubte, dass er mit seiner Frage etwas Abstand zu einem schmerzhaften Thema schaffen wollte, vielleicht nicht nur für sie, sondern auch für sich selbst. Zwar war sie ihm dafür dankbar, doch das wollte sie ihn lieber nicht wissen lassen.

»Ehe als einzige Daseinsberechtigung für eine Frau?«, fragte sie mit bewusster Härte in ihrer Stimme.

»Im Allgemeinen wird das als etwas Erstrebenswertes angesehen.«

»Mir kommt es wie eine Falle vor.«

Er wandte sich zu ihr um. »Betrachten Sie so diese Vermählung mit Rouillard? Als Falle?«

»Eine, die mein Vater aufgestellt hat.« Sie schaute ernst drein und lächelte dann leicht.

»Warum ist Ihr Vater so darauf versessen, dass Sie ihn heiraten? Meint er, Sie und Rouillard hätten etwas gemeinsam, weil er zugegen gewesen sein soll, als Ihr Verlobter erschossen wurde?«

»Die Denkprozesse meines Vaters sind unergründlich. Er hat es bestimmt und erwartet, dass seine Anordnung ausgeführt wird.«

»Könnte es sein, dass er immer noch einen Erben will?«

»Ja, einen Enkel. Seit Bernards Tod hat er sich immer beklagt, dass ich ihn nicht überredet habe, mich zu heiraten, bevor er sich auf den Weg nach Texas machte.«

»Das wäre vielleicht besser gewesen.«

»Wie meinen Sie das?«

»Sie hätten die Heirat mit Rouillard vermeiden können, von dieser Reise ganz zu schweigen.«

»Das stimmt.«

»Natürlich wären Sie da für eine Heirat noch recht jung gewesen.«

»Siebzehn. Eine Heirat in dem Alter ist hier üblich. Viele meiner Freundinnen haben bereits mit fünfzehn oder sechzehn geheiratet.«

»Viel zu jung, als dass man weiß, worauf man sich einlässt.«

»Aus dem Grund arrangieren die Eltern das Ganze«, konterte sie. »Bei ihnen geht man davon aus, dass sie in ihrem Alter genügend Erfahrung gesammelt haben, um die richtige Entscheidung treffen zu können.«

Er blieb skeptisch. »Davon kann in diesem Fall aber wohl

kaum die Rede sein. Damit will ich sagen, dass Sie alt genug sind, um Ihre eigenen Entscheidungen zu treffen.«

Dem konnte sie nicht widersprechen. Natürlich hätte sie ihm erklären können, dass eine französisch-kreolische Lady, die in diesem Alter noch unverheiratet war, als alte Jungfer angesehen wurde, die alle Hoffnung fahren lassen konnte … die ihr Korsett im Kleiderschrank wegschließen konnte, wie man so sagte. Sie hatte so viele Heiratsanträge abgelehnt, dass ihrem Vater schließlich der Geduldsfaden gerissen war. Diese Vermählung war zumindest aus seiner Sicht die letzte Chance, sie aus dem Haus zu bekommen. Das alles dem Mann neben ihr zu erklären, wäre einer Demütigung gleichgekommen, die sie sich lieber ersparen wollte.

»Ich … ich war nicht bereit, einen Ersatz für Bernard zu akzeptieren«, erklärte sie schließlich.

»Es muss schlimm für Sie gewesen sein, nicht zu wissen, wie es ihm dort drüben in Mexiko erging, und erst viel später von seinem Tod zu erfahren.«

»Für Sie und Ihre Familie muss das auch schwer gewesen sein.«

Er nickte bestätigend und sah mit starrer Miene auf das gelblich braune Wasser, das jenseits der Reling vorbeiströmte und nach Schlamm und verrottender Vegetation roch.

Einem Impuls folgend redete sie weiter. »Die Verlobung zwischen Bernard und mir war nur zwischen unseren Familien verabredet. Es hatte nie eine offizielle Verlobung gegeben, keine Feier mit Geschenken und allem, was dazugehört. Daher konnte ich auch nicht Schwarz für ihn tragen, weil mein Vater mir nicht die zwei Jahre Zurückgezogenheit erlauben wollte, die damit verbunden sind.«

»Zwei Jahre, die Sie nicht auf dem Heiratsmarkt zur Verfügung gestanden hätten, nicht wahr?«

Sie konnte nur nicken, da sie fürchtete, ihre Stimme könnte versagen. Diesen Aspekt ihrer Trauer hatte sie nie zuvor irgendjemandem gegenüber angesprochen. Wie sonderbar, dass sie sich ausgerechnet diesem Mann anvertraute. Aber vielleicht auch gar nicht so sonderbar, denn er bedeutete ihr nichts. Nach dem heutigen Tag würden sie sich vielleicht nie wiedersehen.

Vor ihnen blieben Monsieur Tremont und ihre Tante stehen, um sich zu ihnen umzudrehen. »Wie ich hörte, hat der Captain einen Seemann auf sein Schiff geholt, der die Violine spielt«, rief Tremont ihnen zu. »Der zum Essen und Tanzen spielen kann, wenn wir auf See sind. Ihre Tante hat sich einverstanden erklärt, mir die Ehre eines Tanzes zu gewähren. Möchten Sie vielleicht dem Beispiel Ihrer Tante folgen, Mademoiselle Bonneval?«

»Sie müssen wissen, Monsieur, ich bin verlobt«, entgegnete sie.

»Aber Ihr Verlobter ist nicht hier.« Seine Augen funkelten vor Kühnheit, und er hob fragend eine Augenbraue.

»Wir werden sehen.«

Kerr Wallace bedachte den Mann mit einem durchdringenden Blick. Es musste an dem sonderbaren Verhältnis zwischen ihnen liegen, dass Sonia viel verärgerter darauf reagierte, als es bis vor wenigen Minuten noch der Fall gewesen wäre. Es gehörte schließlich nicht zu seinen Aufgaben, darüber zu entscheiden, welcher Tanzpartner für sie geeignet war und welcher nicht.

Zugleich erfüllte es sie mit einer gewissen Zufriedenheit, dass der Mann aus Kentucky über die Anwesenheit von Monsieur Tremont gar nicht glücklich war. Sie sah keinen Grund, warum er glauben sollte, alles müsse nach seinen Vorstellungen ablaufen. Und wenn Kerr Wallace damit beschäftigt war, sie auf Abstand zu dieser, seiner Meinung nach unpassenden Gesellschaft zu halten, dann blieb ihm weniger Zeit, sich Gedanken zu machen, was Sonia womöglich plante. Und wenn er schon zu glauben begann, sie könne sich von Monsieur Tremonts Worten fesseln lassen, dann würde er doch vielleicht auch annehmen, sie habe sich in ihr Schicksal gefügt.

Sonia ging schneller, um die Lücke zu schließen, die zwischen ihnen und ihrer Tante und ihrem Begleiter entstanden war. Sie hörte auf zu grübeln und gab sich stattdessen alle Mühe, den Eindruck zu erwecken, als sei sie von Monsieur Tremont völlig begeistert.

Siebtes Kapitel

Tante Lily behauptete stets, dass sie nachts nur selten ein Auge zutat, da sie unter Schlaflosigkeit litt. Sonia hätte ihr um nichts in der Welt widersprechen wollen, doch sie wusste, dass es nicht der Wahrheit entsprach. Das galt auch für diese letzte Nacht an Bord des Schiffs, bevor das in den frühen Morgenstunden ablegen würde. Nur wenige Minuten nachdem sie die Lampe ausgeblasen hatte, hörte Sonia aus der unteren Koje bereits ihre Tante leise schnarchen.

Auf diesen sofort eintretenden, festen Schlaf hatte sie auch gehofft, da es ihre wohl letzte Gelegenheit sein würde, an Land zu gehen und zu entkommen. Kerr Wallace war den ganzen Tag über viel zu wachsam gewesen, und sobald sie sich auch nur in die Nähe der Laufplanke begab, war er bereits bei ihr. Gleiches geschah, wenn sie versuchte, sich unter eine Gruppe zu mischen, die einen Verwandten an Bord begleitet hatte, um ihn zu verabschieden. Sie hatte sich mit der Erkenntnis abfinden müssen, dass er sie einfach nicht aus den Augen ließ, sodass sie gezwungen war, dem Dampfschiff hinterherzuschauen, wie es mit Ziel Mobile ablegte. Wollte sie ihm entwischen, dann war ein Fluchtversuch in der Nacht wohl die beste und vielleicht auch einzige Lösung.

Unter ihrem Kissen holte sie Hose, Hemd und Jacke hervor, die sie dort versteckt hatte, und zog sich im Dunkeln an. Dann kletterte sie aus ihrer Koje, schlüpfte in die Stiefel und tastete nach der kleinen Umhängetasche, die sie unter ihren Röcken deponiert hatte. Sie steckte sie in die Jackentasche und schlich zur Tür, drehte vorsichtig den Schlüssel um und spähte hinaus in den Gang.

Niemand hielt sich in dem schmalen Korridor auf, der nur schwach von dem wenigen Licht erhellt wurde, das vom obersten Deck nach unten drang. Erleichtert atmete sie auf, dass niemand zu sehen war, denn es hätte sie nicht überrascht, Kerr Wallace auf der Türschwelle schlafend vorzufinden. Zweifellos glaubte er, die Anwesenheit ihrer Tante würde genügen, um sie nicht wieder auf dumme Gedanken zu bringen. Das war sein Fehler gewesen.

Sie zog die Kabinentür hinter sich zu, dann blieb sie so lange stehen, bis sich ihre Augen an die Dunkelheit gewöhnt hatten. Gleichzeitig achtete sie auf alle Geräusche, um festzustellen, ob sich ihr jemand näherte. Doch bis auf ein lautes Schnarchen aus dem Korridor, das leise Knarren der Takelage und das Schlagen der Wellen gegen den Schiffsrumpf war nichts zu hören.

Eigentlich hätte sie froh darüber sein sollen, doch stattdessen lief ihr vor Angst ein eisiger Schauer über den Rücken. Womöglich war es nicht nur ruhig, sondern *zu ruhig*.

Was machte sie hier eigentlich? Konnte es irgendetwas geben, das es wert war, sich über die Zweifel hinwegzusetzen, die jetzt an ihr nagten? Bestand tatsächlich die Möglichkeit, dass sie sich unbemerkt über das Dock bewegen konnte, wo sich Kisten, Kartons und Fässer stapelten? Wo sich Berge von Baumwollballen erhoben und nur schmale Gassen verblieben, in denen sich Gott weiß wer versteckt halten mochte? Würde sie sich wirklich verstecken können, bis die *Lime Rock* ablegte oder bis das Dampfschiff aus Mobile zurückkehrte? Und dann? Was würde dann sein?

Dann würde sie frei sein.

Frei.

Frei, um da hinzugehen, wohin sie wollte. Um zu tun, wonach ihr der Sinn stand. Um so zu leben, wie es ihr gefiel, ohne auf die Wünsche oder die Missbilligung anderer

Menschen Rücksicht nehmen zu müssen. Sie würde ihr eigener Herr sein und musste weder ihrem Vater noch einem Ehemann Rede und Antwort stehen. Das war ganz gewiss ein erstrebenswertes Ziel.

Sie schluckte ihre Angst herunter, reckte trotzig das Kinn und ging in Richtung der düsteren Treppe. Dabei hielt sie sich dicht an der Wand und blieb immer wieder stehen, um zu lauschen. Auch als sie die unterste Stufe erreicht hatte, hielt sie wieder an.

Nichts. Es war nichts zu hören. Doch es kam ihr so vor, dass sich leichter Tabakrauch unter die feuchten Gerüche aus dem Bauch des Schiffs und den Gestank des morastigen Flusses mischte. Hatte sich dieser Tabakgeruch seit den Abendstunden gehalten, oder hatte erst vor Kurzem jemand geraucht? Sie vermochte es nicht zu sagen.

Natürlich war eine Wache postiert worden, doch wo hielt sich dieser Wachmann auf? Sie musste ihm unbedingt aus dem Weg gehen, zumindest so lange, bis sie in der Nähe der Laufplanke war und losrennen konnte.

Sie vernahm kein Geräusch, das ihr verraten hätte, wo sich der Mann aufhielt. Vielleicht befand er sich im Moment auf dem hinteren Teil des Schiffs oder er war sogar eingeschlafen. Letzteres war sicherlich eine zu gewagte Hoffnung, dennoch wollte sie die Möglichkeit nicht ausschließen.

Wie sich die Situation an Deck gestaltete, würde sie nie erfahren, wenn sie sich noch länger hier unten versteckt hielt. Sie schloss kurz die Augen, um ihren Mut zusammenzunehmen, dann ging sie vorsichtig die Stufen nach oben, wobei sie den Rücken weiter gegen die Wand drückte.

An Deck empfing sie eine kühle nächtliche Brise, die eine willkommene Abwechslung darstellte, nachdem sie unter Deck so lange Zeit abgestandene Luft hatte atmen müssen. Der Wind strich über die Strähnen, die ihrem langen Zopf für die Nacht entwischt waren und die nun auf ihrer Wange kitzelten. Sie hob die Hand, um die Haare hinter die Ohren zu streichen, während sie zum Achterschiff schaute.

In diesem Moment hörte sie hinter sich das Geräusch von Stoff, der über Stoff rieb. Abrupt wandte sie sich ab, um loszulaufen, doch eine Hand packte grob nach ihrem Handgelenk und zerrte sie hoch.

»Na, was hamwer denn hier? So 'n hübscher Junge. Ich mag hübsche Jungs, ganz ehrlich.«

Es war der Seemann, der ihr früher am Tag bereits aufgefallen war. Baptiste hieß er. Im Schein einer Laterne sah sie das gelblich rote Schimmern seiner Zähne, während ihr der üble Gestank seines Körpers entgegenschlug. Sie zwang sich, den Schrei zu unterdrücken, der ihr über die Lippen kommen wollte. Schwer atmend wehrte sie sich gegen den Griff um ihren Arm.

Der Mann hielt sie daraufhin noch fester, sodass Schmerzen von ihrem Handgelenk bis in den Ellbogen schossen. Übelkeit überkam sie, und für einen Augenblick konnte sie nicht anders, als dem pulsierenden Schmerz nachzugeben.

Ihr Gegenüber nutzte diesen Moment der Schwäche, um sie an sich zu ziehen. »Oha, das is ja gar kein Junge, sieh einer an«, meinte er und lachte dreckig, als er ihre sanften Kurven ertastete. »Soll mir auch recht sein. Der alte Baptiste is nich wählerisch.«

Abscheu erfasste Sonia und ließ sie alle Vorsicht und Angst vergessen. »Lassen Sie mich auf der Stelle los«, forderte sie ihn auf.

»Wie käm ich'n dazu?«

»Sie können nicht eine Lady belästigen und hoffen, ungestraft davonzukommen.«

Sein Lachen war obszön, aber gleichzeitig so gedämpft, als wolle er so wie Sonia jeden unnötigen Lärm vermeiden. »Na, vielleich kann ich's ja doch. 's gibt Ladys, die wür'n lieber sterben, anstatt zu sagen, dass 'n Typ wie ich ihnen an die Wäsche gegangn is. So was is schon passiert, kannste mir glauben.«

Womöglich hatte er sogar recht. Die Schande, die einem solchen Geständnis folgte, konnte schlimmer als die Tat selbst sein, da sie einen auf immer und ewig verfolgen würde. Das Wissen um diese Möglichkeit machte Sonia nur noch zorniger.

Plötzlich hob sie den Fuß und trat mit dem Stiefelabsatz auf seinen Spann, gleichzeitig holte sie mit der Faust nach seinem grinsenden Maul aus.

Es war ein guter Versuch, doch im Gegensatz zu ihr besaß er Erfahrung mit Schlägereien aller Art. Grunzend bewegte er den Kopf nach hinten, sodass ihre Faust seine Wange verfehlte, gleichzeitig setzte er mit dem Handrücken zu einer Ohrfeige an.

Sonia konnte den Schlag an sich abwehren, doch seine Wucht ließ sie nach hinten taumeln. Sofort setzte er nach, rammte sie gegen das Schott und presste ihren Rücken gegen das Holz, während er seinen Unterleib gegen den ihren drückte. Mit einer Hand riss er an ihren Hemdknöpfen und schob eine Hand unter den Stoff, bis er eine Brust zu fassen bekam und sie grob drückte. Sein stinkender Atem stieg ihr in die Nase.

»Na, meine Hübsche, was hältst'n davon?«

Sie stand stocksteif da, Schmerz und Abscheu legten sich wie ein Schleier auf ihre Augen. Dann begann rasende Wut die Oberhand zu gewinnen, und sie verlagerte ihr Gewicht, damit sie sich an der Wand hinter ihr abstützen konnte, wenn sie gleich ihr Knie in seinen Schritt rammen würde.

Dazu kam es jedoch nicht, da die Nachtluft von einem Geräusch erfüllt wurde, als schabe Metall über Metall. »Lass die Lady los, Freundchen«, ertönte eine tiefe Stimme im Befehlston. »Du hast zwei Sekunden Zeit, sonst schnitze ich aus deiner dürren Kehle eine Flöte für Davy Jones.«

Der Seemann spannte jeden Muskel an und versteifte sich

am ganzen Körper. Von übelsten Flüchen in einem halben Dutzend Sprachen und einem abrupt, heftigen Drehung begleitet, ließ er von Sonia ab. Als er sich umdrehte, sah er sich einem Degen gegenüber, der auf seinen Hals gerichtet war.

Kerr Wallace ließ die Spitze seiner Klinge bis zum Adamsapfel des Mannes wandern. Seine Miene zeigte keine Regung, seine Augen waren hinter der glänzenden Waffe in seiner Hand von einem tödlichen Grau-Schwarz.

Das Timbre dieser Stimme, die gefährliche Klinge – wer außer Wallace sollte das schon sein? Trotzdem versetzte ihr der Schreck über sein plötzliches Auftauchen einen Stich ins Herz. Begleitet wurde der von einem so verzweifelten Eingeständnis ihrer Niederlage, dass Sonia die Fäuste ballte und gegen ihre Brust presste, als könnte das der Niedergeschlagenheit ein Ende bereiten, die in ihrem Inneren brannte.

Kerr schaute sie an, sein Blick blieb an ihrem zerrissenen Hemd hängen. Seine Miene verhärtete sich, als er sich wieder dem Mann zuwandte, den er mit seiner Klinge in Schach hielt. »Entschuldige dich bei der Lady.«

Der Seemann spuckte auf das Deck und konterte mit einem trotzigen Gesichtsausdruck.

So als würde er nach einer Fliege schlagen, machte der *maître d'armes* eine lässige Handbewegung. Im nächsten Augenblick zeichnete sich unterhalb des Kiefers des anderen Mannes ein feiner roter Streifen ab. »Entschuldige dich«, forderte Kerr ihn nochmals in sanftem Tonfall auf.

»O Gott, Mann!« Sonias Angreifer wischte sich über den Hals und betrachtete ungläubig das Blut an seinen Fingern.

»Wie viele Schnitte sind nötig, bis du erklärst, dass du ein Bastard bist, der nicht würdig ist, eine Lady anzufassen?«

»Sie wollt's Schiff verlassn. Sie ham mir gesacht, ich soll auf sie aufpassn.«

»Und ich war zeitig hier, um sie daran zu hindern. Hast du vergessen, dass ich auch Wachdienst habe? Oder dachtest du, ich würde mit dir teilen?«

»Teiln wär jetzt immer noch möglich.«

Wieder holte Kerr mit seiner Klinge aus, abermals so schnell, dass die feine rote Linie am Kiefer des Mannes wie durch Magie zu entstehen schien. »Entschuldige dich. Bei ihr und bei mir.«

Der Seemann stand da, blass im Gesicht und mit einem mörderischen Ausdruck in den Augen, während er schnaubend durch die Nase atmete und das Blut auf sein verdrecktes Hemd tropfte. Dann kehrte sein Blick zurück zu der Spitze des Degens unmittelbar vor ihm. Die Klinge zuckte hin und her und sank in Richtung Deck.

»Tschuldigung«, murmelte der Seemann.

Kerr deutete auf die Reling. »Rüber mit dir.«

»Was? Nein, nein, Augenblick mal.«

»Sofort.«

»Ich kann nicht schwimmen.«

»Dann solltest du es besser schnell lernen.«

»Meine Güte, Mann! Sie is doch bloß 'n Weibsbild!«

Sonia kniff die Augen zusammen, als sie sah, wie die Degenspitze ein weiteres Mal zuckte und der Mann heiser aufschrie. Im nächsten Moment waren hastige Schritte zu hören, und nach einer kurzen Pause konnte sie vernehmen, wie der Mann im Wasser landete.

Als sie schließlich wagte, die Augen wieder zu öffnen, sah sie Kerr, wie der mit einem weißen Leinentuch die Spitze seiner Klinge abwischte, kurz innehielt und ihr einen wütenden Blick zuwarf. Dann steckte er den Degen zurück in den Malakkaspazierstock, der wie eine Scheide gearbeitet war. Mit finsterer Miene und bedrohlicher Körperhaltung kam er näher.

Sonias Magen, nein, ihr ganzer Körper verkrampfte sich einen Moment lang, dann wich sie gegen ihren Willen einen Schritt zurück. Zorn regte sich in ihr und formte sich zu einem einzigen, fast unverständlichen Ausruf: »Schlafen Sie eigentlich nie?«

»Ich werde schlafen, wenn wir auf See sind und Sie mir nicht weglaufen können«, erwiderte er grimmig. »Besitzen Sie eigentlich gar keinen Funken Verstand? Können Sie sich nicht ausmalen, was Ihnen alles passieren kann, wenn Sie nachts allein umherschleichen?«

»Ich muss es mir erst gar nicht mehr ausmalen.« Sie bewegte sich so, als wollte sie sich von dem Schott in ihrem Rücken abstoßen.

Wieder kam er etwas näher, um ihr den Weg zu versperren. Dabei legte er seine große Hand gleich neben Sonias Kopf auf das Holz. »Und doch wollen Sie weiterhin riskieren, für eine Dirne gehalten zu werden.«

»Haben Sie irgendeine Ahnung, wie unwichtig das ist? Ob ich nun von einem Seemann angegriffen werde oder von einem Ehemann, der für mich ebenso ein Fremder ist?«

»Zum einen würden Sie im letzteren Fall überleben«, gab er schroff zurück und beugte sich noch etwas mehr zu ihr herunter. »Und zum anderen würden Sie nicht angegriffen, sondern behutsam zu Bett getragen.«

»Behutsam?«, wiederholte sie mit einem abfälligen Lachen.

»Es sollte in nichts mit dem vergleichbar sein, was sich hier beinahe abgespielt hätte.«

»Und das soll ich Ihnen glauben?«

»Nicht alle Männer sind gleich.«

»Das stimmt! Einige sind sogar noch schlimmer.«

»Aber einige sind auch zärtlicher.«

»Ihre Worte machen mir klar, dass Sie Jean Pierre Rouillard nie begegnet sind.«

»Dieses Vergnügen hatte ich tatsächlich noch nicht«, sagte er mit ernster Stimme und sein Blick war verhärtet. »Und Sie kennen ihn nicht als Ehemann.«

»Sie verstehen nicht.« Ihre Stimme klang angestrengt, da sie ihre Verzweiflung zu unterdrücken versuchte. »Sie sind ein Mann, Sie sind frei. Niemand wird Sie jemals zu einer Heirat zwingen. Sie müssen sich nach niemandem richten, und Sie sind nicht Umständen ausgeliefert, über die Sie keine Kontrolle haben.«

»Keiner von uns ist so frei, wie Sie zu denken scheinen. Jeder von uns ist den Umständen ausgeliefert, über die wir keine Kontrolle haben. Manchmal wirken sich diese Umstände zu unseren Gunsten aus, manchmal nicht.«

»Ach ja? Dann wurden Sie also gezwungen, nach Mexiko zu segeln?«

»So wie Sie auch.«

»Des Geldes wegen.«

»Falsch. Ich schwor ...« Er unterbrach sich mitten im Satz. »Aber wir sprachen über Sie. Sie allein durch die Straßen ziehen zu lassen ist das Gleiche, als würde man ein Lamm vor einem schlafenden Wolf festbinden. Außerdem – woher wollen Sie wissen, dass Sie es hassen werden, verheiratet zu werden? Vielleicht wird Ihnen die Berührung durch einen Ehemann gefallen.«

Sie hätte wissen müssen, dass er das Thema nur von dieser Seite her betrachten würde. Sie wollte aber nicht länger die schüchterne Jungfrau spielen, obwohl sie bis zum Haaransatz rot wurde. »Mir könnte davon auch schlecht werden.«

»Hat Ihnen noch nie ein Mann einen Kuss geraubt? Wenn Ihnen ein Kuss gefiel, spricht viel dafür, dass Sie den nächsten auch mögen werden.«

Die Logik seines Arguments war überzeugend, doch das würde sie ihm gegenüber nicht zugeben. »Ich denke, das dürfte von dem jeweiligen Mann abhängen.«

»Wie kommen Sie darauf?«

Der Klang seiner Stimme und ihr tiefes Vibrieren bahnten sich einen Weg in ihr Innerstes und ließen ein verlangendes

Echo widerhallen, das sich wie in Wellen bis in jede Faser ihres Körpers ausbreitete. Es war zu gefährlich, hierzubleiben, wenn er so dicht über ihr war. Seine Nähe, diese männliche Kraft schien ihr alle Stärke zu entziehen und machte sie auf eine sonderbare Weise verwundbar. Zugleich aber fiel sie einem unerbittlichen Verlangen anheim, dem Schicksal ebenso zu trotzen wie ihrem Vater und allem anderen, was sie je gewusst hatte.

»Von manchen Menschen fühlt man sich angezogen«, erklärte sie, hatte aber das Gefühl, ihre Kehle sei zugeschnürt. »Bei anderen zeigt sich kaum eine Reaktion, und von wieder anderen fühlt man sich ohne Grund abgestoßen.«

Er lachte kurz auf. »Da muss ich Ihnen zustimmen.«

»Aber natürlich kann ich mich auch irren, und Sie haben recht. Es könnte sein, dass der Kuss eines jeden Mannes das Vorspiel ist zu ... zu einer Art von Liebe.«

»Eine Art von Liebe?«

»Uns Frauen wird gesagt, dass wir mit der Zeit unserem Ehemann gegenüber Zuneigung zu empfinden beginnen, ganz gleich, wie wir anfangs für ihn empfinden. Es heißt, die Zuneigung wird stärker, je besser man sich gegenseitig kennenlernt.«

»Und daran glauben Sie nicht?«

»Sie etwa?«

»Es klingt vernünftig.«

Skepsis schwang in ihrer Stimme mit, während er weiter über sie gebeugt dastand. Sie vermied es, ihm im schwachen Schein der Achterlaterne in die Augen zu sehen. »Wenn ich mir dessen gewiss sein könnte ...«

»Sie brauchen einen Beweis.«

»Wenn ... wenn Sie bereit wären, mir diesen Beweis zu liefern ...«

Bei den letzten Worten stockte ihr der Atem, da ihr eigener Wagemut sie verblüffte. Wie sonderbar dieser Moment doch war – inmitten der grauen Nacht, während das

Schiff sich leicht in der Strömung wiegte und die Schatten der Takelage über das Deck hin und her wanderten. Nebel hing in der Luft, der vom Fluss aufstieg und über das Schiff trieb. Inmitten dieser Umgebung erschien ihr der Mann nicht mehr ganz so existent, mehr wie einem Traum entsprungen. Vielleicht würde sie jeden Moment aufwachen und feststellen, dass sie die Kabine und ihre schnarchende Tante gar nicht verlassen und damit die Gelegenheit verpasst hatte, vom Schiff zu entkommen.

Kerr Wallace beugte sich ein klein wenig zurück, sein Gesicht verriet keine Regung. Dann ließ er den Kopf nach vorn sinken. »Dazu wäre ich bereit«, flüsterte er.

Die Worte trieben wie ein warmer Wind über ihre Lippen und ließen sie mit einem Kribbeln erwachen. Die erste Berührung durch seinen Mund war behutsam, nicht mehr als eine flüchtige Erkundung ihrer Lippen. Die nächste war süßlich und schmeckte zugleich so berauschend, dass sie lautlos ausatmete. Sein fester und zugleich sanfter Mund, der sich durch die Bartstoppeln ringsum auch ein wenig rau anfühlte, sorgte dafür, dass Sonia schwindelig wurde und nach seinem Gehrock griff, um sich an dem Stoff festzuklammern. Kerr atmete hastig ein, vielleicht bedingt durch ihre Kühnheit. Noch bevor er seine Lippen fest auf die ihren drückte, spürte sie den kühlen Luftzug, als er einatmete.

Für ein Experiment hatte sie das hier gehalten, mit dem sie seine Schlussfolgerungen über sie und über ihre Ehe widerlegen wollte. Ein Aufbegehren gegen die albernen Überzeugungen der Gesellschaft, die zu diesen arrangierten Ehen stand. Mehr hatte sie nicht bekommen wollen.

Eine solch berauschende Faszination hatte sie ebenso wenig erwartet wie ihre instinktive Reaktion auf ein tiefes Verlangen. Ein Teil von ihr war fassungslos und ungläubig, während ein anderer den Kuss so genoss wie einen Becher heiße, süße Schokolade am Morgen – der Teil, der nach dem köstlichen Anreiz strebte, nach dem erwachenden Versprechen einer erhabenen Hingabe und der absoluten Erfüllung.

Er ließ den Stockdegen fallen, sie hörte, wie er scheppernd auf dem Deck landete und davonrollte. Seine Hände legten sich auf ihre Arme, um sie an sich zu ziehen, dann ließ er sie über ihren Rücken streichen. Blindlings drückte sie sich gegen ihn, spürte die Knöpfe seiner Weste zwischen ihren Brüsten, die Kette seiner Taschenuhr ein Stück darunter. Er umgab und beschützte sie mit seiner ihm innewohnenden Kraft. Er gab ihr Sicherheit.

Sie wollte sich ergeben und vergessen. Vor allem wollte sie vergessen. Dieser unstillbare Hunger stieg in ihr auf und legte sich mit solcher Gewalt um ihr Herz, dass ein leises gequältes Stöhnen ihrer Kehle entstieg.

Plötzlich löste er seinen Mund von ihrem, flüsterte einen wüsten Fluch und trat einen Schritt zurück.

Sonia schwankte sekundenlang, da ihr sein Halt zu abrupt entzogen worden war und sie zu schnell in die Wirklichkeit zurückkehren musste. Er streckte eine Hand aus, um sie zu stützen, doch da hatte sie ihr Gleichgewicht bereits wiedergefunden und tat so, als würde sie seine Hand gar nicht sehen.

»Das war …«, begann er, musste aber gleich wieder innehalten, da ihm die Worte fehlten.

»Unklug? Gefährlich?«

Ihre brennenden Blicke trafen sich, dann schaute er weg. »Sowohl als auch. Sie sollten besser wieder unter Deck gehen, bevor man Sie sieht. Ehe man Sie vermisst.«

Es war eine Empfehlung, kein Befehl. Er musste so verwirrt sein wie sie selbst, überlegte Sonia. Das war immerhin ein gewisser Trost. Sie atmete einmal tief durch. »Ja. Sie haben völlig recht. Und vielleicht haben Sie auch recht, was das Thema Ehemänner angeht. Wäre das nicht eine Posse?«

Sie bekam nicht mit, was er erwiderte, da sie nicht auf

seine Antwort wartete. Stattdessen umgab sie sich mit ihrer Würde wie mit einem weiten Umhang, drehte sich von Kerr weg und kehrte zurück in die geschützte, sichere Umgebung ihrer Kabine.

Achtes Kapitel

Kerr sah der Lady hinterher, wie sie über die dunkle Treppe nach unten verschwand. Es war seine Pflicht, aber es war ihm auch ein Vergnügen. Und abgesehen davon, hätte er nicht einmal dann wegsehen können, wenn sein Leben davon abgehangen hätte.

Sie hatte ihn überrumpelt. Gerade noch glaubte er zu wissen, woran er bei ihr war, da ließ sie abermals eine andere Seite von sich zum Vorschein kommen.

Diesmal fürchtete er, er könnte zu weit gegangen sein. In ihren Augen hatte er den Wunsch nach Vergeltung bemerkt. Ob dieser Wunsch den Kuss und ihre Reaktion darauf betraf oder seine Rolle dabei, sie wie eine Gefangene zu halten, vermochte er nicht einzuschätzen.

Er fuhr sich durchs Haar und legte eine Hand in den Nacken, während er zum Himmel schaute und den Herrn bat, ihm Kraft zu geben. Er wusste, er würde diese Kraft dringend benötigen.

Das Geräusch seines über das Deck rollenden Stockdegens holte ihn plötzlich aus seinen Gedanken. Er bückte sich und hob ihn auf, dann ging er zum Achterschiff, das in den Fluss hinausragte. Seine schweren Schritte waren auf den dicken Planken wie Donnerschläge. Über ihm bewegte sich die Takelage knarrend im nächtlichen Wind, und ein Pelikan, der sich an seinem Schlafplatz auf einer Traverse in seiner Ruhe gestört fühlte, fuhr ihn krächzend an. Hoch oben am schwarzen Nachthimmel zog der Mond vorüber und scherte sich nicht um die unbedeutenden Probleme Sterblicher.

Was war nur los mit ihm? Hatte er all seine Prinzipien über Bord geworfen und mit ihnen jeden Rest an Urteilsvermögen? Hatte er in den letzten Nächten seit Annahme dieses Auftrags so wenig Schlaf bekommen, dass sein Verstand aussetzte? Oder lag es an Sonia Bonneval selbst, dass ihn alle Vernunft verließ?

Welcher Teufel hatte ihn geritten, dass er auf die Idee kam, sich ihr so zu nähern? Zugegeben, sie hatte sich in Gefahr gebracht, aber er war Herr der Situation gewesen. Zu keinem Zeitpunkt war ihr Leben oder ihre Gesundheit wirklich bedroht gewesen. Die Konfrontation mit dem nach einer Frau sich verzehrenden Seemann war vielleicht sogar nützlich gewesen, wenn er ihr gehörig Angst eingejagt haben sollte.

Zumindest war er vorhin noch davon überzeugt gewesen, aber inzwischen war er sich da gar nicht mehr so sicher.

Er sah sich nach dem Mann um, den er über Bord hatte gehen lassen, und entdeckte ihn, wie er ein Stück flussabwärts aus dem Wasser gekrochen kam. Baptiste schüttelte sich wie ein nasser Hund, während er aufstand. Dann warf er einen letzten boshaften Blick über die Schulter und trottete in Richtung der zahllosen Spelunken davon, die die Levee Street säumten. Kerr starrte auf die Stelle, an der der Bastard zwischen den Baumwollballen aus seinem Blickfeld verschwunden war. Er wünschte, er könnte dem Kerl noch ein paar Verletzungen zufügen, nur um ihn dann erneut über Bord zu werfen.

Was war nur in diesen Kerl gefahren, Sonia anzufassen? Allein für den Gedanken gehörte er ausgepeitscht, von der Strafe für das Vergehen selbst ganz zu schweigen.

Aber nur Momente später hatte Kerr selbst sie in seine Arme genommen. Es musste das Letzte gewesen sein, was sie nach der Konfrontation mit Baptiste gebraucht hatte. Er hätte sich umsichtiger verhalten sollen, stattdessen hatte er die Situation schamlos ausgenutzt.

»*Wenn Sie bereit wären, mir diesen Beweis zu liefern ...*«

Ihre Worte hallten in seinem Gedächtnis nach, zusammen mit der schmerzhaften Herausforderung in ihrem Blick. Oh, er war selbstverständlich bereit gewesen. Jede Faser seines männlichen Stolzes wollte die Herausforderung annehmen – und wie hätte er ihr dann noch widerstehen sollen?

Irgendwo in seinem Gedächtnis fand sich auch die Erinnerung an ihr geschminktes Gesicht in jener ersten Nacht. Dadurch war er der Meinung gewesen, die Lady habe Erfahrung mit Männern gesammelt. Doch das war ein Irrtum gewesen, denn sie war so unschuldig wie die meisten errötenden Bräute. Sie zeigte sich zwar neugierig und reagierte auf eine Art, die auf eine süße Leidenschaft schließen ließ, die zum Leben erweckt werden wollte, dennoch war sie unschuldig.

Ein gereiztes Stöhnen regte sich tief in seiner Kehle. Er hätte der Versuchung widerstehen, sie zu ihrer Kabine bringen und ihrer Tante übergeben und ihr dann eine gute Nacht wünschen sollen. Dass er das nicht getan hatte, machte ihn zu einem schlimmeren Menschen als den Seemann, der triefnass auf dem Weg in die Stadt war. Der Grund für ihr Handeln war bei ihnen beiden gleichartig: Lust, pure, unverfälschte Lust.

Er musste damit aufhören, forderte Kerr von sich selbst. Noch ein solcher Fehltritt, und seine sorgfältige Planung war womöglich für die Katz. Er konnte es sich nicht leisten, für die Lady etwas zu empfinden, und da war auch kein Platz für die Schuldgefühle, die ihm ihretwegen zu schaffen machten. Es war nicht seine Schuld, dass sie sich auf diesem Schiff befand oder dass ihr Vater für sie diese Ehe arrangiert hatte, die bei ihr einen solchen Hass auslöste. Sie nach Vera Cruz zu bringen war für ihn ein zu erledigender Auftrag, ein Mittel zum Zweck – mehr nicht.

Hehre Worte. Aber wer war denn eigentlich derjenige,

der sie in diesem Moment auf der *Lime Rock* festhielt und darauf achtete, dass sie nicht fliehen konnte?

Er war in Wahrheit derjenige, der die von ihrem Vater gestellte Falle hatte zuschnappen lassen. Er war es, der dafür sorgen sollte, dass sie wohlbehalten bei ihrem Verlobten eintraf. Wie viel besser war er denn schon als ihr Vater?

Kerr befand sich immer noch an Deck, als der neue Tag in einer strahlenden Pracht aus Gold, Lavendel und Rosa anbrach und den Nebel über dem Fluss in ein Farbenmeer verwandelte. Und er war da, als der Befehl zum Ablegen erteilt wurde und die Mannschaft ausschwärmte, um alle erforderlichen Vorbereitungen zu treffen. Er sah zu, wie die Laufplanke eingeholt wurde und der Ruf zum Abstoßen ertönte, wie man die großen Trossen von ihren Klampen löste und an Bord zog, während sich das Schiff allmählich mit der Strömung vom Dock entfernte. Und er war immer noch da und lehnte sich – die Arme vor der Brust verschränkt – gegen die Aufbauten, als Sonia Bonneval wieder an Deck kam und die noch schlafende Stadt betrachtete.

Heute Morgen war sie die vollkommene Lady in ihrem lavendelfarbenen Kleid über den ausgestellten Unterröcken und mit den farblich abgestimmten Bändern, die im Wind flatterten. Doch so genau er ihr Äußeres auch zur Kenntnis nahm, war ihm doch ungewollt viel bewusster, welche weiblichen Formen sich unter den Lagen aus Batist und Spitze befanden und von einem Korsett aus Walfischknochen eingeschnürt wurden. Ihre Wärme, ihre Zartheit, die Festigkeit ihrer Kurven, die durch ihre Jungenkleidung so deutlich zu fühlen gewesen waren, hatten sich so sehr in seinen Verstand eingebrannt, dass er sie vielleicht nie wieder würde vergessen können. Sein Mund war wie ausgedörrt, weil er sie wieder kosten wollte, sein Körper sehnte sich nach ihr wie ein Trinker nach einer Flasche Likör, auf die er eine ganze Woche lang verzichtet hatte.

Sie hielt nach jemandem Ausschau, sie musterte die Kutschen, die an den verschiedenen Booten und Segelschiffen vorfuhren, die ebenfalls an diesem Morgen ablegen würden. Ihr Blick wanderte über die zahlreichen Gentlemen, die an den Docks standen, und verharrte stets ein paar Sekunden lang auf jenen Männern, die bereits etwas älter waren.

Kerr musste nicht raten, nach wem sie Ausschau hielt. Sie dachte, allem Missvergnügen zum Trotz, den sie ihm mit ihren Versuchen bereitet hatte, diese Ehe zu vermeiden, wäre ihr Vater doch hergekommen, um sie abreisen zu sehen.

Doch von Bonneval war nichts zu sehen. Niemand kam aus einer der nach wie vor dunklen Straßen herangeeilt, niemand hob ein Taschentuch, um zum Abschied zu winken. Und es stand auch niemand einsam und verlassen dort, der doch nicht so gern sah, wie sie aus seinem Leben ging.

Das Deck erzitterte, als die Dampfmaschine ihre Arbeit aufnahm und die Schaufelräder sich zu drehen begannen und Flusswasser aufwirbelten. Kohlenqualm stieg in dicken schwarzen Schwaden aus dem einzelnen Schornstein auf und ließ Rußpartikel auf das Deck regnen. Die Dampfpfeife der *Lime Rock* ertönte, um die Abreise zu verkünden. Der Ruf wurde von anderen Schiffen entlang des Anlegeplatzes beantwortet, gleichzeitig wünschten etliche der Leute auf dem Dock lautstark eine gute Reise. Die Laufplanke wurde vollständig eingezogen, dann hob ein Schauermann die Hand und gab das Zeichen, dass alles klar war.

Das Schiff nahm Fahrt auf und schob sich rückwärts in die Strömung des Flusses, das Grollen und Stampfen der Dampfmaschine wurde lauter.

Und noch immer war Bonneval nirgends zu sehen.

Was für ein Vater war dieser Mann, dass er sich weigerte, seiner Tochter zum Abschied zu winken und ein letztes Mal ihr Gesicht zu betrachten, das er vielleicht viele Jahre lang nicht wiedersehen würde? Und was für eine Sorte Vater würde seine Tochter zu einem Mann wie Rouillard schicken?

Kerr wollte darüber nicht nachdenken. Er konnte nur zusehen, wie sich Sonia von der Reling abwandte. Eine Passagierin sprach sie an, womöglich um ihr einen guten Morgen zu wünschen. Sie reagierte mit einem Lächeln, als sie der Frau antwortete. Es war ein mutiger Versuch, doch selbst von seinem Platz aus konnte er sehen, dass sie die Tränen zurückhalten musste, die ihr in die Augen traten.

Zum Teufel mit diesem Bonneval. Ihm wäre kein Zacken aus der Krone gebrochen, wenn er früh aufgestanden wäre, um zu den Docks zu kommen.

Und zum Teufel mit Rouillard, der die Hand einer Frau verlangte, die er kaum kannte und der er keine Achtung entgegenbrachte. Und der erwartete, dass sie ihm gehorchte, als sei sein beiläufiger Heiratsantrag eine bedeutende Ehre.

Ja, und auch zum Teufel mit dem Mann, der Sonia in der letzten Nacht geküsst hatte und der sie zwang, an Bord zu bleiben. Dem Mann, der an diesem Morgen nichts anderes wollte, als ihre Tränen wegzuküssen und ihr zu sagen, dass es keinen Grund zum Weinen gab.

Dieser Bastard war der übelste von allen.

Der Dampfer drehte flussabwärts und nahm weiter Fahrt auf. Piere, Lagerhäuser und vor Anker liegende Schiffe zogen vorbei, die Stadt fiel hinter ihnen zurück. Plantagen mit ihren großen Häusern, Nebengebäuden und eigenen Anlegestellen am Ufer tauchten wie Halluzinationen aus dem Morgennebel auf und verschwanden wieder. Hütten, auf Plattbooten oder auf Stelzen gebaut, säumten den breiten Fluss und kauerten über ihren unruhigen Spiegelbildern. Bald wichen sie endlosen, nur mit Bäumen bestandenen Abschnitten. Um die hundert Meilen lagen auf diesem Fluss noch vor ihnen, der sie in den Golf von Mexiko bringen würde.

Die Passagiere verließen ihren Platz an der Reling, einige spazierten über Deck, andere ordneten ihre Habseligkeiten, die sie mit an Bord gebracht hatten, oder machten sich fürs Frühstück fertig. Sonia verschwand wieder unter Deck, vielleicht um ihre Tante zu suchen. Kerr sah ihr nach, dann stieß er sich von der Wand ab und stieß einen erleichterten Seufzer aus.

Er hielt die Lady nicht für dumm oder verzweifelt genug, als dass sie vom fahrenden Schiff springen könnte. Es wäre sogar dann Selbstmord, wenn sie wusste, wie sie mit den Armen rudern musste, um sich über Wasser zu halten – so wie es der Seemann machen musste, den er gezwungen hatte, an Land zu schwimmen. Der Mississippi war ein breiter Fluss, bis zum Ufer war es schier unendlich weit. Also konnte Kerr sich etwas Ruhe gönnen und vielleicht versäumten Schlaf nachholen, da er wusste, Sonia würde ihm nicht entkommen.

Er gab sich alle Mühe, genau das zu tun. Er ließ das Essen aus, entledigte sich seiner Stiefel und legte sich in seine Koje. Dann zog er den Vorhang zu, damit er in der großen Gemeinschaftskabine etwas Ruhe hatte. Mit geschlossenen Augen lag er da und lauschte auf seinen Herzschlag und das Dröhnen der Dampfmaschine. Aus dem Salon gleich nebenan hörte er einige Gentlemen murmeln, die ein Glücksspiel spielten, was er deutlich daran erkennen konnte, dass Karten mit viel Schwung abgelegt wurden.

Ein kurzes Nickerchen, mehr nicht, sagte er sich.

Aber es gelang ihm nicht.

Was, wenn er sich irrte? Was, wenn Mademoiselle Bonneval ihren vorgesehenen Ehemann so sehr verabscheute, dass sie alles unternehmen würde, um ihm zu entkommen? Sie war keine schwächliche, ängstliche junge Frau, die beim ersten Rückschlag sofort aufgab. O nein, ganz im Gegenteil. Sie würde jedem von ihnen trotzen – Bonneval, Rouillard, sogar ihm selbst. *Vor allem* ihm selbst.

Außerdem würde der Dampfer nicht die ganze Zeit über der Fahrrinne in der Flussmitte folgen können. Sandbänke,

Inseln und Treibgut – gelegentlich sogar ganze Bäume, die ihre kahlen Äste wie ertrinkende Seelen zum Himmel reckten – würden das Schiff zwingen, sich dem Ufer zu nähern. Es war durchaus möglich, dass sie einfach vom Achterschiff ins Wasser sprang.

Die Chancen, das Ufer zu erreichen, waren nur gering, wenn sie diesen Versuch in ihren schweren Röcken wagen sollte. Die würden sie in die Tiefen des morastigen Flusses ziehen, wo sie mit aufgerissenen Augen auf dem Grund liegen würde, umgeben von Katzenfischen und Schildkröten. Und das galt nur für den Fall, dass sie nicht seitlich über die Reling sprang und von den Schaufelrädern erschlagen wurde.

Kerr setzte sich abrupt auf und verdrängte diese schrecklichen Bilder aus seinem Kopf, während er mit den Händen über sein Gesicht fuhr. Dazu durfte es nicht kommen. Das würde er nicht zulassen.

Er rollte sich aus dem Bett und ignorierte den Protest seiner ermüdeten Muskeln, zog seine Stiefel wieder an und kehrte zurück an Deck. Es beruhigte ihn nicht im Mindesten, dass die Lady es sich auf einem Deckstuhl bequem gemacht hatte. Auf ihrem Schoß lag ein aufgeschlagenes Buch, dessen Seiten sich in der Brise bewegten. Die Augen hatte sie geschlossen, da sie friedlich schlummerte.

Kerr zog sich einen Stuhl heran, setzte sich und schlug die Beine übereinander. Er faltete die Hände, lag eine Weile da betrachtete Sonia. Sein Blick wanderte von den zarten dunklen Locken, die über ihre Wange strichen, zum Schwung ihrer Lippen und den sanften Rundungen ihrer Brüste, die sich mit jedem Atemzug hoben und senkten. Die Röcke bedeckten zwar ihre Fesseln, dennoch konnte er hin und wieder dank eines verirrten Windstoßes für einen Moment ihre perfekt sitzenden weißen Strümpfe erblicken.

Er rutschte auf seinem Stuhl hin und her und fluchte leise, dann zog er die Schöße seines Gehrocks hoch und legte sie so über sich, dass sie die Vorderseite seiner Hose ein wenig bedeckten.

Er hatte diese Frau geküsst, er hatte sie festgehalten, ihren Busen, den Bauch und die Oberschenkel gespürt, als er sie gegen sich gedrückt hatte. Ihr Geschmack ging ihm nicht aus dem Sinn, ein süßer, berauschender Geschmack fernab jeder Vorstellungskraft. Er verzehrte sich nach ihr mit einer Sehnsucht, die zu drei Teilen reine körperliche Lust, zu einem Teil aber etwas gänzlich anderes war.

Die Verlobte seines Feindes. Was war es nur, dass ein Mann ausgerechnet die Frau besitzen wollte, die jemand für sich beanspruchte, den er verabscheute? Rührte das aus dem Instinkt, den Gegner dort zu treffen, wo er die schlimmsten Schmerzen erleiden musste? Oder handelte es sich um ein fast urzeitliches Bestreben, den anderen daran zu hindern, dass dessen Stamm Zuwachs bekam?

Kerr wusste keine Antwort darauf. Für ihn war nur klar, dass er eine Besessenheit für Jean Pierre Rouillards Verlobte zu entwickeln begann.

In der Nacht zuvor hatte Sonia vor ihm Angst gehabt. Es war zwar nur vorübergehend gewesen, doch es genügte, um zu sehen, wie sie ihn mit einem Blick musterte und zu dem Schluss kam, dass sie gegen ihn keine Chance hatte. Ihm war nicht ihr Entsetzen entgangen, als sie glaubte, er würde den Seemann, der sie belästigt hatte, verstümmeln oder gar töten.

Ihm hatte das kein Vergnügen bereitet. Vielmehr fühlte er sich gedemütigt, denn dieser angsterfüllte Ausdruck brandmarkte ihn, als sei er nichts weiter als ein linkischer Schläger. Er verdiente diesen Blick, das wusste er nur zu gut, denn er hatte ganz bewusst seine Statur und seine Kraft ins Spiel gebracht, um sie einzuschüchtern. Das würde sich nicht wiederholen, sofern es in seiner Macht stand, das zu verhindern.

Ebenso würde er sie nicht mehr berühren. Sie verdiente

es nicht, wie eine Schachfigur im Spiel zwischen ihm und Rouillard behandelt zu werden – obwohl sie das längst war, und obwohl sie das bereits in dem Moment gewesen war, als er von ihrer Existenz erfuhr.

Sie sollte dafür nicht leiden, zumindest nicht mehr als absolut notwendig. Das schwor er sich. So wie die Mitglieder der Bruderschaft würde er bis zu seinem letzten Atemzug kämpfen, um für Sonias Sicherheit zu sorgen.

Es waren hehre Absichten, dachte er mit stummem Spott. Aber er rückte nicht von ihnen ab, während er sich gestattete, die Augen zu schließen

Neuntes Kapitel

Es mochte eine Stunde vergangen sein, aber es kam Kerr wie wenige Minuten vor, als ein lautes Geräusch ihn aus dem Schlaf riss. Sein Nacken war steif, und ein Arm hing über die Lehne, sodass seine Knöchel das Deck berührten. Viel wichtiger war aber die Tatsache, dass Sonia nicht mehr auf ihrem Deckstuhl saß.

Sofort setzte er sich aufrecht hin und sah sich um. Dann hatte er sie aber auch schon entdeckt: Sie war nur ein paar Schritte entfernt und schlenderte über Deck, hatte sich bei Alexander Tremont untergehakt. Um sich herum schien sie nichts wahrzunehmen, ihre ganze Aufmerksamkeit war auf den Gentleman an ihrer Seite gerichtet, mit dem sie sich angeregt unterhielt und ihn anlächelte, als hätte sie keine Sorgen. Hinter ihr auf den Planken und damit keine zwei Schritte weit von Kerrs Deckstuhl entfernt, lag ein Fächer aus bemalter Seide und mit Stäbchen aus Elfenbein.

Das Geräusch des zu Boden fallenden Fächers hatte Kerr aufgeweckt. Er stand von seinem Stuhl auf, streckte sich und bückte sich, um das feminine Accessoire aufzuheben. Dann näherte er sich mit ausholenden Schritten dem Paar und räusperte sich.

»Verzeihen Sie, Mademoiselle.«

Sie blieb stehen und machte eine ahnungslose Miene, als sie sich zu ihm umdrehte. »Monsieur?«

»Ich glaube, Sie haben das hier verloren.«

»O ja.« Sie nahm den Fächer entgegen und öffnete ihn, um ihn auf Schäden zu untersuchen, dann warf sie Kerr einen Blick zu und fügte hinzu: »Wie freundlich von Ihnen, ihn mir wiederzubringen. Es tut mir leid, wenn meine Unachtsamkeit Sie geweckt haben sollte.«

Es tat ihr nicht im Mindesten leid. Vielmehr hatte sie das Objekt aus Seide und Elfenbein absichtlich fallen lassen. Ihm kam es vor, als habe sie ihm so etwas wie einen Fehdehandschuh vor die Füße geworfen und ihm den Krieg erklärt. Allerdings würde er ihr nicht die Genugtuung geben, sie wissen zu lassen, dass er verstanden hatte.

»Aber mitnichten«, antwortete er und grüßte gleichzeitig Tremont mit einem knappen Nicken. »Ich hatte nur ein wenig die frische Luft genossen.«

»So wie wir alle, auch wenn ich sagen muss, dass diese Fahrt hinunter zum Golf eine ermüdende Angelegenheit ist. Finden Sie nicht auch?«

Kerr betrachtete den Fluss, der sich vor ihnen wie ein funkelnder silberner Streifen durch die Landschaft zog. Große blauweiße Reiher wateten im seichten Wasser und sorgten dafür, dass sich kleine Wellen auf der Oberfläche ausbreiteten, während Schwärme von Elritzen vor ihnen die Flucht antraten. Silberreiher schmückten die mit Moos überwucherten Bäume wie große weiße Blüten. Ein Waschbär suchte das Weite, als er das herannahende Schiff bemerkte, und ein Alligator oder eine Schlange löste im Wasser einen Wirbel aus. Grüne Sträucher säumten das Ufer und waren so weit nach vorn gewachsen, als wolle es im Wasser sein Spiegelbild betrachten.

»Ich weiß nicht, ob das auch auf mich zutrifft.« Er drehte sich wieder zu ihr um und lächelte sie an, während er ihr in die Augen schaute. »Eine gemächliche, ruhige Reise hat auch einiges für sich.«

»Ich hätte wissen müssen, dass Sie das sagen würden. Ein ruhiges Leben für Sie, und das um jeden Preis.« Sie wandte sich an den Gentleman neben ihr. »Monsieur Wallace ist meine Eskorte, wie Sie sicherlich schon erkannt haben. Er wurde von meinem Vater angeheuert, um Gewissheit zu haben, dass ich sicher Vera Cruz erreiche.«

Tremont nickte. »Ihre Tante erklärte mir das bereits. Eine beneidenswerte Position.«

»Ich weiß nicht, ob er Ihnen da zustimmen kann. Bislang dürfte es für ihn wohl eher eine Mühsal gewesen sein.«

»Es hat auch seine angenehmen Seiten«, antwortete Kerr in neutralem Tonfall.

Sonias Wangen wurden augenblicklich rot, und sie presste die Lippen zusammen. Es freute ihn, dass sie seine Anspielung verstanden hatte und sie sich an den letzten Abend erinnerte, auch wenn ihr das Geschehen nicht so ins Gedächtnis eingebrannt sein konnte wie ihm.

Auf eine unerklärliche Weise stellte es ihn zudem zufrieden, dass sie Tremont gegenüber mit offenen Karten zu spielen schien, indem sie ihn wiederholt darauf hinwies, dass sie nicht ungebunden war. Ihr war zuzutrauen, dass sie den Gentleman für sich zu gewinnen versuchte in der Hoffnung, er würde sich noch als nützlich erweisen, damit sie ihre Flucht doch verwirklichen konnte.

Das durfte er natürlich nicht zulassen.

Nach Kerrs Meinung hegte der Gentleman gegenüber Sonia keine ernsthaften Absichten, und ihre Bekanntschaft würde mit dem Ende der Reise ebenfalls vorüber sein. Eine kurze Flirterei, vielleicht das eine oder andere Stelldichein, doch mit mehr war nicht zu rechnen. Zweifellos hatten sein gefälliges Gesicht und sein vornehmes Erscheinungsbild ihm in der Vergangenheit schon des Öfteren ähnliche Eroberungen möglich gemacht, da war es ganz klar, dass er jetzt einen weiteren Erfolg erwartete.

Allerdings würde seine nächste Eroberung nicht Sonia Bonneval sein. Kerr empfand keine besondere Abneigung gegen diesen Mann, doch er würde ihn in Scheiben schneiden wie eine Weihnachtsgans, wenn er auch nur versuchen sollte, sich ihr unziemlich zu nähern.

»Ich begleite Sie beide ein Stück, wenn Sie nichts dagegen haben«, sagte er beiläufig, noch während ihm diese Zusammenhänge durch den Kopf gingen. »Es geht schließlich nichts über einen schönen Spaziergang an Deck, um zur Ruhe zu kommen.«

Sonia widersprach nicht. Da er sich auf die nächste Konfrontation eingestellt hatte, fühlte Kerr angesichts ihrer Reaktion sofort Unbehagen. Er beugte sich ein wenig vor, um Sonia anzuschauen. Das lavendelfarbene Lodern in ihren Augen trug keinesfalls dazu bei, dass er sich wieder beruhigte.

Als sie kurz darauf auf die Passagiere, die sie bislang kennengelernt hatte, zu sprechen kam und sich zur an Bord genommenen Fracht äußerte, rutschte ihr ein Ende des Schultertuchs unter dem Ellbogen hindurch und landete auf dem Deck. Indem sie versuchte, das Ende zu fassen zu bekommen, ohne das Buch loslassen zu müssen, in dem sie gelesen hatte, verfingen sich die Fransen ihres Tuchs an Kerrs Stiefel. Er stolperte und versuchte zu verhindern, dass er die seidenen Fransen abriss, gleichzeitig zog sie sie unter seinem Stiefel hervor. Nur eine Bewegung, die nach verzweifelten Tanzschritten aussah, konnte verhindern, dass er auf seinem Hinterteil landete.

Sonia musste sich ein Lachen verkneifen, dessen war er sich sicher. Trotzdem entschuldigte er sich bei ihr und wich dem mitfühlenden, verständnisvollen Grinsen aus, das Tremont aufgesetzt hatte. Sollte er sich doch von ihr wie ein Lakai und Hanswurst behandeln lassen, dachte Kerr betrübt. Seine eigenen Schultern waren breit genug, um diese Sache darauf auszutragen, und sie wussten beide, wer letztlich das Sagen hatte.

Wenn sich durch solche Übungen ihre Laune besserte, sollte ihm das nur recht sein.

»Sonderbare Sache«, sagte Tremont und überbrückte rasch das plötzliche Schweigen, als sie wieder weitergingen. »Ich kam in den frühen Morgenstunden einmal an Deck, um zu rauchen, da konnte ich beobachten, wie die Besatzung dieses Schiffs mit dem Verladen beschäftigt war und dabei die Arbeit der Schauerleute erledigte. Es waren Kisten und Kartons von ungewöhnlicher Größe, die da an Bord gebracht wurden.«

Kerr nickte bestätigend. »Das Gleiche fiel mir auch auf.«

»Das dachte ich mir schon, da ich Sie am Heck stehen sah. Was halten Sie davon?«

»Was war es?«, wollte Sonia wissen. »Was haben sie verladen?«

Kerr entging nicht, dass sie dabei zwischen ihm und Tremont hin und her blickte. Da der andere Mann das Thema in Sonias Gegenwart angeschnitten hatte, erschien es ihm sinnlos, nun um den heißen Brei herumzureden, auch wenn man solche Dinge eigentlich nicht diskutierte, wenn Ladys zugegen waren.

»Waffen«, antwortete er. »Jedenfalls hielt ich es für Kisten mit Gewehren und Munition.«

»Aber das würde ja bedeuten ...« Sonia stutzte und hielt inne.

»Entweder will jemand damit eine große Jagdgesellschaft ausstatten, oder aber wir haben es mit einer Waffenlieferung an die Mexikaner zu tun.«

»Wer würde denn so etwas tun?« Ihre Stimme war leise, den Blick hatte sie nach vorn gerichtet, sodass man ihr nicht ins Gesicht sehen konnte.

Kerr fragte sich, was sie wohl überlegte und ob sie vielleicht den Verdacht hatte, in den Transport könnte jemand verstrickt sein, den sie kannte. Zum Beispiel jemand wie Rouillard.

»Irgendein Schurke, für den Gold schwerer wiegt als Skrupel, würde ich sagen.« Er zuckte mit den Schultern. »Natürlich ist es nicht verboten, schließlich befinden wir uns nicht im Krieg.«

»Eine reine Formsache«, erklärte Tremont. »Der Moment der Kriegserklärung wird kommen.«

»Das sehe ich auch so.«

Tremont tippte sich an die Stirn. »Ich schätze, der Captain könnte darin verwickelt sein.«

»Um sich auf der Reise noch etwas dazuzuverdienen, meinen Sie? Das wäre denkbar.« Captain Frazier erweckte den Eindruck eines aufrechten Quäkers aus New England, er war schlicht gekleidet, machte stets eine ernste Miene und trug einen Backenbart, der wie Baumwollflocken auf seinen Wangen wirkte. Um nicht eitel zu erscheinen, schnitt er den Bart nicht. Doch das hatte alles nichts zu bedeuten. Schon mancher hatte sich vom Aussehen eines Menschen täuschen lassen, und es würde auch immer wieder passieren. »Aber die Fracht könnte auch dem amerikanischen Regierungskommissar gehören, den wir an Bord haben.«

»Als Friedensangebot von unserer Regierung, meinen Sie? Oder als Bestechung, damit sich derjenige anständig verhält, der Präsident dieses Landes sein wird, wenn wir dort eintreffen.«

Kerr nickte und verstand Letzteres als Anspielung auf die häufigen Wechsel in diesem höchsten Amt. Einer der beunruhigendsten Präsidenten war General Santa Ana gewesen, der Mann, der seinerzeit die Erschießung der Gefangenen der Mier-Expedition anordnete und der zehn Jahre zuvor auch für das berüchtigte Massaker bei Alamo verantwortlich gewesen war. Mindestens zweimal hatte er das Amt bereits innegehabt, und er trug sich mit dem Gedanken, es schon bald wieder bekleiden zu können.

»Könnten die Waffen nicht zu ihrem Schutz bestimmt sein?«, gab Sonia zu bedenken.

»Sie haben diese Kisten nicht gesehen, Mademoiselle«, entgegnete er.

»Bedauerlicherweise nicht«, sagte sie spitz. »Ich war anderweitig beschäftigt.«

Sie sprach nicht aus, dass er sie in ihre Kabine geschickt hatte.

»Genau«, stimmte Kerr ihr in ernstem Tonfall zu.

Ihr Ausruf als Erwiderung war zwar leise, aber heftig. Im gleichen Moment glitt ihr das Buch aus der Hand und rutschte über ihre glockenförmigen Röcke nach unten, ehe es aufgeschlagen auf dem Deck landete und der Wind die Seiten umblätterte.

Tremont griff zuerst nach dem Buch. Als er sich bückte, um es aufzuheben, ging sein Gehrock auf, und durch das Futter hindurch zeichneten sich die Konturen einer kleinen Pistole ab. Ein Gentleman führte oft eine solche Waffe bei sich, aber üblicherweise nur aus bestimmten Anlässen, zum Beispiel als Schutz in der Nacht oder wenn er einen größeren Geldbetrag bei sich trug. Möglicherweise war diese Reise Grund genug für eine solche Maßnahme, dennoch würde Kerr sich seine Beobachtung merken.

Er wollte dem Plantagenbesitzer das Buch aus der Hand reißen. So pervers es auch sein mochte, widerstrebte es ihm, dass Tremont derjenige sein sollte, der es ihr zurückgeben würde, hegte er doch den Verdacht, dass Sonia es absichtlich hatte fallen lassen. Immerhin betraf dieses Spiel nur ihn und die Lady.

Bedächtig griff er nach dem Band und nahm ihn in Besitz. Es handelte sich um *Eine Sage von Montrose*, einen historischen Liebesroman, verfasst vom Autor alter Highland-Dramen, Sir Walter Scott. Wegen der herrschaftlichen Schauplätze und des allgegenwärtigen Themas Ehre waren seine Werke in den letzten Jahren rasend beliebt geworden. Das Buch war eine elegante, in Leder gebundene Ausgabe mit Goldprägung und Goldschnitt. »Eine gute Geschichte«, kommentierte er wohlüberlegt, »aber nicht vergleichbar mit *Ivanhoe*.«

»Sie haben es gelesen?« Sonia blickte ihn verwundert an, während sie ihre Hand ausstreckte, um das Buch entgegenzunehmen.

»Wir in Kentucky können lesen«, konterte Kerr sarkastisch.

»So meinte ich das nicht«, rechtfertigte sie sich steif.

Vielleicht stimmte das, und vielleicht war er einfach zu empfindlich und fühlte sich irrtümlich angegriffen. »Meinen Sie, solche romantischen Geschichten lägen mir nicht? Meine Vorfahren kommen aus Schottland, wie Sie wissen. Es erinnert mich an die Geschichten, die mein Großvater mir erzählte. Schöne Geschichten von Viehdiebstählen und Kämpfen in der Heide der Ehre des Clans wegen. Nun, und auch des Spaßes wegen.«

»Das muss faszinierend gewesen sein.«

»Das waren diese Geschichten auch«, bestätigte er freundlich, als er ihr mit einer Verbeugung das Buch überreichte. »Wenn Sie sich fragen, welcher Typ ich bin, dann könnte es helfen, wenn Sie mich in der Rolle von Scotts Figur des Robert McGregor sehen. Das dürfte Ihnen ein klareres Verständnis der Ereignisse ermöglichen.«

»Ich verstehe es auch so gut genug.«

»Na, darüber bin ich ja überglücklich, weil es alles so viel einfacher macht«, gab er dumpf zurück, auch wenn er sehr wohl wusste, was ihr schnippischer Tonfall zu bedeuten hatte.

Sonia ließ noch einen Blick folgen, dann drehte sie sich um, dass die Röcke wirbelten, und ging weiter. Tremont blieb noch lange genug stehen, um kurz mit den Schultern zu zucken, dann eilte er ihr hinterher.

Mit mürrischer Miene schaute Kerr den beiden nach. Er sollte es aufgeben und unter Deck gehen, um sich zu rasieren und zu waschen.

Doch danach stand ihm nicht der Sinn.

Ihm wurde bewusst, dass ihn dieses geistige Kräftemessen mit der seinem Schutz unterstellten Lady viel zu sehr faszinierte. Etwas daran gab ihm das Gefühl zu leben, und es weckte in ihm eine Hoffnung, wie er sie nicht mehr verspürt hatte, seit ... ja, seit Andrew gestorben war. Vielleicht neigte sich die lange Suche nun doch ihrem Ende entgegen, und vielleicht tat er jetzt endlich etwas, damit er seinem Schwur treu bleiben und den Tod seines Bruders rächen konnte. Möglicherweise hatte es damit zu tun, dass er bald Jean Pierre Rouillard gegenübertreten würde.

Es konnte aber auch einfach damit zu tun haben, dass ihm die Gesellschaft der Lady gefiel. Genau genommen gefiel ihm diese Gesellschaft sogar viel zu gut.

Eigentlich sollte er sich von ihr fernhalten und sich darauf beschränken, für ihren Schutz zu sorgen. Und für den Moment könnte er sich anderen Dingen zuwenden, zum Beispiel den Maschinenraum besuchen, auf der Brücke vorbeischauen und mit dem Captain reden, wann sie den Golf erreichen würden und auf welchem Kurs er Vera Cruz ansteuern wollte. Er konnte sich auch in den Frachtraum schleichen und sich die Beschriftungen der Frachtstücke ansehen, um herauszufinden, ob der Empfänger der Waffen und der Munition jemand war, den er kannte – beispielsweise ein Gentleman namens Rouillard.

Doch nichts davon vermochte sein Interesse zu wecken. Später vielleicht, aber nicht in diesem Augenblick, so bedauerlich das auch war.

Er verschränkte die Hände auf dem Rücken, pfiff ein Klagelied auf Bonnie Prince Charlie und folgte gemächlich der aufreizenden, aber faszinierenden Mademoiselle Bonneval.

Zehntes Kapitel

Wie arrogant dieser Mann doch war, dass er glaubte, sie würde ihn sich als den Helden eines romantischen Epos vorstellen, als eine Figur, die Würde, Ritterlichkeit und den Mut der Verzweiflung in sich vereinte. Auf ihn traf wohl nichts davon zu, hatte er doch sein Schwert an den Meistbietenden ausgeliehen und sich bereit erklärt, eine hilflose Frau zu unterwerfen. Nicht dass sie tatsächlich annähernd so gleichgültig war, ein Irrglaube, der den Gentleman noch teuer zu stehen kommen sollte, aber es ging hier ums Prinzip. Ausgerechnet McGregor! Seine Bemerkung reichte, um sie davon abzuhalten, das Buch zu Ende zu lesen. Nachdem er nun sich selbst als eine der Figuren ins Spiel gebracht hatte, war sie unablässig damit beschäftigt, sein Bild aus ihrem Kopf zu vertreiben. Wie unglaublich provozierend.

Natürlich war es genau das, was er beabsichtigte. Sie hatte es im unergründlichen Grau seiner Augen gesehen. Und das, wo sie hätte schwören können, dass Scharfsinnigkeit nicht seine Stärke war. Gewalt, Tatkraft, Befehlsgewalt – so etwas hätte sie von ihm erwartet, nicht aber eine versteckte Herausforderung.

Wie bewusst sie doch wahrnahm, dass er sich hinter ihr aufhielt. Sein riesiger Schatten, der ihm vorauseilte, fiel auf sie und ließ es aussehen, als befände sie sich in einer grauen, sich bewegenden Lache. Allein dieser Größenunterschied wäre einschüchternd gewesen, wenn sie es zugelassen hätte. Sie war keine große Frau, aber auch nicht auffallend zierlich, und doch verschluckte der Schatten sie fast vollständig.

Mit normalem Tempo weiterzugehen erwies sich als schwierig, solange er sich so dicht hinter ihr aufhielt. Warum das so war, stellte sie vor ein Rätsel. Schließlich war es doch nicht so, als kümmere sie, was er dachte.

Vielleicht lag das Problem aber auch darin, dass er immer in ihrer unmittelbaren Nähe blieb und stets mitbekam, wo sie war und was sie tat. Er erledigte seinen Auftrag sehr gewissenhaft, das musste sie ihm lassen. Das Geld ihres Vaters war nicht rausgeworfen, zu schade nur, dass er nicht auch hier war, um es selbst zu erleben.

Vielleicht war das aber auch gut so. Einer der wenigen Vorteile ihrer augenblicklichen Situation war der, dass er sie nicht länger unter der Fuchtel hatte. Kerr Wallace handelte jetzt als sein Stellvertreter, das war nicht zu übersehen, doch auch das würde ein Ende haben, und dann …

Ja, was dann?

Sie wusste die Antwort darauf nicht. Alles würde davon abhängen, was sie bei ihrer Ankunft in Vera Cruz vorfinden würde. Klar war ihr nur, dass eine Heirat dabei keine Rolle spielen würde, ganz gleich was Kerr Wallace auch dachte.

Sonia ging zum Bug des Schiffs und blieb stehen, um einen Blick auf den gewundenen Flusslauf zu werfen. Sie hatten die besiedelten Gebiete hinter sich gelassen, wenn man von der gelegentlichen, abgeschieden liegenden Hütte eines Trappers absah, vor der ein Plankenboot auf dem Wasser trieb.

Dichter Baumbestand säumte das Ufer zu beiden Seiten, wurde aber hier und da durch kleine Inseln unterbrochen, auf denen Eichen wuchsen, die in ihre Trauerkleidung aus grauem Moos gehüllt waren. Etwas in ihr sehnte sich danach, endlich den Golf zu sehen, als würde jenseits des blauen Wassers die Freiheit auf sie warten, die sie in New Orleans nicht gefunden hatte. Wie widersprüchlich ein Mensch doch sein konnte, wenn er so zu empfinden fähig war.

Ihr gegenüber an der Reling stand ein schlanker Gentleman, der in Melancholie versunken zu sein schien und so über das Geländer gebeugt stand, als erwäge er, ins Wasser zu springen. Als er jedoch Sonia bemerkte, richtete er sich auf und straffte den Rücken. Dann verbeugte er sich hochachtungsvoll und wünschte ihr und ihren Begleitern einen guten Morgen.

Er war jung, vermutlich unlängst erst volljährig geworden, überlegte Sonia. Im traditionellen französisch-kreolischen Stil sah er gut aus, seine olivefarbene Haut deutete auf spanische Vorfahren hin, aber er wies noch den unverbrauchten, offenen Gesichtsausdruck eines Mannes auf, der sich bislang nicht dem Zynismus ergeben hatte. Sein seidiges braunes Haar hatte er nach hinten gekämmt, sodass die breite Stirn unbedeckt war. Die von langen schwarzen Wimpern umrahmten dunklen Augen blickten mitfühlend und intelligent in die Welt. Seine vollen Lippen erweckten den Eindruck, dass er sie genauso leicht zu einem Lächeln verziehen konnte, wie er fähig war, die Mundwinkel als Zeichen seiner Langeweile nach unten zu ziehen. Gekleidet war er nach der aktuellsten Mode in einen butterblumengelben Gehrock mit Lederbesatz und bronzefarbene Hose. Dazu trug er das kunstvoll nachlässig gebundene Halstuch der Boheme, in seinem Fall ein beigefarbenes Exemplar mit gelben Punkten, das mit einer Kamee in Form eines Zeus-Kopfes in jenem Stil festgehalten wurde, den der bekannte mulattische Fechtmeister Croquère populär gemacht hatte. All dieser lässigen Eleganz zum Trotz fühlte sich Sonia an einen jungen Hund erinnert, der auf sich aufmerksam machen wollte.

Sein Erscheinungsbild wirkte zudem nahezu kraftlos, was zweifellos durch den deutlichen Kontrast zu Kerr Wallace ausgelöst wurde. Im Vergleich zu der unverfälschten Männlichkeit des Fechtmeisters aus Kentucky erschien jeder Mann weit und breit als zu bemüht, und jedem von ihnen mangelte es an Kraft und Autorität. Es war keine beruhigende Erkenntnis, denn eigentlich hätte das Gegenteil der Fall sein sollen, wo er doch im Verhältnis zu den anderen Männern grobschlächtig erschien.

»Nun, Monsieur«, wandte sie sich absichtlich freundlich an diesen Mitreisenden. »Kommen wir so gut voran, wie wir es sollten? Glauben Sie, wir können dem Steuermann vertrauen, dass er uns sicher in den Golf bringt?«

»Was Letzteres angeht, kann ich keine Meinung äußern, Mademoiselle.« Er lächelte sie schüchtern an. »Aber wir scheinen gut in der Zeit zu liegen.«

»Das ist immer etwas Erstrebenswertes, da muss ich zustimmen. Reisen Sie allein?«

»Nein, ich bin mit meiner Mutter unterwegs, Madame Marie Pradat. Mein Name ist Gervaise Pradat, *à votre service*.«

Aus einer spontanen Laune heraus und von dem erfreulichen Wissen begleitet, dass Kerr nicht davon begeistert sein würde, stellte sie ihn und Alexander Tremont und schließlich sich selbst dem jungen Mann vor.

»Meine Mutter wird auch Ihre Bekanntschaft machen wollen«, erwiderte er. »Ich bin mir sicher, wir haben gemeinsame Freunde, und es wird ihr ein Vergnügen sein, das herauszufinden. Als ich mich an Deck begab, machte sie sich fürs Frühstück bereit, wenngleich auch nicht ohne Schwierigkeiten.«

»Sie fühlt sich doch hoffentlich nicht krank, oder?«

Gervaise schüttelte den Kopf. »Nein, sie ist derzeit nur nicht ganz bei Kräften, müssen Sie wissen.«

»Wie schade. Dann sind Sie also allein.«

»Wie Sie sehen können.« Dabei nickte er und warf ihr einen hoffnungsvollen Blick zu.

Den jungen Mann einzuladen, um sich ihrem Rundgang anzuschließen, war das Einzige, was Sonia unter diesen Umständen machen konnte. Als sie Momente später wieder weiterging, zählten bereits drei Männer zu ihrem Gefolge.

»Ich darf annehmen, dass Ihre Tante nicht unpässlich ist, Mademoiselle«, sagte Kerr hinter ihr mit kehliger Stimme.

»Weil sie nicht als meine Anstandsdame an meiner Seite ist, meinen Sie?« Ihre Augen funkelten, als sie auf seine recht plumpe Andeutung hin, sie könne eine Anstandsdame gebrauchen, über die Schulter zu ihm sah. »Nein, nein, sie hat die Angewohnheit, bis zum Mittag im Bett zu liegen. Außerdem war sie erschöpft, nachdem sie gestern so früh hatte aufstehen müssen. Ich sah keine Veranlassung, sie heute Morgen zu wecken. Meine Tante ist zwar die Ruhe in Person, aber sie kann höchst unhöflich werden, wenn sie nicht ihren Morgenkaffee hatte.«

»Das ist kaum zu glauben.«

»Es würde sie freuen, Sie das sagen zu hören. Es steht Ihnen natürlich frei, sie zu wecken.«

Seine Antwort bestand nur aus einem Brummlaut, aber er machte keine Anstalten, die kleine Gruppe zu verlassen. Jubel über ihren kleinen Triumph bahnte sich wie ein guter Wein seinen Weg durch Sonias Adern.

Entgegen ihren Erwartungen fühlte sie sich an diesem Morgen nicht völlig niedergeschlagen. Zum Teil hing es damit zusammen, dass sie sich weigerte, die Hoffnung aufzugeben, und sie zu eigensinnig war, als dass sie ihr Schicksal akzeptiert hätte. Der vorrangige Grund war jedoch der Gentleman dicht hinter ihr. Er machte sie so rasend, dass sie kaum Zeit für Mutlosigkeit und Verzweiflung fand. Sich mit ihm ein geistiges Kräftemessen zu liefern war sogar dann erfrischend, wenn sie nicht gewinnen konnte. Dabei war ihr die Tatsache, dass diese Wortgefechte ihr fast schon Spaß machten, nicht begreiflich.

Hinter ihr unterhielt sich Kerr mit Gervaise Pradat über Belanglosigkeiten. Es schien ihr dennoch ratsam, die beiden zu belauschen, da etwas Interessantes zur Sprache kommen konnte, das sich für sie vielleicht noch als nützlich erweisen würde.

»Sie reisen geschäftlich nach Vera Cruz?«, fragte der Mann aus Kentucky.

»Keineswegs«, kam die Antwort in jenem entsetzten Tonfall eines kreolischen Gentleman, dem es nie in den Sinn kommen würde, sich als Händler zu betätigen. »Der Bruder meiner Mutter befindet sich dort. Seine Frau, die einer alten spanischen Familie entstammt, erbte ein beträchtliches Anwesen in Mexiko. Sie haben Besitz an der Küste, daher unterhalten sie ein Haus in Vera Cruz.«

»Ihr Onkel kümmert sich um die Geschäfte seiner Frau?«

»Ja, natürlich.«

Kerr bemerkte, dass sie die Unterhaltung der beiden mitverfolgte, und lächelte Sonia ironisch an. Zweifellos dachte er in diesem Moment an ihr Gespräch über die Vorrechte eines Ehemanns. Sie verdrehte die Augen, dass er etwas so Offensichtliches versuchte.

»Natürlich«, wiederholte Kerr ernst. »Haben Sie eine solche Reise schon einmal unternommen?«

»Mehrere Male. Meine Tante ist die Gastfreundlichkeit in Person, daher heißt sie uns – also *maman* und mich – jedes Jahr willkommen. Im Sommer ist Vera Cruz so höllisch heiß und so von Krankheiten heimgesucht wie New Orleans. Wir reisen mit ihnen ins Binnenland in die Berge, wo es viel kühler ist.«

»Eine angenehme Flucht. Ich vermute, Sie reisen mit der Kutsche.«

»Leider nicht, denn die Straßen sind dafür in einem zu schlechten Zustand. Die übliche Methode ist die Sänfte für die Ladys, während die Männer auf gesattelten Pferden reiten.«

Kerrs Fragen erschienen Sonia nicht wie das Bemühen um eine belanglose Konversation. Sie konnte nicht sagen, worauf er hinauswollte, doch sie fragte sich, ob es wohl einen Zusammenhang mit der Ladung Waffen im Frachtraum des Schiffs gab. Ein Gentleman wie der Onkel von Gervaise Pradat sollte die Mittel und die Möglichkeit haben, einen solchen Handel zu tätigen. Ihr war auch klar, dass der jährliche Besuch von Schwester und Neffe eine hervorragende Tarnung sein konnte, um die Ware nach Mexiko zu bringen.

»Und Sie, Monsieur?«, fragte der junge Mann mit der lebhaften Neugier eines Menschen, der es vorzog, andere Leute zu befragen, um sich mit neuen Ideen zu beschäftigen. »Haben Sie geschäftlich in Vera Cruz zu tun?«

»Er muss eine Gefangene überführen«, kam Sonia ihm mit ihrer Antwort zuvor. »Er begleitet mich zu meiner Heirat mit einem Bräutigam, den ich kaum kenne.«

Kerr warf ihr einen mahnenden Blick zu, den sie mit einer Leichtigkeit ignorierte, die sie sich im Umgang mit ihm angewöhnt hatte. Gervaise legte dramatisch eine Hand aufs Herz und sah sie mit gespielter Bestürzung an. »Ich bin am Boden zerstört, Mademoiselle Bonneval. Gerade eben lerne ich eine Lady kennen, die für mich alles bedeuten könnte, da muss ich feststellen, dass es niemals dazu kommen kann. Für eine Picayune würde ich mit Ihnen vor der Hochzeit weglaufen.«

»Für eine Picayune würde ich es Ihnen gestatten«, sagte sie in ihrem fröhlichsten Tonfall.

»Darf ich fragen, wer der Glückliche ist, den Sie ehelichen werden?«

»Gewiss, wenn es Sie interessiert.« Sie nannte ihm Jean Pierres Namen und den Wohnort.

»Ah.«

Diese eine Silbe konnte alles und nichts zugleich bedeuten. Sonia würde nicht diese Gelegenheit versäumen, etwas über ihren Verlobten zu erfahren. »Sie kennen den Gentleman?«

»Ich glaube, ich hörte meinen Onkel über ihn reden. Er spielt eine wichtige Rolle in Vera Cruz, vor allem in den gehobeneren Kreisen.«

»Ist das denn nicht eine gute Sache?«

»Es ist auf keinen Fall eine schlechte.« Das Gesicht des jungen Mannes war dunkelrot angelaufen, und er vermied es, Sonia anzusehen. In dem offensichtlichen Bemühen, von sich abzulenken, sagte er: »Dann nimmt Monsieur Wallace den Platz Ihres Vaters als Ihr Beschützer ein? Sind Sie beide zufällig verwandt?«

Sonia reagierte mit einem hohlen Lachen. »Ganz sicher nicht. Er ist ein Fechtmeister mit einem höchst beängstigenden Ruf. Sie müssen gut aufpassen, damit Sie ihn nicht beleidigen.«

»Das würde ich nicht einmal im Traum wagen«, gab Monsieur Pradat mit gespielter Beunruhigung zurück, obwohl seine Miene auch danach noch ein wenig besorgt wirkte.

»Es liegt am unablässigen Gerede über den Krieg, müssen Sie wissen«, fuhr sie fort. »Mein Vater fand, auf dieser Reise sei etwas mehr Schutz für mich erforderlich.«

»Sie meinen, mehr Schutz, als Ihre Tante ihn bieten könnte. Ja, ich verstehe.« Es war möglich, dass er es tatsächlich verstand, denn er machte eine ernste Miene, und in seinen dunklen Augen konnte sie sein Mitgefühl erkennen.

Kerr sah das auch, da er ihrem Blick mit dem unheilvollen, an Unwetterwolken erinnernden Grau seiner Augen begegnete. Ihr Lächeln, mit dem sie darauf reagierte, war aufrichtig. Dennoch schien es, dass eine Ablenkung nötig war. Absichtlich ließ sie ihren Fächer los, der zum zweiten Mal herunterfiel.

Eigentlich hatte sie ein kleines Handgemenge erwartet, bei dem jeder ihrer Begleiter um die Ehre streiten würde, ihren Fächer für sie aufzuheben. Stattdessen jedoch beugte sich Kerr mit der Geschmeidigkeit eines Panthers vor, um das Objekt aufzufangen, noch bevor es auf dem Deck anlangte. Mitten in dieser schnellen, fließenden Bewegung gelang es ihm, mit einer Hand unter ihre Röcke zu greifen und in Höhe des Strumpfbands über ihr Bein zu streichen.

Angesichts dieser Kühnheit konnte sie nur erschrocken nach Luft schnappen, was in der morgendlichen Ruhe jeder der Anwesenden klar und deutlich hören konnte. Einen Moment lang blieben sie beide wie erstarrt stehen, graue Augen schauten in lavendelfarbene, während die Welt an ihnen vorüberzog.

»Hier hast du dich versteckt, *ma chère* Sonia!«, rief ihre Tante, als sie sich mit forschen Schritten näherte, die ihre Röcke wallen ließen. »Was für eine herrliche Promenade. Ich kann sehen, was sie so anziehend macht. Oh, und du hast die Bekanntschaft von Monsieur Pradat gemacht. Wie ausgesprochen passend, da ich eben noch mit seiner Mutter sprach. Wir gingen beide zur Klosterschule, musst du wissen, aber wir haben uns seit einer Ewigkeit nicht mehr gesehen. Sie möchte dich unbedingt kennenlernen, *chère*. Komm, wir gehen alle gemeinsam zu ihr. Ich bin mir sicher, wir werden uns mit Madame Pradat am Heck des Schiffs treffen können, wenn es nicht so windig ist.«

Sonia blieb nichts anderes übrig, als Tante Lilys Wunsch nachzukommen. Allerdings hatte sie dagegen auch nichts einzuwenden, weil die Stimmung inzwischen ein wenig gereizt war. Dennoch zögerte sie, da sie auf die Rückgabe ihres Fächers wartete und eine gnädige Entgegennahme vorbereitete, weil sich Kerr durch seine Aufmerksamkeit von ihrem Aufseher zu ihrem Diener wandelte.

Doch dazu kam es nicht, denn der Mann aus Kentucky betrachtete das Accessoire in seiner Hand, während er den Mund zu einem Lächeln verzog. Er hob den Fächer an seine Lippen, dann steckte er ihn in die Innentasche seines Gehrocks, als würde er einen unvergleichlich wertvollen Liebesbeweis an sich nehmen.

Sie hätte die Rückgabe ihres Eigentums verlangen und eine Szene machen können, sie hätte sich weigern können, sich von der Stelle zu rühren, solange der Fächer nicht wieder in ihrem Besitz war. Stattdessen jedoch ignorierte sie seine Geste, hakte sich bei ihrer Tante unter und ging mit ihr voran.

Dieser Rückzug war die beste Lösung, sagte sie sich. Seine unerwartete Geste verwirrte sie nicht, sie verstand sie nicht falsch, und sie fügte sich ihr auch nicht ganz.

Es war lediglich so, dass sie nicht die Aufmerksamkeit auf etwas lenken wollte, das keine weitere Konsequenz hatte, als den Gentleman zu verärgern, den sie auf diese Weise wie einen Bediensteten behandelte.

Dahinter steckte lediglich gesunder Menschenverstand, weiter nichts.

Elftes Kapitel

An Bord der *Lime Rock* richteten sich die Essenszeiten in erster Linie nach den Bedürfnissen der Besatzung, weniger nach denen der Passagiere, weshalb sie zeitlich auf die Wachwechsel abgestimmt waren. Das Frühstück wurde bei Sonnenaufgang oder kurz danach serviert, das Mittagessen genau zu Mittag, während es das Abendessen bei Sonnenuntergang gab, ergänzt um eine Mahlzeit um Mitternacht, die aus den Resten vom Tage bestand und denjenigen serviert wurde, die so spät unbedingt noch etwas zu sich nehmen wollten. Es gab einigen Unmut über diese Abweichung von den traditionellen Essenszeiten, doch die Passagiere gewöhnten sich schon bald daran.

Kerr hatte keine Vorlieben, die er erst einmal umstellen musste. Zwar aß er genauso gern wie jeder andere Mensch, doch er hatte noch nicht die für die französischen Kreolen typische unablässige Beschäftigung entwickelt, wann und wie die nächste Mahlzeit zusammengestellt werden sollte.

Der Speisesaal war ein länglicher Raum mit Kassettendecke und einem Axminster-Teppich, dessen grünbraunes Muster sich an maurischen Kacheln orientierte. Mehrere Tische standen in einer Reihe nebeneinander, als handele es sich um einen einzigen langen Tisch, zu beiden Seiten säumten sie gepolsterte Bänke. An der Decke hängende, schaukelnde Waltran-Lampen tauchten den Raum in gelbliches Licht, weitere Lampen waren entlang der Wände befestigt. Zwischen den großen Fenstern hingen goldgerahmte Spiegel, weitere fanden sich ihnen gegenüber an den Stützpfeilern in der Raummitte, sodass durch die gegenseitigen

Spiegelungen der Eindruck eines weit größeren Raums entstand.

Das Essen am ersten offiziellen Abend an Bord bestand aus einer Bouillabaisse, gefolgt von Nudeln mit viel Butter und Knoblauch. Dem schloss sich gebackener Fisch mit gekochtem Gemüse und Tournedos vom Rind in Weinsauce an. Ein Kuchen, zu dem mit Brandy flambierte getrocknete Kirschen gereicht wurden, bildete zusammen mit der üblichen Auswahl an Käse und Nüssen das Dessert. Der Seemann, der nebenbei als Violinist auftrat, begleitete das Essen mit verschiedenen traurigen Melodien, die die Verdauung fördern sollten. Während die Passagiere aßen, bemerkten sie hin und wieder die Funken, die aus dem Schornstein anderer flussaufwärts fahrender Dampfschiffe aufstiegen. Gelegentlich konnte man auch die flackernden Lichter einer Siedlung dort sehen, wo ein gewundenes Bayou in den Fluss mündete.

Für Kerr verlief das Abendessen unbehaglich. Wiederholt bemerkte er, wie Madame Pradat ihn mit einem missbilligenden Ausdruck in ihren blassen, aristokratischen Gesichtszügen betrachtete und sich dann zu ihrer Platznachbarin Madame Dossier hinüberbeugte – der entmutigten und alleinreisenden jungen Mutter –, um ihr etwas ins Ohr zu tuscheln. Anschließend starrten sie beide ihn an, dann drehten sie sich mit hocherhobenem Kopf von ihm weg.

Er kam sich vor wie ein Aussätziger. Zwar hatte er gelernt, ein recht isoliertes Leben zu führen, seit er als Fechtmeister zu arbeiten begonnen hatte, doch es gefiel ihm überhaupt nicht. Männer von seiner Art waren generell keine gern gesehene Gesellschaft an einem Tisch, an dem die *crème de la crème* saß. Sein Geschick im Umgang mit der Klinge verhinderte, dass er die Abscheu und Ablehnung allzu deutlich zu spüren bekam – jedenfalls, wenn er es mit Gentlemen zu tun hatte.

Was erwarteten diese französisch-kreolischen Ladys von ihm? Dass er aufstehen und den Raum verlassen würde, um während der restlichen Dauer der Reise seine Mahlzeiten mit der Besatzung einzunehmen? Darauf durften die beiden lange warten. Wenn die reizende Mademoiselle Bonneval sich an seine Gegenwart gewöhnen konnte, dann sollte ihnen das auch möglich sein. Er würde jedenfalls nicht seinen Platz räumen.

Kerr sah über den langen Tisch zu Sonia und fragte sich, ob sie sich des Erfolgs ihrer Kampagne bewusst war, die Aufmerksamkeit der anderen Passagiere auf ihn zu lenken. Ihr ernster und zufriedener Blick war Antwort genug auf seine Frage. Er gab einen tonlosen Brummlaut von sich, dann widmete er sich wieder seinem Essen. Sie würde sich schon mehr Mühe geben müssen, wenn sie hoffen wollte, ihn aus der Reserve zu locken. Wahrscheinlich würde sie am Ende mehr als er von dem Gerede darüber aus der Fassung gebracht werden, dass er sie bewachte und beschützte.

Nach dem Dessert wurden die Tische abgeräumt und an die Wand gestellt, die Sitzbänke verstaute man darunter. Während der Essensgeruch und der fischige Gestank des Waltrans aus den Lampen an der Decke im Raum hingen, wurde zum Tanz aufgespielt.

Kerr schaute eine Weile zu, wie Sonia mit dem Captain, ein oder zwei Offizieren, dem amerikanischen Regierungskommissar, Tremont und dem jungen Pradat tanzte. Zunächst zog er noch in Erwägung, sich anzustellen, um auch in den Genuss dieses Privilegs zu kommen, doch so wie in New Orleans war er auch jetzt nicht in der Laune, sich einen Korb zu holen.

Stattdessen entschied er sich, an Deck einen Stumpen zu rauchen und zuzusehen, wie Funken aus dem Schornstein flogen, während das Schiff eine Spur aus dichten Rauchwolken am Nachthimmel hinterließ. Er griff nicht oft zum

Tabak, doch manchmal gab es Situationen, da war der beruhigende Effekt dringend nötig.

Er überlegte, ob sie sich wohl dem Golf näherten. Das Land zu beiden Seiten des Flusses war nun flacher und zunehmend von Wasserflächen durchzogen, und mit dem Wind wurde salzige Luft zu ihnen herübergeweht. Bei Sonnenuntergang hatte er die ersten Möwen bemerkt, die dem Schiff voller Hoffnung auf ein paar Abfälle aus der Kombüse oder auf einen Rastplatz in der Takelage folgten. Captain Frazier, oder besser gesagt der Steuermann, den er an Bord geholt hatte, nahm die mehr südwestlich verlaufende der verschiedenen Passagen in Richtung Golf. Von der Brücke hieß es, dass sie gegen Mitternacht, vielleicht schon etwas früher die offene See erreichen würden.

Kerr wollte aufbleiben, bis dieser Punkt erreicht war. Für ihn gab es wenig anderes zu tun, und es war immer ein Meilenstein auf dieser Reise – diesmal sogar noch mehr als bei seinen anderen Ausflügen an die Küste. Jetzt konnte er endlich in seiner Wachsamkeit nachlassen, denn die offene See bedeutete, dass Sonia nicht länger versuchen würde, über Bord zu springen und zum Flussufer zu schwimmen. Damit war er diese Sorge ein für alle Mal los.

Während er nachdenklich die Glut seines Stumpens betrachtete und zusah, wie der Wind den aromatischen Rauch forttrug, fielen ihm wieder die Waffen und die Munition im Frachtraum des Schiffs ein. An ihnen stieß er sich über alle Maßen. Er betrachtete sich selbst als einen bestenfalls durchschnittlichen Patrioten. Zugegeben, er hatte sich eingeschrieben, um in der Legion zu marschieren, aber da war es ihm in erster Linie darum gegangen, von den Fechtmeistern und den jungen Leuten in der Stadt akzeptiert zu werden und vielleicht eine Spur zu finden, die ihn zu dem Bastard führte, der für den Tod seines Bruders verantwortlich war. Ansonsten war es ihm gleich, ob die Grenze zwischen Texas und Mexiko nun durch den

Verlauf des Nueces oder des Rio Grande bestimmt wurde.

Dennoch missfiel ihm der Gedanke, dass irgendein Taugenichts Waffen an die Mexikaner verkaufte, die dann gegen seine Freunde in der Louisiana-Legion zum Einsatz kämen.

In gemächlichem Tempo und immer wieder durch kurze Pausen unterbrochen, um den Eindruck eines Gentlemans zu erwecken, der nicht wusste, was er mit seiner Zeit anfangen sollte, schlenderte er an der Reling entlang, bis er sich in der Nähe der Luke zum Frachtraum befand. Als er sich sicher sein konnte, dass die Wache anderweitig beschäftigt war und weder Passagiere noch Besatzungsmitglieder auszumachen waren, die eine Freischicht hatten, öffnete er die schwere Abdeckung, schlüpfte hindurch und schloss sie geräuschlos hinter sich.

Der Frachtraum war dunkel und beengt, in der Luft hielten sich die muffigen Gerüche nach altem Kaffee, verschimmelnden Gewürzen und verrottendem Obst, nach frischem Holz, Baumwollsamen und Weizenspreu. Ballen und Tonnen, Fässer und Kisten waren bis zur Decke gestapelt und wurden mit Seilen und Gittern gegen den Wellengang gesichert, sodass zwischen ihnen schmale Gänge entstanden, die einem Mann kaum genug Platz boten, wollte er nicht mit den Schultern gegen die Frachtstücke stoßen. In diesem beengten Raum hörten sich die gegen den Rumpf schlagenden Wellen wie ein endloses Rauschen an, untermalt vom Gurgeln des Bilgewassers rings um den Kielraum und vom Quieken der Ratten.

Einem Krebs gleich bewegte sich Kerr durch einen der Gänge, den Rücken drückte er dabei gegen gestapelte Säcke, die mit getrocknetem Mais gefüllt zu sein schienen. An einer Ecke hielt er kurz inne und wollte eben einen Schritt nach vorn machen, da zuckte er augenblicklich zurück.

Noch jemand hielt sich im Frachtraum auf. Vielleicht ein

Seemann, der die Fracht überprüfen sollte, ob sie auch gegen schwereren Seegang ausreichend gesichert war? Es war denkbar, doch es änderte nichts daran, dass Kerr niemandem erklären wollte, was er hier unten suchte.

Wer immer es auch sein mochte, es hörte sich ganz danach an, dass er mit einem Stemmeisen eine Kiste zu öffnen versuchte. Das leise Quietschen von langen Nägeln, die langsam aus einem Holzbrett gezogen wurden, war unverkennbar.

Der Mann ging weiter seiner Tätigkeit nach, offenbar wusste er nicht, dass er Gesellschaft bekommen hatte. Kerr kehrte den Weg zurück, den er gekommen war, um einen anderen Gang zu nehmen. Je näher er den Geräuschen kam, desto vorsichtiger bewegte er sich – und das erst recht, als er den schwachen Schein einer abgeschirmten Laterne sah. Dann blieb er stehen, als er die Ecke erreichte, hinter der der Unbekannte zugange war. Behutsam schob er den Kopf so weit vor, dass er eben in den Seitengang spähen konnte.

Es handelte sich nicht um einen Seemann, der die oberste in einem ganzen Stapel von langen, schmalen Kisten zu öffnen versuchte. Die Bewegungen eines Gehrocks und der Glanz polierter Stiefel wiesen ihn als einen Gentleman aus. Er hatte Kerr den Rücken zugewandt, doch das, was der vom Gesicht des Fremden sehen konnte, war schweißnass. Der Mann fluchte leise und erwies sich dabei als genauso erfinderisch wie derb.

Plötzlich gab der Deckel mit dem lauten Knall von zersplitterndem Holz nach. Der Mann verharrte reglos, hielt den Kopf schräg und lauschte. Sekundenlang passierte nichts, dann endlich ließ er das Stemmeisen sinken und schob den Deckel zur Seite. Während er einen leisen, anerkennenden Pfiff ausstieß, griff er zwischen dem lockeren Stroh hindurch und hob ein Gewehr hoch. Er drehte seinen Oberkörper so, dass er die Waffe in den schwachen Schein der Laterne halten konnte.

Tremont!

Damit hatte Kerr nicht gerechnet. Er legte die Stirn in Falten und dachte über den besorgten Tonfall des Mannes nach, als er zum ersten Mal diese Fracht ansprach. Irgendetwas stimmte hier nicht. War der Plantagenbesitzer so überrascht, wie er sich anhörte, oder wusste er nur die Qualität des Gewehrs zu schätzen, das er da in den Händen hielt? Hatte er zuvor die Waffen angesprochen, weil er ein besorgter Bürger war? Oder wusste er, dass Kerr sie gesehen hatte, und wollte nur vorgeben, mit den Waffen nichts zu tun zu haben?

Das war nicht der richtige Zeitpunkt, um der Sache auf den Grund zu gehen, überlegte Kerr, und es war nicht mal seine Sache. Captain Frazier konnte sich darum kümmern, wenn sie den Hafen erreichten. Vorausgesetzt natürlich, dass er nicht selbst in diese Waffenlieferung verwickelt war.

Langsam machte sich Kerr auf den Rückweg durch den Frachtraum in Richtung Luke. Kurz darauf schlenderte er wieder über das Promenadendeck.

Vielleicht eine halbe Stunde später begann das Schiff zum Rhythmus von etwas stärkeren Wellen auf dem Wasser zu schaukeln. Sie näherten sich jetzt eindeutig dem Golf, auch wenn sie noch von den letzten Ausläufern des Marschlandes ein wenig geschützt wurden. Kerr ging näher in Richtung Bug.

Als hätte der Wechsel vom Fluss auf die See es bewirkt, kam jemand ganz in Kerrs Nähe an Deck. Das Licht aus dem Schiffsinneren ließ weibliche Konturen erkennen. Es hätte jede Frau an Bord sein können, deren Röcke im Wind zu flattern begannen, doch er kannte nur eine Lady, die mutig genug war, zu so später Stunde an Deck zu kommen. Außerdem war da dieser urtümliche Instinkt, der bewirkte, dass sich sein Magen verkrampfte und er die Lady mit einer ungeahnten Gewissheit identifizieren konnte, ohne ihr Gesicht sehen zu müssen.

Er war sich recht sicher, dass sie ihn nicht im Schatten hatte stehen sehen. Sollte er sich bemerkbar machen oder sie in dem Glauben lassen, allein an Deck zu sein? Bei Mademoiselle Bonneval war diese Frage nicht immer so eindeutig zu beantworten.

Sie wirkte nachdenklich, wie sie so dastand und mit den Fingern über die Reling strich, die von der vom Wind mitgetragenen Gischt feucht war. Was ihr wohl gerade durch den Kopf ging? Fürchtete sie sich vor dem, was vor ihr lag? Oder sehnte sie sich nach dem, was hinter ihr lag? Sicherlich war sie nicht so entmutigt, dass sie in Erwägung zog, ins Wasser zu springen, oder etwa doch?

Nein, dafür brannte ihr Kämpfergeist viel zu heftig. Außerdem war sie vernünftig genug einzusehen, dass es hier nichts gab, wohin sie hätte fortlaufen können, selbst wenn es ihr gelingen sollte, an Land zu kommen. Dennoch schien es ihm ratsam, sie aus ihrer düsteren Stimmung zu holen, auch wenn diese Laune vielleicht nur ihrer Wut auf ihn weichen würde.

Er stieß sich mit der Schulter vom Schott ab und ging gemächlichen Schrittes zu ihr. »Haben Sie schon alle Tanzpartner durch? Oder wird keiner von denen Ihren Ansprüchen gerecht?«

Als sie sich daraufhin zu ihm umdrehte, machte sie nur einen erschrockenen, aber keinen schockierten oder verängstigten Eindruck, was ihn glauben ließ, dass sie ihn anderswo auf dem Schiff vermutet hatte. Das hielt er für eine gute Sache.

»Sie können nichts über meine Ansprüche wissen.« Sie sprach ihre Worte ruhig aus, ihre Gesichtszüge verrieten keine Gefühlsregung.

»Ich weiß, sie können nicht allzu niedrig sein, weil Sie mich verachten.«

»Das ist nicht ...«, begann sie.

»Sie müssen hoch sein, sonst wären Sie inzwischen verheiratet.«

»Ich nannte Ihnen die Gründe dafür.«

»Das ist wahr. Ganz sicher war Ihr Bernard ein feiner, anständiger Mann. Ich frage mich, ob Gervaise Pradat ihm ähnlich ist und ob das der Grund ist, warum Sie sich so schnell mit ihm anfreundeten. Oder taten Sie das nur, um mir eins auszuwischen?«

»Ihr Eitelkeit muss grenzenlos sein, wenn Sie glauben, mein Verhalten hätte irgendetwas mit Ihnen zu tun«, wehrte sie heftig ab. »Warum sollte mich kümmern, was Sie denken könnten? Oder was Sie sagen oder tun könnten?«

»Das ist doch eine gute Frage, finden Sie nicht auch? Aber vielleicht sollte es Sie sehr wohl kümmern, außer Sie sind bereit, eine Spur aus Leichen zu hinterlassen.«

»Ich habe keine Ahnung, was Sie damit meinen.«

Ihr Blick war in der von den Sternen nur schwach erhellten Düsternis so frostig, dass ihm das Blut in den Adern hätte gefrieren müssen. Aus Kerrs Sicht war diese Reaktion schon viel besser als ihre Niedergeschlagenheit.

»Gervaise Pradat ist exakt der junge Trottel, der es für edel und anständig halten würde, Ihnen sofort zu Hilfe zu eilen, sobald er davon überzeugt ist, dass jemand Ihnen Unrecht antut, allen voran ich. Ihn in unseren Zwist einzubeziehen war eine kurzsichtige Entscheidung. Außer natürlich, es ist Ihnen gleich, ob ich ihn mit meinem Degen durchbohre.«

»Das würden Sie nicht tun!«

»Nur, wenn ich durch etwas dazu gezwungen werde, was Sie tun oder sagen.«

»Ich würde Ihnen niemals die Veranlassung dazu geben.«

»Es freut mich, das zu hören. In dem Fall werden Sie also alles Denkbare tun, um ihn davon abzuhalten, mich herauszufordern. Und natürlich auch verhindern, dass er mich auf eine Weise beleidigt, die mir keine andere Wahl lässt, als ihn herauszufordern.«

»Das ist alles schön und gut, aber Sie sollten auch jegliches Verhalten vermeiden, das in diese Richtung führen könnte.«

Nun reagierte er mit einer finsteren Miene. »Wie darf ich das verstehen?«

»Zum Beispiel Ihr kleines Nebenspiel, als Sie meinen Fächer aufhoben – um dessen Rückgabe ich Sie im Übrigen bitten muss.«

»Was für ein Nebenspiel meinen Sie damit?« Ihn faszinierte, was nach einer intensiven Rötung ihres sonst so fahlen Gesichts aussah. Die Frage nach dem Fächer überging er einfach, obwohl er dieses weibliche Accessoire in seiner Jackentasche spürte.

»Sie wissen, was ich meine.«

»Da bin ich mir nicht so sicher.«

»Sie ... Sie berührten mich. Sie wissen, dass Sie das taten. Durch meine Röcke hindurch.«

»Aber Mademoiselle Bonneval, was unterstellen Sie mir da?« Er wusste, das Geplänkel bereitete ihm viel zu viel Vergnügen. Ein sofortiger Rückzug wäre die beste Lösung gewesen, doch die Art, wie ihre Augen aufblitzten und wie sich ihre Brüste unter dem seidenen Mieder bei jedem Atemzug hoben und senkten, war einfach zu verlockend. Darüber hinaus war es so lohnenswert, sie zu necken, dass er nicht widerstehen konnte.

»Nichts. Es geschah nur, um mich zu verärgern, was mir durchaus klar ist. Aber Sie dürfen sich nicht wundern, wenn ein anderer Bewunderer daran Anstoß nimmt.«

»Ein *anderer* Bewunderer? Sieh an.«

Aufgebracht schaute sie ihn an, während ihr Gesicht eine noch intensivere Rotfärbung anzunehmen schien. »Ein Bewunderer. Punkt. Mir ist klar, dass Sie nicht in diese Gruppe gehören.«

»Ganz genau«, stimmte er ihr mit einem Kopfnicken zu. »Und was mein ... anmaßendes Benehmen angeht, so verspreche ich, dass ich diskreter sein werde. Genügt Ihnen das?«

»Auf keinen Fall!«

»Sie wollen nicht, dass ich diskret bin?«

»Sie werden nicht die Grenzen des Anstands überschreiten! Sie werden mich überhaupt nicht anfassen. Haben Sie verstanden?«

Er verstand nur zu gut, was sie meinte. Doch irgendein Teufel ritt ihn, der es ihm unmöglich machte, ihre Frage zu bejahen.

Das war aber auch nicht nötig, denn in diesem Moment ließen sie endgültig den Mississippi hinter sich und wurden von den ersten Ausläufern des Golfs empfangen. Sie waren dort besonders gut zu spüren, wo sie mit der letzten Strömung des sich mit dem Meer vereinenden Flusses zusammentrafen.

Sonia richtete ihre Aufmerksamkeit auf das Meer, und als das Schiff von der ersten Welle getroffen wurde, musste sie auf ihren hochhackigen Schuhen einen Schritt nach hinten machen, um nicht das Gleichgewicht zu verlieren.

Es gab nur eines, was Kerr in dieser Situation tun konnte. Er verkniff sich ein Grinsen, während er sich mit einer Hand an der Reling festhielt und den anderen Arm um Sonias schlanke Taille legte. Er spannte seine Muskeln an, bis sie so hart wie Stahl waren, und zog die Lady an sich.

In ihrer Kleidung aus Seide, Spitze und Walfischknochen und von den Düften nach Veilchen, frischer Seeluft und warmer Weiblichkeit umgeben, war es einfach köstlich, sie an sich gedrückt zu halten. Sie stieg ihm zu Kopf wie der edelste Cognac und weckte Impulse, von denen er nicht einmal gewusst hatte, dass er sie besaß. Er wollte über ihren Mund herfallen, um sie zu kosten. Er hätte seine Seele für das Recht gegeben, sie unter Deck in eine abgeschiedene Kabine zu bringen und sie all jener femininen Kleidungsstücke zu entledigen, von denen sie beschützt wurde. Ihn verzehrte es danach, sie zu halten, während sie sich nackt und voller Leidenschaft und Begierde zu ihm umdrehte. Wie gern hätte er mit seinen Händen, seinen Lippen und seiner Zunge jeden Schwung und jede Kurve ihres Körpers nachgezeichnet und mutig erforscht, während sie keuchend dalag und sich vor Verlangen an ihm wand.

Ihre Augen waren dunkel und mysteriös, ihr Gesicht verriet ihre Verwundbarkeit, und sie öffnete den Mund vor unbewusster Verlockung. Ihr Herz schlug wild gegen seine Brust, während sie ihren sanften und zugleich so festen Busen an ihn drückte.

Sie war die Versuchung in Person.

Sie war für ihn verboten.

Jede Sehne und jeder Muskel protestierte, als er sich zwang, Sonia wieder loszulassen. Er tat es, weil er es tun musste. Weil er einen Auftrag angenommen hatte und ihn auch erfüllen würde. Und weil sie vermutlich um Hilfe rufen und ihn in Ketten legen lassen würde, wenn er sie nicht losließ. Er tat es, weil es das einzig Richtige war.

»Danke«, flüsterte sie, als sie wieder Halt gefunden hatte und sich zudem an der Reling festklammerte.

Kerr verbeugte sich knapp, war sich jedoch nicht sicher, wofür sie sich bedankte: dass er sie vor einem Sturz auf Deck bewahrt hatte oder dass er noch zeitig von seinen ungestümeren Impulsen abließ? Dass sie solche Impulse bei ihm vermutete, daran zweifelte er nicht. Sie war weder dumm noch gefühllos. Er konnte nur hoffen, dass sie nicht so verzweifelt fliehen wollte, dass sie seine eigenen Impulse als Waffe gegen ihn einsetzen würde.

Zu hoffen kostete nichts.

Er sah ihr nach, wie sie sich ohne ein weiteres Wort von ihm abwandte und zur Treppe ging, die hinunter zu ihrer Kabine führte. Erst als sie aus seinem Blickfeld verschwunden war, drehte er sich wieder um und griff nach dem kalten, feuchten Holz der Reling, dann starrte er in die Dunkelheit. Vor ihnen lagen die schwarze See und der grenzenlose Horizont.

Und nicht zu vergessen Mexiko, wo Rouillard auf seine Braut wartete.

Zwölftes Kapitel

Am Morgen nach dem Erreichen des Golfs weigerte sich Tante Lily, ihre Koje zu verlassen. Es steckte mehr dahinter als ihre übliche Vorliebe, bis weit nach dem Frühstück im Bett zu bleiben. Sie beklagte sich über das schreckliche Schwanken des Schiffs und sprach von ihrem unmittelbaren Tod, ausgelöst durch die Seekrankheit. Dann kniff sie die Augen zu und drehte sich zur Wand um.

Sonia versuchte alles in ihrer Kraft Stehende, um ihr Leiden zu lindern. Sie tupfte das Gesicht ihrer Tante mit einem kühlen feuchten Tuch ab, hielt ihr den Toiletteneimer hin, als sie sich übergeben musste, und brachte ihr verdünnten Wein und trockene Biskuits, damit ihr Magen sich beruhigte. Doch nichts davon half. Als sie ihr dann noch anbot, die Schläfen mit Parfüm einzureiben, flehte Tante Lily sie an, sie möge fortgehen und aufhören, sie zu quälen, damit sie in Frieden sterben könne. Sonia kam dieser Bitte nach, da es ohnehin das Beste zu sein schien, sie in Ruhe zu lassen.

Der frische Wind an Deck machte ihr eindringlich bewusst, wie abgestanden und schädlich die Luft in der Kabine inzwischen war. Sonia stand da und atmete voller Dankbarkeit tief durch, während sie beobachtete, wie sich der Horizont mit jeder Bewegung des Schiffs hob und senkte. Diese Bewegungen bereiteten ihr kein Unbehagen, vielmehr gefielen sie ihr sogar ausgesprochen gut. Sie fand auch das dunkle Blau der Wellen schön, die sich bis zum Horizont erstreckten. Der ewige Wellengang und das Licht, das auf dem Wasser tanzte, vermittelten ein intensives Gefühl von Frieden.

Jedoch war es unmöglich, in wahre Träumerei zu versinken. Ihr war nur zu deutlich bewusst, dass Kerr jeden Moment auftauchen konnte. Nach der letzten Nacht brannte sie nicht darauf, ihm gegenüberzutreten. Irgendwann musste das geschehen, doch je länger sie es hinauszögern konnte, desto glücklicher würde sie sein.

Wie sehr dieser Mann sie doch aus der Ruhe brachte. Gern hätte sie geglaubt, dass es mit Absicht geschah. Dann wäre der Aufruhr, der sie bis in den Kern ihrer Weiblichkeit erschütterte, wenigstens noch entschuldbar gewesen. Sie war sich aber sicher, dass ihm diese Variante geübter Verführungskunst nie bewusst in den Sinn gekommen war. Was die letzte Nacht anging, hatte er einfach auf die Situation reagiert, weiter nichts.

So wie sie selbst auch, und zwar viel zu selbstverständlich.

Der Arm um ihre Taille, die unbeugsame Kraft in seinem Griff und das ungeheure Gefühl, in seinen Armen in Sicherheit zu sein, das alles hatte in der Nacht ihre Träume durchdrungen. Das Versprechen wundervoller, hitziger Freuden lockte ebenfalls mit fast schmerzhafter Eindringlichkeit. Sie fürchtete, sie könnte sich ihm im Schlaf hingegeben haben, doch sie wusste es nicht mit Sicherheit, und sie wollte es auch gar nicht wissen. Dennoch kehrte das Verlangen mit der gleichen Dringlichkeit zurück, sobald sie aufgewacht war, und jetzt, da sie die salzige Luft einatmete und die sanfte Brise auf der Haut spürte, war es genauso der Fall, weil sie sich ganz in der Nähe jener Stelle befand, an der es sich abgespielt hatte.

So konnte es nicht weitergehen. Energisch schüttelte sie den Kopf und verdrängte alle Bilder, die ihr durch den Kopf gingen.

Sie musste sich ganz auf das konzentrieren, was sie erwartete, wenn sie Vera Cruz erreichten. Soweit sie das beurteilen konnte, gab es für sie drei Möglichkeiten, wie sie sich verhalten sollte. Erstens: Sie tat einfach gar nichts und hoffte darauf, dass er seine Meinung geändert hatte. Zweitens: Sie versuchte, ihrem Bewacher im allgemeinen Trubel während des Festmachens im Hafen zu entwischen und sich irgendwo zu verstecken, bis sie eine Passage nach Mobile fand. Drittens: Sie konnte sich von ihm zu ihrem neuen Zuhause begleiten lassen und darauf vertrauen, dass sich eine Fluchtmöglichkeit ergab, sobald Kerr gegangen war.

Von beiden Männern – Jean Pierre und Kerr – hielt sie es für wahrscheinlicher, ihren zukünftigen Ehemann überlisten zu können. Er würde nicht mal daran denken, sie könnte etwas gegen die Heirat haben, weshalb er sicher auch nicht wachsam genug war, um sie noch zeitig aufzuhalten.

Natürlich setzte das voraus, dass ihr Vater mit der Nachricht von ihrer erwarteten Ankunft keine Warnung mitgeschickt hatte. Die Möglichkeit einer Allianz war ihr vor Monaten erklärt worden, lange vor Weihnachten, zusammen mit den Anweisungen, die Aussteuer zusammenzustellen, für die jedes Mädchen von klein auf sammelte. Sie konnte sich nicht vorstellen, dass ihr Vater erst zu diesem Zeitpunkt von der geplanten Heirat erfahren hatte. Es musste Verhandlungen über ihre Mitgift gegeben haben, ebenso über die Höhe ihre persönlichen monatlichen Zuwendungen, das Budget für den von ihr zu führenden Haushalt, die Zuweisung ihres Hab und Guts sowie die Summe, die sie eines Tages erben würde. O ja, im Rahmen dieser Korrespondenz konnte durchaus ihre Abneigung zur Sprache gekommen sein.

Was, wenn Jean Pierre sie am Hafen erwartete und sie sofort in die Kirche zu einem Priester brachte? Das wäre das Ende all ihrer Träume.

»Guten Tag, Mademoiselle.«

Erschrocken drehte sie sich um und grüßte Alexander Tremont, der soeben an ihr vorbeigeschlendert kam. Da er wegen der steifen Brise auf seinen Hut verzichtete, legte er kurz die Finger an seine Stirn als Andeutung, dass er unter anderen Umständen seine Kopfbedeckung zum Gruß abgenommen hätte. Er war in Braun- und Cremetönen gekleidet, das einzig Unpassende waren orangefarbene Blumenstickereien auf seiner Weste.

»Vom Steward hörte ich, dass Ihre Tante ein wenig unpässlich zu sein scheint.«

Sein Lächeln war warmherzig, ebenso die Blicke, die er über ihren Körper wandern ließ. Es war eine Spur zu berechnend, fand Sonia, und seine Begutachtung ihrer Formen unter dem meerblauen Popelin ihres Tageskleids kam ihr etwas zu allumfassend vor.

»Ein Anflug von Seekrankheit«, erwiderte sie. »Sie wird sich bestimmt bald erholt haben.«

»Und dann werden Sie nicht einmal von Ihrem großen Beschützer mit seinem Degen begleitet. Vielleicht werden Sie mir gestatten, Sie zu begleiten. Ich könnte Ihnen etwas vorlesen, Ihre Stickseide ordnen oder eine ähnliche Aufgabe übernehmen. O ja, und ich könnte aufheben, was Sie fallen lassen.«

»Ich gehe nicht davon aus, dass ich heute so ungeschickt bin.«

Er lächelte verstehend. »Das ist eine herbe Enttäuschung, doch ich werde sie überleben. Jedenfalls so lange, wie Monsieur Wallace im Salon mit den Gentlemen weiter Karten spielt.«

»Dort hält er sich also auf. Ich hatte mich schon gewundert.«

»Daran zweifle ich nicht, immerhin dürften Sie sich längst an seinen immensen Schatten gewöhnt haben, den er auf sie wirft. Darf ich fragen ... nein, das geht mich nichts an.«

»Was geht Sie nichts an?«

Er schien ihre Frage als Erlaubnis zum Weiterreden aufzufassen. »Wenn der Gentleman nicht mit Ihnen verwandt ist, könnte er dann ein Freund Ihres Vaters sein, wenn er ihm Ihr Wohlergehen anvertraut?«

»Keineswegs.«

»Ich gebe zu, es kam mir auch unwahrscheinlich vor. Andererseits ist er nicht der Typ, der seine Dienste gegen Geld überlässt.«

»Und was für ein Typ ist er dann?« Sie betrachtete forschend sein Gesicht, auch wenn sie gleichzeitig alles versuchte, um sich nicht anmerken zu lassen, dass sie daran zurückdachte, wie sie und Kerr sich kennengelernt hatten und was seitdem alles geschehen war.

»Unabhängig, überaus fähig, eine imponierende Persönlichkeit …«

»Rücksichtslos, stur bis hin zum Starrsinn«, ergänzte sie.

Tremont stimmte ihren Ausführungen mit einem knappen Nicken zu. »Seine Größe muss ihm auf der Fechtbahn eine furchterregende Präsenz verleihen. Und es dürfte auch schwierig sein, es mit seiner Konzentration aufzunehmen. Ich hätte gedacht, die Kunden müssten seinen Salon stürmen.«

»Vorausgesetzt, er kann mit dem Degen überhaupt umgehen.«

»Das versteht sich von selbst. Ich wage zu behaupten, dass er sonst auch keinen Platz in der Passage de la Bourse verdient hätte.«

Nach kurzem Zögern preschte Sonia mit der Frage vor, die ihr auf der Zunge lag. »Sie scheinen sich mit dem Fechten auszukennen, Monsieur. Haben Sie womöglich selbst Zeit in der Passage verbracht?«

»Ich kann ein gewisses Geschick mein Eigen nennen, doch das habe ich in anderen Salons erlernt.«

»Dann sind Sie Monsieur Wallace nie mit dem Degen in der Hand gegenübergetreten?«

»Zum Glück nicht.« Er verzog ironisch das Gesicht und

schaute auf die See hinaus. »Es war mehr als genug, ihm heute Morgen am Kartentisch zu trotzen.«

Zwar wechselte Tremont abrupt das Thema, dennoch war sie geneigt, es ihm durchgehen zu lassen. »Er hat Sie geschlagen, richtig?«

»Sagen wir, dass teuflisches Glück auch auf die Liste seiner Eigenschaften gehört. Aber meine Frage ist, warum er hier bei Ihnen ist. Bei allem Respekt vor Ihrem Charme und Ihrer Schönheit ist es doch schwierig zu verstehen, was ihn dazu bewogen hat, diesen Posten anzunehmen.«

»Er wird für seine Mühe gut entlohnt.«

»Und doch wird ihm gewiss die gleiche, wenn nicht sogar eine höhere Summe dadurch entgehen, dass er sich nicht um seinen Salon kümmern kann.«

Über diese Tatsache hatte sie noch gar nicht nachgedacht. Ihre Abneigung hielt sie bislang von jedem Versuch ab, zu verstehen. Nun widmete sie sich dem Punkt mit einigem Widerstreben.

Warum hatte sich Kerr um diesen Posten als ihre Eskorte bemüht? Etwas Persönliches konnte es nicht sein, denn bis zu seiner Ankunft im Stadthaus hatte er nicht einmal von ihrer Existenz gewusst. Und ihr war im Gegenzug nur sein Name als der eines berüchtigten Fechtmeisters bekannt gewesen. Sollte ihr Vater tatsächlich mit ihm bekannt gewesen sein, dann wusste sie darüber absolut nichts. Das Verhalten der beiden bei ihrer ersten Begegnung ließ diesen Schluss jedenfalls nicht zu.

Irritiert begann sie zu überlegen. Hatte nicht Hippolyte auf dem Ball im Hotel Saint Louis davon gesprochen, Kerr sei aus Gründen einer persönlichen Blutrache auf der Suche nach irgendeinem Mann? Der Fechtmeister selbst hatte auch etwas in der Art gesagt, als er einen Schwur erwähnte.

»Es kann sein, dass er persönliche Gründe hat«, räumte sie schließlich ein.

»Davon müssen wir ausgehen.«

»Und diese Frage beschäftigt Sie, weil Sie über so wenige andere Dinge nachdenken müssen?«, fragte sie.

»Sie sagen es«, antwortete er, aber nach kurzem Zögern fügte er hinzu: »Ich wollte auch ... ein warnendes Wort an Sie richten.«

»Tatsächlich.« Ihr Tonfall war keine Aufforderung zum Weiterreden, doch er ließ sich davon nicht aufhalten.

»Männer wie Wallace sind nicht immer an jene Regeln gebunden, die unser Leben bestimmen. Sie sind es auch gewöhnt, ihr Leben aus einer Laune heraus oder wegen eines falschen Worts aufs Spiel zu setzen. Für sie ist es üblich, dass sie sich ihren eigenen Weg bahnen, notfalls unter Anwendung von Gewalt, damit sie ihre Ziele erreichen. Dabei nehmen sie kaum Rücksicht auf die Sanftmütigen und die Unschuldigen. Kurz gesagt, Mademoiselle Bonneval, Ihr Beschützer auf dieser Reise könnte sich als Ihre größte Bedrohung entpuppen.«

»Es ist nett von Ihnen, dass Sie so um mich besorgt sind.« Ihre Bemerkung war schlicht, denn Sonia überlegte längst, welche Absicht Tremont mit seiner Warnung verfolgte. Es war mehr als reine Koketterie, da seine Miene dafür viel zu ernst war.

»Sie sind eine Lady, zu der ein wahrer Gentleman einfach nett sein muss.«

Sie senkte den Kopf angesichts seines Anflugs von Artigkeit, ging aber ohne Erwiderung weiter. Auch blieb ihr Gesichtsausdruck unverändert ernst.

Es war eigenartig, aber der Gentleman an ihrer Seite ließ sie gänzlich unbeeindruckt. Ihr Herz behielt den ruhigen Takt bei, und nicht einmal ihr Atem ging schneller. Obwohl sie sich seiner Gegenwart bewusst war, nahm sie ihn lediglich als eine Person wahr, mit der sie einigermaßen im Einklang war. Anders als dieser teuflische Fechtmeister löste er bei ihr keinerlei Reaktion aus, weder Zweifel noch Unruhe, weder Entrüstung noch Zorn – und schon gar nicht die nahezu unerträgliche Erheiterung angesichts einer Schlacht.

Das alles war sehr verwirrend. Sie hätte nicht gedacht, dass die Präsenz zweier Männer, die eigentlich in gar keiner Beziehung zu ihr standen, sich in so unterschiedlicher Weise auf sie auswirken könnte. War es möglich, dass umgekehrt Männer genauso auf Frauen reagierten? Existierte ein grundlegender Unterschied, dass man sich zu einem Mann hingezogen fühlte, zu einem anderen aber nicht?

Natürlich war sie als junges Mädchen mit dem Nervenkitzel heimlicher Schwärmereien vertraut gewesen, und sie hatte auch mit ihren Freundinnen bei Festen im Hinterzimmer hinter vorgehaltener Hand über solche Dinge geredet. Alle waren sie sich einig gewesen, dass solche Schwärmerei schnell wieder verging und dass sie nichts zu tun haben konnte mit der dauerhaften Liebe zwischen Ehemann und Ehefrau, die auf gleichen Erwartungen, gegenseitigem Respekt und Rücksichtnahme basieren musste. Das waren Dinge, die sich mit der Zeit einstellten, zumindest hatte man es ihnen so gesagt, und die man für jeden empfinden würde, der für einen als Partner fürs Leben bestimmt worden war.

Was, wenn das gar nicht stimmte?

Was, wenn Alexander Tremont unbeachtet ihrer Reaktion etwas für sie empfand? Seine Absicht, mit ihr über Kerr zu sprechen, mochte dann dem Zweck dienen, den Mann zu diskreditieren, um dessen Platz einzunehmen.

Doch welche Absicht konnte er damit verfolgen? Er wusste, jede Bekanntschaft zwischen ihnen musste zwangsläufig von kurzer Dauer sein. Was erwartete er von ihr, wenn sie das Ziel ihrer Reise erreichten? Vorausgesetzt, er erwartete überhaupt etwas.

Sie wurde langsamer, als ihre Überlegungen immer weitere Kreise zogen. Angenommen, Tremont kannte Jean Pierre und hatte es sich zur Aufgabe gemacht, auf die Verlobte seines Freundes aufzupassen. Ganz auszuschließen war es nicht, da jeden von ihnen geschäftliche Interessen mit Mexiko verbanden. Zumindest hatte Tremont das behauptet, auch wenn Tante Lily auf ihrer Ansicht beharrte, er sehe aus wie ein Tunichtgut. Doch wenn er die Wahrheit sprach, warum erwähnte er dann nicht seinen Bekannten und betonte, welches Glück es war, dass sie beide nach Vera Cruz reisten.

Plötzlich wurde ihr bewusst, dass Tremont an die Waffen und die Munition dachte, deren Verladung die Gentlemen beobachtet hatten. Vermutete er, Kerr könne etwas damit zu tun haben? Es war ein erschreckender Gedanke, der sich aber nicht völlig von der Hand weisen ließ. Die Eigenschaften, die den Fechtmeister zu einem exzellenten Gegner auf der Fechtbahn machten, würden ihm auch behilflich sein, sollte er sich kriminellen Aktivitäten zuwenden.

Was wäre das für eine Farce, von ihrem Vater auf die Reise zu ihrem Verlobten geschickt zu werden und sie dabei von einem Verräter beschützen zu lassen. Fast wünschte sie sich, es sei wahr, weil es ein so hervorragender Witz sein würde.

Alles Mögliche konnte der Anlass für Tremonts Sorge sein, von ernsthaftem Misstrauen Kerr gegenüber bis hin zu echter Sorge um ihr Wohlergehen in dessen Gesellschaft. Wenn er so dachte, konnte das dann für sie nicht von Vorteil sein? Ein Verbündeter, der ihr helfen konnte, Kerr zu überlisten und ihm zu entkommen, sobald sie an Land gingen, wäre äußerst willkommen.

»Ich danke Ihnen für die Warnung«, sagte sie nach längerem Schweigen, »doch ich weiß nicht, welchen Nutzen ich daraus ziehen sollte. Monsieur Wallace wurde von meinem Vater ausgewählt, und er nimmt dessen Platz ein. Hinzu kommt, dass wir auf diesem Schiff festsitzen, bis es den Hafen erreicht hat. Natürlich werde ich ab da von meinem zukünftigen Ehemann beschützt werden.«

»Verzeihen Sie, aber keine dieser Aussichten scheint Sie übermäßig zu erfreuen.«

»Wie aufmerksam von Ihnen beobachtet.« Sie konnte sich einen ironischen Tonfall nicht verkneifen, sosehr sie sich auch bemühte.

»Darf ich daraus schließen, dass Sie sowohl dem einen als auch dem anderen entfliehen würden, wenn Sie die Gelegenheit dazu hätten?«

»Auf der Stelle. Allerdings gibt es für mich kaum Grund zu der Hoffnung, dass es mir gelingen könnte.«

»Dann kennen Sie Ihren zukünftigen Ehemann also gar nicht. Oder Sie kennen ihn, aber er genießt bei Ihnen kein hohes Ansehen.«

»Mein Vater schätzt ihn hoch ein.«

»Das sagt ja schon alles.« Er sah kurz hinaus aufs Meer, ehe er sich wieder ihr zuwandte. »Ich kann mir vorstellen, dass das Wissen nahezu unerträglich sein muss, einen praktisch fremden Mann zu ehelichen.«

»Sie können es sich nicht einmal annähernd richtig vorstellen.«

»Weil ich ein Mann bin, meinen Sie? Es kommt vor, wenn auch im Allgemeinen nicht ohne ... ohne den einen oder anderen Irrtum.«

Wäre ihre Tante als Anstandsdame zugegen gewesen, dann hätte er eine solche Möglichkeit nie angesprochen und niemals auf ein solches Fehlverhalten angespielt. Sonia war unschlüssig, ob sie sich erfahren genug geben sollte, um seine Anspielung auf Leidenschaft zwischen unverheirateten Paaren zu verstehen, oder ob sie ihn mit vorgetäuschter Ahnungslosigkeit dazu veranlassen sollte, weiter darüber zu reden. Da sie nicht wusste, wie sie am besten antwortete, beschloss sie zu schweigen.

»Arrangierte Ehen sind auch dort nicht ungewöhnlich, wo ich herkomme, nämlich aus dem Osten«, fuhr Tremont fort, der ihre Schweigsamkeit offensichtlich nicht wahrnahm. »Trotzdem scheinen sie in New Orleans öfter vorzukommen.«

»Vielleicht ja.«

»Reichtum und Macht heiraten in aller Welt untereinander. So entstehen Dynastien.« Er hob eine Schulter an. »Die Männer an der Grenze im Westen geben Anzeigen auf, weil sie Ehefrauen suchen, und Frauen antworten darauf. Es bedeutet Mut, alles auf eine gedruckte Anzeige in einem Nachrichtenblatt zu setzen.«

»Ich würde eher von Verzweiflung reden. Solche Frauen müssen mit ihrer Weisheit am Ende sein, oder aber sie haben alle Hoffnung aufgegeben, auf normalem Weg einen Mann zu finden.«

»Zugegeben, viele von ihnen sind ganz allein auf der Welt, oder die moralische Verdammnis zwingt sie dazu, alles hinter sich zu lassen.«

Er wollte andeuten, dass diese verzweifelten Bräute oftmals Kinder hatten oder Nachwuchs erwarteten. Meinte er womöglich, das träfe auch auf sie zu? »Ich kann Ihnen versichern, Letzteres ist in New Orleans selten der Fall. Dennoch stimme ich Ihnen darin zu, dass es ein gewagtes Spiel ist.«

»Ja, was mich zu der Überlegung bringt …«

»Welche Überlegung, Monsieur?« Sie blieb stehen und wartete, dass er weiterredete, weil sie wissen wollte, ob er vorhatte, ihr seinen Beistand anzubieten.

In diesem Augenblick tauchte Kerr an der Treppe vor ihnen auf, hielt kurz inne, um den Blick über das Deck schweifen zu lassen, dann kam er zu ihnen. Alex Tremont blickte zwischen ihr und Kerr hin und her, schließlich schüttelte er den Kopf. »Für den Augenblick gar nichts, Mademoiselle. Aber wenn ich zukünftig zu Diensten sein kann, dann hoffe ich, Sie werden sich an mich wenden.«

Mit dieser Antwort musste sie sich zufriedengeben, denn er nickte zum Abschied, wiederholte die gleiche Geste an

Kerr gewandt und entfernte sich dann. Nachdem er sich so abrupt verabschiedet hatte, war Sonia sich nicht sicher, ob sie sich überhaupt auf ihn verlassen konnte. Auch bezweifelte sie, dass seine Sorge so groß war, wie er vorgab.

»Kokettieren Sie jetzt mit Tremont?«, wollte Kerr wissen und schaute dem anderen Mann mit einem zynischen Blick nach.

»Ich habe mich zur Abwechslung einmal zivilisiert unterhalten.« Sie merkte, wie ihre Wangen vor Verärgerung rot und heiß wurden, ohne Zweifel eine direkte Folge jener Gedanken, die ihr vor wenigen Minuten durch den Kopf gegangen waren. Oder es lag an der plötzlichen Erinnerung daran, wie sie gegen den muskulösen Körper dieses Mannes gedrückt worden war, während sie seinen kraftvollen Herzschlag einem Trommelwirbel gleich auf ihrer Brust fühlte. Sie hatte diesen Augenblick größter Verwundbarkeit nicht genießen können, erst recht nicht, wenn ihre Knie unter ihr nachzugeben drohten.

Mit einem Mal stand sie vor dem Problem, was sie mit ihren Händen machen sollte. Sie hatte keinen Fächer, keinen Sonnenschirm, auch kein Buch oder Taschentuch, das sie hätte festhalten können. Das Beste, was ihr in der Eile einfiel, war eine ausgiebige Begutachtung der Fingerspitzen ihrer Handschuhe, um nach Spuren von Ruß zu suchen, da sie sich zuvor an der Reling festgehalten hatte.

»Da hätte ich gern zugehört«, sagte er mit beißendem Spott.

Sie zwang sich, seinem Blick standzuhalten. »Es hätte sich für Sie als lehrreich erweisen können.«

»Für diejenigen von uns, die nicht zivilisiert sind, hätte das wohl nichts genützt. Ich würde übrigens nicht zu viel auf das geben, was er Ihnen gesagt hat.«

»Warum sollte ich das nicht machen?« Die Tatsache, dass er fast wörtlich ihre eigenen Gedanken aussprach, ließ sie mit schneidenderer Stimme als beabsichtigt antworten.

»Wenn ich Ihnen sage, dass er alles andere als vertrauenswürdig ist, werden Sie dann erst recht entschlossen sein, ihn zu einer Ihrer Eroberungen zu machen?«

»Ich hoffe, ich bin nicht so unvernünftig.«

»Das hoffe ich auch, denn das ist genau das, was ich sagen will.«

»Ich nehme an, Sie haben einen guten Grund.«

»Sogar einen hervorragenden.«

Sie wartete, doch er sprach nicht weiter. »Den Sie aber lieber nicht mit mir teilen wollen?«

»Ich möchte meinen Ratschlag bis auf Weiteres für mich behalten.«

»Eine gute Ausrede.« Sie betrachtete sein Gesicht und wunderte sich über den finsteren Ausdruck. »Es dürfte Sie überraschen, dass er von Ihnen die gleiche Meinung hat.«

»Sagte er, man könne mir nicht trauen?«

»Ganz genau.«

»Da er es zuerst ausgesprochen hat und wir beide streiten, glauben Sie also ihm.«

»Das habe ich nicht gesagt.«

»Das müssen Sie nicht, ich sehe es Ihnen auch so an.«

»Was sind Sie doch für ein unmöglicher Mann.«

Sie drehte den Kopf weg und sah hinaus auf die Wellen, die das Dampfschiff unablässig bestürmten, die sich gegen den Bug warfen und sich ihren Weg durch die Schaufelräder hindurch bahnten. Sonia fand, er hätte wenigstens versuchen können, ihr seine Ansicht darzulegen. Der innere Widerspruch, einerseits davon überzeugt werden zu wollen, dass sie sich irrte, und sie es andererseits vorzog, lieber das Schlimmste anzunehmen, ließ ihr Temperament nur noch mehr in Wallung geraten.

Sein Blick ruhte auf ihrem Gesicht, und sie konnte fast diesen hitzigen Blick fühlen. Zu gern hätte sie gewusst, was er in diesem Moment dachte. Kümmerte es ihn wenigstens ein bisschen, in welchem Licht sie ihn sah? Würde er sich noch einmal der Situation bewusst, als er sie fest in seinen Armen gehalten hatte?

Vermutlich würde sie das nie erfahren.

Sie unterdrückte einen Seufzer und setzte ihren Weg über das Deck fort. Als zuverlässiger Begleiter ging Kerr Wallace neben ihr her. Erst als der Duft des Mittagessens aus der Kombüse bis zu ihnen drang, begaben sie sich unter Deck.

Da ihre Tante nach wie vor indisponiert war, hatte Sonia keine weibliche Begleitung und so steuerte sie den Tisch an, an dem Madame Pradat und ihr Sohn saßen. Als sie näher kam, erhob sich Gervaise ein Stück weit von der Sitzbank, auf seinem Gesicht zeichnete sich der Ausdruck eines schüchternen Willkommens ab. Sonia verspürte den dringenden Wunsch, auf die Bewunderung in seinen Augen zu reagieren und Kerrs Warnung zu ignorieren, jedoch hatte sie kein Interesse daran, eine Konfrontation herbeizuführen. Noch weniger als das wollte sie mit den Gefühlen spielen, die Gervaise womöglich für sie empfand. Kerr mochte sie für herzlos halten, doch das war nicht der Fall. Außer gegenüber denjenigen, die ihr einen Grund dafür geliefert hatten.

Sie schlug eine andere Richtung ein und suchte sich einen Platz weiter hinten an dem langen Tisch. Dort setzte sie sich gegenüber der jungen Madame Dossier hin, die den Säugling auf dem Schoß und zu jeder Seite ein Kleinkind sitzen hatte. Kerr wartete, bis sie sich richtig niedergelassen hatte, dann stieg er über die Sitzbank und gesellte sich zu ihr.

Aus dem Augenwinkel sah Sonia, wie Gervaise' Gesicht rot anlief und er sich auf die Unterlippe biss. Sie bedauerte seine offensichtliche Verlegenheit, doch das ließ sich nicht ändern. Besser so, als wenn sie seinen Tod auf dem Gewissen hatte. Sie konnte nur hoffen, ihn nicht noch weiter entmutigen zu müssen, da sie sich nicht sicher war, ob sie dazu in der Lage sein würde. Ihre Kehle war wie ausgedörrt, und sie musste nach dem Glas Wasser an ihrem Platz greifen.

»Er wird es überleben«, sagte Kerr leise. »Sie haben ihm nur den Morgen verdorben, nicht sein ganzes Leben.«

»Ich wollte ihm überhaupt nicht wehtun!« Dabei knallte sie das Glas mit solcher Wucht auf die Tischplatte, dass das Wasser über den Rand auf ihre Finger spritzte.

»Das lässt sich nicht verhindern. Es sei denn, Sie gehen davon aus, jeden Gentleman zu heiraten, der sich nach Ihnen verzehrt.«

»Seien Sie doch nicht so albern.«

»Ich wollte Ihnen nur etwas klarmachen. Sie hätten ihn so oder so abweisen müssen, bevor wir den Hafen erreichen. Da konnten Sie es auch sofort erledigen.«

Auch wenn er es nicht aussprach, wusste sie sehr wohl, dass es ein Fehler gewesen war, Gervaise Pradat überhaupt erst Hoffnungen zu machen. Das hätte sie auch nicht gemacht, wäre nicht Kerr mit an Bord. Doch im Moment ertrug sie die Vorstellung nicht, es ihm gegenüber zuzugeben.

»Das klingt danach, dass Sie in der Liebe nie enttäuscht wurden«, sagte sie mit leiser Stimme, während sie sich die Finger an den Fransen ihres Schultertuchs abtrocknete.

Er schwieg so lange, bis sie ihm schließlich in die Augen blickte. Deren stahlgraue Tiefen ließen einen düsteren Ausdruck erkennen, den er abrupt überspielte, indem er sie durch halb geschlossene Lider ansah. »Warum sagen Sie so etwas?«, gab er knapp zurück.

»Weil Sie sonst zweifellos mehr Rücksicht auf die Gefühle anderer Menschen nehmen würden.« Ihre Antwort brauchte einen Moment, bis sie ihr über die Lippen kam. Die Worte hatten einen beiläufigen Klang, so als hätte sie deren Bedeutung fast vergessen.

»Keine Bange«, sagte er mit beißender Ironie. »Es könnte passieren, dass Sie das noch erleben.«

»Das möchte ich bezweifeln, da wir gar nicht mehr so lange gemeinsam unterwegs sein werden.«

»Sie haben ja recht. Wie konnte ich das vergessen?«

Ja, wie konnte er so etwas nur vergessen? Dass sich ihre Wege in Vera Cruz trennen würden, hatte sich förmlich in ihren Geist eingebrannt. Sie konnte es nicht erwarten, dass dieser Moment endlich kam.

Dreizehntes Kapitel

Das gute Wetter war nicht von Dauer. Am Nachmittag dieses zweiten Tages begann die See durch eine nicht endende wollende Abfolge von Brechern anzuschwellen. Der Schornstein bewegte sich vor einem bleiernen Himmel hin und her, die Segel blähten sich auf und ächzten unter der Kraft des Sturms. Eine graue Wolkenbank schob sich nach und nach vor die Sonne und tauchte alles in einen düsteren Schein. Das Meer, das den Himmel widerspiegelte, verwandelte sich in ein ebenso bleiernes Blaugrau, das sich zu hohen Wellen auftürmte.

An diesem Zustand sollte sich so bald nichts ändern. Es würde mühselig sein, sich an Bord zu bewegen, da man sich von einem Griff oder Geländer zum nächsten hangeln musste. In den Gängen und den Gemeinschaftsräumen brannten die Laternen Tag und Nacht, um etwas Helligkeit zu spenden. Was zunächst nur Stunden dauerte, erstreckte sich schließlich über Tage.

Tante Lily zog sich noch tiefer in ihre Koje zurück, nippte nur hin und wieder einmal an einem Glas Wasser, stöhnte aber auf, sobald irgendetwas zu essen auch nur erwähnt wurde. Sonia drängte sie, sich anzuziehen und mit ihrem Stickzeug oder einem Buch mit an Deck zu kommen, da frische Meeresluft besser für sie sein sollte als die üble Atmosphäre im Schiffsrumpf. Ihre Tante jedoch wollte sich davon nicht überzeugen lassen und erklärte, sie müsse sich sofort übergeben, sobald sie einen Fuß auf den Boden setze. Es war eine Katastrophe, dass kein Priester an Bord war, der ihr die Beichte abnehmen konnte, und Reverend Smythe würde ihr nicht genügen. Sie hatte kein Vertrauen in den Mann, und sie wollte sich nicht auf seine Gebete verlassen, um in den Himmel zu kommen.

Allerdings war Tante Lily nicht der einzige Passagier, dem das Schwanken des Schiffs so sehr zusetzte. Madame Dossier und ihre Kinder fehlten bei den Mahlzeiten, ebenso der amerikanische Regierungskommissar und ein halbes Dutzend Mitreisende mehr. Sogar ein paar Besatzungsmitglieder hatte es erwischt, die entweder in ihrer Koje blieben oder mit grünlich verfärbtem Gesicht über der Reling hingen.

Am Morgen des dritten Tages tat der Captain seine Meinung kund, dass sich ihnen einer der Nordwinde näherte, die vom Winter bis in den späten Frühling hinein diese Breitengrade heimsuchten. Unverzüglich wurden alle notwendigen Vorbereitungen getroffen. Taue wurden in den Gängen und quer durch den Speisesalon gespannt. Matrosen gingen von einer Kabine zur anderen, um zu überprüfen, ob alle unteren Bullaugen auch fest verschlossen waren. Zur Hälfte mit Sand gefüllte Eimer wurden an alle Türen gestellt, Gewürzbehältnisse und andere unnötige Gegenstände räumte man von den Esstischen. Spucknäpfe verschwanden von ihren Plätzen neben den von den Gentlemen bevorzugten Sessel, sodass jeder, der zu Schnupf- oder Kautabak greifen wollte, an Deck gehen und in Windrichtung ausspucken musste.

Sonia machten die Schaukelbewegungen des Schiffs kaum etwas aus. Sie empfand kein ausgeprägtes Unwohlsein, jedoch ließ ihr Appetit sie im Stich. Das war für sie aber kein Grund zur Sorge, da sie keinen rechten Hunger mehr verspüren wollte, seit sie das erste Mal Kerr Wallace zu sehen bekommen hatte.

Dieser Gentleman erfüllte seine Aufgabe mit ausgeprägtem Pflichtbewusstsein und sah in regelmäßigen Abständen nach ihr, wie es ihr ging. Manchmal richtete er die eine oder andere Frage an sie, doch meistens zog er sich gleich wieder in den Salon zu den anderen Gentlemen zurück. Dort schien ein Kartenspiel im Gange zu sein, das nur für die Mahlzeiten unterbrochen, aber nicht beendet wurde.

Hin und wieder war auch Monsieur Tremont bei diesem Spiel anwesend, die meiste Zeit aber hielt er sich an Sonias Seite auf. Sie hätte sich angesichts seiner Aufmerksamkeit ihr gegenüber geschmeichelt fühlen können, doch ihr war nur zu gut bewusst, dass sie als einzige Frau an Bord zumindest halbwegs ungebunden war. Dazu kam, dass sich fast jedes ihrer Gespräche auf irgendeine Weise um Kerr drehte, weshalb der Plantagenbesitzer sich wohl weniger für sie, sondern in erster Linie für die Aktivitäten des Mannes aus Kentucky interessierte.

Sie wusste, es gab Gentlemen, die ganz vernarrt waren in die *maîtres d'armes* der Passage. Ihre Geschicklichkeit, ihre Muskelkraft und die Fähigkeit, sich dem Tod *à sang froid* zu stellen, weckte größte Bewunderung. Eine Stunde in der Gesellschaft eines solchen Fechtmeisters zu verbringen war etwas, worüber man anschließend noch wochenlang reden konnte. Jungs liefen ihnen auf der Straße hinterher, die Stutzer und die Adligen überall in der Stadt äfften ihre Manieren und ihren Kleidungsstil nach, und ältere Gentlemen betrachteten es als große Ehre, wenn ihnen gestattet wurde, ihnen ein Getränk oder ein Essen zu spendieren. So wie den Helden in einem von Scotts Romanen schrieb man auch ihnen zumindest in der Fantasie überlegene Stärke, Macht, Mut und Ehre zu.

Ihr fiel es schwer zu glauben, Alexander Tremont könnte einer solchen Ehrfurcht und Verehrung erlegen sein, wo er doch solche Vorbehalte gegen Kerr vorgetragen hatte. Dennoch konnte sie sich keinen anderen Grund vorstellen, warum ihn das Thema so faszinierte.

Sie unternahm wenig, um Monsieur Tremonts Aufmerksamkeit ihr gegenüber einen Dämpfer zu verpassen, aber sie beschränkte sich darauf, ihm mit unverbindlicher Freundlichkeit zu begegnen. Es war sicher von Vorteil, einen ihr zugetanen Bewunderer in der Hinterhand zu haben, sollte sie irgendeine Art von Hilfe benötigen. Die Fahrt von New Orleans nach Vera Cruz dauerte unter normalen Bedingungen nicht länger als eine Woche. Schon bald – sehr bald sogar – musste sie entscheiden, wie sie bei ihrer Ankunft vorgehen wollte.

Die Ungewissheit machte sie fast wahnsinnig. Sie war ungeduldig und lustlos, und sie neigte zu Kopfschmerzen, doch damit war sie nicht allein. Die Seekrankheit, die wegen des starken Seegangs viele an Bord heimgesucht hatte, und der heftige Wind, der den Dampfer immer wieder zur Seite drückte, machten jeden an Bord nervös. Der Captain herrschte seine Offiziere an, die wiederum schrien die Seeleute an, und die Stimmung der wenigen noch von der Seekrankheit verschont gebliebenen Passagiere reichte von kühler Höflichkeit über Gereiztheit bis hin zu regelrechter Schroffheit.

Am Abend des vierten Tages waren die Tische im Speisesalon für noch weniger Gäste als zuvor gedeckt. Suppe stand nicht länger auf der Speisekarte, da es zu schwierig war, sie zu servieren, und aus der Küche hörte man in erschreckend regelmäßigen Abständen, wie weitere Teller zerbrachen. Als dann ein kaltes Fischgericht serviert wurde, dünnte sich die Zahl der Passagiere weiter aus, da es ihnen genügte, einmal an dem Mahl zu riechen, bevor sie fluchtartig den langen Raum verließen.

Zu dieser Gruppe gehörte auch Kerr, der – wie Sonia bemerkte – mit ernster Miene und blassem Gesicht nach draußen ging. Natürlich fühlte sie mit ihm, doch sie war auch verwirrt. Dass ein so unbezwingbar wirkender Mann außer Gefecht gesetzt wurde, während sie selbst noch auf den Beinen war, hatte schon etwas Ironisches an sich, das ihre weibliche Seele ansprach.

Mitten beim Dessert drohten die wild hin und her schaukelnden Waltran-Lampen am höchsten Punkt ihrer Schwingung gegen die Decke zu schlagen. Einige Besatzungsmitglieder kamen hereingestürmt, löschten die Lampen und nahmen sie ab, um zu verhindern, dass ein Feuer ausbrach. Nur die Dochte in den Leuchtern an beiden Enden des Raums ließ man brennen, doch ihre tanzenden und zuckenden Flammen warfen mehr Schatten, als dass sie Licht spendeten. Im Halbdunkel schienen die Blitze ebenso wie das Grollen des Donners kein Ende nehmen zu wollen, und der Sturm peitschte über das Deck. Die Kronen der vom Wind vorangetriebenen Wellen schlugen gegen die Fenster des Speisesalons, der Regen prasselte mit solcher Gewalt auf das Schiff herab, dass man sein eigenes Wort kaum noch verstehen konnte.

Sonia war sich sicher gewesen, dass der Salon nach Einnahme des Essens menschenleer sein würde, und weitestgehend stimmte das auch. Niemand machte sich die Mühe, Platz zum Tanzen zu schaffen, und der Violinist verließ den Raum zusammen mit den Passagieren, die angestrengt versuchten, sich auf den Beinen zu halten. Nur ein paar Abgehärtete blieben zurück, um den Elementen zu trotzen – Tremont, Reverend Smythe mit seinem stacheligen Bart, der sich auf einer Mission nach Yukatan befand –, eine ältliche Lady, den Schoß voller Wolle; außerdem drei Kartenspieler, die das andere Tischende in Beschlag genommen hatten und mit einer Partie Euchre beschäftigt waren.

Sonia und Tremont ergingen sich gut eine halbe Stunde lang in unzusammenhängendem Gerede, während sie sich am Tisch gegenübersaßen, wobei sie wegen des Sturms immer wieder die Stimme anheben mussten. Dann ging auch der Reverend hinaus, und kurz darauf sammelte die ältliche Frau ihr Strickzeug ein und verließ den Salon. Als sie dabei an Sonia und Tremont vorbeikam, ließ sie ein leises missbilligendes Schnauben vernehmen.

Wie die Lady das meinte, war nicht schwer zu verstehen. Die einzige Frau in einer ansonsten rein männlichen Gesellschaft zu sein entsprach in keiner Weise den Anstandsregeln, und Sonia fühlte sich auch nicht sehr behaglich. Doch ihr stand nicht der Sinn danach, in die Kabine zurückzukehren, die sie sich mit Tante Lily teilte. Außerdem gab es keinen Grund zu der Annahme, unter den gegebenen Umständen könnte sie jemand beleidigen. Abgesehen davon, war sie es gewohnt, bis spät am Abend aufzubleiben, da sie während der hektischen Zeit der *saison des visites* oftmals bis zum Morgengrauen unterwegs war. Auch ohne Sturm und Regen hätte es noch eine Weile gedauert, bis sie müde genug sein würde, um einzuschlafen.

Andererseits befand sie sich auch so bereits in einer unangenehmen Position, da brauchte sie keinen zusätzlichen Tratsch, der ihr vielleicht dauerhaft anhängen würde. Unschlüssig saß sie da.

»Gehen Sie nicht«, sagte Alex und griff nach ihrer Hand, als sie aufstehen wollte.

»Es wäre das Beste für mich.«

»Solange Wallace nicht da ist, werde ich auf Sie aufpassen. Bestimmt bin ich für diese Aufgabe nicht weniger geeignet als er.«

Sie trug keine Handschuhe, da sie diese vor dem Essen abgelegt hatte. Überhaupt hatte sie verschiedene Gewohnheiten angenommen, als sei das Schiff ihr Zuhause. Alexanders Daumen strich in einer Weise über die zarte Haut auf ihrem Handrücken, die einer Liebkosung nahezu gleichkam.

»Ich sehe, in welcher Art Sie geeignet sein wollen.« Entschieden, aber nicht verärgert löste sie ihre Hand aus seinem Griff.

»Ich bitte um Verzeihung«, erklärte er zerknirscht. »Mir

erschien es so natürlich, dass ich kaum bemerkte, was ich da tat. Ich werde mich tausendmal entschuldigen, das schwöre ich, wenn Sie mich nur nicht verlassen.«

»Soll ich zählen, oder wollen Sie das übernehmen?«

»Ein Teufel. Zwar charmant, aber eindeutig ein Teufel in reizender menschlicher Gestalt. Ich glaube, es würde Ihnen gefallen, wenn ich vor Ihnen auf dem Boden krieche.«

»Sehr sogar, das kann ich Ihnen versichern.«

Es war natürlich pures Scherzen, jene Art von bedeutungslosem Geplänkel zwischen Mann und Frau, das förmliche Zusammentreffen etwas vereinfachte. Sie meinte kein Wort ernst, und das Gleiche galt für ihn. Dennoch verstanden sich beide wirklich gut, und genauso ehrlich war das Lächeln, das sie tauschten.

Tremont wurde als Erster wieder ernst, stand auf und kam um den Tisch herum, als wollte er sich neben sie setzen. Wegen des schwankenden Schiffs war es alles andere als ein elegantes Manöver. Das Schiff bäumte sich auf, er bekam die Tischkante zu fassen und zog sich herum, dann landete er mit viel Schwung neben ihr.

Die Bank kippte ein Stück weit nach hinten. Sonia stieß einen erschreckten Schrei aus und wollte sich noch an der Tischkante festhalten, doch es war bereits zu spät. Langsam, aber unaufhaltsam fiel die Bank um und landete in dem Moment mit einem lauten Aufprall auf dem Deck, als die See das Schiff wieder hochzuheben versuchte. Sonia prallte mit einem dumpfen Knall mit dem Hinterkopf auf den dicken Teppich. Fluchend landete Alex neben ihr, während sie einen Moment lang wie benommen inmitten eines Wirrwarrs aus Unterröcken und Röcken und mit zur Decke weisenden Schuhen dalag.

Dann wurde ihr bewusst, welch albernes Bild sie beide abgeben mussten, zugleich ging ihr die lebhafte Erinnerung an einen nicht ganz so verheerenden Zwischenfall durch den Kopf, der erst vor Kurzem durch Wind und Wasser ausgelöst worden war. Da hatte ihr Begleiter sie noch fassen können, damit sie nicht hinfiel, doch diesmal war er nicht da. Ihr Körper begann vor stummem Gelächter zu beben.

»Sonia ... Mademoiselle Bonneval ... sind Sie verletzt? Hier, gestatten Sie ...«

Alex rollte sich zu ihr herum und suchte nach einer Stelle an ihrem Körper, den er fassen konnte, um ihr beim Aufstehen behilflich zu sein. Behindert wurde er dabei durch die unzähligen Schichten aus Seide und mit Spitze besetztem Batist, die sie beide unter sich begraben hatten. Er griff über Sonia hinweg, um Halt zu finden, da sich das Deck unablässig unter ihm bewegte, doch er bekam nur ihre Schulter zu fassen.

Sie versuchte, ihm zu helfen, indem sie nach seinem Ärmel griff, doch ihre Position war so ungünstig und sie selbst wurde von Lachanfällen geschüttelt, dass sie sich nicht halten konnte und nur wieder nach hinten fiel. In diesem Moment ertönte von der Tür kommend ein entrüsteter Ruf.

»*Monsieur!* Lassen Sie die Lady los! Auf der Stelle!«

Gervaise.

Alex murmelte einen Fluch, während er sich so drehte, dass er über die Schulter schauen konnte. Über Sonias Lippen kam ein leises Aufstöhnen, obwohl sie sich die Hand vor den Mund hielt, um genau das zu verhindern. Natürlich musste es Gervaise sein, ausgerechnet jener aufbrausende junge Idiot, der eine fatale Situation nur noch verschlimmerte. Aber wenigstens waren nicht ihre Tante oder gar Kerr in den Salon gekommen.

»Lassen Sie sie sofort los, sagte ich. Sonst werden Sie mir Rede und Antwort stehen!«

Sofort wurde sie ernst, da die beiden Männer im Begriff waren, sich zu prügeln oder gar zu duellieren. Gleichfalls erfasste Verlegenheit sie und ließ ihre Wangen glühen. Sie winkelte die Knie an und versuchte aufzustehen, obwohl die Stäbe in ihrem Korsett es ihr unmöglich machten, den

Oberkörper zu beugen. »Nein, nein, nicht doch, Gervaise!«, protestierte sie.

»Sie unverschämter Kerl, ich werde Sie dafür bei lebendigem Leib häuten, dass Sie zu glauben wagen ...«, begann Alex.

Im nächsten Augenblick meldete sich eine weitere Stimme zu Wort, eine tiefere, schneidende Stimme. »Und ich werde mich gezwungen sehen, Sie beide zur Rechenschaft zu ziehen, dass Sie die Lady ignorieren.«

Bestürzt schloss Sonia die Augen. Es war natürlich Kerr. Der Mann besaß ein untrügliches Gespür dafür, immer im unpassenden Moment aufzutauchen.

Erst dann wurde ihr klar, was er eigentlich gesagt hatte, und sie schlug sofort die Augen auf. Sicherlich würde er doch nicht Gervaise und Alexander Tremont wegen eines so bedeutungslosen Zwischenfalls zum Duell herausfordern. Nein, das würde er nicht tun.

Oder etwa doch?

»Dieser Schuft ist gegenüber Mademoiselle Bonneval handgreiflich geworden!«, rief Gervaise anklagend.

»Kein Wort davon ist wahr!«, widersprach Alex. »Es war ein Unfall, weil das Schiff so schwankte.«

Gervaise straffte die Schultern. »Er hat sie in eine kompromittierende Lage gebracht, und dafür muss er zur Verantwortung gezogen werden.«

»Das bezweifle ich«, meinte Kerr lässig. »Die Lady ist unverletzt, die Bank ist in einem Stück, und Tremont braucht wohl eher etwas Mitgefühl denn eine Lektion in gutem Benehmen.«

»Ich bestehe darauf.«

»Darauf zu bestehen wäre wohl eher meine Sache. Es sei denn, Sie möchten mit meinem Degen Bekanntschaft machen, da Sie so sehr auf einen Kampf erpicht sind.«

Der Mann aus Kentucky sprach diese Worte zwar beiläufig, doch die mitschwingende Drohung konnte nur ein

Narr überhören. Das Problem dabei war nur, dass Gervaise durchaus der Typ von gedankenlosem jungem Trottel sein mochte, dem sein Stolz wichtiger war als sein Leben. Sonia kämpfte mit ihren Röcken und versuchte erneut, die Füße von der Sitzbank zu nehmen, damit sie sich aufsetzen konnte. Das steife Krinolin ihrer Unterröcke drohte ihr ins Gesicht zu fallen, selbst wenn ihr Korsett ihr diese Bewegungen gestattet hätte. Wie eine auf dem Rücken gelandete Schildkröte lag sie da und wäre nur in der Lage gewesen aufzustehen, wenn sie noch mehr von ihren Beinen und ihrer Unterwäsche zur Schau gestellt hätte.

»Gentlemen, ich darf doch wohl sehr bitten!«, fauchte sie wütend.

Tremont stand gleich neben ihr, Gervaise direkt dahinter, doch keiner der beiden rührte sich, da sie wie gebannt den Fechtmeister anstarrten, der irgendwo hinter Sonia stand. Sie fragte sich, welche wortlose Unterhaltung sich zwischen den dreien wohl abspielte.

Lange musste sie nicht überlegen, denn es war Kerr, der mit sicheren Schritten um die Bank herumkam und sich vorbeugte. Er drückte die Rocksäume kraftvoll, aber ohne Rücksicht auf den Stoff zur Seite, dann schlossen sich seine Finger um Sonias Taille. Sie legte einem Reflex folgend die Hände auf seine Unterarme, sodass sie das Spiel seiner Muskeln unter dem Ärmelstoff spüren konnte, als er sie hochzog.

Im nächsten Moment war sie aus ihrer misslichen Lage befreit und stand wieder aufrecht, wobei sein fester Griff um ihren Brustkasten einzwängender war als das grausamste Korsett. Sie sah in das düstere, zum Unwetter passende Grau seiner Augen und schwankte leicht mit ihm zum ungestümen Rhythmus des Schiffs, das vom Sturm umhergeworfen wurde. Gleichzeitig nahm sie einen Aufruhr tief in ihrem Inneren wahr, als würde sich die Erdachse verschieben. Ihre Blicke lösten sich nicht voneinander, während sie zwischen Wut und ungewollter Erleichterung darüber hin und her gerissen wurde, dass er hergekommen war, um die Kontrolle über die Situation in die Hand zu nehmen. Und dann war da noch das plötzliche Entsetzen darüber, dass er immer da war und sie ihm nie, nie, nie würde entkommen können.

Vierzehntes Kapitel

Alle fingen gleichzeitig an zu reden: Tremont, der junge Pradat, die Kartenspieler, die das ganze Geschehen mitverfolgt hatten, und sogar ein Seemann, der in dem Moment vorbeigekommen war, als es sich zutrug. Kerr nahm von ihren Schilderungen kaum etwas wahr, da er nur das blasse Gesicht der Frau in seinen Armen und ihre dunklen großen Augen sah. Ihr Anblick war gefährlicher als die stärkste Springflut, denn diese Augen zogen ihn wie magisch an.

Er hätte in diesen Augen ertrinken können, ohne es je zu bereuen. Er hätte den Rest seines Lebens damit verbringen können, dieser Frau zu folgen, wo immer sie hinging, und für alle Zeit für ihre Sicherheit zu sorgen. Wie konnte er nur so ein Narr sein?

»Lassen Sie ... mich los«, flüsterte sie. »Ich kriege ... keine Luft.«

Erst da begriff er, dass sie nach Luft rang, da seine Hände ihre Lungen zusammendrückten, während er für sie beide die Balance auf dem hin und her schaukelnden Schiff hielt. Sofort ließ er sie los, seine Hände gaben ruckartig ihren Oberkörper frei.

Sonia griff nach seinen Unterarmen und schwankte leicht, da er so dicht vor ihr stand, dass sie nirgendwohin konnte, weil sich direkt hinter ihr die Sitzbank befand. Er ging einen Schritt zurück, hielt es dennoch für das Beste, sich nicht zu weit zu entfernen, damit sie sich auf ihn stützen konnte, bis sie wieder sicher auf ihren Beinen stand.

»Sind Sie verletzt, Mademoiselle?«, wollte Tremont wissen.

Kerr wusste, er hätte ihr diese Frage stellen sollen, doch dass er schwieg, hatte nichts damit zu tun, dass es ihn womöglich nicht interessierte. Vielmehr erschien ihm die Antwort offensichtlich, weshalb er gar nicht erst fragte.

»Nein, alles in Ordnung«, antwortete sie und ließ Kerr los, um ihre Röcke auszuschütteln. »Mein Kopf schmerzt ein wenig, weil ich auf den Boden geschlagen bin, aber meine Haare scheinen das Schlimmste abgefedert zu haben.«

Sie schaute weder die beiden Männer noch ihren Beschützer an, sondern hielt den Kopf gesenkt und sah nach unten auf ihre Volants. Kerrs Blick ruhte auf dem verzwickten Haarknoten an ihrem Hinterkopf, der dick genug schien, jeden Aufprall abzumildern. Er saß zugleich ein wenig schief, so als könne er jeden Moment den Halt verlieren. Unwillkürlich sehnte er sich danach, genau das miterleben und beobachten zu können, wie sich der Knoten löste und ihr seidiges Haar ihm wie eine dunkle glänzende Kaskade über die Finger fiel, während er die Haarnadeln herauszog. Er musste sich zwingen, die Hände an seinen Seiten zu behalten.

»Das beruhigt mich sehr, denn die Aufregung war meine Schuld.« Tremonts Miene war ein Paradebeispiel für schuldbewusste Zerknirschtheit. »Ich nehme an, Sie wollen sich nun zurückziehen, Mademoiselle. Ich werde Sie zu Ihrer Kabine begleiten.«

»Sie haben heute Abend schon genug getan«, warf Kerr mit eisiger Stimme ein, während er den Plantagenbesitzer finster anstarrte.

»Oh, aber sicher ...«

Der Wunsch, dem Mann ins Gesicht zu schlagen, war so stark, dass Kerr einen Schritt auf ihn zumachte. Außerdem hatte er alle für Pradat vorgesehene Verständigkeit aufgebraucht. »Sie haben mich gehört«, ließ er ihn in leisem, bedrohlichem Tonfall wissen. »*Ich* werde Mademoiselle Bonneval zu ihrer Kabine begleiten.«

Tremont musterte Kerrs Gesicht und entdeckte darin etwas, das ihn davon überzeugte, lieber nicht zu widersprechen. Sein Blick wanderte zu Sonia. »Ich werde mich am Morgen bei Ihnen entschuldigen, wenn Sie gestatten. Ich hoffe von Herzen, dass Sie sich dann wohl genug fühlen, um sie anzunehmen. Bis dahin wünsche ich Ihnen eine gute Nacht.«

Sonia murmelte eine unverständliche Erwiderung, dann wünschte sie allen Anwesenden einen guten Abend und akzeptierte die Verbeugungen der Gentlemen am Kartentisch, die alle aufgestanden waren. Sie legte eine Hand auf Kerrs Arm und ließ sich von ihm aus dem Salon führen.

Der Gang zu den Kabinen war wie ein dunkler Tunnel, der nur durch eine einzige Waltran-Lampe an der Decke ein wenig erhellt wurde. Die Schatten, die sie warf, zuckten mit jeder Bewegung des Schiffs umher, streckten sich vor den beiden in den Gang und vervielfältigten sich. Wind und Regen sorgten für ein stetes Tosen.

Kerr hielt sich mit einer Hand an dem Messinggeländer fest, das am Schott montiert war, während sich Sonia an ihm festklammerte. Obwohl sie mit ihrer üblichen fließenden Gangart den Weg zurücklegte, spürte er das Zittern in den Fingern, die sie um seinen Arm gelegt hatte.

»Sind Sie sich ganz sicher, dass Sie bei dem Sturz keine Verletzungen davongetragen haben?«

»Das sagte ich doch bereits. Haben Sie mich nicht gehört?«

»Nur weil Sie es sagen, muss es noch längst nicht so sein.«

»Ich werde nicht ohnmächtig werden, und mir wird auch nicht schlecht sein.«

Kerr wünschte, er könnte von sich das Gleiche sagen. Zwar hatte er noch nicht zu einem Toiletteneimer greifen müssen, doch die Essensgerüche im Speisesalon waren so schlimm gewesen, dass er am liebsten davongelaufen wäre. Warum er sich überhaupt aus seiner Koje erhoben und in den Salon begeben hatte, wusste er nicht. Vielleicht war es der Knall der umfallenden Bank gewesen, vielleicht auch die Ruhe nach dem Essen und ein instinktives Gefühl, dass seine Schutzbefohlene sich lange genug dort aufgehalten hatte. Jetzt nach der allgemeinen Beruhigung wollte er sich einfach nur noch in seine Koje verkriechen, die Vorhänge zuziehen und die Augen schließen.

Nein, so ganz stimmte das nicht. Was er in Wahrheit wollte, war etwas anderes. Er wollte die Lady an seiner Seite mitnehmen und sie festhalten, während die See sie hin und her schaukelte und sie beide in den Schlaf wiegte. Dann konnte er die Gewissheit haben, dass sie in Sicherheit war und nicht den nächsten Fluchtplan schmiedete, der seine eigenen, sorgfältig ausgearbeiteten Pläne nutzlos machen würde. Die Sicherheit, dass sie nichts in dieser Richtung unternehmen konnte, bestand darin, sie von den vielen Lagen Stoff zu befreien, damit sie nackt an ihn gedrückt lag. Unter seinen Händen und in seinen Armen würde sie sich warm und sanft anfühlen, und sie würde zart und wild zugleich sein.

»Wenn Sie unwirsch sein wollen, dann können Sie es auch gleich hinter sich bringen«, sagte sie. Ihr Gesichtsausdruck wirkte in der Düsternis angestrengt und rebellisch.

»Warum sollte ich das tun?«

Kerr klammerte sich am Geländer fest, da eine besonders heftige Welle das Schiff in eine gefährliche Schräglage brachte. Er hörte das Jammern des einen Schaufelrads auf der zum Wind weisenden Seite, das sich nutzlos in der Luft drehte, während das andere angestrengt ächzte, da es so tief ins Wasser eingetaucht wurde, dass es sich kaum noch drehen konnte.

»Das weiß ich nicht, weil Sie gar kein Recht dazu haben. Aber es scheint eine Ihrer Angewohnheiten zu sein.«

»Meine Aufgabe ist es, Sie nach Vera Cruz zu bringen. So oder so.«

»Der Himmel soll Ihnen beistehen, auf dass Sie nicht scheitern.« Das letzte Wort kam ihr von einem Keuchen begleitet über die Lippen, da eine weitere Welle das Schiff in Schräglage brachte und Sonia sich mit beiden Händen an seinem Arm festklammern musste.

»Ich habe nicht vor zu scheitern.«

»Monsieur Tremont machte eine interessante Feststellung. Er sagte, Sie seien nicht der Mann, der allein des Geldes wegen einen solchen Auftrag annimmt. Wieso wollen Sie also nach Mexiko?«

»Ich schlage vor, dass Sie darüber auch mit Tremont reden.« Er spannte die Armmuskeln an, um zu verhindern, dass sie ihm entglitt, wobei er jede Stelle, an der ihre Fingerspitzen auf seinem Arm lagen, so deutlich wahrnahm, als würde sie in Flammen stehen.

»Ich würde sagen, das ist eine Ausflucht.«

»So wie auch Ihre Frage, wollen Sie sagen? Ich habe geschworen, nicht unwirsch zu sein, aber mich würde schon interessieren, wie Sie mit Tremont und einer umgekippten Bank zusammen auf dem Boden landen konnten.«

»Das war ein reines Missgeschick. Oh!«

Sie stieß den überraschten Ausruf aus, da das Schiff nun in die entgegengesetzte Richtung geworfen wurde und sie mit Kerr zusammenstieß. Dabei befreite er seinen Arm und legte ihn um ihre Taille, damit er Sonia besser an sich drücken konnte. Ein flüchtiger Verdacht überkam ihn, dass sie diesen Moment genutzt hatte, um ihn abzulenken. War es möglich? Hatte sie es so inszeniert, dass sich die Umarmung von vor einigen Nächten wiederholte?

Er wusste es nicht, und es kümmerte ihn auch nicht, da er genug damit zu tun hatte, seine Schultern gegen die Wand zu drücken und sich breitbeinig hinzustellen, damit er Sonia zwischen seinen Schenkeln eingeklemmt halten konnte, während die See versuchte, das Schiff unter Wasser zu ziehen. Seit ihrem letzten derartigen Kontakt hatte er etwas gelernt, und auch, seit er sie in einem Durcheinander aus Unterröcken, Strümpfen aus weißer Seide und mit Rosenknospen bestickten Strumpfbändern gesehen hatte. Er würde jede Gelegenheit nutzen, die sich ihm bot, um sie festzuhalten und an sich drücken – zum Teufel mit den Folgen. Und wenn er selbst erst eine solche Gelegenheit herbeiführen musste.

Sie sah ihn an, den Mund leicht geöffnet, die vollen Lippen feucht schimmernd, als wollten sie geküsst werden. Dass er sich das nur einbildete, dessen war er sich so gut wie sicher, aber das kümmerte ihn nicht.

Wie ein Verdurstender nahm er sich ihres Mundes an. Ihre Lippen fühlten sich sanft an, sanft und kühl zugleich, aber köstlich einladend. Mit seiner Zungenspitze drang er weiter vor und versuchte sich an jene Süße und den köstlichen Rausch zu erinnern, der einem augenblicklich jeglichen Willen nahm und jeden noch so guten Vorsatz zunichtemachte. Ihr gehauchter Seufzer strich über seine stoppelbärtige Wange und setzte sich in seinem Herzen fest. Es war keine Kapitulation, sondern mehr eine hochexplosive Neugier, die jeder Logik trotzte.

Sie verachtete ihn, sie wollte mit einer Heftigkeit von ihm befreit werden, die sie zu einer Kriegerin machte, und doch bekam sie das Revers seiner Jacke zu fassen und bohrte ihre Finger in den Stoff, während sie seinem Verlangen begegnete und sich ihm hingab. Er zog sie an sich, weil er fühlen wollte, wie sich ihre Brüste gegen seinen Oberkörper drückten. Er verzehrte sich danach, ihren schnellen Herzschlag zu spüren, verlangte nach der Hitze und dem Duft, nach ihrem wunderbaren Versprechen. Gleichzeitig zog sich sein Verstand Schritt für Schritt weiter zurück und ging auf Distanz zu diesem Geschehen, während er sich eine einzige, drängende Frage stellte: *Warum?*

Er wollte nicht, dass sie aus irgendeinem Grund zu ihm kam. Zugegeben, *so* wählerisch war er nun auch wieder nicht. Er würde jeden Einwand herunterschlucken und sich in ihr vergraben, wenn sie seine Hand nahm und ihn zu ihrer Kabine führte. Aber sie sollte ihn selbst wollen, sie sollte nicht lediglich die unleugbare Tatsache ausnutzen, dass er sich zu ihr hingezogen fühlte, nur weil sie sich irgendeinen neuen Plan ausgedacht hatte, um ihre Flucht in die Wege zu leiten. Die Wahrscheinlichkeit dafür war in etwa so groß wie die, dass ein betrunkener Seemann in diesem Sturm über Bord ging.

Die *Lime Rock* richtete sich wieder auf und schüttelte sich wie ein Hund, der sein Fell von Wasser befreien wollte, dann fuhr sie mit dem gleichmäßigen Takt der Dampfmaschine weiter. Kerr straffte seine Schultern und griff nach Sonias Hand, damit er sie von seinem Revers wegziehen und festhalten konnte. Schließlich sah er sie an, betrachtete den rosigen, feuchten Mund, den benommenen Blick in ihren Augen, das Rot ihrer Wangen.

Langsam holte er Luft, die in seinen Lungen brannte, dann schob er Sonia ein Stück weit von sich weg.

»Hören Sie mir gut zu«, erklärte er mit rauer, aber ernster Stimme, »denn ich werde das kein zweites Mal sagen. Ich werde nicht zulassen, dass Sie irgendeinen Mann an Bord dieses Schiffs benutzen, um Ihre Flucht vorzubereiten. Wenn Sie wollen, dass einer von ihnen sein Leben verliert, dann führen Sie ihn in Versuchung und setzen Sie ihn auf mich an, und ich werde ihm das Leben nehmen. Wir beide, Sie und ich, reisen nach Vera Cruz. Der einzige Mann, mit dem Sie näher zu tun haben werden, ist der Mann, der jetzt vor Ihnen steht. Wenn Sie das vergessen, übernehme ich keine Verantwortung für das, was dann geschieht.«

»Mit dem ich näher zu tun haben werde«, wiederholte sie, als seien es Worte in einer ihr fremden Sprache.

»Wenn Sie gehen und stehen, ob Sie sich unterhalten oder tanzen, ich werde immer an Ihrer Seite sein. Am

Morgen, am Mittag, am Abend – und vor allem in der Nacht.«

»Weiter nichts?«

Berechnung war in ihrem Blick zu erkennen, wie ihm der kühle Glanz ihrer Augen verriet. Er sah, aber ignorierte es. »Sonst nichts. Ich werde Rouillard seine Braut übergeben, unverletzt, unbefleckt und verstockt. Ob der Rest dieser Reise für Sie angenehm oder unangenehm verläuft, ist ganz allein Ihnen überlassen.«

Sie hob ihr Kinn an. »Sie sind sehr von sich eingenommen für einen Mann, der sich soeben etwas erlaubt hat, das mehr Nähe erfordert als müßiges Flirten.«

»Falls ich mich entschließen sollte, mit Ihnen zu *flirten*, Mademoiselle Bonneval«, versprach er ihr leise, »dann wird es ganz bestimmt nicht müßig sein.«

Sie bewegte keinen Muskel, und doch nahm ihr Gesicht mit einem Mal einen so herablassenden Ausdruck an, dass ihm ein eisiger Schauer über den Rücken lief. »Falls Sie sich entschließen?«

»Machen Sie sich wegen dieser Aussicht keine Sorgen. Ich bin weder so leichtsinnig noch so dumm. Vor allem aber akzeptierte ich den Auftrag Ihres Vaters, gab ihm die Hand darauf und werde nun mein Wort halten.«

»Wie ehrbar von Ihnen. Ist Ihnen klar, dass so viel Ehrbarkeit ihren Preis haben kann?«

Was ging hinter diesem Blau ihrer Augen vor? Er hätte seinen rechten Arm gegeben, um das zu erfahren, obwohl eine innere Stimme ihm sagte, dass es ihm kein bisschen gefallen würde. »Das fiel mir jedes Mal auf, wenn ich einem Mann beim Duell gegenübertrat, Mademoiselle. Für manche Gesten kann der Preis höher ausfallen als für andere.«

»Sie ahnen gar nicht, wie hoch er wirklich ausfallen kann. Keinesfalls.«

Sie wandte sich ab und ging in einem sonderbar elegant

erscheinenden, durch den Seegang bestimmten Zickzackkurs den Gang entlang, während ihre Worte in seinen Ohren nachhallten. Mit zusammengekniffenen Augen schaute Kerr ihr nach, und mit einem Mal verspürte er dort eine schmerzende Leere, wo sich sein Herz hätte befinden sollen.

Fünfzehntes Kapitel

Mit dem Tagesanbruch zog Nebel auf, und auch wenn die See nach wie vor unruhig war, schienen doch wenigstens Sturm und Regen weitergezogen zu sein. Aus der Takelage rieselte Wasser auf die nassen Planken und die Reling herunter, und bei jedem donnernden Knall der Segel, die die Arbeit der Dampfmaschine unterstützten, stieg eine Wolke aus feinen Tropfen auf.

Kerr stand da und bewegte sich entgegen dem Schwanken des Schiffs, die Hände auf der Reling. Die vom Sturm gereinigte Luft atmete er jetzt tief ein und merkte, wie sie das von der rauen See ausgelöste Unwohlsein allmählich vertrieb. Als Matrose auf hoher See hätte er es zu nichts gebracht, doch das störte ihn nicht, war er in seinem Herzen doch ein Farmer so wie vor ihm sein Vater und sein Großvater.

Genau genommen hatte er zweifellos mehr von einem Plantagenbesitzer in sich als dieser Tremont. Ein paar beiläufige Fragen während des Kartenspiels hatten das sehr schnell deutlich werden lassen.

Seine Gedanken kehrten zurück zu den Kisten mit Waffen und Munition und zu der Frage, was mit ihnen geschehen sollte. Er hatte abgewartet, ob Tremont seine Überprüfung der Fracht erwähnen würde, doch bislang war das nicht geschehen.

Kerr wollte in diesem Moment kein Name einfallen. Er würde ein Auge auf die Fracht haben müssen, wenn sie ihr Ziel erreicht hatten, und sicherstellen, dass nicht jemand sie verschwinden ließ, bevor Klarheit geschaffen war. Ob das durch Tremont oder irgendjemand anderen geschehen sollte, blieb noch abzuwarten.

Ein gellender Schrei von oben holte Kerr aus seinen Gedanken. Er kam von einer Möwe, die um den Mast kreiste und sich schließlich auf einem Quermast niederließ. Ihr folgten drei Artgenossen, die sich wie geschwungenes Silber vom Himmel abhoben. Ihr Auftauchen bedeutete, dass das Land nicht mehr fern war. Kerr blinzelte und konnte durch den Nebel in der Ferne etwas erkennen, das wie tief hängende Wolken aussah, bei dem es sich aber wahrscheinlicher um die mexikanische Küste handelte. Durch den Sturm lagen sie gut in der Zeit, und mit etwas Glück würden sie Vera Cruz schon in wenigen Tagen erreicht haben.

Er konnte es nicht erwarten.

Plötzlich musste er so heftig gähnen, dass er glaubte, er würde sich den Kiefer ausrenken. Letzte Nacht hätte er sich gar nicht in seine Koje begeben müssen, nachdem Sonia in ihre Kabine gegangen war. Er hatte dagelegen und in die beklemmende Dunkelheit gestarrt, dem Meeresrauschen ebenso gelauscht wie dem Zischen, mit dem der Dampf durch die Rohre im Rumpf geleitet wurde, sowie dem monotonen Stampfen der Kurbelwelle. Dieser gleichmäßige Rhythmus mit dem beständigen Vor und Zurück brachte ihn fast um den Verstand. Er passte viel zu genau auf seinen primitiven Impuls und quälte ihn mit Gedanken über jene Frau in seiner Obhut, die nur wenig mit seiner Aufgabe als ihr Beschützer zu tun hatten.

O Gott, sie konnte ihn aber auch auf die Palme bringen. Sie machte ihn wütend, aber sie faszinierte ihn auch. Sie war zum Teil verwöhnter Liebling und zum Teil Löwin, vornehme Lady und Lorelei. Die blasse, sanfte Mulde zwischen ihren Brüsten war in seinem Kopf wie eine himmlische Vision, ihr Duft verfolgte ihn. Die Form ihrer Schultern, der Schwung ihrer Taille, in den sich seine Hand so vollkommen einfügte, der zarte Schatten, den ihre Wimpern auf ihre Wangen warfen – diese und Dutzende ähnliche Bilder mehr wechselten sich unablässig vor seinem geistigen Auge ab. Jedes einzelne davon konnte ihn eine solch zügellose Lust anheimfallen lassen, dass er sich am Rande einer gesellschaftlichen Blamage bewegte.

Seine Selbstbeherrschung war doch einmal viel besser gewesen. Was war aus ihr geworden?

Der Wind spielte mit den Schößen seines Gehrocks und schlug sie gegen die Reling. Etwas Schweres in der Tasche schlug zunächst gegen die Strebe und dann gegen seinen Oberschenkel. Als er in die Tasche griff, ertastete er als Erstes sein Taschenmesser mit Elfenbeinheft. Er holte es heraus und schob es in die Hosentasche, dann förderte er Sonias Fächer zutage, den er eingesteckt hatte. Als er ihn öffnete, stieg ihm ein Hauch ihres Veilchendufts entgegen, und der dünne Stoff flatterte im Wind wie die Flügel eines Schmetterlings, als wolle er sich aus seinem Griff losreißen und in die Freiheit entkommen.

Freiheit.

Das war alles, was Sonia wollte. Jedenfalls behauptete sie das. Und wer wollte es ihr verdenken? Er selbst strebte nach Freiheit – Freiheit, wieder sein Leben zu leben, was er sich verdienen würde, wenn er endlich den Mann niederrang, der den Tod seines Bruders auf dem Gewissen hatte. So lange Zeit war er dessen Spur gefolgt, dass er bereits geglaubt hatte, nie das Ende dieser Reise zu erreichen. Zeitweise war es ihm wie ein Ziel vorgekommen, das genauso unerreichbar wie das war, was Sonia antrieb.

Irgendwo hinter ihm wurde knarrend eine Tür geöffnet, gefolgt von Schritten an Deck. Diese leichten Schritte waren unverkennbar. Er klappte den Fächer zu, tarnte aber mit seinem Körper diese Bewegung, sodass er diese Trophäe wieder in seiner Tasche verstecken konnte. Als Sonia sich ein Stück weiter zu ihm stellte, lagen seine Hände auf der langen Reling.

»Sie sind früh auf«, stellte sie fest. Ihr Tonfall war nicht so freundlich wie an den Tagen zuvor.

»Dann sind wir schon zu zweit.« Kerr rechnete die Wache nicht mit, da sie den Mann vermutlich nicht zur Kenntnis genommen hatte.

»Sicher werden Sie heute frühstücken können, nachdem die See wieder viel ruhiger ist.«

»Möglicherweise.«

Sie warf ihm einen flüchtigen Blick zu, als wolle sie seine Laune bestimmen. »Ich gestehe, ich war nahezu erfreut zu wissen, dass Sie auch eine Schwäche haben.«

»Ach ja?«

»Das macht Sie ... nicht so unnahbar. Sie wissen, Sie wirken ziemlich Furcht einflößend.«

Zu gern hätte er ihr gesagt, dass sie sich ihm jederzeit nähern konnte, aber das würde dem Verhältnis zwischen ihnen wohl kaum helfen. »Ich würde dem keine große Bedeutung zumessen. Dadurch ändert sich nichts.«

»Das habe ich gestern Abend gemerkt. Sie trafen genau rechtzeitig ein, obwohl Sie sich nicht wohlfühlten.« Sie machte eine kurze Pause. »Ich glaube, ich habe mich noch gar nicht bei Ihnen dafür bedankt, dass Sie eingeschritten sind, bevor die Situation zu beunruhigend wurde.«

»Dafür wurde ich angeheuert.«

»Ja, das sagten Sie bereits.« Ihr Tonfall hatte etwas Schneidendes, doch dann hielt sie inne und atmete mit einem Laut ein, der nach bemühter Geduld klang, und fuhr fort: »Ich schätze es, dass ich aus dieser Situation geholt wurde, ganz gleich aus welchem Grund. Und ich bin Ihnen dankbar für Ihre Geduld mit Monsieur Pradat. Das haben Sie gut gemacht.«

Er drehte sich um und sah sie an, während er sich bewusst war, wie sehr ihm der respektvolle und zustimmende Tonfall in ihrer plötzlich Stimme behagte. »Finden Sie?«

»Ohne diese Geduld hätte es sein können, dass Sie in diesen Minuten hier an Deck mit dem Degen in der Hand Ihr Leben verteidigen müssten.«

»Ich dachte, diese Aussicht würde Ihnen gefallen.«

Ein völlig natürlich wirkender Schauer lief ihr über den Rücken. »Da irren Sie sich, Monsieur. Allein schon der Gedanke an einen Fechtkampf löst in mir Abscheu aus.«

Was hatte sie nun wieder vor? Irgendetwas steckte dahinter, daran hatte er nicht den leisesten Zweifel. Das Problem war nur, darauf zu reagieren kam ihm so vor, als würde er sich auf der Fechtbahn einem würdigen Gegner stellen. Die Herausforderung ließ das Blut in seinen Adern kochen, und jeder Muskel in seinem Körper spannte sich vor Entschlossenheit an.

»Fechtkampf im Allgemeinen?«, fragte er und stützte sich mit einem Ellbogen auf der Reling ab. »Oder nur, wenn er sich auf mich bezieht?«

»Sowohl als auch. Beides.«

»Der Gedanke ehrt Sie. Ich bin mir sicher, Pradat würde das zu schätzen wissen.«

Irritiert blickte sie ihn an. »Sie glauben mir nicht.«

»Ich glaube, Sie möchten nicht, dass Ihr junger Verehrer verletzt wird.«

»Sie müssen sich nicht über ihn lustig machen. Er hat nur versucht, sich einer Lady gegenüber angemessen zu verhalten.«

»Das war mir klar. Deshalb bin ich ja auch eingeschritten. Ich verstehe nur nicht, warum es nötig war.«

Verachtung blitzte in ihren Augen auf. »Sie glauben doch nicht, dass er einen Grund dazu hatte?«

»Was ich glaube, ist nicht wichtig. Das ist eine Angelegenheit zwischen Ihnen und Ihrem Gewissen.«

»Es war der Sturm, das garantiere ich Ihnen. Monsieur

Tremont setzte sich zu mir auf die Bank, als das Schiff von einer Welle getroffen wurde und ...« Sie unterbrach ihren Satz und wandte den Blick von ihm ab. Ihre Wangen glühten rot und sie hielt die Reling fest umklammert. »Ich möchte nicht, dass Sie glauben, ich würde so gedankenlos mit meinem guten Namen umgehen, oder dass Sie Jean Pierre von meinem Fehlverhalten berichten.«

»Augenblick mal«, begann er und baute sich vor ihr zu voller Größe auf, während sich Wut in ihm regte.

»Werden Sie mir jetzt sagen, dass Sie das nicht machen werden?« Sie warf ihm einen kurzen Blick zu, dann galt ihre Aufmerksamkeit wieder der See. »Na gut, dann machen wir jetzt Schluss. Ich will mich nicht länger mit Ihnen streiten.«

Mit einem solch leichten Sieg hatte er nicht gerechnet. Er wartete auf ein Gefühl der Genugtuung, doch das stellte sich nicht ein. Überrascht erkannte er, dass er vor allem Enttäuschung empfand, da ihre Wortgefechte womöglich an ihrem Ende angelangt waren. Es war jedoch keine allumfassende Enttäuschung, denn darunter mischte sich purer Argwohn.

Sie ließ ihm jedoch keine Zeit, um darüber nachzudenken, da sie sich so zu ihm umdrehte, dass ihre Röcke über das polierten Leder seiner Stiefel strichen. »Sie sind kein sehr gesprächiger Mann, nicht wahr?«

»Ich rede, wenn ich etwas zu sagen habe.«

»Aber Sie machen sich nichts aus Konversation um ihrer Selbst willen, um den Austausch von Ideen oder Belanglosigkeiten, um die Zeit totzuschlagen.«

»Damit kann ich nicht viel anfangen.«

»So habe ich das auch wahrgenommen.« Ihr Tonfall war zutiefst ironisch. »Aber sicherlich haben Sie nichts dagegen, wenn ich Ihnen die eine oder andere Frage stelle, oder?«

»Solange Sie keine geschwollenen Antworten oder hochtrabenden Komplimente von mir erwarten«, gab er mit einem Achselzucken zurück.

»Weder das eine noch das andere, sondern lediglich ehrliche Antworten.« Ehe er etwas zu ihrer Anspielung auf seine Integrität einwenden konnte, redete sie schon weiter: »Werden Sie nach New Orleans zurückkehren? Haben Sie nicht vor, in Mexiko zu bleiben?«

»Das kommt drauf an.«

»Worauf? Auf den Krieg? Oder ist es eine Frage von Geld und Gelegenheit?«

»Auf das, was ich vorfinde, wenn ich dort eintreffe.«

»Und was erwarten Sie?«

»Ein Treffen mit einem Mann, nach dem ich bereits seit einiger Zeit suche.«

Sie machte eine nachdenkliche Miene. »Wenn Sie Treffen sagen, beziehen Sie sich damit auf einen gewöhnlichen Besuch? Oder meinen Sie etwas ... Tödliches?«

»Das kommt darauf an«, antwortete er abermals so beiläufig, wie er nur konnte.

»Das klingt für mich so, als würden Sie lieber nichts dazu sagen.« Sie hielt inne und wartete. Als er nichts erwiderte, versuchte sie eine andere Taktik. »Sind Sie allein in dieser Welt, dass Sie nach Belieben kommen und gehen können, ohne Rücksicht auf jemanden nehmen zu müssen, der irgendwo auf Sie wartet?«

»Wenn Sie wissen wollen, ob ich verheiratet bin ...«

»Ganz gewiss nicht!«

»Ich bin es nicht«, redete er weiter, ohne von ihrem Zwischenruf Notiz zu nehmen. »Ich bin auf mich selbst gestellt, seit ich alt genug war, mein Zuhause zu verlassen. Aber ich habe die üblichen Angehörigen – Vater, sechs Brüder, einen ganzen Stall voller Tanten, Onkels und Cousins.«

»Und sind die alle in Kentucky zu Hause?«

»Über den ganzen Staat verteilt, und auch in Tennessee.«

»Sie haben Ihre Mutter nicht erwähnt.«

»Sie und Pa leben getrennt.«

»Tatsächlich? Dann muss er das Vorbild für Ihr Verhalten gewesen sein, wenn sie nicht bei ihm bleiben konnte.« Sofort schloss sie die Augen und verzog das Gesicht. »Es tut mir leid, das war nicht nett von mir.«

Sie versuchte zu beschwichtigen. Kerr ging noch etwas mehr auf Distanz, auch wenn er genau die helle Farbe ihrer zarten Haut betrachtete und zusah, wie eine Brise ihr Mieder gegen die sanften Kurven ihres Busens drückte. Abrupt drehte er sich weg und sagte: »Vielleicht haben Sie recht. Sie gab ihm die Schuld am Tod meines Bruders Andrew, als der nach Santa Fe marschierte. Er und Pa rannten sich immer gegenseitig die Köpfe ein. Nach dem letzten großen Streit stürmte Andrew aus dem Haus, und es verschlug ihn nach Texas.«

»Dann folgten Sie ihm, wenn ich das richtig sehe.«

»So kann man es ausdrücken. Ich machte mich auf den Weg nach Texas, als er nicht zurückkam.«

»Und wie gelangten Sie nach New Orleans?«

Er zögerte, da er versucht war, ihr die ganze traurige Geschichte zu erzählen und auch Andrews Brief zu erwähnen, der ihn auf Rouillards Spur gebracht hatte. Doch es ließ sich alles so leicht gegen ihn verwenden, und Schweigsamkeit war eine Angewohnheit, mit der man nur schwer brechen konnte. Eine Halbwahrheit erschien ihm die bessere Wahl zu sein. »Es war ein Ort, den ich schon sehen wollte, als ich noch kleiner war als ein Hase. Pa erzählte uns an Winterabenden vor dem Kamin davon. Er gehörte zu Jackson, als er nach da unten kam, um gegen die Briten zu kämpfen. Das war alles ein großes Abenteuer, und er hatte die Stadt und die Leute nie vergessen.«

»Er kannte Andrew Jackson?«

Kerr nickte bestätigend. »Ol' Hickory persönlich. Zu der Zeit waren sie Nachbarn in Tennessee, aber dann verließ mein Pa das Haus der Familie und zog nach der Heirat nach Kentucky, wo er für sich Land kaufte.«

»Er kaufte sich ein Grundstück?«

»Sie müssen nicht so überrascht klingen«, sagte er, obwohl es ihm gefiel, diesen perplexen Gesichtsausdruck bei ihr zu beobachten, als ihr bewusst wurde, dass sein Leben als Fechtmeister womöglich keine zwingende Notwendigkeit war, sondern er es frei gewählt haben könnte.

»Ich nehme an, er war Farmer.«

»Auch, aber in erster Linie züchtete er Pferde, reinrassige Rennpferde. Er und Jackson tauschten ab und zu schon mal Tiere aus.«

»Dann gehören Sie zu den Grundbesitzern.«

»So würde ich das nicht ausdrücken. Aber ich kam auch nicht gerade in einer Blockhütte zur Welt.«

Sie starrte ihn an, als seien ihm Hörner gewachsen. Doch was sie darauf hätte antworten wollen, ging dadurch unter, dass in diesem Moment die Schiffsglocke geläutet wurde. Da sie zugleich das Signal fürs Frühstück war, bot er Sonia seinen Arm an, um sie unter Deck zu führen. Dass sie sich bei ihm unterhakte, hatte für sein Gefühl weniger damit zu tun, dass sie ihn als ihre Eskorte akzeptierte. Viel eher schien es eine reflexartige Reaktion zu sein, da sie noch ihren Gedanken nachhing. Dennoch fühlte es sich für ihn wie ein Sieg an.

Nach dem Debakel am Abend zuvor war im Speisesalon die Ordnung wiederhergestellt worden. Zahlreiche Passagiere hatten sich offenbar von ihrer Seekrankheit erholt, zumindest aber rissen sie sich zusammen und kamen in den Raum, um zu sehen, welche Speisen angeboten wurden. Auch Sonias Tante Lily war wieder auf den Beinen. Zwar sah sie recht mitgenommen aus, wirkte aber entschlossen, ihrer Pflicht an der Seite ihrer Nichte nachzukommen. Madame Pradat sträubten sich vor Missbilligung die Nackenhaare, als sie Kerr sah, wie er Sonia zu deren Tante folgte.

Ihr Sohn vermied es, in Kerrs Richtung zu sehen, doch seine Ohren nahmen die Farbe von in Weinbrand eingelegten Pflaumen an. Am anderen Ende des langen Tischs diskutierten Tremont und Reverend Smythe über die Gezeiten und die Strömungen des Meeres, doch das hielt den Plantagenbesitzer nicht davon ab, Kerrs gemeinsames Erscheinen mit Sonia mit einem ironischen Nicken zu kommentieren. Die anderen Passagiere empfingen sie mit einem Stimmenwirrwarr, aus dem allzu offensichtlich hervorging, dass sie sich auf die Ereignisse des letzten Abends bezogen. Sonia ließ nicht erkennen, ob sie davon etwas mitbekam, jedoch klang ihre Stimme recht gekünstelt, als sie eine amüsante Bemerkung über das Aroma des morgendlichen Kaffees machte.

Kerr ließ seine Schutzbefohlene gleich neben ihrer Tante Platz nehmen, dann ging er um den Tisch herum und ließ sich ihr gegenüber auf der Bank nieder. Es kam einem Kompromiss gleich, um den Anschein von Vertrautheit zu vermeiden, der aufgekommen wäre, hätte er sich direkt neben sie gesetzt. Zugleich konnte er jeden anderen davon abbringen, den Platz neben ihr einzunehmen.

Die Bedienstete, deren Mondgesicht noch blass war und die ihren Mund mürrisch verzog, kam mit Platten voller harter Brötchen, Schinken, Konfitüre in Kristallbechern sowie zu Muscheln geformten Butterstücken in den Salon. Dazu gab es den üblichen Café au lait. Innerhalb weniger Augenblicke verstummte die Unterhaltung, da mit den relativ ruhigen Bewegungen des Schiffs der vom Sturm unterdrückte Appetit erwachte.

Kerr wäre nicht verwundert gewesen, hätte das Beinahe-Duell irgendwelche Folgen nach sich gezogen, vielleicht eine ermüdende Szene von Gervaise Pradat, der sich zerknirscht entschuldigte, oder eine Schmähung durch seine stolze *maman*. Oder sogar einen Kommentar von Tremont zu dieser Situation.

Doch nichts dergleichen geschah. Er wollte sich gerade über die Aussicht auf ein friedliches Frühstück freuen, als Sonia über den Tisch griff, um sich eines seiner Brötchen zu nehmen. Sie teilte es, bestrich die eine Hälfte mit Butter und legte sie zurück auf seinen Teller. Dann setzte sie sich wieder gerade hin und biss genüsslich kleine Happen von der anderen Hälfte ab, während sie Kerr anlächelte.

Beinahe hätte er sich an dem Stück Schinken verschluckt, das er gerade in den Mund gesteckt hatte.

»Ist alles in Ordnung, *mon cher*?«, fragte sie mit Sorge, gleichzeitig nahm sie sein Wasserglas. »Hier, Sie sollten besser etwas trinken.«

Als er nach dem Glas griff, berührten seine Finger kurz ihre, und es kam ihm vor, als habe er einen Zitteraal angefasst. Er stellte das Glas hin und sah Sonia warnend an.

Sollte sie diesen Blick richtig gedeutet haben, zeigte er bei ihr jedenfalls keine Wirkung. So sanft, dass er nicht mit Gewissheit sagen konnte, ob er es wirklich fühlte oder sich vielleicht nur einbildete, strich sie mit ihrer Schuhspitze über seinen Stiefel. Er musste schlucken, während ihm eine so intensive Hitzewallung über den Rücken bis hinauf zu seinem Hals lief, dass er glaubte, sein Hemdkragen und das Halstuch müssten Feuer fangen. »Mademoiselle«, setzte er an.

»Ja, Monsieur?«

Was sollte, was konnte er sagen? Er sah auf seinen Teller. »Nichts.«

»Zu schade«, murmelte sie.

Ihre Stimme war so lieblich wie ihr Lächeln. In ihm erwachte der sehnliche Wunsch, mit ihr allein zu sein, um ihr die Torheit dessen vor Augen zu führen, was sie da machte. Andererseits war das mit Blick auf die hitzige Vorfreude darauf, die seine unteren Körperregionen erfasste, vielleicht gar keine so kluge Idee.

Sie zog ihren Fuß zurück. Lächelnd nahm sie eine Scheibe Schinken zwischen die Fingerspitzen und beugte sich vor, um ihm die Scheibe vor den Mund zu halten. Wie verzaubert beugte er sich nach vorn, legte aber in letzter Sekunde die Zunge auf ihren Daumennagel und leckte darüber, sodass er ihre Essenz zusammen mit dem Geschmack des Schinkens aufnehmen konnte.

Es war nicht zu überhören, wie sie nach Luft schnappte. Sie zog rasch ihre Hand zurück und versuchte, nicht zu lachen, als sie sich umsah und erkannte, wie viel Aufmerksamkeit sie auf sie beide gelenkt hatte. Im Flüsterton meinte sie zu ihm: »Was haben Sie für große Zähne.«

Wieder machte Kerr den Mund auf, um etwas zu erwidern, entschied sich aber auch diesmal dagegen. Manche Antwort – vor allem wenn es sich um eine offensichtlichere handelte – blieb besser unausgesprochen.

»Um Himmels willen, *chère* «, protestierte ihre Tante volltönend.

Sonia warf einen Blick in ihre Richtung. »Ich versichere dir, es ist völlig akzeptabel, es wird sogar erwartet, *ma tante*. Der Gentleman hat mir die Gesellschaft anderer Männer verboten und verlangt von mir, dass ich alle meine koketten Regungen auf ihn ausrichte.«

»Ist das wahr?«, fragte die Tante ungläubig und legte eine schwächliche Hand an ihre Schläfe, während sie verteidigend und vorwurfsvoll zugleich zu Kerr schaute.

»Ich versichere dir, es ist wahr. Was soll ich denn auch sonst machen? Eine Lady muss ein wenig Abwechslung haben, und er ist sehr immun. Darauf hat er mir sein Wort gegeben.«

Innerlich stöhnte Kerr auf, da er sich fragte, welcher Teufel ihn geritten hatte, dass er ihr einen solchen Floh ins Ohr setzen musste? Er würde es noch bedauern, dafür würde sie schon sorgen.

Verdammt, er bereute es bereits jetzt. Sein Kopf fühlte sich an, als müsse er jeden Moment explodieren, weil der

Druck so ungeheuerlich war, der sich in seinen Adern anstaute, als sie abermals über seine Wade strich.

Ein Stück weiter den Tisch entlang waren Gervaise und seine Mutter in eine leise Meinungsverschiedenheit vertieft. Kerr vermutete, dass Madame Pradat ihrem Sohn auszureden versuchte, schon wieder zu Sonias Verteidigung eilen zu wollen. Angespannt wartete er ab, ob es wohl doch noch erforderlich werden könnte, dem jungen Idioten eine Lektion im Umgang mit dem Degen zu erteilen.

In diesem Moment kam ein Offizier in den Salon, ging zum Captain, der am Kopfende des Tischs saß, und händigte ihm eine Nachricht aus. Dann trat er einen Schritt zurück, während der Captain las.

Schließlich sah Captain Frazier seinen Offizier an, zerknüllte den Zettel und stand auf. Von einer knappen Entschuldigung begleitet, verließ er den Frühstückstisch und lief eilig aus dem Salon.

»Was glauben Sie, worum es da ging?«, fragte Tante Lily besorgt.

Tremont, der zu ihrer anderen Seite Platz genommen hatte, tätschelte ihr die Hand. »Ganz bestimmt nichts, was uns betreffen könnte.«

Kerr war sich da nicht so sicher. Er glaubte, das ferne Wummern und Plätschern eines anderen Dampfers ein Stück hinter der *Lime Rock* wahrnehmen zu können. Dass sie auf einer regulären Schifffahrtsroute anderen Schiffen begegnen würden, war nichts Ungewöhnliches, doch das war kein Anlass, um den Captain auf die Brücke zu holen.

Ihm fielen die Waffen im Frachtraum ein. Sollte man etwa vorhaben, die Fracht auf hoher See umzuladen? Wenn ja, dann war der Captain des Schiffs in den Waffenhandel eingeweiht.

Kerr sah zu Tremont und bemerkte, wie der Plantagenbesitzer ihn einen Moment lang mit zusammengekniffenen

Augen beobachtete, dann seine Serviette hinlegte und ebenfalls aufstand. Er stieg über die Sitzbank und folgte dem Captain nach draußen.

Nun wurde es Kerr zu bunt. Er erhob sich ebenfalls und folgte seinerseits Tremont. Es war nicht nur die Neugier, die ihn antrieb, auch nicht der Verdacht, dass etwas nicht stimmte. Er war auch heilfroh darüber, vor dieser unerträglichen Situation mit Sonia die Flucht ergreifen zu können.

Er hatte tatsächlich ein anderes Schiff gehört, das sich ganz in der Nähe aufhielt und dessen Schaufelräder sich nur ganz langsam drehten. Die Flagge am Mast zeigte die Farben Mexikos, aber es war kein Handelsschiff, sondern eher eine Fregatte mit geöffneten Geschützluken, aus denen die Mündungen von Kanonen herausragten, die auf die Wasserlinie der *Lime Rock* gerichtet waren.

Flaggen wurden auf beiden Schiffen gehisst und tauchten zwischen den Rauchschwaden aus den Schornsteinen auf, während die Dampfmaschine der *Lime Rock* langsamer arbeitete und das Schiff an Fahrt verlor. Der Captain stand auf dem Vorderdeck und hielt ein Fernrohr vor sein Auge, um den Signaloffizier auf dem anderen Schiff zu beobachten. Dann nahm er das Fernrohr herunter und schob es ruckartig zusammen.

Kerr blieb ein paar Meter entfernt neben Tremont stehen. Er hatte eine Ahnung davon, was hier ablief, doch er wollte keine voreiligen Schlüsse ziehen.

»Was ist hier los?«

Tremont deutete auf die Fregatte. »Der mexikanische Befehlshaber verlangt, dass wir beidrehen und zulassen, geentert zu werden.«

»Warum sollten wir denn das tun?« Kerr war erstaunt, dass Tremont in der Lage war, die Flaggensignale zu entziffern.

»Zwei Gründe«, antwortete der andere voller Ironie.

»Erstens sind wir unbewaffnet, und sie haben ihre Kanonen auf uns gerichtet.«

»Und zweitens?«

»Der Kongress der Vereinigten Staaten hat sich endlich geregt und Mexiko den Krieg erklärt.«

Sechzehntes Kapitel

Der einem Donnerhall gleichende Knall einer abgefeuerten Kanone ließ Sonia aufspringen, aber sie war nicht die Einzige. Auch Tante Lily machte einen Satz von der Sitzbank und stieß dabei einen gellenden Schrei aus. Madame Pradat schrie ebenfalls auf, dann ließ sie sich nach hinten fallen, sodass Gervaise sie auffangen musste. Madame Dossier legte schützend die Arme um ihre Kinder und beugte sich über sie.

Reverend Smythe faltete die Hände wie zum Gebet, während die anderen Gentlemen nicht so fromm reagierten.

»Beruhige dich, *maman*«, sagte Gervaise zu seiner Mutter, gleichzeitig verrenkte er sich fast den Hals, um durch das Fenster zu dem anderen Schiff zu schauen, auf das man immer nur einen kurzen Blick werfen konnte. »Wir wurden nicht getroffen. Nach dem Pulverrauch zu urteilen, würde ich sagen, es war ein Warnschuss von einer Kanone am Bug.«

Sonia hielt das für eine wahrscheinliche Erklärung, allerdings konnte sie sich den Grund dafür nicht vorstellen. Sie überkam der Wunsch herauszufinden, was da draußen los war. Mit einem flüchtigen Blick zu dem fremden Schiff stieg sie über die Sitzbank.

»Warte, *chère*, wo willst du hin?« Ihre Tante griff nach ihr und bekam den Saum ihres Schultertuchs zu fassen. »Wir sollten hier unten bleiben.«

»Ich will nur sehen, was sich da abspielt.«

»Du wärst nur im Wege, wenn Gefahr droht. Außerdem

wird Mr. Wallace uns bestimmt berichten, was vorgefallen ist.«

Zweifellos würde er das machen, jedoch erst dann, wenn es ihm gefiel. »Ich werde nur kurz weg sein. Ich verspreche dir, ich bleibe nicht an Deck, wenn es Probleme gibt.«

Sie zog das Tuch aus dem Griff ihrer Tante und ging zügig dorthin, wo sich auf dem Deck die Gentlemen bereits versammelt hatten. Noch während sie auf dem Weg zu ihnen war, hörte sie, wie die Maschine des Schiffs auf Touren kam. Sie fühlte die plötzliche Vorwärtsbewegung, als sich die Schaufelräder schneller zu drehen begannen.

Das alles kam ihr keineswegs normal vor. Angst und Zweifel überkamen sie, vor allem als sie an Kerrs finstere Miene dachte, bevor er sie vor wenigen Minuten verlassen hatte. Mit einem Mal wünschte sie, in seiner Nähe zu sein, sich an seiner Seite und damit in Sicherheit zu befinden.

Dieser plötzliche Wunsch ließ sie verblüfft anhalten. Woher war diese Idee gekommen? Konnte es die Folge ihrer gezielten Bemühungen am Abend zuvor sein, ihn abzulenken, seine Geduld auf die Probe zu stellen und sein wahres Wesen zu entdecken? War das der Moment gewesen, als sie begonnen hatte, ihm so sehr zu vertrauen?

Ihr blieb keine Zeit, nach der Antwort zu suchen. Ein Offizier eilte an ihr vorbei in Richtung Achterschiff und stieß sie mit solcher Wucht mit seiner Schulter an, dass sie gegen das Schott taumelte. Er schien davon gar nichts mitbekommen zu haben. Sein Verhalten trug nur dazu bei, dass sie noch unruhiger wurde, was die derzeitige Lage anging.

Nachdem sie ihr Gleichgewicht zurückerlangt hatte, schaute sie sich um, konnte aber kaum etwas sehen, da das riesige Schaufelrad ihr die Sicht versperrte. Sie ging weiter in Richtung Heck und begab sich dann zu den Gentlemen an die Reling.

Die Gischt der See und Rauchschwaden brannten ihr in den Augen, der stechende Gestank von Schießpulver hing in der Luft. Sonia griff nach den umherflatternden Enden ihres Schultertuchs, kniff die Augen ein wenig zusammen und betrachtete die offene See hinter ihnen. Ein Stück weit von der Backbordseite entfernt befand sich das Verfolgerschiff. Es war schwarz, rot und gelb gestrichen, was ihm ein bedrohliches Aussehen verlieh. Was es mit diesem Schiff auf sich hatte, fand sie heraus, als sie die Wortfetzen dessen zusammenfügte, was die Männer um sie herum sich gegenseitig zuriefen, während sie sich über die Reling beugten und auf das Schiff zeigten.

Es war mexikanischer Herkunft, eine Fregatte, und es hatte auf sie geschossen.

Sie befanden sich im Krieg.

Das war es also. Nach jahrelangen Drohungen und Scharmützeln, nach diplomatischem Taktieren war nun der Krieg ausgebrochen. Seltsam, wie schwer es ihr fiel, das zu glauben. Die Bedrohung hatte so lange Zeit über ihrem Kopf geschwebt, dass sie davon ausgegangen war, es würde nie so weit kommen – auch wenn sie ihren Vater damit aufgezogen hatte.

Noch unfassbarer war aber die Tatsache, dass sie selbst auch noch in diesen Zwischenfall verstrickt wurde. Was wollte der Befehlshaber eines mexikanischen Kriegsschiffs mit der *Lime Rock* anfangen, einem Frachtschiff, das Post, Güter und ein paar Passagiere zwischen New Orleans und Vera Cruz hin und her transportierte? Es sei denn, man hatte es auf den amerikanischen Regierungskommissar abgesehen.

Die Schaufelräder wühlten die See auf und bewegten sich schneller und schneller, sodass Schaumkronen in einer doppelten Spur hinter ihnen herzogen. Die mexikanische Fregatte nahm ebenfalls Fahrt auf, um sie nicht zu verlieren. Beide Schiffe bewegten sich in den letzten stürmischen Böen auf und ab, ihre Masten beschrieben am grauen Himmel wütende Bogen.

Es kam Sonia fast so vor, als könne sie unter ihren Füßen die zunehmende Hitze spüren, während die Dampfkraft in die stampfende Maschine gepumpt wurde. Auf jeden Fall aber nahm sie das konstante Zittern wahr, das das Geländer durchdrang, als die Kurbelwelle die Schaufelräder noch schneller antrieb.

Gervaise, der ihr mit Reverend Smythe nach draußen gefolgt war, rief etwas und deutete in Richtung Küste. Sonia legte eine Hand an die Augen, um sie vor dem stärker werdenden Fahrtwind zu schützen, und schaute in die angegebene Richtung. Entdecken konnte sie aber nur den Küstenstreifen, den sie und Kerr zuvor schon beobachtet hatten. Er war inzwischen ein Stück näher gerückt, denn sie machte nun die schwärzlich grünen Silhouetten der Palmen und eine helle Linie aus, die die Brandung zu sein schien.

Mündungsfeuer war zu sehen, die Explosion eines weiteren Schusses hallte über das Wasser. Dicht hinter dem Heck des Raddampfers schoss eine Fontäne in die Höhe, Wasser ergoss sich nach unten und wurde von dem stärker werdenden Wind weggetrieben, der auch den Nebel entlang der Küstenlinie in Schwaden auflöste. Rauch stieg aus der kleinen Kanone am Bug des mexikanischen Schiffs auf, wie Gervaise es zuvor vermutet hatte.

Die Männer wichen von der Reling zurück. Sonia sah Kerr an, der breitbeinig dastand, sich an der Reling festhielt und so wütend das verfolgende Schiff anstarrte, als wollte er von Bord springen und den herannahenden Angreifer mit bloßen Händen aufhalten. Wäre die Kugel nur ein kleines Stück weiter geflogen ...

Nein, darüber wollte sie nicht nachdenken.

Ein eisiger Schauer ließ sie zusammenzucken. Ihre Kleidung war feucht und kalt, die Röcke klebten ihr an den Beinen. Sie war die einzige Frau an Deck, die einzige Frau, die den Elementen und der Gefahr trotzte. Das Beste wäre bestimmt, wenn sie in den Salon zu den anderen Ladys zurückkehrte. Tante Lily musste außer sich vor Sorge um sie sein, und so würde sie sie wenigstens beruhigen können.

Aber allem zum Trotz, was sie gesollt oder gekonnt hätte, war es ihr nicht möglich, sich loszureißen.

Die Geschehnisse an vorderster Front mitzuerleben, das war viel besser, als unter Deck zu hocken. Und was, wenn sie tatsächlich getroffen werden sollten? Es war eine unerträgliche Vorstellung, unter Deck in der Falle zu sitzen, während das Schiff sank.

Die *Lime Rock* baute ihren Vorsprung auf die Fregatte aus, der Streifen dunkelblauen Wassers zwischen den beiden Schiffen wurde breiter. Der Dampfer war offenbar das leichtere Schiff, das zudem eine leistungsfähigere Maschine zu besitzen schien. Captain Frazier musste wohl alles verheizen, was an Vorräten an Bord war, denn sie flogen förmlich über die Wellen. So wie es aussah, konnten sie ihre Verfolger abhängen.

Sonia klammerte sich an der Reling fest und hielt den Blick auf das mexikanische Schiff gerichtet, bis ihr die Augen brannten. Ihr Herz hämmerte wie wild, und die Hände schmerzten, da sie ihre Finger so fest um die Reling gelegt hatte. Entsetzen strömte ihr durch die Adern, doch begleitet wurde es von einer brennenden Begeisterung. Sie konnte sich nicht daran erinnern, sich jemals so voller Leben gefühlt zu haben.

Was würde geschehen, wenn es ihnen nicht gelang, den Angreifer abzuschütteln? Würden sie sich ergeben müssen? Würde man das Schiff als Kriegsbeute in einen Hafen schleppen? Sie hatte darauf gehofft, dass irgendetwas geschah, das ihre Heirat mit Jean Pierre verhindern würde. Das hier war vielleicht genau das, worauf sie wartete.

Ein weiterer Schuss hallte über das Wasser, dann sahen sie die Kugel in hohem Bogen auf sie zufliegen. Je näher sie kam, desto langsamer schien sie sich zu bewegen, doch das begleitende Kreischen wurde lauter und lauter.

Und dann traf das Geschoss das Heck der *Lime Rock*. Das untere Deck explodierte in einer Fontäne aus Splittern, als die Planken von der Kugel zerrissen wurden.

Schreie waren zu hören, Seeleute wurden durch die Luft gewirbelt. Das Heck machte einen Satz nach oben, Eimer und Seile, Spieren und Trümmerstücke der Reling wurden hochgeschleudert.

Ein Holzstift traf Sonia und ließ sie auf die Knie sinken. Sie griff nach den Streben, doch sie bekam keine von ihnen zu fassen, weil das Schiff mit brutaler Wucht auf die Wellen aufschlug und ein Stück weit ins Wasser eintauchte. Durch die Bewegung fiel Sonia endgültig hin und rutschte über das Deck, bis sie die nächste Strebe zu fassen bekam. Sie klammerte sich fest, während Ruß, Splitter und ein Schwall Meerwasser auf sie niedergingen.

Sie hörte das Gurgeln und Rauschen des in den Schiffsrumpf einströmenden Wassers, außerdem ein unheilvolles Knistern, das so klang, als stehe etwas in Flammen. Dichte Rauchwolken drangen aus dem Heck des Dampfers, die Schaufelräder wurden langsamer und blieben schließlich mit einem lauten Ächzen stehen.

Mit heiserer Stimme rief der Captain seine Befehle. Seine Offiziere rannten hierhin und dorthin, schoben andere Leute aus dem Weg und stürmten weiter. Passagiere strömten aus dem Speisesalon, andere kamen aus ihren Kabinen unter Deck nach oben geeilt. Frauen beteten und kreischten, Kinder schrien. Die Männer der Besatzung eilten aufs Oberdeck, wo sie ein Rettungsboot nach unten zogen, das wie verrückt in seinen Halterungen schaukelte.

Sonia entdeckte ihre Tante in der Menge, und sie hörte sie ihren Namen rufen. Sie antwortete, doch ihre Stimme ging im Lärm und den Schreien der Sterbenden unter, zu dem sich auch das letzte Aufbegehren der Schiffspfeife gesellte.

Sonia zog sich hoch, bis sie kniete, dann richtete sie sich auf und glättete ihre Röcke, während sie auf wackligen

Beinen stand. Zwar suchte sie die Gruppe der Männer ab, die sich mittschiffs befanden und sich bemühten, vom gefährlich geneigten Heck des Schiffs wegzukommen, doch Kerr konnte sie nicht entdecken. Sie drehte sich suchend um.

Ein Ruck ging durch das Schiff, das sich mit einem lauten Ächzen nach Steuerbord neigte. Sonia musste sich wieder an der Reling festklammern, da die Schräglage sie ansonsten über Bord hätte gehen lassen. Zwei Männer fanden nicht zeitig Halt und rollten über Deck, rutschten unter der Reling hindurch, landeten im Wasser und gingen unter.

Die mexikanische Fregatte kam umso schneller näher, da die beschädigte *Lime Rock* völlig an Fahrt verloren hatte. Sonia sah sie, als das Dampfschiff den Bug langsam in ein Wellental drehte. Das bewaffnete Schiff schien sich zu nähern und dabei beizudrehen, um ihnen den Todesstoß zu versetzen.

Doch dafür war es bereits zu spät, da die *Lime Rock* zu sinken begonnen hatte.

Salzwasser umspülte ihre Knöchel, das von den Säumen ihrer Röcke aufgesogen wurde und den Stoff schwer machte, der an ihrer Taille zog. Wenn sie die Reling jetzt losließ, würde es ihr vielleicht gelingen, das schräge Deck hinaufzulaufen bis zu den Stufen, die zum Oberdeck führten. Durch die Schräglage des Schiffs konnte sie sehen, dass die Besatzung mindestens drei der vier verfügbaren Rettungsboote zu Wasser ließ.

Das Gesetz des Meeres mochte zwar lauten, dass Frauen und Kinder zuerst kamen, doch daran hielt sich niemand. Ein gutes Dutzend männlicher Passagiere versuchte, das Rettungsboot denen zu entreißen, die dabei waren, es über die Reling zu schieben.

Besatzung und Passagiere verloren durch das Gerangel die Kontrolle über eines der Rettungsboote, das wegrutschte, an der Reling entlangglitt und dann über sie hinweg regelrecht ins Wasser schoss. Sofort sprangen mehrere Männer dem Boot hinterher ins Wasser.

Das Schiff stöhnte und ächzte ohrenbetäubend, als es tiefer in die Fluten eintauchte. Ein losgerissenes Segel oder ein Seil, an dem eine Seilrolle hing, schwang an Sonia vorbei und traf sie am Hinterkopf. Sie verlor den Halt und kippte nach vorn weg, sodass sie über die Reling fiel. Die kalte, tosende See griff nach ihr, um sie zu fassen zu bekommen und unter Wasser zu ziehen.

Die Wellen schlugen über ihr zusammen, das Wasser brannte ihr in den Augen. Ihr durchnässtes Schultertuch legte sich eng und schwer um sie und drückte ihr die Arme an den Körper. Panik kam in ihr auf, da sie merkte, dass sie unterzugehen drohte.

Mit aller Kraft riss sie an dem Stoff, zog ihn von ihrem Gesicht, von Hals und Handgelenk und stieß das Tuch von sich, damit es in den trüben Tiefen versank. Das Tuch ließ sich aber nicht so leicht abschütteln und hielt sie fest, als sei sie in einem Netz gefangen. Schließlich gelang es Sonia, unter dem Schultertuch wegzutauchen, es endgültig hinter sich zu lassen und an die Wasseroberfläche zurückzukehren. Das Schiff war kurz vorm Untergehen, als Sonia auftauchte. Sie konnte das Röcheln und Gurgeln des Wassers hören, das eine Kabine und einen Salon nach dem anderen flutete, dazu das erstickte Dröhnen der Dampfmaschine und den Lärm, den die Fracht verursachte, die sich von ihren Tauen losriss und gegen die Schotte geschleudert wurde. Durchdrungen wurde die lautstarke Geräuschkulisse von den Rufen und Schreien derer, die sich noch an Bord befanden.

Entsetzen überspülte sie wie eine eisige Welle. Sonia schrie dieses Entsetzen hinaus, ebenso ihre Wut auf ein solches Schicksal und ihren Zorn auf die Grausamkeiten des Krieges und seine sinnlosen Zerstörungen. Doch ihr Schrei war nicht mehr als ein kläglicher, bemitleidenswerter Ruf, der im Chaos unterging.

Sonia spürte, wie allmählich ihre Kräfte wichen, da das Gewicht ihrer durchnässten Röcke sie beharrlich in die Tiefe ziehen wollte. Sie musste sich von den Stoffen befreien, wenn sie nicht untergehen wollte, also tastete sie nach dem Rocksaum, um daruntergreifen zu können und die Schnüre ihrer Unterröcke aufzuziehen. Ein oder zwei lösten sich auch, doch andere Schleifen wurden zu unnachgiebigen Knoten.

Schluchzend zerrte sie an den Schnüren, während ihr vereinzelte Wellen bis ans Kinn schlugen und sie beinahe Wasser schlucken musste. Sie konnte die Küste sehen, und fast kam es ihr so vor, als könne sie sogar die Brandung hören. Oder war das vielleicht nur das Blut, das in ihren Ohren rauschte?

Das Wasser ringsum war voller Luftblasen, die aus dem Rumpf des sinkenden Schiffs aufstiegen. Planken und Holztrümmer trieben an die Wasseroberfläche und berührten Sonia, die sich umgeben sah von Dingen wie Hühnerkäfigen, Holzpaletten, Belegnägeln, Kopfkissen und sogar vom Schaukelpferd eines Kindes. Ein Mann schwamm im Wasser, ein anderer trieb reglos auf den Wellen. Von irgendwo hörte sie ein Knarren wie von einem Ruderboot.

Nichts davon erschien ihr real. Es konnte nicht real sein, oder etwa doch?

Das Wasser stand ihr bis zum Hals, ihre Haare trieben wie Seetang ausgebreitet auf den Wellen, da sich die Haarnadeln gelöst hatten. Es gelang ihr, sich von einem, dann von einem weiteren Unterrock zu befreien. Ihre Schuhe waren ihr abhandengekommen. Als sie mit den bloßen Füßen ruderte, berührten die etwas Weiches, Warmes, und sofort zog sie schaudernd die Beine an.

Plötzlich legte sich etwas Festes um ihre Taille und drückte ihr die Stäbchen des Korsetts so sehr gegen die Rippen, dass ihr die Luft aus den Lungen gedrückt wurde. Sie griff nach dem, was sie umschlossen hielt, und versuchte mit beiden Händen, sich aus der stählernen Umklammerung zu lösen.

»Hören Sie auf damit, und lassen Sie mich Ihnen helfen.« *Kerr*.

So überrascht war sie, seine Stimme zu hören, dass sie unwillkürlich nach Luft schnappte und damit Salzwasser schluckte, woraufhin sie ausspucken und husten musste. Seine tiefe Stimme hatte etwas Besänftigendes und Aufregendes zugleich, und sie fühlte sich durch sie von neuem Leben erfüllt. Inmitten des kalten Wassers strahlte sein Körper Hitze und gebändigte Kraft aus. Sonia drehte sich so hastig nach ihm um, dass auch sein Kopf von ihrem langen, nassen Haar umschlossen wurde.

»Meine Röcke«, keuchte sie. »Sie ...«

»Ich weiß. Atmen Sie nicht.«

Sie blickte nach unten und bemerkte, wie im Wasser etwas silbern aufblitzte. Augenblicke später fühlte sie, wie eine Klinge gegen ihre Taille gedrückt wurde. Sie regte sich nicht, während er ein paar ruckartige Bewegungen ausführte. Dann durchtrennte er den Stoff und streifte ihr die Röcke ab, die im Wasser davontrieben.

»Ich ... ich kann schwimmen«, sagte sie und versuchte sich von ihm abzustoßen, obwohl er sie beide über Wasser hielt.

Schließlich ließ er sie los, doch seine warmen Finger strichen sanft über ihren Rücken und den Arm. »Ich weiß. Dann kommen Sie.«

Schulter an Schulter stellten sie sich den Wellen, wichen dem Treibgut und anderen Schwimmern aus und bewegten sich von der Unglücksstelle fort in Richtung Küste.

Erst als sie sich vom Schiff entfernten, wurde Sonia bewusst, dass keiner von ihnen an die Rettungsboote gedacht hatte. Aber sie war sich auch fast sicher, dass in den

Booten längst kein Platz mehr war. Außerdem machte man sich an Bord der mexikanischen Fregatte vermutlich bereit, die Überlebenden an Bord zu holen. Bestimmt würden sie ihnen nicht die Flucht erlauben. sondern sie viel wahrscheinlicher gefangen nehmen, vor allem die Männer.

Diesem ungewissen Schicksal zu entkommen erschien Sonia die beste und auch einzige Lösung. Sollten sie bei ihrer Flucht ertrinken, würden sie sich wenigstens sagen können, dass sie es zumindest versucht hatten, anstatt sich widerstandslos in ihr Schicksal zu fügen.

Sie hatten erst eine kleine Strecke im Wasser zurückgelegt, da erkannte Sonia, dass sie Kerr aufhielt. Angesichts seiner überlegenen Kraft hätte er ihr mit Leichtigkeit davonschwimmen können, was sie zwar nicht erstaunte, aber beunruhigte.

Das Ufer wirkte weiter entfernt als vom Deck des Dampfers aus, weiter, als sie je zu schwimmen versucht hatte, als sie geschwommen war, wenn sie die Hose ihres Cousins getragen hatte. Die Wellen, gegen die sie ankämpfte, kamen ihr jetzt auch höher und heftiger vor. Außerdem war es Jahre her, seit sie das letzte Mal in den Fluss gesprungen war, um ein Stückchen zu schwimmen. Ihre Arme ermüdeten und wurden kraftlos, der Nasenrücken brannte durch das Salzwasser, und ihr Atem ging angestrengt, da sie versuchte, Kerr nicht aus den Augen zu verlieren.

Sie rollte im Wasser herum und versuchte es in der Rückenlage. »Schwimmen Sie voraus«, rief sie mit heiserer Stimme, während ihr eine Welle ins Gesicht schlug. »Ich ... brauche ... eine kurze Pause ... nur eine Minute ... dann folge ich Ihnen.«

»Ganz sicher nicht.«

»Aber Sie ...«

»Ich gab mein Versprechen.«

»Das ist doch ... albern. Auf so etwas wie hier ... hat sich das ... nie bezogen.«

»Sie vergeuden nur Ihre Kräfte.« Fast ohne innezuhalten, streckte er den Arm aus und legte ihn ihr um die Taille. Nachdem er sich wieder auf den Bauch gedreht hatte, schob er ihre Finger in seinen Hosenbund. »Halten Sie sich fest und machen Sie es mir so leicht, wie Sie können.«

Sie klammerte sich am Stoff fest und fühlte seine warme Haut auf ihren Fingern, während er weiter in Richtung Küste schwamm.

Wie ein Kind aus dem Wasser gerettet zu werden hätte eigentlich eine demütigende Erfahrung sein müssen. Stattdessen jedoch kam es ihr auf eine unerklärliche Weise richtig vor, zudem fühlte sie sich an seiner Seite wohltuend sicher. Dann holte sie mit dem freien Arm aus, um Kerr zu unterstützen, damit er sich nicht allein abmühen musste.

Die Zeit verlor völlig an Bedeutung. Angst, Zweifel und Sorge um ihre Tante und die anderen Passagiere versetzten Sonia zwar einen Stich ins Herz, doch der Wunsch zu helfen musste unerfüllt bleiben, weil es ein Ding der Unmöglichkeit gewesen wäre. Ihre ganze Welt reduzierte sich auf das Wasser ringsum und den Mann an ihrer Seite. Das Ziel, die ferne Linie aus Palmen zu erreichen, der gleichmäßige Rhythmus ihrer Bewegungen und die Notwendigkeit, den Kopf über Wasser zu halten, damit sie Luft bekamen, waren die einzigen Dinge, die jetzt noch wichtig waren. Ihr kam es vor, als wolle die Strecke zwischen dem Schiff und dem Land kein Ende nehmen, während sie mit aller Macht um ihr Überleben kämpften.

Die Geräuschkulisse, die über der Unglücksstelle gelegen hatte, fiel allmählich hinter ihnen zurück. Nebelschwaden trieben über die Wellen und verdichteten sich, bis das Klatschen ihrer Arme beim Aufschlag auf das Wasser und die schweren Atemzüge von der Nebelwand ringsum gedämpft wurden. Sonia war froh, dass sie beide den Blicken der Mexikaner entzogen wurden, und sie hoffte, man würde annehmen, sie seien so wie viele andere auch beim Untergang der *Lime Rock* ertrunken.

Auf den Wellen um sie herum bildeten sich Schaumkronen, und Sonia spürte raue Korallenreste zwischen ihren Beinen. Das Wasser schien von fein gemahlenem Gold dickflüssig zu werden. Sie und Kerr hatten gleichzeitig wieder festen Boden unter den Füßen, und am Strand angelangt, stand er auf und zog Sonia mit sich hoch. Mit unsicheren Schritten und gegeneinandergestützt, kamen sie aus dem Meer, und kaum hatten sie trockenen Sand erreicht, ließen sie sich einfach fallen.

Land. Sie waren wieder an Land.

Es fühlte sich wunderbar an, auch wenn der Sand mit zerbrochenen Muscheln, Fischskeletten und Treibholz in allen Größen und Formen übersät war. Für Sonia zählte nur, dass sich dieser Untergrund nicht bewegte, und sie hätte bis in alle Ewigkeit dort liegen bleiben und schlafen können.

Kerr stöhnte leise, dann stützte er sich auf den Händen ab, rollte sich auf den Rücken und schaute hinaus aufs Meer.

»Was ist?«, fragte sie. »Die sind doch nicht etwa ...«

»Nein«, beantwortete er ihre Frage, die auszusprechen sie nicht fertiggebracht hätte. »Es scheint, dass die Mexikaner Überlebende aus dem Wasser holen, aber genau kann ich das nicht erkennen.«

Sie setzte sich auf und folgte seinem Blick. Der Nebel war entlang der Küste dichter geworden, da das Land den Wind abhielt. Das mexikanische Schiff und die noch über Wasser befindlichen Reste der *Lime Rock* wirkten wie Geisterschiffe, die immer wieder im Nebel verschwanden.

»Glauben Sie, die werden nach uns suchen?«

Kerr wandte den Kopf zu ihr um und ließ seinen Blick wandern: über ihr tiefes Dekolleté und die gekräuselten Ärmel ihres Kamisols – das unter dem Korsett getragen wurde, damit kein Schweiß in das Korsett ziehen und es nicht auf der bloßen Haut kneifen konnte – bis hin zum schmutzig gewordenen, halb durchscheinenden Batist ihrer mit Volants gesäumten Pluderhose. Etwas Hitziges, Beunruhigendes regte sich in ihr. Trotzig reckte sie das Kinn, obwohl ihr bewusst war, dass sie praktisch halb nackt neben ihm lag.

Seine Miene spannte sich an, und er drehte sich zur Seite. Einen Moment später stand er auf. »Wir sollten gar nicht erst so lange warten, bis wir die Antwort darauf erhalten.«

Seine plötzliche Bewegung erschreckte einen Schnepfenvogel, der daraufhin die Flucht ergriff und im feuchten Sand seine Spuren hinterließ. Ein Schwarm Pelikane in einer felsigen Bucht mehrere Dutzend Schritte entfernt saß da und beobachtete die beiden Schiffbrüchigen wie weise, misstrauische alte Männer, die abwarteten, was als Nächstes geschehen würde. Damit sich die Tiere nicht erschreckten und die Mexikaner auf sich aufmerksam machten, wenn der ganze Schwarm aufgeregt in die Lüfte stieg, ging Sonia nur ganz langsam in die Hocke und zog sich in den Schutz hinter den Felsen zurück. Erst dort richtete sie sich auf und wandte sich der dschungelartigen grünen Wand zu, die den Strand säumte. Kerr stellte sich zu ihr, die Fäuste in die Hüften gestemmt, und musterte das Grün aufmerksam.

Es war wie ein dichter Wirrwarr aus Palmen, von denen Lianen herabhingen, aus exotisch aussehenden Büschen und exotischen Pflanzen mit üppigen, sinnlichen Blüten, die in den Gabelungen der Palmen wuchsen. In diesem Grün mochte sich alles Mögliche versteckt halten, was gefährlich zu berühren oder gar giftig war.

»Was werden wir tun? Wohin können wir gehen?«, fragte sie im Flüsterton.

Kerr atmete tief durch und straffte die Schultern. »Wir werden tun, was wir tun müssen«, antwortete er. »Und gehen können wir nur in eine Richtung: ins Landesinnere. Nach den Landkarten zu urteilen, die ich gesehen habe, müssen wir dort auf einen Wasserlauf stoßen. Sobald wir fündig geworden sind, können wir seinem Lauf folgen, und mit etwas Glück werden wir in irgendein Dorf gelangen.«

»Und wenn es da kein Dorf gibt?«

Er antwortete nicht, und er versuchte auch nicht, sie davon zu überzeugen, dass es dort ein Dorf geben musste. Stattdessen ging er einfach in Richtung Dschungel los, während Sonia ihm ungläubig nachschaute und die Augen zusammenkniff. »Monsieur Wallace!«

Er blieb stehen. »Was denn?«

»Haben Sie noch nie davon gehört, Ladys den Vortritt zu lassen?«

»Das hier ist kein Rettungsboot.«

Nach seinem mürrischen Tonfall zu urteilen, hatte er das Fehlverhalten der Gentlemen an Bord der *Lime Rock* beobachtet, und es schien ihm zu missfallen, weshalb sich Sonia ein wenig besser fühlte. »Das hier ist auch kein Spaziergang, aber die Anstandsregeln sind nichtsdestotrotz gültig.«

An der Art, wie sich seine Brust hob und senkte, diente sein neuerlicher Atemzug offenbar dazu, die Ruhe zu bewahren. »Dann wissen Sie also, wohin wir uns begeben müssen?«

»Macht das einen Unterschied? Es geht doch darum …«

»Es geht darum, Mademoiselle, dass derjenige von uns, der vorangeht, auch als Erster dem gegenübertritt, was uns dahinter erwartet.« Er zeigte auf die grüne Dschungelwand. »Derjenige, der als Zweiter geht, hat immerhin noch die Chance zur Flucht. Wenn Sie vorgehen wollen, dann nur zu.«

Sie schluckte, als sie sich seine Worte durch den Kopf gehen ließ. »Nein«, entgegnete sie schließlich. »Das ist nicht notwendig.«

»Das hatte ich mir auch so gedacht«, murmelte er. Zumindest glaubte Sonia, dass das seine Worte waren, auch wenn sie sich anschließend nicht mehr ganz so sicher war.

Ihr wurde bewusst, wie unglaublich breit seine Schultern und wie schmal seine Taille war. Mit seinem muskulösen Körperbau erinnerte er an eine Statue eines römischen Gladiators. Dabei bewegte er sich mit einer athletischen Leichtigkeit und einer Anmut, die aus grenzenloser Kraft geboren war. Sein nasses Haar, das eichenfarbig wirkte, hatte er aus dem Gesicht gestrichen. In der morgendlichen Sonne leuchteten einzelne Strähnen auf. Er wirkte selbstsicher und überzeugt davon, wie sie am besten vorgehen sollten, und genauso schien er zu wissen, wann und wie sie es in Angriff nehmen sollten.

Es war äußerst aufreizend.

Gleichzeitig verspürte sie eine immense Erleichterung.

Mit behutsamen Schritten, bei denen ihr jeder Muskel im Leib wehtat, folgte Sonia ihm. Nachdem sie den ersten Schmerz überwunden hatte, lief sie ohne zu murren hinter Kerr her.

Siebzehntes Kapitel

Sich von Sonia abzuwenden und den Weg in den Dschungel zu beschreiben, war das Einzige, was Kerr tun konnte, damit er nicht die Hände auf ihren halb nackten Körper legte. Was für ein rücksichtsloser Idiot war er nur, dass er sie ausgestreckt am Strand liegen sah, von der Flucht vor dem sinkenden Schiff und den Mexikanern völlig erschöpft, und dabei von nichts anderem beseelt war als von dem Wunsch, auf der Stelle von ihr Besitz zu ergreifen?

Er wusste, Männer verspürten solche Impulse, wenn sie gerade dem Tod entkommen waren. Er hatte es schon selbst erlebt, wenn er von einem Duell zurückkehrte. Aber das hier war etwas anderes als das simple Verlangen, sich selbst zu beweisen, dass er noch lebte. Es hatte etwas Elementares an sich, es war der Schwur, allen Schaden von Sonia Bonneval abzuwenden, nicht nur jetzt, sondern bis in alle Ewigkeit.

Dabei hatte gerade er kein Recht, einen solchen Schwur abzulegen. Zweifellos würde dieser Eid an die Stelle des Versprechens rücken, das er sich vor über vier Jahren gegeben hatte – doch was hatte die Welt von einem Mann, der die eine Verpflichtung einfach gegen eine andere eintauschte?

Sie war so zart, so unglaublich sanft und blass an den Stellen ihres Körpers, die nie von der Sonne geküsst worden waren – und erst recht von keinem Mann. Er verzehrte sich danach, sie zu berühren, mit den Händen über die Haut zu streichen und Regionen zu erkunden, bei deren Berührung sie seufzen und aufstöhnen und ihm alles geben würde, was sie besaß. Seine Finger brannten vor Begierde, sodass er sie schütteln musste, während er weiterging. Der Nacken schmerzte, da er sich zwingen musste, sich nicht umzudrehen, um den Anblick zu genießen, den sie in ihrer nassen, an ihrer Haut klebenden Unterkleidung bot.

Nein, er durfte sich nicht umdrehen, er wagte es nicht, nach ihr zu sehen.

Er hatte sie ausgezogen, hatte ihre Kleidung durchtrennt, während sie mit den Wellen kämpfte und sich von ihm in den Armen halten ließ. Sein größter Wunschtraum war Wirklichkeit geworden. Später, wenn er alt und zahnlos war, halb blind und für keinerlei körperliche Freuden mehr zugänglich, dann würde er sich immer noch an diesen Moment erinnern und glücklich lächeln. Auf eine eigenartige Weise war es so gewesen, als würde er durch jede ihrer Schutzmauern schneiden und sie seiner Gnade ausliefern. Ihr vom Leib zu reißen, was sie jetzt noch trug – die wenigen Fetzen ihrer Unterwäsche und das verdammte Korsett, dessen er sich schon zuvor angenommen hatte –, würde nur einen Augenblick in Anspruch nehmen, und dann …

Nein.

Da war auch noch die Strecke, die sie gemeinsam geschwommen waren, ihre Brüste, die sie in der rauen See unablässig an ihn gedrückt hatte. Er spürte es noch immer, dieses Gefühl an seiner ganzen Seite, das so brannte, als hätte er sich in Nesseln gelegt.

Ja, auch das würde ihm im Gedächtnis bleiben.

Bei Gott, er war doch auch nur ein Mann! Wie sollte er sich verhalten? Er wollte sie, er verzehrte sich mit einer verzweifelten Sehnsucht nach ihr, die nur gestillt werden konnte, wenn sie sich ihm hingab. So sehnte er sich bereits seit der Nacht nach ihr, als er ihr die Schminke aus dem Gesicht gewischt hatte, die im Regen verlaufen war und aussah wie schwarze Tränen.

Sie war das eine Verlangen, das er niemals würde stillen können. So sehr er sie wollte, er konnte sie nicht haben.

Er hatte versprochen, eine makellose Braut abzuliefern.

Genau das würde er auch tun, und wenn es ihn umbrachte – was durchaus passieren konnte.

Mit ausholenden Schritten ging er voran und nahm nichts wahr außer seinen hitzigen Gedanken zu Sonia, die ihm nicht aus dem Kopf gehen wollten. Sie folgte ihm und konnte besser als erwartet mit seinem Tempo mithalten. Vermutlich lag das an all den Spaziergängen durch das Vieux Carré, die Ladys wie sie unternahmen – vom Stadthaus zum Markt, von der Kirche zur Modistin, vom Schuhmacher zur Putzmacherin. Und dazu natürlich während der Saison die endlosen täglichen Besuche bei Freundinnen, die Spaziergänge am Anlegeplatz sowie die Nächte, in denen bis zum Morgengrauen getanzt wurde.

Vielleicht eine Stunde, nachdem sie die Küste hinter sich gelassen hatten, bemerkte er aus dem Augenwinkel eine Bewegung, als würde rechts von ihm etwas Fleckiges seine Position verändern.

Kerrs Nackenhaare sträubten sich, und er blieb stehen, da er eine Gefahr wahrnahm. Wie erstarrt stand er da und atmete nur flach.

Es war eine Klapperschlange, so dick wie sein Arm und doppelt so lang. Das Reptil entfernte sich von ihnen, wobei es kaum ein Geräusch verursachte, als es sich zwischen trockenem Laub hindurchschlängelte. Irgendwo war das Tier dann auf einmal verschwunden.

Mit einem stummen Fluch auf den Lippen wünschte sich Kerr, er hätte noch seinen Stockdegen bei sich, der zusammen mit der *Lime Rock* in den Tiefen der See versunken war. Er hasste es, nicht seine Waffe zur Hand zu haben. Nur selten war es in den letzten Jahren vorgekommen, dass er gar keine Waffe griffbereit hatte. Jetzt aber musste er auf Degen, Florett, Rapier, Säbel und Stockdegen verzichten.

Sein Taschenmesser war kein würdiger Ersatz, auch wenn es schwer in seiner Hosentasche ruhte, wohin er es gesteckt hatte, nachdem Sonia von ihrer schweren Kleidung befreit worden war.

Er warf einen Blick über die Schulter und sah, dass Sonia reglos dastand. Ob sie die Schlange auch gesehen oder nur auf ihn reagiert hatte, konnte er nicht mit Sicherheit sagen. Er vermutete aber, dass Ersteres der Fall war, denn sie hatte ihre Augen weit aufgerissen und atmete hastig durch den nur leicht geöffneten Mund.

Er sollte besser die Gedanken an das verdrängen, was sich ohnehin nicht ändern ließ, und sich zusammenreißen. Ansonsten würden sie womöglich beide hier im mexikanischen Dschungel sterben, und niemand würde je erfahren, was ihnen zugestoßen war. Die Pelikane und die Papageien würden über ihre Leichen herfallen und die Ameisen das wegtragen, was dann noch von ihnen übrig war, und dann wäre dies ihr Ende.

Er rang sich ein Lächeln ab und streckte die Hand aus. »Es wäre wohl am besten, wenn Sie dicht bei mir blieben. Ich möchte nicht, dass Sie mir jetzt abhandenkommen.«

Sie kam zu ihm und machte dabei vorsichtige Schritte, da sie nur noch Strümpfe trug. Ihre Füße waren bereits schmutzig geworden, und überall dort, wo die feine Seide aufgerissen war, konnte man rote Kratzer sehen. Sonia nahm seine Hand und hielt sich fest.

Kerrs Herz machte bei der Berührung einen Satz, er sagte aber nichts. Stattdessen drehte er sich weg und schärfte seine Sinne für diese Umgebung so sehr, dass es fast schmerzte, ihn damit aber von dem Verlangen ablenkte, das er nicht einmal halb so gut aushielt.

»Haben Sie eine Ahnung, wo wir eigentlich sind?«, fragte sie nach kurzer Zeit. »Ich meine, in welcher Höhe wir uns an der Küste befinden?«

»Nach der Seekarte des Captains zu urteilen, auf die ich

gestern einen flüchtigen Blick werfen konnte, irgendwo unterhalb von Tampico.«

»Dann versuchen wir also, nach Norden zu gehen?«

Er sah geradeaus und musterte aufmerksam das Unterholz. »Vera Cruz liegt im Süden.«

»Ja, aber Tampico hat einen Hafen. Wenn der Weg dorthin kürzer ist ...«

»Bis wir dort sind, auf ein Schiff warten und dann noch auf die Flut und die richtigen Wetterbedingungen, ehe wir den Hafen verlassen können, haben wir wohl schon längst unser eigentliches Ziel erreicht.«

Sonia blieb abrupt stehen und zog ihre Hand zurück. »Es ist doch wohl nicht Ihr Ernst, dass wir immer noch auf dem Weg nach Vera Cruz sind!«

Er reagierte mit Schweigen darauf. Was hatte sie denn erwartet? War sie etwa der Ansicht, mit dem Untergang der *Lime Rock* seien alle Verpflichtungen null und nichtig und sie könnten von Tampico aus nach New Orleans segeln?

Aber vielleicht hatte sie ja recht. Sie waren halb nackt, voller Sand, ihre Haut juckte vom getrockneten Salzwasser. Dazu hatte es sie an eine fremde Küste verschlagen, an der jede dem Menschen bekannte Sorte Blutsauger zu Hause war – und das alles Tage von ihrem eigentlichen Ziel entfernt. Sie mussten ohne Verpflegung, Wasser, Landkarte und Kompass auskommen. Das Beste wäre es, in die Zivilisation zurückzukehren und sich der Gnade und Ungnade des Erstbesten auszuliefern, der den Eindruck erweckte, ihnen helfen zu können.

Doch das konnte Kerr nicht machen. Er hatte es bis hierher geschafft, und er wollte jetzt nicht kehrtmachen. Sein Messer hatte er noch, die Münzen von Sonias Vater, die er nicht in seiner Koje aufbewahrt hatte, dazu besaß er ein umfangreiches Wissen zur Waldkunde und wusste sich zu orientieren. Mexiko konnte auf eine längere Geschichte zurückblicken als die Vereinigten Staaten, vor allem in der südlichen Region. Die Spanier waren vor über vierhundert Jahren hergekommen, also sollte es hier genügend Städte und Dörfer geben, in denen sie sich etwas zu essen und irgendein Transportmittel beschaffen konnten, um nach Vera Cruz zu gelangen. Sie müssten nur eine Stadt finden.

»Ich bin noch nie einem so herzlosen Mann wie Ihnen begegnet«, verkündete sie und sah ihn aufgebracht an. »Interessiert Sie eigentlich gar nicht, wie ich mich fühle? Ist Ihnen nicht klar, wie knapp wir vorhin dem Tod entkommen sind? Können Sie eigentlich auch mal an etwas anderes als an diese unsinnige Loyalität meinem Vater gegenüber denken? Er wird das hier nicht zu schätzen wissen, das verspreche ich Ihnen.«

»Mit ihm hat das nichts zu tun.«

»Dann hat es mit diesem Mann zu tun, den Sie unbedingt finden wollen. Wieso? Was wollen Sie von ihm, dass Sie sich freiwillig in ein Kriegsgebiet begeben, nur um es zu bekommen?«

Sie war auf der falschen Fährte, aber er hatte nicht vor sie zu berichtigen. »Es gab zwar eine Kriegserklärung«, erwiderte er ausweichend, »aber ich bezweifle, dass wir damit viel zu tun haben werden.«

»Ich wage zu behaupten, dass Sie den Angriff auf die *Lime Rock* auch nicht erwartet haben.«

»Die Gefechtslinien verlaufen alle entlang der nördlichen Grenze. Eine Armee per Schiff in diese Gegend zu entsenden wird Wochen in Anspruch nehmen, vielleicht sogar Monate, selbst wenn die Generäle beschließen, Vera Cruz zu einem Versorgungshafen zu machen, um Mexiko City einzunehmen. Bis dahin werde ich längst wieder abgereist sein.«

»Aber ich nicht.«

Er schüttelte den Kopf. »Das muss Ihr zukünftiger Ehemann entscheiden.«

»Mit anderen Worten, Sie weigern sich, dafür verantwortlich zu sein, was aus mir wird.«

Sie hatte es geschafft, dass er mit dem Rücken zur Wand stand, doch das würde er ihr gegenüber nicht zugeben. »Darüber haben wir uns bereits unterhalten, das müssen wir nicht schon wieder durchgehen.«

»Dann sehe ich auch keinen Grund, Ihnen weiter hinterherzulaufen.«

Er senkte seine Stimme, bis sie nach einem bedrohlichen Grollen klang. »Ich könnte Sie immer noch tragen.«

»Diesmal wäre es für Sie nicht so amüsant oder so einfach.«

»Da sind Sie sich ja wohl sehr sicher.« Er stand da, wippte auf den Fußballen und wartete ab, ob sie davonlaufen wollte. Fast wünschte er, sie würde es tun, weil er dann einen Grund hatte, sie einzufangen und so wie beim letzten Mal vor dem Stadthaus ihres Papas über die Schulter zu legen. Hauptsache, er hatte irgendeinen Vorwand, sie berühren zu können. Das war das, was er wollte, was er brauchte – so sehr, dass ein unerbittliches Verlangen heftig von ihm Besitz ergriff, während seine Muskeln sich verkrampften, damit er nicht nach ihr griff.

Zum Glück begegnete sie ihm nur mit verächtlicher Miene. Wäre ihr Gesichtsausdruck in irgendeiner Weise verlockend gewesen, dann hätte er keine Verantwortung mehr für sein Handeln übernommen. Wie es ihm gelingen sollte, seine Hände von ihr zu lassen, solange sie nicht wieder züchtig bekleidet war, vermochte er nicht zu sagen.

Ein Moskito hatte sich genau oberhalb des tiefen Ausschnitts ihres Kamisols auf dem Brustansatz niedergelassen. Ohne nachzudenken, streckte er die Hand aus und zerdrückte das Insekt zu einem grauen, mit Blut vermischten Streifen.

Sonia zuckte zusammen und sah ihn mit großen Augen an, bis er ihr seine Fingerspitze zeigte. Ehe sie etwas sagen konnte, hatte er bereits die Knöpfe seiner Weste geöffnet und zog sie aus. Dann zog er auch sein Hemd aus, um es ihr hinzuhalten. Sein Gehrock wäre besser gewesen, doch den hatte er auf See zurücklassen müssen, zusammen mit Sonias Fächer, der sich in einer der Taschen befand. Ihm würde seine Jacke fehlen, da dies sein Sonntagsanzug war. Um den Fächer dagegen würde er trauern. Das eine ließ sich ersetzen, das andere war für immer verloren.

Einem Reflex folgend, griff sie nach dem Hemd, wollte es ihm aber gleich wieder zurückgeben. »Das kann ich nicht annehmen.«

»Müssen Sie eigentlich bei allen Dingen so ein Theater machen?«, fragte er mit strapazierter Geduld, während er die Weste wieder überzog, in deren Tasche seine Uhr steckte. »Ziehen Sie es an, bevor Sie bei lebendigem Leib gefressen werden.«

»Wenn Sie meinen«, erwiderte sie.

»Glauben Sie mir, wenn ich Ihnen sage, dass es besser ist, wenn Sie Ihre Haut bedecken.« Ein Kiefermuskel zuckte, als er sich den Wunsch verkniff, ihr zu sagen, wieso es besser war, wenn sie so wenig wie möglich von ihren Reizen zur Schau stellte. Er weigerte sich, sie anzuschauen, während er redete, und er vermied es erst recht, wieder zu der Stelle an ihrem Busen zu sehen, die er vorhin berührt hatte.

Einen Moment lang musterte sie sein Gesicht, und irgendetwas, das sie dort sah, ließ ihre Augen ein wenig größer werden. Dann betrachtete sie sein Hemd, schüttelte es einmal und zog es schließlich an.

Als sie es zugeknöpft hatte, wurde offensichtlich, dass es ihr viel zu groß war. Die Ärmel reichten ihr bis weit über die Hände, das Rückenteil fast bis in die Kniekehlen. Kerr war froh, dass sie so zierlich war. Je mehr von ihrem Körper unter dem Hemdstoff verschwand, desto leichter fiel ihm das Durchatmen.

Ein sonderbares Vergnügen regte sich plötzlich in seiner Brust. Sie mochte sein Recht nicht anerkennen, ihr Beschützer zu sein, aber wenigstens hatte sie sein Hemd angenommen. Ihm kam es vor wie ein kleiner Sieg, und ein wenig fühlte er sich so, dass sie damit auch ihn zumindest zum Teil akzeptierte.

»Hören Sie«, sagte er und nahm bewusst seinen Blick von ihren weiblichen Kurven, um den Dschungel ringsum zu betrachten. »Wir müssen so viel Abstand zur mexikanischen Marine wie möglich bekommen. Wir müssen Wasser, Nahrung und einen Unterschlupf finden – und natürlich einen Weg, um aus diesem Schlamassel herauszukommen, in den wir geraten sind. Wir können uns währenddessen streiten, aber ich glaube, unsere Chancen stehen besser, wenn wir den Waffenstillstand vereinbaren, von dem Sie heute Morgen an Deck sprachen. Wenn wir zurück in der Zivilisation sind, können wir immer noch da weitermachen, wo wir aufgehört haben.«

Langsam begann ihr Gesicht zu erröten. Einen Moment lang glaubte er, Verärgerung sei der Grund, doch dann wurde ihm klar, wo sie beide aufgehört hatten: am Frühstückstisch, wo sie ihn mit Schinken gefüttert und mit dem Fuß an seinem Bein gespielt hatte. Nun, er hätte nichts dagegen, wenn sie genau da weitermachen würden.

Sie senkte ihren Blick, sodass er ihr nicht mehr in die Augen sehen konnte. »Sie haben völlig recht.«

»Was?« Ihre Kapitulation kam so unerwartet, dass er stutzte und sich fragte, ob ihm wohl irgendetwas entgangen war. Oder lag es daran, dass er sich erinnerte, wie er die Spitze ihrer dünnen Schuhe durch seinen Stiefel hindurch an seiner Wade gespürt hatte?

»Es wird das Beste sein, unsere Differenzen beizulegen, so wie Sie es sagten. Es wäre dumm von mir, anders zu handeln, da ich am meisten davon zu profitieren habe. Ich muss zugeben«, fügte sie mit leiser Verbitterung an, »dass ich zusammen mit Ihnen bessere Chancen habe, hier wieder herauszukommen, als wenn ich es allein versuche.«

Das klang vernünftig, und eigentlich wollte er ihr auch glauben.

Stattdessen beunruhigte es ihn, denn sie sah ihn in diesem Moment fast genauso an wie zuvor, als sie beschlossen hatte, ihn mit ihren Verführungskünsten zu quälen. Jedoch ließ er sich seinen Argwohn nicht anmerken, sondern hielt ihr die Hand hin. Er wartete darauf zu erleben, wie ernst sie ihre Worte meinte.

Sie ergriff seine Hand und ließ ihre feingliedrigen Finger über seine gleiten, als sei es das Natürlichste auf der Welt. Vielleicht war es das ja auch, denn ihre Hand schien wie geschaffen zu sein, in seine zu passen. Unwillkürlich überlegte er, ob auch andere Partien ihrer beider Körper so perfekt miteinander verschmelzen würden.

Das war nicht die Art von Waffenstillstand, die ihr vorgeschwebt hatte, und das sollte er lieber nicht vergessen. Fest entschlossen, sodass bei den ersten Schritten die Sehnen in seinen Knien knackten, machte er sich wieder auf den Weg durch das Dickicht.

Achtzehntes Kapitel

»Ich werde Rouillard seine Braut übergeben, unverletzt, unbefleckt und verstockt.«

Diese Worte, die Kerr gesprochen hatte, hallten in Sonias Kopf wieder und wieder nach, während sie sich bemühte, nicht den Anschluss zu verlieren, da Kerr mit ausholenden Schritten unermüdlich Stunde um Stunde weitermarschierte, um den Abstand zur Küste stetig zu vergrößern. Zu der Zeit, als er diese Worte sprach, hatte er sich auf Tremonts mögliches Interesse an ihr bezogen – jedenfalls war sie davon ausgegangen. Jetzt dagegen musste sie sich fragen, ob es nicht vielleicht seine eigenen Impulse waren, die ihn so irritiert hatten.

Er stürmte regelrecht weiter, half ihr, stützte sie und zerrte sie zeitweise nahezu hinter sich her. Dabei war er so zielstrebig, dass er nichts von den Zweigen zu merken schien, die ihnen im Wege waren und von denen sie getroffen wurden. Ebenso nahm er offenbar keine Notiz von den grünen und roten Papageien, die krächzend hochflogen, und auch nicht von den kleinen Kreaturen, die links und rechts des Weges im Unterholz Zuflucht suchten, da sie alle in ihrer Ruhe gestört wurden. Ein dünner Schweißfilm überzog seine Haut und bewirkte, dass sich seine Nackenhaare kräuselten. Feine Schweißperlen glänzten auch auf seinem aus der geöffneten Weste hervorlugenden Brusthaar. So wenig, wie der Stoff von seinem Körper noch bedeckte, hätte er ihr die Weste auch zusammen mit dem Hemd geben können.

Immer wieder wurde ihr ein Blick auf seine muskulöse Brust ermöglicht. Überhaupt bekam sie durch ihn mehr vom männlichen Körper mit, als sie je für möglich gehalten hätte, da er sich immer wieder ducken, drehen und winden musste, um sich den Weg vorbei an Ranken und Dornenbüschen zu bahnen. Auf sie wirkte sich das mit einem gefährlichen Bewusstsein für seine Männlichkeit aus, das bewirkte, dass sie unwillkürlich ihre Zehen in den weichen Waldboden drückte.

Was war nötig, um ihn zu überreden, seine guten Absichten ihr gegenüber aufzugeben? Natürlich hatte diese Frage nichts damit zu tun, dass sie ihn so bewusst als einen gut aussehenden Mann wahrnahm, sondern es ging um etwas viel Wichtigeres. Kerr war entschlossen, sie zu Jean Pierre zu bringen. Wenn sie aber bei der Ankunft bei ihrem Verlobten nicht mehr so rein war, würde er sie dann nicht mehr annehmen?

Diese Möglichkeit war zwar sehr verlockend, aber nicht ohne Risiko. So würde ihr Vater unvermeidlich von ihrer Schmach erfahren, und die Gefahr war groß, dass er sie nicht in sein Haus zurückkehren lassen wollte. Das wäre an sich keine große Tragödie, doch der Grund dafür würde sich bald herumsprechen, und sie wollte nicht der Mittelpunkt eines solchen Skandals sein. Zweifellos würde ihre Großmutter sie bei sich aufnehmen, aber es gab enge Verbindungen zwischen Mobile und New Orleans, und die Geschichte würde sie verfolgen. Ihre Großmutter würde außer sich sein, wenn sie erfuhr, dass ihre Enkelin sich so schamlos verhalten hatte.

Konnte sie sich überhaupt so verhalten?

Sonia war sich dessen nicht ganz sicher, aber als allerletzter Ausweg erschien es ihr doch möglich.

Die Frage war allerdings, ob Kerr überhaupt mitmachen würde. Von der Frage der Ehre einmal abgesehen – und sie wusste, wie hoch er die einschätzte –, schien noch mehr auf dem Spiel zu stehen, etwas, das ihn immun machte gegen jeden offensichtlichen Versuch einer Verführung. Wollte sie

Erfolg haben, dann musste sie eine andere Vorgehensweise wählen.

»Diese Waffenlieferung, die Sie entdeckt haben«, sagte sie zu ihm, während ihr Blick auf seinen breiten Rücken gerichtet war, »dürfte jetzt auf dem Meeresgrund liegen.«

»Ganz bestimmt.«

»Glauben Sie, das mexikanische Schiff interessierte sich wegen dieser Waffen für die *Lime Rock*?«

Er sah kurz über die Schulter zu ihr, dann konzentrierte er sich wieder auf den schmalen Wildpfad, der zwischen den Bäumen verlief. »Wer weiß?«

»Sie könnten eine Vermutung äußern.«

»Zu welchem Zweck? Mir ist es ohnehin gleich.«

»Sie schienen interessiert zu sein, als das Thema zum ersten Mal zur Sprache kam.«

»Deshalb bin ich noch lange kein Waffenschmuggler.«

»Das habe ich auch nie behauptet.«

»Aber darauf wollten Sie hinaus, nicht wahr?«

Sie warf ihm einen verärgerten Blick zu, schaute dann aber erneut zur Seite. »Vielleicht ja. Und Sie wissen ganz bestimmt nichts darüber?«

»Nur, dass Tremont interessiert war.«

»Aber er kam doch auf das Thema zu sprechen, nicht wahr?«

»Mich würde nicht wundern, wenn er derjenige war, der von den Waffen profitieren sollte. Aber womöglich war er auch nur neugierig.«

»Und Sie nicht?«

»Ich sah mir die Kisten im Frachtraum an.«

»Ja?« Als er darauf nichts antwortete, fragte sie: »Und was entdeckten Sie?«

»Nicht viel. Nur dass Tremont sich auch dort umsah. Vielleicht aus dem gleichen Grund wie ich.«

»Oder er wollte überprüfen, ob die Ware sicher untergebracht war.«

»Oder das.«

»Sie scheinen nicht darauf erpicht, ihn zu beschuldigen.«

Er schüttelte den Kopf. »Ich halte es mit dem Motto: ›Im Zweifel für den Angeklagten.‹«

So bewundernswert das auch sein mochte, verriet es ihr kaum etwas darüber, was sie wissen wollte. Sie setzte zu einer weiteren Frage an, doch dann entfuhr ihr ein kurzer Aufschrei, als sie einen Stich in der Ferse spürte. Ihr Knie knickte ein, und sie musste abrupt stehen bleiben.

»Was ist los? Hier, setzen Sie sich.« Er drückte sie sanft auf einen großen, breiten Steinblock, der aus dem Waldboden ragte. Von dieser Art hatten sie schon mehrere passiert.

»Mein Fuß«, sagte sie und schlug ein Bein über das andere. »Ich bin auf irgendetwas getreten.«

Ohne sie um Erlaubnis zu fragen, kniete er sich vor sie hin, schob das Hosenbein hoch und löste ihr Strumpfband, das er wie ein Armband aus alten Zeiten bis hinauf über seinen Arm zog, dann befreite er sie von dem zerfetzten Strumpf. Die zügige, geübte Art, mit der er vorging, ließ sie stutzen und die Frage aufkommen, wo er sich sein Wissen angeeignet hatte.

»Ein Dorn«, erklärte er und drehte ihren Fuß so, dass er die Ferse betrachten konnte.

»Können Sie ihn sehen?«

Mit dem Daumen wischte er Blut weg. »Er ist abgebrochen, sitzt bestimmt ein Zoll tief im Fleisch, vielleicht sogar tiefer. Ein Wunder, dass das nicht schon früher passiert ist. Warten Sie, ich hole ihn raus.« Mit diesen Worten richtete er sich auf und griff in die Hosentasche, und im nächsten Moment hielt er sein Taschenmesser in der Hand.

Sonia stellte den Fuß flach auf die Erde und wünschte, sie würde ihre Röcke tragen, um bedeckt zu sein. »Das geht auch so, glauben Sie mir.«

»Es ist eher anzunehmen, dass sich die Stelle entzündet und Sie gar nicht mehr gehen können. Lassen Sie es mich noch mal sehen.«

»Das ist wirklich nicht nötig.« Mit Unbehagen betrachtete sie die scharfe Klinge, die er ausgeklappt hatte. »Das ist mein Ernst.«

»Lehnen Sie sich nach hinten und legen Sie den Fuß auf mein Knie.«

»Das glaube ich kaum.«

»Es tut nur einen kleinen Moment lang weh, das verspreche ich Ihnen.«

»Sie jagen mir nicht dieses Ding in meinen Fuß.«

»Ich könnte Sie auf den Boden drücken und tun, was immer ich will, und Sie könnten nichts ...« Er unterbrach seinen Satz, sein Hals wurde leicht rot. Abrupt stand er auf und wandte sich um. »Vergessen Sie's, mir soll es gleich sein. Aber geben Sie nicht mir die Schuld, wenn Sie eine Blutvergiftung bekommen.«

Seine Gesinnungswandel jagte ihr einen Schreck ein, doch dann ging sie im Geist noch einmal seine Worte durch und überlegte, welche mögliche Doppelbedeutung dahinter verborgen sein konnte. Einen Moment später wurde sie selbst rot, und ihre Wangen glühten. Doch aller Verlegenheit zum Trotz fühlte sie sich ermutigt.

»Warten Sie«, rief sie ihm nach.

Er streckte seinen Hals, als fühle der sich steif an, und legte die Hände auf die Hüften. Als er sich halb zu ihr umdrehte, verriet sein Blick nicht, was in ihm vor sich ging. Die vollen Lippen hatte er fest aufeinandergepresst.

»Bitte.« Sie bewegte ihren Fuß in seine Richtung. »Ich möchte lieber doch, dass Sie ... dass Sie machen, was Sie machen wollten.« Ohne auf seine Zustimmung zu warten, legte sie sich auf dem breiten Steinblock und drehte sich auf den Bauch.

Sekundenlang herrschte völlige Ruhe, dann hörte sie seine Schritte auf dem trockenen Laub, als er zu ihr zurückkam und sich neben sie setzte. Schließlich legte er seine kräftigen Finger um ihren Fuß.

Sonia legte den Kopf auf ihre verschränkten Hände. Durch diese Bewegung wurde das Hemd hochgezogen, aber sie weigerte sich, darauf zu reagieren. Stattdessen zwang sie sich, sich zu entspannen, und wartete, dass er die Messerspitze in die Wunde stach.

Lange Zeit geschah nicht viel mehr, als dass Kerr ihren Fuß hielt und mit dem Daumen immer wieder über die gleiche Stelle an ihrem Knöchel strich.

»Können Sie es sehen?«, fragte sie. Ihre Stimme klang durch den Hemdsärmel erstickt, der ihr Gesicht bedeckte. Kerr schien sie von allen Seiten zu umgeben, da sie den Duft seines Hemds einatmete, das eine Mischung von warmem Leinen, Stärke und Männlichkeit verströmte.

»Ich kann es sehen«, antwortete er in einem sonderbaren Tonfall.

»Und?«

Ein sanfter Laut kam über seine Lippen, der wie eine Mischung aus einem Schnauben und einem Brummen klang. Dann nahm er ihren Fuß in einen festen Griff und drückte dort auf die Ferse, wo sich der Dorn zwischen seinen Fingern befand.

Sie atmete ein und hielt die Luft an, während sie gegen den Wunsch ankämpfte, den Fuß einfach wegzuziehen, und den Schmerz zu ignorieren versuchte, den der Dorn verursachte. Sie fühlte sich so hilflos, so völlig ausgeliefert. Es war auf eine grundlegende Weise beunruhigend, die sie einfach nicht in Worte fassen konnte.

Er hielt den Fuß fester umschlossen und kniff in das Fleisch rings um die Wunde. Sonia schloss die Augen. Dann spürte sie einen Druck und einen schneidenden Schmerz.

»So«, sagte er. »Das war's. Der Dorn ist raus.«

Sie wollte sehen, was er getan hatte. Und sie wollte sich

nicht länger seiner Hilfe unterwerfen. Also hob sie den Kopf und begann sich umzudrehen.

»Einen Augenblick noch.« Seine Stimme klang angestrengt. Dann drückte er wieder auf ihre Ferse, worauf etwas Warmes an ihrem Knöchel entlanglief.

»Was machen Sie da?«

»Ich sorge dafür, dass die Wunde blutet, weil wir keine andere Möglichkeit haben, das herauszuspülen, was zu einer Entzündung führen könnte. Halten Sie still.«

Den letzten Befehl gab er, als sie rasch den Kopf drehte, um über die Schulter zu schauen. Nach wie vor hielt er ihren Fuß umfasst, doch während sie hinsah, ließ er ihn langsam sinken, dann setzte er sein Messer an den Rüschen an, die ein Bein ihrer Pluderhose säumte. Mit einer schnellen Bewegung wickelte er den Stoff um seine Hand und riss den langen Streifen ab. Einen Teil davon legte er zu einem Polster zusammen und drückte es auf ihre Ferse, hielt es fest und wickelte den restlichen Stoff um ihr Fußgelenk.

»Sie brauchen Schuhe«, erklärte er plötzlich. Seine Fingerspitzen ruhten dabei auf einem langen Kratzer, der sich über ihren Spann zog.

»Sie auch.« Ihr Tonfall war schneidend, denn seine sanften Berührungen an der empfindlichsten Stelle ihres Fußes sorgten dafür, dass sich etwas tief in ihrem Inneren anspannte. Als sich ihre Blicke trafen, kam es ihr so vor, als loderte in seinen Augen ein Feuer. Nachdenklich – zumindest hatte sie dieses Gefühl – betrachtete er eine Weile ihren Knöchel, dann wanderte sein Blick zu ihrer Wade, von dort weiter über ihr vom Stoff der Pluderhose bedecktes Bein bis hin zum Ansatz der Hüfte.

Erst da fiel Sonia ein, wie dünn der Batiststoff ihrer Pluderhose war, und ihr kam auch die Möglichkeit in den Sinn, dass der Schlitz im Schritt ihrer Hose ein wenig offengestanden haben könnte. Vor Schreck über diese Erkenntnis drehte sie sich sofort um, wand ihren Fuß aus seiner Hand und setzte sich auf. »Ich bin mir sicher, dass alles wieder gut werden wird. Vielen Dank. Aber meinen Sie nicht, wir sollten weitergehen ... für den Fall, dass man uns verfolgt?«

»Bleiben Sie hier und ruhen Sie sich noch eine Weile aus«, sagte er zu ihr und stand auf. »Ich werde ein Stück zurückgehen und feststellen, ob uns jemand folgt.«

Panik überkam sie. »Und wenn es so ist?«

»Vielleicht kann ich ihnen das Vorankommen erschweren.«

»Aber werden Sie zu mir zurückkommen?«

»O ja, ich werde zurückkommen. Darauf können Sie zählen.«

Seine grauen Augen funkelten vor unterdrückter Hitze, als er Sonia ansah. Dann trat er mit geballten Fäusten einen Schritt nach hinten, machte kehrt und ging in die Richtung, aus der sie gekommen waren.

Der Dschungel ringsum hielt für einen Moment den Atem an, nachdem er gegangen war. Erst dann waren wieder die Insekten zu hören, gefolgt von den Fröschen und den Vögeln. Keines der Tiere hier hörte sich so an, wie Sonia es aus den Sümpfen rund um New Orleans kannte. Sie waren lauter, ungestümer und beharrlicher, manche Rufe klangen fast nach Schreien. Mit jeder verstreichenden Minute schienen sie sich ihr zu nähern, als wollten sie sich anschleichen und sie jeden Moment anspringen.

Was sollte sie machen, wenn Kerr sie allein hier zurückließ? Irgendwie würde sie bestimmt überleben. Sie konnte weiterziehen, bis sie einen Flusslauf entdeckte, dem sie dann so folgen würde, wie er es vorgeschlagen hatte. Aber ein Erfolg war unter diesen Umständen längst nicht so gewiss.

Sie vertraute voll und ganz darauf, dass er einen Ausweg aus diesem Dschungel fand. So seltsam dieser Gedanke auch war, konnte er sie nicht überraschen. Immerhin war Kerr ein sehr fähiger Mann.

Wenn er es wollte oder wenn er sich überreden lassen

konnte, es zu wollen, dann konnte er sie vor dieser arrangierten Ehe retten. Sie musste ihm nur klarmachen, was daran für ihn von Vorteil wäre. Oder aber sie kam dahinter, was er im Gegenzug benötigte, und das würde sie ihm dann geben.

Von einer Sache glaubte sie zu wissen, dass er sie begehrte. So sehr er es auch zu verbergen und zu überspielen versuchte – er wollte *sie*.

Es fiel ihr nicht leicht darüber nachzudenken, ihm ihre Gunst zu erweisen, damit er ihr half. Was für eine verruchte Art, ihre Prinzipien, ihre Erziehung und ihre Zukunft aufs Spiel zu setzen. Aber was blieb ihr anderes übrig? Es waren Männer – ihr Vater und Jean Pierre, um genau zu sein –, die sie in diese missliche Lage gebracht hatten. Warum sollte es nicht auch ein Mann sein, der sie aus dieser Lage befreite?

Die Zeit verging unerträglich langsam. Die Sonne wanderte über den Himmel und ließ ihre sengende Hitze auf sie niederbrennen. Sonias Ferse schmerzte, und vor Erschöpfung fielen ihr immer wieder die Augen zu. Sie war aber zu erregt und zu wachsam, und sie fühlte sich zu unbehaglich, als dass sie hätte einschlafen können.

Allmählich begann sie zu glauben, Kerr könnte sie im Stich gelassen haben, als sie ein leises Geräusch wahrnahm, das sie sofort hellwach werden ließ. Kerr stand gut zwanzig Fuß entfernt so reglos im Schatten der Bäume, dass er ein Geist hätte sein können. Von Ungewissheit erfüllt, sah sie ihm in die Augen, zugleich begann ihr Herz schneller zu schlagen. Es kam ihr vor, als hänge zwischen ihnen beiden etwas in der Luft, etwas Unbändiges und Gefährliches wie der Wald ringsum.

Unwillkürlich verzogen sich Sonias Lippen zu einem schwachen erleichterten Lächeln, einem ehrlichen Lächeln, hinter dem sich keine List verbarg. Das Grübchen in Kerrs Wange, das sich bildete, als er mit einem genauso ehrlichen

Lächeln antwortete, war diesen Augenblick unaufmerksamer Abhängigkeit fast schon wert.

Er kam zu ihr, in einer Hand trug er mehrere große Blätter, die er neben sich hinlegte, als er vor Sonia niederkniete. Eines davon wählte er aus und begann, es um ihren Fuß zu wickeln.

»Was soll das werden?«

»Ein Paar Schuhe.« Sein Blick war auf das grüne Blatt gerichtet, das er wie eine Schuhsohle unter ihren Fuß legte und um den Verband wickelte. Dann griff er nach dem Strumpf, den er ihr ausgezogen hatte, und band ihn so um Knöchel und Fuß, dass das Ergebnis einer griechischen Sandale glich.

Sie drehte ihren Fuß nach links und rechts, um den Sitz zu überprüfen, doch das Machwerk schien sich erstaunlich fest an den Fuß zu schmiegen. »Ich muss Ihnen danken, dass Sie daran gedacht haben«, sagte sie, sah ihn dabei jedoch nicht direkt an. »Es war ... sehr nett.«

»Nicht der Rede wert.« Er hielt kurz inne, da er den Verband noch ein wenig korrigierte, dann sprach er mit schroffer Stimme weiter: »Es ist das Beste, wenn ich Sie in einem passablen Zustand abliefere.«

»Ja, natürlich. Was auch sonst? Aber ... was ist mit Schuhen für Sie?«

»Meine Füße sind nicht so empfindlich«, erwiderte er, während er damit beschäftigt war, für sie einen zweiten behelfsmäßigen Schuh zu fertigen. »Als kleiner Junge bin ich vom Frühling bis zum Herbst immer nur barfuß gelaufen. Selbst heutzutage kommt es noch vor, dass ich beim Fechtunterricht auf Schuhe verzichte und nur Strümpfe trage. Das mildert ein wenig meinen ungerechten Vorteil durch meine überlegene Körpergröße.«

Ein kurzer Blick auf die abgehärtete Haut unter seiner Fußsohle, die sie sehen konnte, weil er neben ihr kniete, bestätigte seine Worte. Den Rest – auch seine Anspielung darauf, dass er gerechtes Kämpfen bevorzugte – nahm sie in sich auf, während sie ihm bei seiner Arbeit zuschaute.

Auf einmal erschien ihr das Schweigen erdrückend. Sie blickte verstohlen in Kerrs Gesicht, doch seine Miene verriet nicht, was in ihm vorging, da er sich ganz auf seine Aufgabe konzentrierte. Seine Hände fühlten sich warm an, während er mit sicherem Griff ihren Fuß hielt. Die wohligen Schauer, die von diesen Berührungen ausgingen, schlichen über ihre Wade hinauf und sammelten sich zwischen ihren Schenkeln.

Sie fuhr mit der Zunge über ihre plötzlich trockenen Lippen und fragte das Erstbeste, was ihr in den Sinn kam. »Haben Sie jemanden entdeckt, der unserer Spur folgt?«

»Keine Menschenseele. Ich habe auch nichts gehört. Sollte uns überhaupt jemand gefolgt sein, dürften wir ihn inzwischen abgehängt haben.«

»Vielleicht hatten sie auch genug mit den anderen Passagieren zu tun und nahmen gar keine Notiz von uns.«

Er nickte zustimmend.

»Die ganze Zeit muss ich an Tante Lily denken.«

Er blickte flüchtig zu ihr. »Ich würde sagen, sie wurde zusammen mit den anderen von den Mexikanern mitgenommen.«

»Falls sie es überhaupt geschafft hat, das Schiff zu verlassen.« Sonias Stimme klang mutlos, während sie den flachen Knoten begutachtete, den er auf ihrem Spann gemacht hatte.

»Das hat sie geschafft. Ich bekam mit, wie Captain Frazier ihr in sein Rettungsboot half.«

Hoffnung keimte in ihr auf, und ihre Laune besserte sich ein wenig. »Tatsächlich?«

»Ich dachte, Sie wüssten das, sonst hätte ich es schon früher erwähnt. Madame Pradat und Madame Dossier mit ihren Kindern saßen in einem anderen. Gervaise ging über Bord, aber seine Mutter gab sich alle Mühe, ihn noch an Bord zu ziehen, als ich sie zum letzten Mal sah.«

»*Merci, le bon Dieu.*« Rasch bekreuzigte sie sich. »Und Reverend Smythe?«

»Gott sorgte dafür, dass er gleich im ersten Rettungsboot saß, das zu Wasser gelassen wurde«, antwortete Kerr mit einem ironischen Unterton.

»Ich hoffe, es wird ihnen allen gut gehen.«

Er schaute sie an, als überrasche ihn der Zweifel, der in ihren Worten mitschwang. »Was denn? Glauben Sie nicht an die Vorstellungen Ihres Papas von mexikanischem Edelmut?«

»Sie denn?«

»In gewissem Maße schon. Die Ladys stellen keine Bedrohung dar und werden im nächsten Hafen von Bord gebracht, vielleicht sogar in Vera Cruz, weil es ein militärischer Versorgungspunkt ist. Es könnte sein, dass sie vor uns dort eintreffen. Außerdem ist Ihre Tante die Sorte Frau, die sich nicht unterkriegen lässt.«

Sagte er diese Dinge, um sie zu beruhigen? Oder glaubte er sie auch? In jedem Fall tat es gut, das von ihm zu hören. »Und die anderen? Die Männer?«

»Sie werden sicher einige Fragen beantworten müssen, aber letztlich dürfte es auf das Gleiche hinauslaufen.«

»Ich bete, dass Sie recht behalten werden.«

»Darauf können Sie sich verlassen.«

Was sollte sie sonst auch machen? Sie gab seiner Sichtweise der Dinge den Vorzug, allerdings wäre es ein Stück zu weit gegangen, das auch laut auszusprechen. Also entgegnete sie nichts, sondern stand auf und folgte ihm, als er fertig war und weiterging.

Die improvisierten Sandalen waren erheblich angenehmer, als weiter barfuß durch den Dschungel laufen zu müssen. Dennoch musste sie von Zeit zu Zeit kurz stehen bleiben, um die Strümpfe neu zu binden, mit denen sie gehalten wurden. Kerr bot nicht weiter seine Hilfe an, zudem schien er zu ihr auf Abstand zu bleiben. Das war ein ermutigendes Zeichen, überlegte sie in einem Anflug von Optimismus. Er wäre nicht so zurückhaltend, würde er sich nicht zu ihr hingezogen fühlen.

Zugegeben, er hatte sie geküsst, was vielleicht schon Beweis genug war, doch darauf wollte sie sich nicht verlassen. Von ihrer Tante wusste sie, sogar die vornehmsten Gentlemen würden unter den richtigen Umständen die Gelegenheit zu einem Kuss nicht ungenutzt verstreichen lassen. Es lag in der Natur der Männer. Solche Aufmerksamkeiten waren als Kompliment zu verstehen, selbst wenn man sie abweisen musste.

Sonia beabsichtigte aber nicht, den Fechtmeister einen weiteren Annäherungsversuch zurückweisen zu lassen. Sollte sich eine Gelegenheit ergeben, dann würde sie schon die richtigen Voraussetzungen schaffen, damit er ihr nicht widerstehen konnte. Dass diese Aussicht ein Kribbeln in ihrem Busen und tief in ihrem Bauch auslöste, musste außer ihr selbst niemand wissen.

Wie sonderbar, überlegte sie und schüttelte leicht den Kopf. Noch vor einer Woche hätte sie über einen solchen Gedanken laut gelacht. Nun erschien ihr ein solches Vorgehen nicht nur vernünftig, sondern unbedingt notwendig.

Dabei wurde ihr aber auch klar, dass sie sich nicht aus heiterem Himmel mit seinen Avancen einverstanden zeigen durfte. Sein Misstrauen würde dann eher geweckt als sein Verlangen nach ihr, und das wäre sogar nur zu verständlich gewesen. Sie hatten kleine Fortschritte hin zu einem besseren Verhältnis zwischen ihnen beiden gemacht, aber ein wenig mehr Geben und Nehmen dürfte wohl von Nutzen sein. Sie humpelte weiter, während sie darüber nachdachte, welches Gesprächsthema wohl die Stimmung verbessern würde.

Doch statt einer Idee wurden in ihr auf einmal Zweifel

wach. Ihr Plan konnte die Situation womöglich noch verschlimmern, und es machte ihrem Gerechtigkeitsempfinden zu schaffen. Aber die einzige andere Alternative war die, einfach aufzugeben, sich in ihr Schicksal zu fügen und die Frau eines Mannes zu werden, den sie verabscheute. Ein wenig Schuldgefühle waren sicher kein zu hoher Preis für ihre Freiheit.

»Ich habe nachgedacht«, sagte sie und wich dabei einem tief hängenden Zweig aus, an dem große Bäusche drahtiger grüngrauer Pflanzen wuchsen. »Was diesen Mann angeht, den Sie in Vera Cruz aufsuchen wollen. Ich glaube, Sie erwähnten gar nicht seinen Namen.«

»Richtig.«

»›Richtig‹? Was soll denn das heißen?« Sie sah ihn verdutzt an und ließ den Blick einen Moment lang zu ihrem Strumpfband wandern, das er um den Oberarm trug.

»Es ist richtig, dass ich ihn nicht erwähnt habe. Er tut jetzt auch nichts zur Sache.«

»Das sehe ich aber anders, denn immerhin ist er der Grund, dass ich jetzt hier bin.«

Als Antwort gab er nur ein unverständliches Brummen von sich, und sie hatte das Gefühl, dass er plötzlich schneller ging, als wolle er vor ihrer Neugierde davonlaufen. Ein beunruhigender Gedanke ging ihr durch den Kopf, den sie aber sofort wieder verwarf. Jean Pierre hatte sich in den letzten vier Jahren nur selten und dann auch nur ganz kurz in New Orleans aufgehalten. Es war unwahrscheinlich, dass er und Kerr sich dabei begegnet waren.

»Sie wollen mir doch nicht weismachen«, gab sie zurück, »dass Sie sich einverstanden erklärt hätten, mich nach Vera Cruz zu bringen, wenn Sie nicht diesen Gentleman suchen würden.«

»Momentan suche ich nur nach einem, nämlich Wasser.«

»Und ich hoffe sehr, Sie finden welches. Mein Mund ist

schon so trocken, dass meine Zunge am Gaumen klebt. Aber zurück zu ...«

»Davon merke ich aber nichts.« Sein Blick über die Schulter hatte eindeutig etwas Ironisches.

»Ihnen ist wohl eine schweigsame Begleiterin lieber, die hinter Ihnen herläuft, so wie ein Choctaw und seine Frau auf dem French Market. Entschuldigen Sie vielmals, aber das ist nicht meine Art.«

»Das ist mir nicht entgangen.«

»Hervorragend«, sagte sie und lächelte ihn strahlend an. »Dann wird es Sie ja nicht überraschen, wenn ich meine Frage wiederhole.«

»Natürlich überrascht es mich nicht.« Er blieb stehen, da er hinter dem grünen Dickicht auf eine Art Pfad gestoßen war. Ob Tiere oder Menschen diesen Pfad geschaffen hatten, konnte er nicht erkennen. Aber dass er weiterhin benutzt wurde, ließ sich nicht übersehen, da der Dschungel ihn sich ansonsten bereits wieder einverleibt hätte.

»Dann sollten Sie sich eigentlich längst eine Antwort überlegt haben«, erklärte sie. »Das Thema Waffen haben wir erledigt. Zumindest nehme ich das an, da Sie offenbar weiterziehen wollen. Wären das Ihre Waffen gewesen, die jetzt auf dem Meeresgrund liegen, dann würden Sie das nämlich nicht machen.«

»Vielen Dank für Ihr Vertrauen in mich.«

»Ich versuche nur, fair zu sein, auch wenn das bei manchen Leuten sehr schwierig ist. Wie ich sagte ...«

Sie verstummte sofort, als er ein Zeichen gab, ruhig zu sein. Eine Sekunde lang war sie außer sich über seine bestimmende Geste. Doch seine Körperhaltung war zu angespannt, und er konzentrierte sich zu sehr auf den Dschungel, sodass es nichts Persönliches gewesen sein konnte.

Sonia stand da und lauschte dem Summen der Insekten, den fernen Rufen irgendwelcher Vögel und dem Rascheln von Blättern – das von einer Kreatur verursacht wurde, die sich von ihnen weg bewegte. Gerade wollte sie von Kerr die Veranlassung für seinen Befehl wissen, da sah sie den Grund.

Das Tier wirkte wie ein gepunkteter Schatten, es hielt sich am Rand des Pfades auf und verschmolz so vollkommen mit den Schatten des Blattwerks, dass es nahezu unsichtbar war. Es handelte sich um eine große Raubkatze, so eindrucksvoll und kräftig wie eine Bestie aus einer Legende. Die jadegrünen Augen blinzelten nicht ein einziges Mal.

»Ein Jaguar«, flüsterte Kerr so leise, dass es fast wie ein Atemzug klang.

Ungezähmt, übernatürlich wachsam und furchtlos, dazu körperliche Perfektion in wirklich jeder Hinsicht – all diese Eigenschaften der Raubkatze dort vor ihr erinnerten Sonia unweigerlich an den Mann an ihrer Seite. Haltung und starrer Blick des Tiers versprachen sofortigen Tod, es war nur der eigene Wille, der den Jaguar zurückhielt. Sonia stockte der Atem, ihr Herz hämmerte laut in ihren Ohren, und jeder Muskel fühlte sich wie versteinert an.

Gemächlich, als sei ihm diese Beute nicht die Mühe wert, setzte sich der Jaguar in Bewegung, überquerte den ins Licht der Nachmittagssonne getauchten Pfad und verschwand auf der anderen Seite im Dickicht.

Sonia atmete erleichtert aus, Kerrs angespannte Haltung ließ ein wenig nach. Erst da fiel ihr das aufgeklappte Taschenmesser in seiner Hand auf – das Messer, das ihnen seit dem Schiffbruch so gute Dienste geleistet hatte. Er hatte vorgehabt, sich mit dieser winzigen Waffe gegen eine so große Raubkatze zur Wehr zu setzen. Es war das Einzige, womit er sich hätte verteidigen können, aber was für ein entschlossener Mann musste er sein, dass er diesen Versuch überhaupt in Erwägung zog?

Sie konnte es sich kaum vorstellen, und sie wollte auch nicht darüber nachdenken. Wenn sie sich zu sehr mit dieser Frage beschäftigte, würde sie am Ende noch alle Hoffnung aufgeben und sich gar nicht mehr gegen ihn zur Wehr setzen.

»Meinen Sie nicht, dass er ... dass er zurückkommen wird?«, fragte sie, nachdem sie wieder ihre Lippen benetzt hatte.

»Wer weiß?«, gab er wie beiläufig zurück. »Hat es sich um einen gehandelt, dann eher nicht. Es sei denn, er ist zu alt, um noch fliehende Beute zu jagen.«

»Sie können einem wirklich Mut machen.«

»Dafür bin ich nun mal da«, rief er ihr über die Schulter zu, da er sich wieder auf den Weg machte.

Sonia folgte ihm und betrachtete gedankenverloren einen Punkt zwischen seinen Schulterblättern. Genau genommen war er dafür da, sie sicher an ihr Ziel zu bringen. Er war so entschlossen, das zu tun, ganz gleich, was sich ihm in den Weg stellen mochte. Das würde sie nicht wieder vergessen.

Nein, ganz bestimmt nicht. Und ebenso wenig würde sie vergessen, dass er sich abermals um eine Antwort auf ihre Frage gedrückt hatte.

Ein fernes Murmeln, das wie ein Flüstern begann und an den Wind in den Baumkronen oder das Rauschen der Brandung erinnerte, wurde allmählich lauter und deutlicher.

Kerr ging schneller, sodass Sonia zeitweise rennen musste, um mit ihm mitzuhalten, obwohl ihr bei jedem Schritt die Füße schmerzten und sie sich vor Hitze und Durst schwindelig fühlte. Keiner von ihnen sprach aus, was sie sich von dem Murmeln erhofften, denn die Enttäuschung würde dann umso größer sein, wenn sie sich irrten.

Der Pfad durch den Dschungel beschrieb eine Biegung und verlief dann hügelabwärts zwischen Felsvorsprüngen hindurch, wo sich seine Spur fast verlor. Er wand sich um riesige Bäume, an denen exotische Blumen wuchsen. Ohne Vorwarnung standen sie an einem mit Farn bestandenen Ufer.

Ein kleiner See.
Wasser.

Nur ein paar Schritte vor ihnen befand sich kühles, einladendes Nass. Der See war in Grün und Ockergelb getaucht, da er die Farben der mit Moos überzogenen Steine ringsum reflektierte. Ein schmaler Wasserfall ergoss sich von einer hohen Klippe in den See, über dessen Oberfläche Libellen schwirrten. Auf der ihnen abgewandten Seite bahnte sich das Wasser einen Weg über Hindernisse hinweg und ging in einen Fluss über, der breit genug war, um ihn großzügig als Strom zu bezeichnen.

Beide nahmen sie an, dass der Fluss, der eine Richtung vorgab, der sie folgen konnten, womöglich ihre Rettung bedeutete.

»Warten Sie hier«, sagte Kerr und legte dabei eine Hand auf ihren Arm. Es war seine erste Berührung, seit er ihr die Sandalen festgebunden hatte.

Sonias Zunge war angeschwollen, ihre Augen brannten, und ihre Haut juckte vom Salz, das sie bislang nicht hatte abwaschen können. Die wenige Kleidung, die sie noch am Leib trug, war vom Salzwasser so hart und steif geworden, dass der Stoff ihren Körper an Stellen wundgescheuert hatte, über die sie nicht einmal nachdenken wollte. Jeder Zoll ihres Körpers schrie danach, in das kühle, klare Wasser einzutauchen, das nur ein paar Schritte entfernt war.

Aber sie rührte sich nicht von der Stelle, sondern sah Kerr zu, wie der sich dem See näherte. Mit ein paar Sätzen überwand er die Felsbrocken, geriet auf einem Kiesbett ins Rutschen und fand sein Gleichgewicht wieder, dann ging er weiter zum Uferstreifen. Er kniete sich hin, schöpfte eine Handvoll Wasser aus dem See, roch daran und probierte davon.

Er drehte sich zu ihr um und nickte bedächtig. Mit einem Lächeln auf den Lippen erwiderte sie seinen Blick.

Das kleine Wangengrübchen erreichte eine faszinierende Tiefe, als er den Mund zu einem breiten, dankbaren und triumphierenden Grinsen verzog. Es war ein Triumph, den er nur zu gern mit ihr teilte. Das Leuchten in seinen Augen war so hell und so strahlend wie die Sonne, die sich über dem See erhob.

Neunzehntes Kapitel

Sonia ließ sich nicht zweimal auffordern. Obwohl sie mit ihren behelfsmäßigen Sandalen immer wieder ins Rutschen geriet, stürmte sie nach unten bis zum Ufer und war mit einem Satz im See. Das kalte Wasser ließ ihr einen Moment lang den Atem stocken, was sie aber nicht abschrecken konnte. Langsam watete sie zurück zum Ufer, bis sie bis zur Hüfte im Wasser stand, dann schöpfte sie es mit den Händen, um es sich ins Gesicht und ins Genick zu spritzen, sodass es über die Schultern und von dort zwischen ihre Brüste lief. Dazwischen trank sie immer wieder einen Schluck, und erst als der ärgste Durst gestillt war, wurde ihr bewusst, dass sie allein im See stand.

In Panik drehte sie sich um und suchte das felsige Ufer ab, bis sie Kerr entdeckte, an dem sie vorbeigestürmt war. Er hockte immer noch am Ufer.

»Wollen Sie nicht reinkommen?«, rief sie ihm zu.

»Ich sehe mir lieber an ... ob von irgendwoher Gefahr droht, bis Sie fertig sind.«

Sein durchdringender Blick hatte zur Folge, dass sie sich nackt fühlte. Sie wich einen Schritt zurück und ließ die Hände über die Wasseroberfläche gleiten. »Ich beeile mich.«

»Lassen Sie sich ruhig Zeit.«

Es erschien ihr besser, auf mehr Abstand zu ihm zu gehen, was sie jedoch wunderte, wo sie doch vor nicht allzu langer Zeit ganz andere Absichten gehegt hatte. Sie wollte sich aber auch nicht zu intensiv damit befassen, zumindest nicht solange das Salz im Haar und auf der Haut klebte. Nachdem sie ein paar Schritte in Richtung Seemitte gegangen war, tauchte sie den Kopf unter und fuhr sich mit den Fingern durch die Haare. Dann ließ sie sich mit geschlossenen Augen auf dem Wasser treiben. Mit den Händen spülte sie Kamisol, Korsett und Pluderhose ab, und das Gleiche machte sie auch mit Kerrs Hemd, dessen zartes Leinen auf ihrer Haut klebte. Zwischendurch trank sie einen Schluck, schrubbte sich das Gesicht sauber und wrang das Wasser aus ihren Haaren, während sie fast bis zum Hals im kühlenden See stand. Schließlich kehrte sie dorthin ans Ufer zurück, wo Kerr sich ausruhte. Zweifellos konnte er es kaum erwarten, ebenfalls ins Wasser zu springen.

Triefnass stellte sie sich vor ihn und sagte mit belegter Stimme: »Und jetzt Sie. Ich passe in der Zwischenzeit auf.«

Er betrachtete sie, als sei erst ein komplexer geistiger Prozess erforderlich, um zu verstehen, was sie gesagt hatte. Im nächsten Moment wanderte sein Blick über ihren Körper, dann presste er die Lippen so fest aufeinander, dass sie die Farbe verloren. Er stand auf und wich zurück.

Sie hatte eigentlich erwartet, er würde ihr seine Hand hinhalten, um sie zu stützen, während sie die letzten Meter über Schlamm und Felsen zurücklegte, doch das war nicht geschehen. Als sie bis zu den Knien aus dem Wasser gekommen war, hatte er seine Weste ausgezogen und auf die Erde fallen lassen. Nun vollführte er einen kraftvollen Sprung und tauchte so schwungvoll ein, dass er den See zu drei Vierteln unter Wasser durchquerte.

Sonia sah an sich herunter und schnappte erschrocken nach Luft. Sie war davon ausgegangen, dass sein Hemd ihre Blöße bedeckte, doch das war ein Irrtum gewesen. Das Hemd stand offen und gewährte einen ungehinderten Blick auf ihre Unterwäsche, die vor Nässe fast durchsichtig war. Durch den Stoff waren die roséfarbenen Warzenhöfe zu sehen, ihre Brustspitzen zeichneten sich unter dem Stoff ebenso deutlich ab wie das dunkle Dreieck am Ansatz ihrer Oberschenkel.

Mit erstaunlicher Klarheit wurde ihr bewusst, wenn ihr Körper sich jetzt so deutlich unter dem Stoff abzeichnete, dann musste das noch deutlicher der Fall gewesen sein, als sie und Kerr es an den Golfstrand geschafft hatten. Da war sie von der Katastrophe einfach zu mitgenommen gewesen und hatte es nicht bemerkt.

Kein Wunder, dass Kerr sein Hemd hergegeben hatte. Sie musste auf ihn wie die schlimmste Dirne gewirkt haben. Aber wenn dem so war, warum hatte er das nicht ausgenutzt?

Sie legte den Leinenstoff enger um sich, ging das Ufer hinauf und setzte sich auf einen Fels, der aus dem Gras ragte. So aufmerksam sie auch lauschte und sich umsah, konnte sie doch nirgendwo etwas ausmachen, das auf eine Bedrohung hinwies. Sie stützte einen Ellbogen auf ihr Knie und legte das Kinn in die Handfläche, dann widmete sie sich wieder diesem rätselhaften Kerr Wallace.

Die einzige sinnvolle Erklärung für sein Verhalten war die, dass er seine Gefühle immer im Griff hatte – nicht nur als Fechtmeister, wo es ihm half, so erfolgreich zu sein, sondern auch beim Anblick ihres fast nackten Körpers – und sie ihn deshalb nicht kümmerte. Obwohl es vielleicht verkehrt war zu sagen, dass sie ihn nicht kümmerte, denn dafür hatte er gerade eben viel zu hastig die Flucht ergriffen. Zumindest aber machte seine Beherrschung ihm es möglich, ihren Reizen zu widerstehen. Das konnte sich für ihren Plan noch als eine Hürde erweisen, die sie überwinden musste.

Damit würde sie sich noch intensiver befassen müssen.

Kerrs Weste lag vor ihren Füßen, und nachdem Sonia sich vergewissert hatte, dass er am gegenüberliegenden Seeufer schwamm, griff sie in den Ärmelausschnitt und hob die Weste hoch. Der Stoff, eine leichte Mischung aus Kaschmir und Seide, fühlte sich warm an, aber sie konnte nicht sagen, ob die Sonne oder seine Körperwärme der Grund dafür war. Dennoch hielt sie die Weste noch einen Moment länger fest.

Dadurch glitt die Uhr aus der Tasche und fiel zu Boden, aber Sonia bekam die Kette zu fassen und zog sie hoch. In das mit Gold ziselierte silberne Gehäuse waren Schnörkel rund um ein Paar gekreuzter Degen eingraviert.

Sie betrachtete die Taschenuhr, während sich eine kalte Hand um ihr Herz zu legen schien, dann drückte sie auf den Verschluss, damit sich der Deckel öffnete.

Die Uhr war kurz nach dem Zeitpunkt stehen geblieben, als die *Lime Rock* untergegangen war. Etwas anderes hatte sie auch nicht erwartet, dennoch verspürte sie Enttäuschung darüber. Die Zeit war kaum von Bedeutung, solange sie hier verloren waren, aber es war ein Symbol dafür, dass die Dinge auch ohne sie weitergehen mussten.

Was würde Jean Pierre machen, wenn er erfuhr, dass das Schiff gesunken war, mit dem sie zu ihm kommen sollte? Oder wenn ihre Tante Vera Cruz erreichte und berichten musste, dass Sonia und ihr Begleiter zu den Vermissten gehörten? Als Erstes würde er sicherlich mit dem nächsten Dampfschiff eine Nachricht nach New Orleans schicken. Vorausgesetzt, derartige Schiffe durften überhaupt den Hafen verlassen.

Was würde ihr Vater machen, was würde er fühlen? Und welche Reaktion war von ihm zu erwarten, wenn sich herausstellte, dass sie doch noch am Leben war? Dass sie wie durch ein Wunder der Katastrophe auf dem Golf entkommen war? Würde er nach Vera Cruz reisen und sie aus dem Land holen, das sich im Krieg mit den Vereinigten Staaten befand? Oder würde er ausrichten lassen, die Hochzeit solle wie geplant stattfinden?

Sie musste innerlich lachen, da es keinen Zweifel an der Reaktion ihres Vaters gab.

Sie steckte die Uhr zurück in die Tasche und legte die

Weste wieder auf den Boden, dann hob sie den verletzten Fuß über das andere Knie und machte sich daran, die Sandale aus Blättern zu reparieren, die sich gelockert hatte. Nach einer ganzen Weile schaute sie wieder zum See.

Kerr schwamm mit so kraftvollen Zügen hin und her, dass sich an seinen Schultern kleine Schaumkronen auf den Wellen bildeten, wenn er sich mit seinen kräftigen Armen durch das Wasser kämpfte. Mit konzentrierter Miene und geschlossenen Augen bewegte er sich durch den See, während ein Instinkt ihm sagen musste, wo das flache, steinige Ufer begann, da er jedes Mal rechtzeitig davor kehrtmachte.

Am liebsten hätte sie woanders hingesehen und sich desinteressiert oder gelangweilt gezeigt, doch das war unmöglich. Die Richtung Westen ziehende Sonne schickte ihre Strahlen wie einen Regen aus goldenen Dolchen zwischen den Bäumen und dem Blattwerk hindurch auf den See, in dem Kerr seine Bahnen zog. Die Rückenmuskeln bewegten sich elegant und geschmeidig, das Wasser verlieh seiner Haut einen seidigen Glanz. Kraftvoll und in seiner männlichen Schönheit schien er ganz im Gegensatz zu ihr in diese Zeit und an diesen Ort zu passen. Seine Augen schirmten seine Gefühle so sehr ab, als sei er eine aus Stein gehauene Statue eines Flussgottes.

Plötzlich änderte er die Richtung und näherte sich dem flachen Ufer, an dem sie saß. Sonia wich seinem Blick aus, den er hinter seinen langen Wimpern weiter vor ihr abschirmte. Aus dem Augenwinkel bekam sie mit, wie er wieder Grund unter den Füßen hatte, Halt fand und aus dem Wasser gewatet kam.

Mit einiger Erleichterung nahm sie zur Kenntnis, dass seine Hose nur wenig mehr verbarg, als es ihre Pluderhose bei ihr tat. Durch das Gewicht des Wassers, das wie ein Sturzbach aus der Kleidung tropfte, hing seine Hose ihm tief auf den Hüften, sodass sie einen großen Teil seines flachen, muskulösen Bauchs sehen konnte, über den sich ein nach unten verjüngender Streifen Haare zog. Darunter zeichneten sich sehr deutlich eindeutige Formen ab.

So wie ein Satyr aus der Legende – ein Wesen halb Mann, halb Bock – stand er vor ihr, hob den Arm, um den er immer noch ihr Strumpfband trug, und strich sich die Haare aus dem Gesicht, die sich zu Wellen legten und deren abstehende Enden wie eine Krone aus mattierten Kupferblättern aussah.

Je näher er kam, desto schwerer fiel ihr das Atmen und umso schneller jagte das Blut durch ihre Adern. Irgendetwas an ihm, irgendein unbändiger Impuls in seinem Gesicht, oder an der Art, wie er sich bewegte, ließ ihren Busen kribbeln und weit unten in ihrem Körper ein unerbittliches Verlangen entstehen. Sie regte sich nicht, dachte auch nicht an Rückzug. Noch nie hatte sie sich so lebendig gefühlt, und noch nie wollte sie einem anderen Menschen so nahe sein. Nicht einmal die Tatsache, dass er einen Anflug von Gefahr ausstrahlte, konnte ihr etwas ausmachen.

Seine Bewegungen wurden langsamer, schließlich blieb er stehen. Sie sah ihm in die Augen, die in ihren silbergrauen Tiefen diese stählerne Härte bewahrten. Unwillkürlich öffnete sie leicht den Mund und atmete ein, begleitet von einem leisen, bemühten Geräusch, das ebenso Verzagtheit wie freudige Erwartung sein konnte.

Sein Blick wanderte zu ihrem Mund, dann weiter zu der Stelle, wo sich das Hemd geöffnet hatte und den Blick freigab auf die verlockenden Rundungen ihrer Brüste unter dem Kamisol, auf die immer wieder aus ihrem Haar Tropfen fielen, die wie Juwelen auf der Haut hafteten. Schließlich sah er nach unten auf ihren Schoß und ihre übereinandergeschlagenen Beine.

»Sie bluten«, stellte er plötzlich fest.

Das stimmte. Unter den Blättern, die ihre Verletzung schützten, sickerte etwas Blut heraus. Ihre Stimme klang belegt, als sie erwiderte: »Das kommt nur dadurch, dass ich im Wasser war.«

Er lockerte seine Muskeln ein wenig und stand nicht mehr ganz so angespannt vor ihr. »Das ist sehr wahrscheinlich, dennoch würde ich gern noch einen Blick darauf werfen. Es muss Ihnen ja auch Schmerzen bereiten, darauf zu gehen. Vielleicht sollten wir die Nacht hier verbringen.«

»Hier?« Sie sah sich um und betrachtete die Felswände, die den See umgaben, und jene Schräge, über die sie hergekommen waren. Die Frage kam ihr eher zufällig über die Lippen, da Verwirrung und Enttäuschung sie erfasst hatten. Sie hatte gedacht, erwartet, dass ...

Nein, das musste sie sich eingebildet haben.

Er schüttelte rasch den Kopf und sah an ihrer Schulter vorbei. »Das hier ist das Jagdgebiet des Jaguars, und hier wird er herkommen, wenn er ans Wasser will. Wir sollten uns hier besser nicht aufhalten. Ich glaube, ich habe eine Höhle entdeckt, etwas oberhalb in den Felsen.«

»Das klingt gut«, antwortete sie etwas bemüht. »Vorausgesetzt, es ist nicht *seine* Höhle.«

Sein Gesicht ließ keine Regung erkennen. »Ein guter Gedanke. Am besten sehe ich mich dort erst einmal um.«

»Notfalls kann ich noch eine Weile laufen.«

»Ein oder zwei Meilen mehr werden auch keinen großen Unterschied machen. Wenigstens haben wir hier Wasser, und es könnte sein, dass wir das noch verbliebene Tageslicht ausnutzen müssen.«

Mehr sagte er dazu nicht, und Sonia stellte auch keine Fragen. Sie hatte versucht, ihm entgegenzukommen, und sie war mehr als dankbar dafür, dass ihr Angebot ausgeschlagen worden war. Tatsächlich sehnte sie sich so sehr danach, sich endlich ausruhen zu können, da wäre sie gar nicht auf die Idee gekommen, etwas dagegen einzuwenden.

Und es war auch gut, dass sie die von ihm entdeckte Öffnung im Fels nicht erst in der Dunkelheit betreten hatten.

Tatsächlich handelte es sich gar nicht um eine Höhle, sondern den überwucherten Zugang zu einem alten, immens großen Tempel. Die Steinblöcke, aus denen man das Bauwerk errichtet hatte, waren zum großen Teil eingestürzt und zerbrochen, womit der verbleibende Bereich, in dem sie sich aufhalten konnten, immer noch größer war als ein durchschnittliches Zimmer. Baumwurzeln und Ranken überzogen die Trümmer, ihre Ableger hatten sich einen Weg durch die von Witterung und Erdstößen rissig gewordenen Mauern gebahnt und sich im Inneren ausgebreitet. Flechten und Pilze überzogen die Wände und verdeckten größtenteils die in den Stein gemeißelten, seltsam verworrenen Figuren und Symbole. Echsen in den Farben Grün, Rot und Blau schossen in aberwitzigem Tempo über die Flächen, während Spinnen in den Rissen Netze gebaut hatten, die wie seidene Tunnels wirkten. Über allem hing eine atemlose Stille, als würde jeden Moment etwas zurückkehren, was vor langer Zeit von hier fortgegangen war.

Kerr sah sich in dem dunklen, widerhallenden Raum um, dann drehte er sich zu Sonia um, die am Eingang wartete, und erklärte ihr, es sei alles sicher. Seiner Meinung nach hatten sich zwar in der Vergangenheit auch Tiere hier aufgehalten, aber es gab keine Hinweise darauf, dass sie irgendeiner Kreatur den Platz streitig machen würden.

»Ich habe die Geschichten von verschollenen Indianerstädten gehört«, fuhr er fort und schüttelte ungläubig den Kopf, während er das Gelände vor dem Eingang betrachtete. »Ich hätte nicht gedacht, dass ich mal auf eine stoßen würde.«

»Glauben Sie, es gibt noch andere Gebäude?«

»Die muss es sogar geben.« Er deutete mit einer Kopfbewegung auf eine Erhebung hinter ihnen. »Dieser Steinhaufen sieht nicht aus wie von der Natur geschaffen. Es gibt hier ganz sicher eine ganze Menge Ruinen, die halb verschüttet und vom Urwald überwuchert sind.«

Erstaunt begab Sonia sich tiefer in die schattige Zuflucht. Sie faszinierte der Gedanke an all die Menschen, die hier gelebt hatten, die vor langer Zeit hier lachten und weinten, spielten und sangen, liebten und hassten, kämpften und starben. Es mochte lange her sein, doch die Geister dieser Menschen schienen in der drückenden Hitze und Stille immer noch über der Stadt zu schweben. Dort Unterschlupf zu suchen, wo sie einst zu Hause gewesen waren, kam ihr wie ein Sakrileg und zugleich wie ein Privileg vor.

Wie lange sie dastand und in den kühlen, dunklen Raum sah, um dessen Geheimnisse in sich aufzunehmen, wusste sie nicht. Als sie dorthin schaute, wo Kerr zuletzt gestanden hatte, stellte sie fest, dass er in einem Bereich im Schutz des Eingangs kniete, den er freigeräumt hatte. Nun lag vor ihm ein Häufchen aus trockenen Blättern, zerriebener Borke sowie aus Fäden, die aus seinem Hosensaum zu stammen schienen. Daneben lag seine defekte Taschenuhr. Er hielt das gewölbte Schutzglas des Zifferblatts in einer Hand, sodass die Sonnenstrahlen darauffielen und gebündelt wurden. Sonia musste flüchtig lächeln, da sie jetzt verstand, warum sie ihr Nachtlager hatten aufschlagen sollen, solange noch die Sonne am Himmel stand.

Als sie zu ihm kam, stieg eine dünne Rauchfahne aus dem Häufchen auf. Sie kniete sich hin und pustete sanft auf die Glut, damit diese nicht erlosch. Sekunden später erwachte eine winzige Flamme zum Leben, der sie behutsam neue Nahrung gaben, indem sie einzelne Blätter, kleine Zweige und eine Handvoll verrottete Borke nachlegten. Als das Feuer zu knistern begann und die Flamme größer wurde, sah sie durch den Rauch hindurch zu Kerr und lächelte ihn an.

Er erwiderte das Lächeln, seine Augen blitzten auf.

Eine gefährliche Freude überkam Sonia. Sie hatten Feindbeschuss überlebt, waren dem Tod durch Ertrinken und den Gefahren des Dschungels entkommen, um dann hier eine sichere Zuflucht zu finden. Dass sie noch lebten, kam einem Wunder gleich. Etwas in ihr, eine Art innere Sperre, schien nachzugeben. Ohne sich darum zu kümmern, wie nah ihre feuchten Haare dem kleinen Feuer kamen, beugte sie sich spontan vor und drückte den Mund auf Kerrs Lippen.

In einer schnellen Bewegung stand er auf und zog sie mit sich hoch, wobei er sie von den Flammen wegdrehte. Genauso abrupt ließ er sie auch wieder los und wandte sich von ihr ab. »Sorgen Sie dafür, dass es nicht erlischt«, sagte er über die Schulter. »Ich bin bald wieder da.«

»Aber wohin ...«, begann sie, doch da war Kerr schon weg. Er war gegangen, und sie hatte Zeit, sich darüber Gedanken zu machen, wie schwierig es war, einen Mann zu verführen, der einen immer wieder verließ.

Die Abenddämmerung hatte eingesetzt, und im Südwesten zogen, von grollendem Donner begleitet, düstere Unwetterwolken auf, als Kerr schließlich zurückkehrte. Wie zuvor verursachte er auch jetzt kein Geräusch, sondern trat ohne irgendeine Vorankündigung in den Schein des Feuers, vor dem Sonia saß.

In einer Hand hielt er einen kleinen, gerupften Vogel, den er offenbar im See abgewaschen hatte – wohl um den Blutgeruch von ihrer Unterkunft fernzuhalten. Die grüne Feder, die an seiner Schulter klebte, war ein deutlicher Hinweis darauf, welcher Art der Vogel war, den es zu essen geben würde. In seiner anderen Hand hielt er einige Bananen, mehrere Blätter, die wohl als Teller dienen sollten, sowie einen angespitzten Zweig.

Bei seinem Anblick musste sie lächeln, weil sie froh über seine unversehrte Rückkehr war. Gleichzeitig wurde ihr bewusst, dass kein anderer Gentleman aus ihrem Bekanntenkreis in der Lage gewesen wäre, in dieser Situation ganz ohne großes Trara für etwas zu essen und für ein Nachtlager zu sorgen, ganz zu schweigen davon, Wasser zu finden oder einen Schutz für ihre Füße herzustellen. Dass er sich in einem Wald zurechtfinden konnte, war mit Blick auf seinen Geburtsort keine große Überraschung, doch sie empfand es als sehr beeindruckend, mitzuerleben, wie diese Fähigkeiten Anwendung fanden. Sie verdankte Kerr Wallace ihr Leben, ihr Wohlbefinden, ihre Sicherheit. Das Maß an Respekt, das sie ihm dafür zugestehen musste, war unangenehm, aber auch unvermeidlich. Obwohl es das Beste war, diesen Respekt unausgesprochen zu lassen, konnte sie ihn nicht unterdrücken.

Sie hatten gerade begonnen, den aufgespießten Vogel zu rösten, da zuckte ein Blitz über den Himmel, und im nächsten Augenblick ging ein Wolkenbruch auf sie nieder. Der Regen wurde von einem tropischen Sturm gepeitscht und prasselte auf die Erde, während die Bäume ächzten und schwankten und überall morastige Rinnsale entstanden.

Sonia und Kerr zogen sich tiefer in die alte Ruine zurück. Sie setzte sich wieder hin und lehnte den Rücken gegen eine mit Erde überzogene Wand, Kerr saß vor etwas, das aussah wie eine steinerne Couch, und war damit dem Feuer näher.

Ein sonderbarer Frieden erfasste sie beide, als sie den Regen beobachteten und dabei den intensiven Geruch des über dem Feuer schmorenden Vogels einatmeten, der den Raum erfüllte. Nahrung, Wasser, eine Unterkunft, dazu jemanden, mit dem man all dies teilen konnte, das waren die grundlegenden Dinge im Leben, sagte sie sich. Was brauchte man letzten Endes denn mehr als das?

»Wenn hier früher Menschen gelebt haben«, meinte sie nach einer Weile, »dann könnten doch auch wieder Menschen hier leben.«

»Wollen Sie sich hier häuslich niederlassen?« Kerr warf einen kleinen Zweig in die Flammen.

»Wäre das so schlimm?«

»Keine Bälle, keine Soireen, weder Theater noch Oper,

kein Bäcker oder Fleischer, keine Modistin und keine Tuchmacherin? Wie wollten Sie hier überleben?«

Sie schloss die Augen, da sein spöttischer Tonfall ermüdend war. »Ich gebe zu, mir gefallen all diese Dinge. Aber sie sind für mich nicht unverzichtbar.«

»Das sagen Sie jetzt. Aber wenn Sie erst mal ein paar Monate ohne sie auskommen mussten, werden Sie anders denken.«

»Vielleicht denken Sie, Sie würden mich kennen. Aber ich garantiere Ihnen, Sie tun es nicht.«

»Das beruht auf Gegenseitigkeit.«

»Sie wollen sagen, ich kenne Sie auch nicht? Nun, das ist auch schwierig bei einem Menschen, der nie zwei Worte spricht, wenn ein einzelnes Wort auch genügt.« Sie sah hinaus in den vom Sturm heimgesuchten Urwald, während ihre Zufriedenheit allmählich einer grenzenlosen Erschöpfung zu weichen begann.

»Wollen Sie allen Ernstes wissen, was ich zu sagen habe?«

Das düstere Timbre seiner Stimme ließ sie aufhorchen. Seine Augen waren geschlossen, sein Gesicht wirkte wie eine Maske, die vom Feuer in einen goldenen Schein getaucht wurde. »Wie können Sie etwas anderes denken?«

»Nur weil Sie gefragt haben, heißt das nicht, dass Sie die Antwort auch hören wollen.«

»Ich glaube, ich muss es so oder so hören«, erklärte sie mit ruhiger Gewissheit.

Er warf noch einen Zweig in die Flammen und lehnte den Kopf gegen den Stein hinter sich. Als er endlich zu reden begann, hatte seine Miene einen nachdenklichen und leicht verbitterten Ausdruck angenommen. »Ich habe Ihnen ja von meinem jüngeren Bruder erzählt, und auch davon, dass mein Vater eine Reise nach New Orleans unternahm. Andrew, der wegen General Jackson so hieß, war von dem Gedanken an die Stadt so angetan wie ich, vielleicht sogar noch mehr als ich. Er redete immer wieder davon, dem Mississippi flussabwärts zu folgen, so wie manche Männer davon reden, nach El Dorado zu suchen. Ich vermute, das war auch der Grund, warum er sich mit einem Tunichtgut anfreundete, der aus New Orleans kam, als er sich in Texas Lamars Rangern anschloss. Er schrieb über den Mann und darüber, was er ihm alles über die Stadt erzählte, über die Art, wie die Leute dort leben, wie sie denken, wie sie sich selbst nennen.«

»Die *crème de la crème*.« Sie flüsterte den Begriff, den er ihr in jener Nacht an den Kopf geworfen hatte, als sie sich zum ersten Mal begegnet waren. Im nächsten Augenblick fürchtete sie aber, ihre Unterbrechung könnte ihn dazu veranlassen, wieder in Schweigen zu verfallen.

»Ja, genau. Von ihm hörte ich den Begriff zum ersten Mal. Andrew und sein neuer Freund waren schon bald wie Brüder, jedenfalls schrieb er das. Sie teilten sich alles, die Pferde, die Rationen, die Wasserflaschen – nur nicht das Bettzeug.«

»Schrieb er Ihnen auch seinen Namen?«

»O ja, das tat er.«

Sie wartete kurz, doch als er ihn ihr nicht nannte, beschloss sie, ihn nicht zu drängen. Stattdessen sagte sie: »Ich glaube, Sie sprachen davon, dass Ihr Vater meinte, Sie hätten mit Ihrem Bruder mitgehen sollen.«

»Hätte ich das getan, dann hätte er nicht diesen sogenannten Freund gebraucht. Oder aber ich wäre an Andrews Stelle gestorben.«

»Was geschah?«, fragte sie so leise, dass ihre Stimme mit dem Regen eins wurde, der allmählich nachzulassen begann.

»Sie wurden auf den Marsch nach Santa Fe geschickt, auf die Mier-Expedition. Es war von Anfang an ein harter Marsch – Hitze, Trockenheit, ständige Attacken durch die Komantschen und die Apachen, die sich mit den Mexikanern verbündet hatten. Ehrlich gesagt, das Ganze war ein gewaltiger Fehler, ein von vornherein zum Scheitern verurteilter Versuch von Präsident Lamar, zu Ruhm und Ehre zu gelangen.«

»Der ja auch tatsächlich scheiterte.«

Kerr nickte knapp. »Bei Mier gerieten sie in einen Hinterhalt. Die Überlebenden wurden zusammengetrieben und auf den Marsch nach Mexiko geschickt. Das Ziel war das Gefängnis Perote westlich von Vera Cruz. Ein paar von ihnen entkamen ihren Bewachern und flohen in die Wüste. Dort wurde es dann richtig hässlich.«

»Wie meinen Sie das?« Sie hatte die Geschichte in Auszügen gehört, aber sie kannte keine Einzelheiten.

»Sie hatten kaum Vorräte, die Sonne verbrannte ihnen die Haut, die Füße waren wund gelaufen, und sie hatten sich in der Wüste verirrt. Ein paar von ihnen kamen zu der Überzeugung, dass sie es in die Richtung, in die sie flohen, niemals schaffen würden. Aber sie konnten die anderen nicht davon überzeugen, zurückzukehren und sich zu ergeben. Also nahmen sie alles an sich, was sie fanden, und ergriffen die Flucht. In der ersten Stadt, in die sie kamen, nutzten sie ihr Wissen über die entflohenen Gefangenen, um ihre eigene Haut zu retten.«

»Aber ... aber nicht Ihr Bruder.«

»Nicht Andrew, aber deren Anführer war der Mann, den er als seinen Freund bezeichnete. Und es ist keineswegs ein Zufall, dass er auch der Mann war, der alles an sich nahm, was eigentlich ihnen beiden gehörte: die Pferde, die Rationen, das Wasser. Vor allem das Wasser.«

»Und Ihr Bruder stand mit leeren Händen da.«

»Er wollte sich nur von den Anschuldigungen freisprechen, weil einige der anderen glaubten, er müsse von diesem Trick gewusst haben, sei aber im Stich gelassen worden. Es war typisch für Andrew, dass er etwas unternehmen musste, um Wiedergutmachung zu leisten. Er überzeugte die anderen, es könne ihm gelingen, die Deserteure aufzuhalten und zurückzubringen. Man gab ihm ein Pferd und ließ ihn losreiten. Sein Pferd wurde später gefunden, er selbst jedoch nicht.«

»Meinen Sie ... denken Sie, er holte die anderen ein und wurde von ihnen getötet?«

»Das weiß Gott allein. Vielleicht warf ihn das Pferd ab, oder er wurde von einer Schlange gebissen. Vielleicht trank er aus einer vergifteten Quelle, oder Indianer brachten ihn um. Es gibt Dutzende von Möglichkeiten. Aber all das wäre nie geschehen, hätte nicht ein Mann einen Verrat begangen: Jean Pierre Rouillard.«

Sonia schnappte verdutzt nach Luft, da sie völlig überrascht war, in diesem Zusammenhang den Namen ihres Verlobten zu hören. Es war zu vermuten, dass er in irgendeiner Weise mit dem Ganzen etwas zu tun haben musste. Ein paar Mal war ihr dieser Gedanke bereits gekommen, weil er so wie Bernard und Andrew Wallace ein Ranger gewesen war, aber es war so grässlich, dass sie nicht darüber hatte nachdenken wollen.

»Ich verstehe das nicht«, entgegnete sie. »Jean Pierre sagte ... das heißt, er muss bei Mier zusammen mit den anderen wieder gefangen genommen worden sein, weil er mir erzählen konnte, wie Bernard gestorben war.«

»Das war gelogen.«

»Aber er wusste, dass Bernard die schwarze Bohne gezogen hatte.«

»Das erzählten ihm seine mexikanischen Freunde, oder er war sogar unter den Mexikanern, als die Gefangenen ausgewählt wurden, die sterben sollten. Ich gebe Ihnen mein Wort, dass er nicht bei den überlebenden Gefangenen war. Das kann ich, weil Andrew noch einen Brief schrieb, bevor er sich an die Verfolgung der Deserteure machte. Er schilderte, was sich wo zugetragen hatte, und er nannte Namen. Diesen Brief gab er seinem Captain, der das Glück hatte, eine weiße Bohne zu ziehen. Er schaffte den Brief nach Kentucky.«

»Ich verstehe.« Tränen stiegen ihr in die Augen, weil sie um diese beiden tapferen Männer trauerte, Bernard und Andrew. Voller Energie, Freude und Lebenslust, als würden sie zu einem Fest gehen, waren sie losgezogen, um an einem Krieg teilzunehmen, aus dem sie nie zurückkehren sollten. Sie waren tot, als hätten sie niemals existiert, und sie lebten nur noch in den Erinnerungen der Menschen weiter, die sie geliebt hatten.

Doch der Mann, der sie beide verraten und ihren Tod auf dem Gewissen hatte, lebte immer noch. Und er war der Mann, den sie heiraten sollte.

»Sie wollen nach Vera Cruz, um Jean Pierre zu töten«, erklärte sie ruhig.

»Ich will ihn zwingen, sich mir mit dem Degen in der Hand zu stellen und mir zu erklären, was er warum getan hat.«

»Und um ihn dann zu töten.«

Kerr sah auf seine zu Fäusten geballten Hände. »Vermutlich.«

»Und deshalb sind Sie so entschlossen, dass diese Hochzeit stattfindet.«

»Ja.«

Schmerz schnürte ihr die Kehle so zusammen, dass sie sich einen Moment sammeln musste, ehe sie weiterreden konnte. »Und es ist der Grund, weshalb Sie mich anfassten, mich auf der *Lime Rock* in meiner Kabine einsperrten und dafür sorgten, dass ich nicht zurück an Land gelangen konnte.«

»Das ist richtig«, bestätigte er mit ruhiger Stimme.

»Verzeihen Sie, aber ich verstehe nicht, warum es notwendig war, das Angebot meines Vaters anzunehmen. Warum sind Sie nicht einfach so mit dem nächsten Schiff nach Vera Cruz abgereist, um dort nach ihm zu suchen?«

»Seit Jahren folge ich bereits seiner Fährte. Ich dachte mir, er müsste sich in der Gegend um Santa Fe aufhalten, nachdem er desertiert war, also verließ ich Kentucky mit dem Ziel Missouri, schloss mich einem Händlertreck an, der über Land zog und die alte Route über den Bergpass nahm. Ich lag mit meiner Vermutung richtig, doch Ihr Verlobter fand heraus, dass ich nach ihm auf der Suche war. Er setzte sich über die Grenze mit Ziel Chihuahua ab. Ich folgte ihm, wie Sie sich vermutlich schon gedacht haben. Als ich dort eintraf, war er abermals untergetaucht. Ich wusste, er stammt aus New Orleans, und ich dachte mir, er könnte dorthin zurückkehren, also begab ich mich in die Stadt. Ich fand keine Spur von ihm, und mir ging das Geld aus. Mir schien es angebracht, mich als Fechtmeister zu betätigen, weil ich so meinen Lebensunterhalt verdienen und Kontakt zu den Männern im Vieux Carré aufnehmen konnte, die vielleicht etwas über Rouillard wussten. Hin und wieder hieß es, er sei kurz in der Stadt gewesen, aber schon wieder abgereist. Oder man hatte ihn in Mobile, Havanna oder Galveston gesehen. Ich ging jeder Spur nach, doch ich kam immer zu spät.«

»Aber Sie wussten nichts von Vera Cruz.«

»Ich glaube, in den ersten Jahren war er nicht da unten. Er zog viel umher, aber er wurde nirgendwo sesshaft. Später hörte ich Gerüchte, dass er Verbindungen nach dorthin haben sollte. Dann hieß es, er habe sich eine Braut aus New Orleans auserwählt, eine Braut, die mit einem Segelschiff zur Hochzeit reisen sollte. Wie es schien, war der Vater der Braut nicht darauf versessen, diese Reise zu unternehmen, und wollte einen Begleiter anheuern. Wenn ich diesen Posten bekommen sollte und ich mit der Braut auf der Hochzeitsfeier auftauchte, würde ich endlich die Chance bekommen, dem Mann gegenüberzutreten, der Andrews Tod zu verantworten hatte.«

Die einfache Art, wie er seine lange Suche geschildert hatte, sagte mehr über den Mann aus als aller Wortschwall und alle Drohungen. Es sagte auch viel darüber, wie tief seine Gefühle für jene Menschen waren, die er liebte.

Sonia atmete tief durch und schüttelte dann den Kopf. »Man wird Sie vielleicht als meinen Begleiter in Jean Pierres Haus einlassen, aber es würde mich überraschen, wenn er sich bereit erklären sollte, sich Ihnen im Duell zu stellen.«

»Dann sollte ich mir einen Grund einfallen lassen, den er nicht ignorieren kann.«

»Angenommen«, begann sie, benetzte ihre Lippen und fuhr dann fort: »Angenommen, Sie bringen ihm eine Verlobte, die nicht dem entspricht, was im Ehevertrag vereinbart wurde.«

Er sah sie verständnislos an und runzelte die Stirn. »Worauf wollen Sie hinaus?«

»Überlegen Sie doch mal. Eine Braut kann zu ihrer Familie zurückgeschickt werden, wenn sie ... wenn sie im Schlafgemach mehr Erfahrung besitzt, als man von ihr erwarten sollte. Das ist bei mir nicht der Fall, was für diese Situation eine unerfreuliche Tatsache ist. Aber vielleicht ... nun vielleicht ließe sich dieses Problem lösen.«

Er drehte den Kopf zur Seite und starrte in die zunehmende Dunkelheit. Mit einem Mal herrschte zwischen ihnen so tiefes Schweigen, dass das Knistern des Feuers und die Regentropfen, die von den Blättern zu Boden fielen, übermächtig laut wirkten. Kerr schluckte bemüht, woraufhin sein Adamsapfel kurz in die Höhe schoss. »Ich habe etwas anderes versprochen.«

Sie legte den Kopf schräg und betrachtete, was sie im Feuerschein von seinem Gesicht sehen konnte. »Wem haben Sie es versprochen? Nicht meinem Vater, sonst hätte er Sie nicht beleidigt, indem er Ihre Zusicherung erst noch einforderte. Und nicht Jean Pierre, denn er weiß nicht, dass Sie auf dem Weg zu ihm sind. Wenn Sie es mir versprochen haben, dann entbinde ich Sie davon. Wer ist dann übrig, von Ihnen abgesehen? Und wenn Sie es sich selbst versprochen haben, welchem Zweck soll es dienen?«

»Ich könnte nicht so hinterhältig Rache üben.«

»Das ist sehr nobel, aber wem wird geschadet, wenn ich keine Einwände habe? Oder wollten Sie mich opfern, indem Sie ihn erst nach der Hochzeit zur Rede gestellt hätten?«

»Opfern?«

»Sie glauben doch nicht«, sagte sie ihm auf den Kopf zu, »dass ich mich auf diese Hochzeitsnacht freue, oder?«

Er vermied es noch immer, sie anzusehen, aber er presste die Lippen zusammen.

»Natürlich könnte ich wegen dieses kleinen Abenteuers ohnehin behaupten, mir sei gar keine andere Wahl geblieben, als mich zu fügen«, redete sie unbekümmert weiter. »Das nur für den Fall, dass Sie bei einem wie auch immer gearteten Zusammentreffen mit meinem Verlobten getötet werden sollten. Aber es erscheint mir besser, wenn ich weiß, wovon ich rede.« Sie schluckte, dann fügte sie mit kecker Dreistigkeit hinzu: »Und es dürfte auch besser sein, wenn ich den Beweis erbringen kann ... für den Fall, dass ich ihn erbringen muss.«

»Sie wollen von mir geliebt werden.«

Sie reagierte mit einem unsicheren, schiefen Lächeln. »Sie haben versprochen, mich zu beschützen. Ich bitte Sie nicht darum, mich nicht zu Jean Pierre zu bringen, aber ich bitte Sie um diese Versicherung, damit ich nicht seine Frau werden muss. Natürlich nur, wenn es Ihnen nicht zu viele Umstände macht.«

Zwanzigstes Kapitel

Der Blick, den er ihr daraufhin zuwarf, hatte etwas Strenges an sich. Er öffnete etwas den Mund, erwiderte aber nichts, sondern atmete ein und schwieg weiter.

Inzwischen hatte es ganz zu regnen aufgehört. Es war nichts weiter als ein tropischer Schauer gewesen, so wie man sie im Juni und Juli auch in New Orleans erleben konnte. Dem Regen folgte eine frische Brise, die Blütenduft und den Geruch von feuchter Vegetation und ein Gefühl von Erneuerung mit sich trug. Als der kühle Wind durch die Türöffnung in ihren Unterschlupf drang, wehte er ihnen die Rauchfahne des Feuers und den Geruch von geröstetem Fleisch entgegen. Der Wind strich über Kerrs an Schultern und Arme, und Sonia konnte sehen, wie sich dort eine Gänsehaut bildete.

Fett tropfte aus dem Fleisch in die Flammen und zischte leise. Kerr verließ seinen Platz und hockte sich neben das Feuer, um den Spieß zu drehen, auf dem der Vogel steckte. Dabei machte er eine Miene, als sei das eine Aufgabe, die ihm all seine Konzentration abverlangte. Anschließend stocherte er mit einem Zweig im Feuer, um die Bananen tiefer in die Glut zu schieben. Sein Blick war immer noch auf das gerichtet, was er tat, als er schließlich in einem nachdenklichen Tonfall fragte: »Und was soll danach sein?«

»Ich weiß nicht, wovon Sie reden.« Sie wusste es eigentlich schon, doch sie wollte Gewissheit haben, dass sie nicht aneinander vorbeiredeten.

»Was wird geschehen, wenn das hier vorüber ist? Wohin

werden Sie gehen? Wird Ihr Papa Sie wieder aufnehmen in diesem Zustand, den ich zu verschulden habe?«

Etwas Unterschwelliges in seinem Tonfall und seiner Wortwahl ließen Gewissensbisse bei ihr aufkommen. »Ich wollte nicht ...«

»Ich weiß. Vergessen Sie das. Aber was ist mit dem Rest?«

»Ich sehe keinen Grund, warum mein Vater es wissen sollte.«

»Das halte ich für zu zuversichtlich. Die Geschichte wird herauskommen.«

»Dann muss das Haus meiner Großmutter in Mobile mein Ziel sein, so wie es zuvor schon beabsichtigt war.«

Er legte mehr Zweige ins Feuer, sein Gesicht war in das orangefarbene Leuchten der Glut getaucht, während sich in seinen Augen die Flammen spiegelten. »Lassen Sie uns eines klarstellen. Es ist nicht Ihre Absicht ... mich zu irgendetwas zu verpflichten?«

Sie dachte, ihm wäre eine andere Formulierung für seine Frage eher in den Sinn gekommen. Aber wie hätte er es dann ausgedrückt? Sie konnte nicht klar denken, da sie ihm versichern musste, dass sie ihm nicht für den Rest seines Lebens zur Last fallen würde. »Natürlich nicht.«

»Ja, natürlich nicht.«

Daraufhin sprang er so abrupt auf, dass sie zusammenzuckte und mit dem Kopf leicht gegen die Wand hinter sich stieß. Es war von ihr eine unnötige Reaktion, weil seine Bewegung gar nicht ihr galt. Er warf ihr nicht mal einen Seitenblick zu, als er nach seinem Taschenmesser griff, das neben dem Feuer lag, und zielstrebig in die Nacht hinauslief.

Eigentlich hätte sie längst daran gewöhnt sein müssen, dass er sich so Hals über Kopf zurückzog und sie allein zurückließ, doch diesmal empfand sie sein Verhalten als beunruhigender, weil es ihr wie eine Zurückweisung vorkam.

Sie schloss die Augen und biss sich auf die Unterlippe,

um ihre Tränen zurückzuhalten. All ihren Mut hatte sie aufbringen müssen, um die Worte auszusprechen, mit denen sie sich selbst den Schutz vor allem nahm, was er mit ihr zu tun gedachte. Dass er nun gar nichts von ihr wollte, das traf sie wie ein Schlag in die Magengrube. Der Schmerz rührte nicht nur daher, dass ihr Traum geplatzt war, die Heirat zu verhindern. Sie hatte auch gedacht, ja, sogar gehofft, Kerr begehre sie und er würde ihr erlauben, eine Unterwerfung zu erfahren, die nichts mit jener körperlichen Vereinigung aus ehelichem Pflichtgefühl zu tun hatte, sondern die auf gegenseitiger Anziehung beruhte und dem Wunsch, Lust zu schenken und selbst zu erfahren.

Er wollte sie nicht. Zumindest interessierte er sich nicht genug für sie, um wenigstens für eine Stunde die Bürde seines Racheversprechens vergessen zu können, während sie hier in dieser paradiesischen Wildnis ganz allein waren. Sie hatte auf Risiko gespielt und verloren. Die Demütigung war vernichtend, aber schlimmer noch war der Schmerz. Mit so etwas hatte sie nicht gerechnet. Zumindest war sie ihm dankbar, dass er sie verlassen hatte, damit sie diese ernüchternde und erniedrigende Erfahrung in Ruhe verarbeiten konnte.

Eine Weile später, nachdem sie geprüft hatte, ob der Vogel wirklich durch war, und den Spieß aus dem Feuer nahm, kam Kerr zurück. Sie hörte seine leisen Schritte, als sie gerade die Bananen aufteilte und zu dem Fleisch auf den als Teller dienenden Blättern legte. Mit aufgebrachtem Blick kam er zu ihr, in seinen nackten, von Kratzern überzogenen Armen hielt er zahlreiche Palmenwedel.

Wenigstens hatte er sie nicht hier im Dschungel im Stich gelassen. Zu ihrem eigenen Erstaunen genügte diese Feststellung bereits, damit sich ihre Stimmung besserte. Bis gerade eben hatte sie nicht einmal Hunger verspürt, doch der war nun zurückgekehrt.

Sie deutete auf das Essen, er antwortete mit einem knappen Nicken und ging an ihr vorbei, um die Palmenwedel an der inneren Wand abzulegen. Dann kauerte er sich neben Sonia und aß zügig, die Finger leckte er erst ab, bevor er sie am Hosenbein abwischte.

Sonia aß ihre Portion und leckte sich anschließend ebenfalls die Finger ab. Als sie fertig war, warf sie die leer gegessenen Blätter ins Feuer, wo sie zunächst schwarz wurden und sich aufzurollen begannen, ehe sie in Flammen aufgingen.

»Kommen Sie«, sagte er. »Ich begleite Sie zurück zum See, bevor wir uns schlafen legen.«

Es schien ihr eine gute Idee zu sein. Sie ging mit ihm los, blieb aber immer ein paar Schritte hinter Kerr, da sie fürchtete, der Jaguar könne auf den Gedanken kommen, sich ebenfalls zu seiner Wasserstelle zu begeben. Unterwegs zog Sonia sich hinter einen Busch zurück, während Kerr die Umgebung beobachtete.

Der kleine See bot im Schein des aufgehenden Mondes einen zauberhaften Anblick, aber sie hielten sich nicht länger auf als unbedingt nötig. Nachdem sie sich Hände und Gesicht gewaschen und noch einmal getrunken hatten, liefen sie zu ihrem Unterschlupf zurück.

Sonia kam inzwischen nur noch mit schleppenden Schritten voran, da sie sich todmüde fühlte. Das Gefühl wurde umso stärker, je näher sie der Ruine kamen, in der sie Zuflucht gesucht hatten. Zum Teil hing ihre Erschöpfung mit den Anstrengungen dieses Tages zusammen, aber es waren auch die Enttäuschung und die plötzliche Hoffnungslosigkeit, die ihr zu schaffen machten. Selbst Reden schien ihr zu anstrengend zu sein. Und was gab es schon noch zu reden mit dem Mann, der ein Stück vor ihr ging? Sie konnte nicht darauf bestehen, dass er sie liebte, und sie war zu stolz, als dass sie ihn angebettelt hätte.

Wo würde sie heute in einer Woche sein? Würde sie darauf warten, dass Jean Pierre als ihr Bräutigam zu ihr kam, oder würde sie zumindest offiziell seinen Tod betrauern? Würde sie Vera Cruz den Rücken kehren und heimreisen oder um den Fechtmeister mit den grauen Augen trauern?

Die letzte Möglichkeit ließ sie erschaudern, und mit gesenktem Blick folgte sie Kerr weiter, bis sie die niedrigen Flammen dessen sah, was einmal ihr Feuer gewesen war. Vor ihr lag das düstere Maul des uralten Raums, in dem sie die Nacht verbringen würden.

Kerr durchschritt vor ihr die Öffnung, Sonia folgte ihm deutlich langsamer und blieb zögernd gleich hinter dem Eingang stehen, während er über die Palmenwedel gebeugt stand, die er hergebracht hatte. Er ordnete sie so, dass sie ein wenig an ein Bett erinnerten, aber es war nur ein einzelner Schlafplatz. Als er sich hinkniete, konnte sie die Unterseite eines seiner Strümpfe sehen, und sie erkannte, dass sich das Gewebe in blutige Lumpen verwandelt hatte, die von Schnitten und Kratzern zeugten, die er ohne Murren ertragen hatte. Bei diesem Anblick verspürte sie ein sonderbares Ziehen in der Brust.

Plötzlich bemerkte sie eine Bewegung dicht hinter ihm, begleitet von einem leisen Schaben, das nichts mit dem Lager aus Blattwerk zu tun hatte, das er aufschichtete. Der schwache Schein des Feuers beleuchtete eine Form, die auf spindeldürren Beinen über den Boden kroch und einen gekrümmten Schwanz mit Stachel in die Luft reckte. Sonias Augen weiteten sich, als sie das Tier erkannte und begriff, welche Gefahr von ihm ausging.

Wenn sie Kerr etwas zurief, würde er sich womöglich reflexartig zu ihr umdrehen und sich der Kreatur damit genau in den Weg stellen. Doch sie musste irgendetwas unternehmen.

Langsam und mit schmerzenden Gliedern bückte sie sich und griff nach einem Stein, der gleich neben ihr lag. Mit äußerster Geduld bewegte sie sich vorwärts, stets darauf bedacht, keine hastigen Bewegungen zu machen. Kerr warf ihr einen fragenden Blick zu, doch sie nahm davon kaum Notiz. Als sie die richtige Position gefunden hatte, holte sie vorsichtig aus und schleuderte dann den Stein mit aller ihr verfügbaren Kraft zu Boden.

Der Skorpion wurde auf der Stelle zerquetscht, der Knall hallte in dem dunklen Raum nach, während der Aufprall uralten, trockenen Staub aufwirbelte, der ihr in den Hals kam und einen Hustenreiz auslöste.

Kerr stand auf und drehte sich in der unnachahmlichen Haltung eines Schwertkämpfers zu ihr um. Sein Blick war auf den sterbenden Skorpion gerichtet, wanderte dann aber langsam zu Sonias Gesicht.

Der Staub legte sich allmählich, und in dem Raum machte sich wieder Stille breit, doch Kerr sagte noch immer kein Wort. Der zerquetschte Skorpion zuckte noch ein letztes Mal, dann regte er sich nicht mehr.

Sonia unternahm einen mutigen Versuch, Gelassenheit an den Tag zu legen, jedoch bebten ihre Lippen. »Ich kann doch meine Eskorte nicht verlieren.«

»Nein, das können Sie nicht«, erwiderte er mit ruhiger Stimme und baute sich vor ihr zu voller Größe auf. »Das wäre nicht gut.«

»Aber ich hoffe, es wird Sie nicht überraschen, wenn ich nicht außer mir bin vor Freude, wenn ich daran denke, dass sich von diesem Ding noch Artgenossen hier aufhalten könnten.«

»Ich verstehe, was Sie meinen.« Er hob die Palmenwedel und legte sie mit einer ausholenden Geste auf den Steinblock und verteilte sie darauf, als handele es sich um ein primitives Altartuch. Dann trat er ein paar Schritte zurück und wartete ab.

Sie bewunderte sein Werk, dann hob sie den Blick. »Meines«, fragte sie mit glockenheller Stimme, »oder Ihres?«

Anstelle einer Antwort holte er sein Taschenmesser hervor und klappte es auf, dann beschrieb er mit der Klinge eine schnelle Geste vor seinem Gesicht, die an den Salut eines Duellisten gegenüber einem anderen erinnerte. »Umdrehen«, forderte er sie leise auf.

Sie blieb stehen. »Was?«

»Es sei denn, Sie vertrauen mir doch nicht.«

Er forderte sie heraus, und er erinnerte sie zugleich an ihre eigenen Worte, sodass es darauf nur eine Antwort geben konnte. Langsam drehte sie sich um, bis sie ihm den Rücken zuwandte.

Seine Hosenbeine rieben aneinander, als er zu ihr kam. Mit sanften Fingern hob er ihre langen Haare an und schob sie über eine Schulter, sodass sie ihr über einer Brust lagen. Er zog ihr sein Hemd aus und warf es auf den Boden vor ihrem Bett. Dann schob er seine Finger der einen Hand dort zwischen Haut und Oberkante ihres Korsetts, wo es auf dem Rücken geschnürt war. Mit einer fließenden, raschen Bewegung zog er mit der anderen Hand die Messerklinge durch die fest gespannten Korsettschnüre.

Als diese zerteilt wurden, klang das fast wie ferne Pistolenschüsse. Ihr Korsett sprang so plötzlich auf, dass sie mit einem heiseren, erstickten Laut nach Luft rang.

Das Kleidungsstück aus Walfischknochen und Seide rutschte ihr bis auf die Hüfte. Sie wollte es mit einem Arm gegen ihren Bauch drücken, doch er zog es rasch weg und warf es dorthin, wo bereits sein Hemd lag.

»Das wollte ich bereits machen, seit wir die *Lime Rock* verlassen hatten«, erklärte er zufrieden.

Sie drehte sich zu ihm um und musterte sein Gesicht im Schein des langsam erlöschenden Feuers. Mit gehauchter Stimme fragte sie schließlich: »Und was noch?«

Er betrachtete zunächst das Messer in seiner Hand, dann sah er mit zusammengekniffenen Augen zu ihrem Kamisol.

»Nein«, rief sie hastig aus und legte eine Hand auf den

Stoff zwischen ihren Brüsten. »Ich brauche auch noch etwas, um mich bedecken zu können.«

»Zu schade«, murmelte er, klappte das Messer zusammen und steckte es in die Tasche.

Verstand sie seine Geste richtig, oder ging es ihm nur darum, dass sie bequemer liegen konnte? Sie wusste es nicht, also musste sie ihn fragen. »Haben Sie entschieden ...«

»... dass Sie recht haben. Ein Vorwand für ein Treffen ist eine gute Idee.«

»Und was soll danach sein?« Ganz bewusst wiederholte sie die Formulierung, die er zuvor verwendet hatte.

»Danach werde ich nicht mehr von Ihnen erwarten als das, was Sie mir zu geben bereit sind.«

Diese Erwiderung hatte sie hören wollen. Doch warum klang sie in ihren Ohren so leer? Sie würde sich natürlich nicht weigern, denn eine solche Geste konnte sie sich gar nicht leisten. Voller Wagemut griff sie nach dem Saum ihres Kamisols und zog es in einer schnellen Bewegung aus.

Für die Dauer eines tiefen, gemächlichen Atemzugs rührte Kerr sich nicht, nur seine Augen nahmen einen dunklen, geheimnisvollen Ausdruck an. Er ließ seinen Blick nach unten wandern, dann streckte er den linken Arm aus und legte seine langgliedrigen Finger auf ihre Rippen. Von dort bewegte er seine Hand langsam nach oben, bis er sie um ihren Busen legen konnte. Es war ein sanfter, aber sicherer Griff, der ein Gefühl von Ehrfurcht auslöste. Er beugte den Kopf und hauchte seinen warmen Atem auf ihre Brustspitze, dann berührte er sie kurz mit seiner Zunge und wich weit genug zurück, um zu beobachten, wie sie sich versteifte und gegen seinen Daumen und Zeigefinger drückte. Wie magisch angezogen, ließ er den Kopf wieder sinken und legte abermals seine Lippen an ihre Brust. Er fuhr mit der Zunge darüber, berührte sie behutsam mit den Zähnen und saugte an ihr, als genieße er die köstlichste Frucht überhaupt.

Die Gefühle, die ihren Körper in Wellen durchliefen, waren mitreißend und unglaublich – und zu intensiv, um sich ihnen zu widersetzen. Sie sank langsam gegen ihn, da ihre Beine ihr keinen Halt mehr geben wollten. Kerr fing sie auf, indem er einen Arm um ihre Schenkel, den anderen um ihren Rücken legte. Dann richtete er sich auf und hob sie hoch. Einen Moment lang hielt er sie so, während sein Blick besitzergreifend und begierig wurde. Behutsam legte er sie auf das improvisierte Bett, dann ließ er sich neben ihr nieder und zog sie an sich, bis sie von der Brust bis zu den Knöcheln miteinander verschmolzen waren.

Sonias Zweifel waren wie weggewischt, an ihre Stelle rückte freudige Erwartung. Sie atmete tief ein und stieß die Luft als Seufzer wieder aus, als sie sich an Kerr presste, um seinen kräftigen Körper zu spüren, um sein raues Brusthaar auf den empfindlichen Kurven ihres Busens ebenso zu fühlen wie die Hitze, die von seinen Lenden ausstrahlte. Ein wohliger Schauer lief ihr über den Körper als Reaktion auf Empfindungen, die ihr nahezu fremd waren. Mit der Hand strich sie über seine muskulöse Schulter, umfasste seinen Oberarm und spürte die Kraft, die in seinem Unterarm ruhte. In diesem Moment verstand sie, warum eine Römerin sich davongeschlichen haben musste, um mit einem Gladiator das Lager zu teilen, bevor er in die Arena ging. Die Vollkommenheit des männlichen Körpers in Verbindung mit todbringender Kraft besaß etwas zutiefst Verführerisches.

Aber in Kerr steckte mehr als nur brutale Kraft, das war ihr sehr wohl bewusst, während er die Schleife ihrer Pluderhose öffnete und sie ihr auszog. Verstand und Gefühl bestimmten seine Bewegungen: Er wusste nicht nur, was er da tat, er wusste auch, wie und warum er es zu tun hatte. Nichts konnte ihn ablenken, nichts davon vergaß er – und das war das Verführerischste überhaupt.

Sie hob eine Hand und schob ihm die Weste von der Schulter. Während er den Rest erledigte, strich sie in weiten Kreisbewegungen über seine Brust und nahm jede Empfindung in sich auf. Sie schob die Finger in sein Haar, drehte ihren Kopf zur Seite und bot ihm ihren Mund dar, damit er sie küsste.

Er nahm ihren Mund schnell und sinnlich in Besitz, fuhr mit der Zungenspitze über ihre Lippen. Seine Zunge spielte mit ihrer, nippte an ihr wie an einer von Nektar schweren Blüte. Sonia fühlte sich schwer, matt und zufrieden, gleichzeitig schien sie in einem süßen Rausch zu ertrinken. Dieser Rausch wurde von ihrem Blut im ganzen Körper verteilt, und er sorgte dafür, dass sie sich vom Bauch abwärts willenlos, feucht und empfänglich fühlte. Sie war wie benommen, schien zu schweben und konnte nur seinem Handeln folgen, ohne nachzudenken und ohne sich um die Konsequenzen zu kümmern. Die konnten ohnehin nur das sein, was sie haben wollte – in diesem Augenblick und in der Zukunft, die so dicht vor ihr schwebte, dass sie fast zum Greifen nah war. Und wenn das Notwendige daneben noch ein wenig Lust bereitete, wen sollte das kümmern?

Er küsste sie auf die Nasenspitze, den Nasenrücken und das Kinn, dann ließ er seine warme, feuchte Zunge durch Mulde zwischen ihren Brüsten dorthin wandern, so seine große Hand gespreizt auf ihrem Bauch ruhte. Während er mit der Zunge zu ihrem Busen zurückkehrte, schob er seine feingliedrigen, geschmeidigen Finger weiter nach unten.

Im ständigen Wechsel zwischen Verzauberung, Verlegenheit, Versuchung und Besessenheit ließ sie alles zu, was er wollte, bewegte sich mit ihm, verstärkte den Druck seiner Finger, indem sie sich leicht aufbäumte. Das alles geschah mit einem nach und nach stärker werdenden Eifer. Kerr streichelte den kleinen Hügel, der hinabführte zwischen ihre Schenkel, bewegte seine Hand weiter und drang erst vorsichtig, dann tiefer in sie ein.

Sie ließ ihre Finger über seinen angespannten Rücken wandern, strich mit den Nägeln über die Haut und konnte sich nur mit Mühe davon abhalten, sie in sein Fleisch zu

. Unbeherrscht drehte sie den Kopf hin und her, unterdrückte ihr Stöhnen, konnte aber ein leises Schluchzen nicht verhindern. Ihr Körper verlangte nach mehr und stand kurz davor, es sich einfach zu nehmen. Dennoch hielt sie sich zurück, da sie fürchtete, etwas von dem zu versäumen, was er mit ihr anstellte.

Sein heißer Atem strich über die hochempfindlichen Partien ihrer Oberschenkel, die Berührungen durch seine Zunge an jenen Punkten, die durch den langen Marsch wund gerieben worden waren, hätten köstlicher nicht sein können. Das inbrünstige Saugen seiner Lippen, wissend und warm, die ihr Innerstes berührte, kam ihr schier unendlich vor. O ja, und dann der Vorstoß, tiefer und tiefer, bis sie so zu zucken begann, dass sie einen lustvollen Schrei nicht zurückhalten, konnte.

Schließlich legte er sich auf sie, entledigte sich hastig seiner Hose und schmiegte sich an Sonia. Sie sah ihn mit großen Augen an, während er behutsam in sie eindrang und ihm eine wohlige Gänsehaut über den Körper lief, die sie unter ihren Händen fühlen konnte. Er küsste sie ungestüm, sodass er ihren leisen Aufschrei erstickte, als er die natürliche Barriere ihrer Jungfräulichkeit erreichte und diese sanft, aber nachdrücklich durchdrang.

Für einige Sekunden hielt er inne und linderte den kurzen Schmerz mit kleinen Küssen und unglaublich sanften Berührungen, während Sonias Körper sein Eindringen akzeptierte und ihn tiefer in sich aufnahm. Erst dann begann er sich in einem langsamen Rhythmus zu bewegen, wobei er eine völlige Kontrolle seines Körpers erkennen und sich nicht von der puren Lust mitreißen ließ.

Sonia gab sich ihm hin wie eine Jungfrau, die geopfert wurde, klammerte sich an ihm fest und forderte mehr von ihm, drängte ihn, ihr fieberhaftes Verlangen zu stillen. Mit kraftvollen Bewegungen seiner Hüften und Schenkeln reagierte er auf ihre Begierde, drang tiefer ein, bis sie begann, sich gegen ihn zu drücken und sich seinem Rhythmus anzupassen.

Es war nicht bloß ein simpler Paarungsakt von Mann und Frau, sondern etwas viel Tiefergehendes, etwas Urtümliches und durch und durch Wahres, Echtes. Es erfasste sie beide, hielt sie in seinem Griff und belohnte sie schließlich mit dem größten Geschenk, das eine solche Verbindung bescheren konnte.

In heißen Wellen wurden sie von der Lust erfasst und mitgerissen. Sonia klammerte sich an ihm fest, jeder Muskel verkrampfte sich und brannte auf wundervolle Art. Kerr hielt sie in seinen Armen und gab ihr alles, was er geben konnte. Am ganzen Leib zitternd und bebend, nahm sie alles, was er ihr gab, während ihr Tränen übers Gesicht liefen, da sein selbstloses Geschenk sie so sehr rührte.

Es war weniger, als sie sich tief in ihrem Herzen wünschte, aber mehr als genug für ihr Verlangen.

Einundzwanzigstes Kapitel

Kerr lag auf der Seite, sein Kopf ruhte auf dem angewinkelten Arm, mit der freien Hand zog er Sonia an sich. Sie hatte sich ganz an ihn geschmiegt, die sanften Rundungen ihrer Hüften drückten sich gegen seine Lenden, und seine Hand hatte eine Brust umschlossen. Sonia schlief fest und atmete tief und gleichmäßig. Ihre Füße fühlten sich dort kühl an, wo sie seine Schienbeine berührten. Sein Kinn ruhte auf ihrem Kopf, ein einzelnes Haar kitzelte seine Nase, doch er konnte nichts dagegen tun.

Ihn kostete es überdies rigorose Selbstbeherrschung, nicht seine Lage zu verändern, obwohl dann der Krampf in seiner Seite nachgelassen hätte. Aber er wollte Sonia nicht aufwecken, denn sie brauchte ihren Schlaf. Vor allem jedoch war er noch nicht bereit, sie loszulassen.

Die Morgendämmerung ließ den nachtschwarzen Himmel allmählich einen grauen Ton annehmen. In der Ferne war der krächzende Chor eines Papageienschwarms zu hören, und schon bald würde die Sonne sich über den Horizont erheben und einen weiteren sehr schwülwarmen Tag ankündigen. Eigentlich müssten sie sich jetzt auf den Weg machen, um den kühlen Morgen dafür zu nutzen, eine möglichst weite Strecke zu bewältigen, solange die Temperaturen noch erträglich waren. Dennoch rührte er sich nicht. Er bemerkte das leichte Zucken ihrer Lider, die dunklen Ringe unter ihren Augen, die durch die Schatten der langen Wimpern noch schwärzer schienen. Er sah ihre Lippen, die von den vielen Stunden ohne Wasser trocken waren, und er bekam das gelegentliche Zucken ihrer Hand mit, die offen auf den Palmenwedeln lag. Vermutlich träumte sie. Möglicherweise war es ein Traum, aus dem sie nicht geweckt werden wollte.

Er bevorzugte den traumhaften Anblick, den sie in seinen Armen bot.

Sie war zu ihm gekommen. Zwar hatten bestimmte Gründe sie dazu gebracht, doch die änderten kaum etwas daran, welches Wunder ihm zuteil geworden war.

Beinahe hätte er es zunichtegemacht, da er in einem Anfall von verletztem Stolz davongestürmt war, weil sie ihm keinen Platz in ihrem Leben gewähren wollte, wenn diese Episode vorüber war. Aber was hatte er denn auch erwartet? Sie war, wer sie war, und er war, wer er war. Ihre beider Welten berührten sich nur selten einmal, und noch viel seltener kam es vor, dass sie sich vermischten. Er war ein Narr, mehr zu verlangen, wo er doch im Gegenzug so wenig zu geben hatte.

Sie war nicht dazu bestimmt, die Frau eines Farmers zu werden. Von seinen Einnahmen als Fechtmeister hätte er ihr ein schönes Zuhause in Kentucky kaufen können, ein Grundstück auf gutem Boden, wo zwei Flüsse ineinander mündeten und ein weißes Haus unter Eichen auf einem Hügel stand. Doch das wäre ein karges Leben für eine Frau, die an den Luxus und die Vergnügungen gewöhnt war, die New Orleans bot. Nach einem Monat wäre sie gelangweilt und würde sich nach Abwechslung sehnen, auch wenn sie zuvor das Gegenteil behauptet hatte.

Nein, Sonia Bonneval war nicht für ihn bestimmt. Dennoch war sie eine bemerkenswerte Frau, aufbrausend und starrsinnig ohne Rücksicht auf die Konsequenzen, aber auch gerecht und umsichtig. Sie war sanft, wo er sich hart gab, doch ihre innere Kraft konnte es mit seiner in jeder Hinsicht aufnehmen und übertraf sie vielleicht sogar.

Gott, er würde nie den Anblick vergessen, als sie den Stein in ihrer erhobenen Faust hielt und wie eine rachsüchtige Furie den Skorpion tötete. Einen Moment lang hatte er tatsächlich geglaubt, er sei das Ziel ihrer Attacke. Diese Möglichkeit versetzte ihn so sehr in Erstaunen, dass er fast schon geneigt gewesen war, sie gewähren zu lassen.

Stattdessen hatte sie ihm das Leben gerettet. Skorpione waren in dieser Region doppelt so groß wie ihre amerikanischen Cousins. Das Gift hätte ihn schwer erkranken, vielleicht sogar sterben lassen. Die meisten Frauen, die er kannte, hätten zu schreien begonnen und wären in Panik umhergelaufen. Sonia dagegen hatte die Kreatur mit einem Stein zerquetscht und zugesehen, wie diese starb.

Würde sie so auch handeln, wenn er ihr in den Weg kam?

Niemand vermochte das zu sagen, doch er wollte lieber kein Risiko eingehen.

Unter tausend Frauen fand man nur eine, die so war wie sie, das musste er ihr zugestehen. Ihn verwunderte immer noch, wie sie ihm gefolgt war, wie sie immer dicht hinter ihm blieb, auch wenn er wegen ihrer Fußverletzung langsamer als üblich vorangekommen war. Doch sie hatte sich nie beklagt, nie um eine Pause gebettelt, sie hatte nicht über den Wassermangel, die Hitze, ihre Verletzung oder die vielen Kratzer und Schrammen geklagt. Sie aß, was er ihr vorsetzte, und sie half, wo sie konnte. Was wollte man mehr von einer Frau erwarten?

O ja, und sogar das hatte sie ihm gegeben – mit einer Großzügigkeit, die sein Herz nicht vergessen würde. Er hatte ihre Situation auf schändliche Weise ausgenutzt, hatte sie noch zweimal geliebt, bevor sie sich schlafen legten. Er war von einer verzweifelten Unersättlichkeit getrieben worden, wie er sie noch nie erlebt hatte. Ihm kam es fast so vor, als müsse diese eine Nacht für ein ganzes Leben reichen.

Alles, was er besaß, hätte er dafür gegeben, noch ein oder zwei Tage mit ihr hierzubleiben, doch das war nicht möglich. Die Nahrung war kein Problem. Er konnte für reiche

Beute sorgen, indem er das Wissen anwandte, das er sich als kleiner Junge auf der Jagd von seinem Vater angeeignet hatte. Ihr Unterschlupf schützte sie vor Regen und Sonne gleichermaßen, außerdem waren sie hier vor Angriffen durch Raubtiere sicher. Was das Wasser anging, war es für ihn das Beste, wenn er nicht allzu viel über den See nachdachte. Vermutlich würde er jenes Bild mit ins Grab nehmen, das sie zeigte, wie sie aus dem Wasser kam und trotz ihrer Unterwäsche so nackt aussah, wie Gott sie geschaffen hatte.

Nein, das Problem lag hinter ihnen. Sonia sorgte sich um die Sicherheit ihrer Tante und fragte sich, wohin es sie wohl verschlagen haben würde. Er machte sich Sorgen, was Tante Lily wohl tun würde, sobald sie an Land ging. Wie er Sonia bereits gesagt hatte, war die Fregatte wahrscheinlich auf dem Weg nach Vera Cruz. Dort angekommen, musste sie zwangsläufig zu Rouillard gehen, da sie niemanden sonst dort kannte. Außerdem würde sie erwarten, dass ihre Nichte – sollte sie den Schiffbruch überlebt haben – alles unternahm, um zu ihrem zukünftigen Ehemann zu gelangen. Natürlich war davon auszugehen, dass Tante Lily als unschätzbare Lady die Geschichte ihrer Seereise und der überstandenen Katastrophe zum Besten gab, seit der die Braut verschollen war. Und ebenso konnte nicht ausbleiben, dass der Name des Mannes fiel, der sie begleitet hatte.

Rouillard würde zweifellos sofort erkennen, welche Gefahr ihm drohte. Schließlich wäre der Mann ihm nicht immer einen Schritt voraus gewesen, hätte er nicht gewusst, dass Kerr ihm auf den Fersen war. Die Frage war, wie er dann reagieren würde. Ob er abwartete, bis Sonia bei ihm auftauchte? Oder würde er einen Suchtrupp aussenden, der herausfinden sollte, ob sie noch lebte? Würde er selbst nach ihr suchen oder in Vera Cruz bleiben und sich verbarrikadieren, bis er Gewissheit hatte, dass Sonias Beschützer tot war?

Kerrs Finger spannten sich bei diesen Überlegungen ein wenig an, als wollte er nicht mehr loslassen, was er in diesem Moment besaß. Sonia regte sich leicht und drückte sich gegen ihn, als sie sich zu strecken begann. Sie öffnete die Augen und schaute vor sich hin, während ihrem Gesicht anzusehen war, wie die Erinnerung an die letzte Nacht zurückkehrte.

»Guten Morgen«, flüsterte er, wobei er den Mund in ihr Haar drückte, das nach Veilchen und Weiblichkeit duftete. Widerstrebend nahm er die Hand von ihrer Brust und ließ die Finger weiterwandern, bis sie gespreizt auf ihrem Bauch ruhten. »Geht es dir gut?«, fragte er sie.

»Ja, ich ... mir geht es gut.«

Er spürte den Unterton in ihrer Stimme so, wie er ihn auch hören konnte. Ihr Herz begann schneller zu schlagen, und auch ihr Atem ging hastiger. Ihm kam es vor, als stünde sein Kopf so unter Druck, dass er platzen müsse, während das Blut wie von einer Dampfmaschine angetrieben durch seine Adern jagte. Er kämpfte gegen den Wunsch an, sie zu sich umzudrehen und sie wieder zu lieben. Es schien, als könnte er diesen Kampf gewinnen, doch dann stöhnte sie leise unter dem Druck seiner forschenden Finger auf und presste sich gegen seine Handfläche.

Er konnte nicht anders, und er machte sich auch gar nicht erst die Mühe, es zu versuchen. Das war kein gewöhnliches Verlangen, von dem er angetrieben wurde, keine schlichte Begierde. Vielmehr führte er sich auf wie ein Besessener, während er nach ihrem zarten, glühenden Innersten suchte und so tief in sie eindrang, dass es schien, als müssten sie zu einer Einheit verschmelzen. Wieder und wieder bewegte er sich vor und zurück, dass ihm der Schweiß in die Augen lief und er die Zähne zusammenbeißen musste, um zu verhindern, dass der Höhepunkt seine Ekstase krönte und sie zugleich beendete. Also riss er sich so sehr zusammen, bis die Welt am Rande seines Gesichtsfelds zu verschwimmen und sich rot zu verfärben begann, bis ihre lustvollen Schreie sich mit seinem Stöhnen vermischten und sie sich mit beiden Händen an seinen Oberschenkeln festklammerte. Dann konnte keiner von ihnen sich noch länger zurückhalten, und so ließen sie sich beide von ihrer Lust überwältigen. Kerr verlor die Kontrolle über sich in der Gewissheit, dass es das letzte Mal war, dass er diese Frau in seinen Armen halten würde.

Eine Stunde später folgten sie wieder dem Pfad durch den Dschungel und blieben immer in Hörweite, wenn auch nicht stets in Sichtweite zu dem parallel verlaufenden Fluss, der aus ihrem Badesee entsprang. Keiner von ihnen redete viel, aber das war auch nicht nötig. Sie hatten am Tag zuvor eine Routine entwickelt und folgten ihr wie aus alter Gewohnheit, wobei sie im Gleichschritt gingen, Sonia immer einen Schritt hinter ihm, sich gleichzeitig duckten, um unter tief hängenden Ästen hindurchzutauchen, einen Bogen um Dornengebüsch machten, über Felsblöcke stiegen, kurz anhielten, um Luft zu schnappen, und dann wie auf ein geheimes Zeichen hin gleichzeitig wieder losgingen.

Sie bewegten sich bergauf, allerdings mit einer so geringen Steigung, dass es fast nicht zu merken war. Der Urwald ringsum änderte sein Erscheinungsbild aber nicht, und die sengende Hitze blieb auch gleich. Überhaupt blieb alles so, wie sie es vom Vortag kannten, bis die Sonne ihren Zenit überschritten hatte und wieder zu sinken begann.

Ein kurzes, lautes Krachen ließ Kerr sofort stutzen. Er blieb stehen und legte eine Hand auf Sonias Arm. Sie sah ihn fragend an, während er nur mit einem Kopfnicken auf den gewundenen Pfad deutete, dem sie folgten, und dann den Kopf schräg legte, um zu lauschen.

»Eine Axt«, flüsterte sie, als sie das Geräusch hörte.

Genau das dachte er auch. »Es ist besser, wenn wir uns Gewissheit verschaffen«, gab er zurück, dann sah er zu ihr. »Du wartest …«

»Ich warte hier. Aber bleib nicht zu lange weg.«

Unwillkürlich musste er lächeln. Es war noch nicht so lange her, da hätte sie ihm ins Gesicht gespuckt, wenn sein Tonfall sich nur im Entferntesten nach einem Befehl angehört hätte. Jetzt dagegen suchte sie nach dem Grund für seine Anweisung. Es mochte ihr nach wie vor nicht gefallen, doch sie akzeptierte die Notwendigkeit, auf ihn zu hören.

Zu gern hätte er sie geküsst, um sie für ihre Einsicht zu belohnen, aber auch, weil er ihre Lippen kosten wollte. Aber er wagte es nicht, denn er fürchtete, er könnte erst wieder aufhören, wenn er sie gegen einen Baum gedrückt hielt und sie ihre Beine um seine Taille schlang, wenn er die Gelegenheit nutzte, die sich ihm mit dem Schlitz im Schritt ihrer Pluderhose bot.

Er dachte zurück an den Tag zuvor, als er sich wortlos auf dem Pfad von ihr entfernte, während sie auf dem Felsblock saß. O Gott, welche Tortur hatte dieser verdammt praktische Schlitz für ihn bedeutet, als sie dasaß ohne zu ahnen, dass ihre verlockenden nackten Kurven seinem prüfenden Blick ausgesetzt gewesen waren. Ihm hatte es den Atem verschlagen, und er hätte kein Wort herausgebracht, selbst wenn sein Leben davon abgehangen hätte. Er verdiente, heilig gesprochen zu werden, weil er sich nur einen flüchtigen Blick gegönnt hatte. Und es kam einem Wunder gleich, dass er sich nicht einen Finger abgeschnitten hatte, als er den Dorn aus ihrer Ferse holte.

Er war schon arg mitgenommen, nachdem er stundenlang mit ihr den Urwald durchquert hatte und bei jedem Schritt wusste, dass sie nahezu nackt hinter ihm ging. Dieser Zustand war der Tatsache geschuldet, dass er ihr im Meer die Röcke vom Leib riss, damit sie nicht ertrank. Sein Hemd zu opfern, damit sie sich zumindest ein bisschen bedecken konnte, diente weniger dem Zweck, dass sie selbst sich etwas wohler fühlte. Vielmehr war es vor allem zu seinem eigenen Schutz erfolgt, damit seine Gedanken wieder eine andere Richtung einschlugen.

Opfer.

Dieses Wort hatte sie am gestrigen Abend benutzt, und es war ausgesprochen zutreffend. Völlig zu Recht warf sie ihm vor, er wolle sie Rouillard zum Fraß vorwerfen, damit er bekam, was er haben wollte. Er hatte es die ganze Zeit über gewusst, sich jedoch geweigert, sich dieser Tatsache zu stellen. Es aus ihrem Mund zu hören, war eine Erkenntnis gewesen, die ihm so nicht gefallen hatte – als hätte er seinen Schwur geopfert, eine unberührte Braut abzuliefern, indem er sie auf einem uralten, mit Palmenwedeln bedeckten Altar nahm und aus einer Notwendigkeit ein besonderes Privileg machte.

Und sie hatte auch recht, wenn sie glaubte, das sei ein guter Grund, um Rouillard zu einem Duell zu zwingen. Angesichts der Tatsache, dass dieser Mann ein feiger Verräter war, mochte dies tatsächlich der einzige Weg sein, um ihn an einem erneuten Davonlaufen zu hindern.

Warum aber – so fragte sich Kerr sicher schon zum hundertsten Mal – kam es ihm dann so vor, als habe er einen kapitalen Fehler begangen, der ihn vielleicht bis an sein Lebensende verfolgen würde? Dabei dachte er weniger daran, dass er Sonia Bonneval geliebt hatte. Vielmehr fürchtete er, er könnte es aus dem falschen Grund getan haben.

Fast wäre er den Holzfällern in die Arme gelaufen, so sehr war er in seine Überlegungen vertieft gewesen. Allzu weit konnte es mit seinen Fähigkeiten als Jäger nicht mehr her sein, wenn ihm eine solche Nachlässigkeit unterlaufen konnte. Es war lediglich das Geräusch der Axt, die in das Holz eines Baumes getrieben wurde, das ihn aus dem Grübeln riss. So konnte er sich noch rechtzeitig hinter einem Baum verstecken und sie aus sicherer Entfernung beobachten, um sich ein Bild von den beiden Männern zu machen, von ihren Waffen und auch von den Absichten, die sie hier verfolgen mochten.

Nach den recht platten Gesichtszügen, den schwarzen Haaren und Augen sowie der dunklen Haut zu urteilen, handelte es sich bei ihnen um Mestizen. Sie trugen einfache, selbst gewebte Kleidung und die typischen Strohhüte mit breiter Krempe. Sie hackten aus dem gefällten Baum mit der einzigen Axt, die sie abwechselnd benutzten, die größeren Äste heraus. Mit diesem Holz beluden sie die bereit stehenden Esel. Die Männer unterhielten sich in gutturalen Lauten, die Kerr an keine ihm bekannte Sprache erinnerten. Zwischendurch lachten sie und machten die ein oder andere vulgäre, aber nicht obszöne Geste. Dem Anschein nach stellten sie für ihn und Sonia keine Gefahr oder Bedrohung dar.

Damit stand er vor der Wahl zwischen zwei Möglichkeiten. Er konnte auf die Männer zugehen und ihnen eine Bezahlung dafür anbieten, dass Sonia auf einem der Esel dorthin mitreiten konnte, wohin sie nach getaner Arbeit zurückkehren würden. Oder er konnte warten, bis sie sich auf den Weg machten, um ihnen heimlich zu folgen. Auf sich allein gestellt, hätte er sich für die zweite Alternative entschieden. Aber er war nicht allein.

»¡*Hola*!«, rief er, als er aus dem Schutz des Dickichts trat und zu ihnen kam.

Sie drehten sich zu ihm um, der Jüngere der beiden hielt die Axt so, dass er sich jederzeit zur Wehr setzen konnte. Vater und Sohn, dachte Kerr. Die beiden sahen sich bemerkenswert ähnlich, im Vergleich zu ihm waren sie recht klein, aber von drahtiger, kräftiger Statur.

In seiner gegenwärtigen Verfassung hätte er sich nur ungern auf eine Auseinandersetzung mit den beiden eingelassen. Nicht dass er zurückweichen würde, wenn es dazu kam, aber er gab Gesprächen den Vorzug. Aus der Tasche zog er eine Silbermünze, ein mexikanischer Silberdollar von der Sorte, wie man sie in New Orleans in letzter Zeit öfters zu sehen bekam, und begann mehr mit Händen und Füßen, denn mit Worten mit den beiden zu feilschen.

Wenig später saßen er und Sonia jeder auf einem Esel und waren auf dem Weg zu einem Ort namens *La Casa de las Flores*.

Die Nacht legte sich wie ein blauer Samtvorhang über die Landschaft, als sie ihr Ziel erreichten. Der Treck aus Eseln, die den heimatlichen Stall witterten, wurde mit einem Mal schneller. Kerr, der von dem rauen Fell des Esels so wunde Beine bekommen hatte, als wäre er die ganze Strecke gelaufen, war erleichtert, die Außenmauern eines großzügig angelegten Hauses zu sehen. Eine bellende Hundemeute und eine Schar johlender Kinder kamen ihnen entgegen, um sie zu begrüßen. Dass es Sonia nicht besser erging als ihm, wurde spätestens dann klar, als er ihr von dem Reittier half und sie nicht nur erleichtert aufstöhnte, sondern auch erschöpft den Kopf gegen seine Brust sinken ließ, während er sie in seinen Armen hielt.

»Wir sind da«, sagte er und ignorierte den Schmerz in seiner trockenen Kehle. »Fast wieder da, wo du hingehörst.«

»Und wo ist ›da‹?«, flüsterte sie müde.

Zumindest deutete er ihre Reaktion so, doch er konnte sich auch irren.

Ein Lichtschein, der sich aus Richtung des Hauses näherte, entpuppte sich als eine Vielzahl von Lampen, die leicht hin und her schwankten. Kerr erkannte, dass es sich um eine Art Empfangskomitee handelte.

Vier oder fünf Indios mit Laternen gingen voran, gefolgt von drei drallen Frauen in identischen blauen Kleidern und Schürzen. In ihrer Mitte bewegte sich eine majestätische Frau in einem schwarzen Seidenkleid, dessen Mieder so tief saß, dass die Brüste wie ein Paar weißer Tauben präsentiert wurden. Ein Schal aus Spitze bedeckte das glänzende schwarze Haar, das von einem auffallend großen Kamm zusammengehalten wurde, das Gesicht der Frau war von unübertrefflicher Schönheit, wenngleich auch nicht mehr jugendlich.

»Guten Abend«, sprach die Lady im lispelnden Akzent von Kastilien. »Ich, Doña Francesca Isabella Cordilla y Urbana, heiße Sie in meinem Haus willkommen. Manuel ist vorausgeeilt, um Ihre Ankunft anzukündigen. Treten Sie bitte ein, mein Personal wird sich um all Ihre Bedürfnisse kümmern. Sie können sich gern einige Tage lang ausruhen und Kräfte sammeln, Sie können auch gern so lange bleiben, wie Sie möchten. Sicher kennen Sie unser Sprichwort: *Mi casa es su casa.*«

»Sie sind sehr entgegenkommend«, erwiderte Sonia.

»*Parbleu*, Sie sind Französin. Wie dumm von meinem Mann, das nicht zu bemerken.« Doña Francesca wechselte sofort in diese Sprache, in ihr höfliches Auftreten mischte sich unübersehbare Neugier. »Wie lange ist es doch her, seit ich zum letzten Mal jemanden auf Französisch reden hörte. Dass Sie mir die Gelegenheit dazu geben, macht Sie noch mal so willkommen. Nun kommen Sie, Madame, Sie und Ihr wahrhaft riesiger und so gut aussehender Ehemann. Kommen Sie doch herein.«

Aristokraten unter sich, dachte Kerr säuerlich. Es mochte seine eigene Schuld sein, dass er dastand wie ein Trottel, aber es missfiel ihm sehr, so behandelt zu werden, als sei er gar nicht zugegen. Natürlich konnte es sein, dass Manuel ihrer Gastgeberin gesagt hatte, er habe sich mit Zeichensprache verständigt, aber nicht Spanisch gesprochen, sodass sie vielleicht lediglich annahm, er beherrsche auch nicht die französische Sprache. Da er auf der Suche nach Rouillard von Pontius zu Pilatus hatte reisen müssen, war er beider Sprachen mächtig.

Sonia hatte die Situation begriffen, daran bestand für ihn kein Zweifel. Dennoch hatte sie den falschen Eindruck nicht zu korrigieren versucht, wonach er für ihren Ehemann gehalten wurde. Warum war sie dabei stumm geblieben?

Das Heim dieser Frau war eine Mischung aus Haus und Festung. Das aus Erdgeschoss und erstem Stock bestehende Gebäude verlief in der Form eines Hufeisens um einen ausladenden Innenhof, dessen offene Seite von einem hohen Zaun mit einem ebensolchen Tor begrenzt wurde. Insgesamt hatte man sich am Stil der Häuser von New Orleans orientiert, denn es war ein robustes, aber kunstvoll verziertes schmiedeeisernes Tor, und vor beiden Stockwerken befanden sich ringsum zum Innenhof gewandte Galerien.

In diesem Innenhof standen Palmen und Laubbäume, ein Brunnen sorgte für Abkühlung. Bougainvillea wuchsen an den Mauern nach oben und ließen ihre granat- und rubinroten Blütenblätter auf die Steinplatten darunter fallen. Große Wasserkrüge waren unter den Dachgauben platziert, eine glänzende silberne Glocke und mit religiösen Schnitzereien verzierte Türen kennzeichneten in einer Ecke den Eingang zu einer Kapelle. Gegenüber waren Küche, Waschküche sowie die Zimmer für das Personal. Eine breite Treppe aus exotischem Holz vor der Galerie, auf die man vom Tor aus blicken konnte, führte hinauf in die eigentlichen Wohnräume.

Doña Francesca schritt vor ihnen die Treppe hinauf, wobei sie ihre weiten Röcke bis über die Knöchel anhob. Kerr ging hinter ihr und Sonia nach oben. Im ersten Stockwerk angekommen, wies die Lady ihnen den Weg zu ihren Räumen am Ende der Galerie. Sie erklärte, Manuel werde für Badewasser und frische Kleidung sorgen, und bat sie, sich frisch zu machen und sich auszuruhen, bis sie zum Abendessen gerufen würden. Mit einem erhabenen Nicken ließ sie sie dann allein.

Kerr machte eine finstere Miene, als er mitten in dem Schlafzimmer stand, das man ihnen überlassen hatte. Diese Gastfreundlichkeit war schön und gut, aber es wäre ihm lieber gewesen, hätte man ihnen Pferde gegeben und ihnen den Weg nach Vera Cruz erklärt.

Ein hartnäckiges Unbehagen überkam ihn, da er es nicht für eine gute Idee hielt, länger an einem Ort zu verweilen. Sobald sich Sonia ausgeruht und sie beide brauchbare Kleidung gefunden hatten, würden sie sich wieder auf den Weg machen.

»Was ist?«, fragte Sonia, die sich bis gerade eben den Salon angesehen hatte, der neben dem Schlafzimmer lag. »Gefällt es dir hier nicht?«

»Es ist gut«, antwortete er knapp, sah kurz zu dem Himmelbett mit der weißen Tagesdecke und den Moskitonetzen, dann wandte er den Blick ab.

»Aber dir wäre eine weitere Ruine lieber?«

Er stemmte die Fäuste in die Hüften, eine streitlustige Geste, die in diesem Moment zu seiner Stimmung und seiner breitbeinigen Haltung passte. »So könnte man es auch sagen.«

»Wieso?«

»Zum einen, weil ich nichts dafür übrig habe, wie ein preisgekrönter Stier angestarrt zu werden.«

Belustigung, aber auch noch eine andere Reaktion zeichnete sich auf ihrem Gesicht ab, woraufhin sie eine Hand vor den Mund legte, vermutlich um ein Grinsen zu verbergen. »Meinst du, Doña Francesca möchte dir einen Ring durch die Nase ziehen und dich auf ihrer Weide einschließen? Natürlich nur im übertragenen Sinn.«

»Der Himmel bewahre!« Nur mit Mühe konnte er verhindern, dass er sich schütteln musste.

»Sie war von deiner Größe sehr beeindruckt.«

»Sie nannte mich riesig.« Er verzog den Mund.

»Ja, und gut aussehend.«

»Findest du auch, ich bin riesig?« Die Worte kamen ihm unüberlegt über die Lippen, ehe er sie sich verkneifen konnte.

Sonia errötete ein wenig. »In den letzten zwei Tagen hatte ich Grund dazu, froh darüber zu sein.« Das Rot ihrer Wangen wurde noch intensiver. »Ich will sagen, dass ein kleinerer Mann es vielleicht nicht bis ans Ufer geschafft hätte ...«

»Ich weiß, was du sagen willst.« Offenbar hielt sie ihn in mehr als nur einer Hinsicht für riesig. Kerr wusste nicht, ob er darüber erfreut oder verärgert sein sollte.

»Ich fürchte, es wird keine frische Kleidung vorhanden sein, die dir passen könnte. Ich werde dein Hemd nähen, damit es gewaschen werden kann. Und wenn du deine Hose ausziehst ...«

»Das halte ich für keine gute Idee«, unterbrach er sie.

»Aber wieso sollte ... oh.« Dass sie plötzlich verstand, lag daran, dass sie einen Blick auf seinen Schritt geworfen hatte.

»Allerdings ›oh‹. Es wird natürlich niemanden wundern, wenn wir die ganze Zeit über im Bett bleiben. Warum hast du Doña Francesca nicht gesagt, dass wir gar nicht verheiratet sind?«

»Mir erschien es unangenehm, und ich glaube, wir werden sie bestimmt nicht wiedersehen.«

»Unangenehm?«

»Ich meine, ihr alles erst erklären zu müssen, weißt du? Mit Blick auf unsere spärliche Kleidung und darauf, dass wir die Nacht zusammen verbracht haben, würde sie annehmen, dass ich hoffnungslos Schmach über mich gebracht hätte. Hast du die Kapelle gesehen, die zum Haus gehört?«

»Sie kann uns nicht zur Heirat zwingen.«

»Das nicht, aber würden wir uns weigern, dann wäre das ...«

»... unangenehm. Ich verstehe schon.«

»Vor allem wenn sie hier ihren eigenen Beichtvater hat. Wegen der Kapelle, meine ich.«

Über diese Möglichkeit hatte er nicht nachgedacht, und

es gefiel ihm auch nicht, sie jetzt in Erwägung zu ziehen.

»Tatsache ist«, entgegnete er bedächtig, »dass du Schmach über dich gebracht hast.«

»Sicherlich wird unser Schiffbruch als Entschuldigung dienen.«

»Es gibt Menschen, die würden das abstreiten.«

Sie hob eine Braue. »Aber du denkst nicht so?«

»Und wenn es so wäre?« Warum er auf diesem Thema so herumritt, konnte Kerr sich selbst nicht so recht erklären. Schließlich war es nicht so, als wollte er zur Verantwortung gezogen werden. Oder vielleicht doch?

»Ich habe dich aus jeglicher Verpflichtung entlassen«, erklärte sie und wandte sich von ihm ab.

Das entsprach den Tatsachen.

Er wünschte, sie hätte das nicht getan. Das wünschte er sich wirklich.

Sein Blick wanderte von ihrem langen dunklen Haar über den dünnen Stoff ihrer Pluderhose, durch deren feinen Batist er die Farbe ihrer Beine sehen konnte, und zurück zu seinem Hemd, das den Rest ihres Körpers bedeckte. Dies war womöglich das letzte Mal, dass er diesen Anblick genießen konnte.

Großer Gott, er war so lüstern wie ein Widder, der sich in einem Stall voller Schafe austoben durfte. Er wollte Sonia auf den türkischen Teppich ziehen, auf dem er stand. Er wollte sehen, wie sie sich ihm vor dem Hintergrund aus lebendigen Farben zeigte, und er wollte wissen, wie lange er sie lieben konnte, bevor seine Knie von der Wolle wund gescheuert und die Schmerzen nicht mehr auszuhalten waren. Er war sich nicht sicher, ob er davon überhaupt irgendetwas bemerken würde.

Ein Klopfen an der Tür kündigte an, dass ihr Badewasser fertig war. Kerr ging zum Fenster und sah nach draußen, während eine Parade an Dienern mit großen Messingeimern hin und her eilten, um die Wanne zu füllen, die hinter einem Wandschirm im Ankleideraum gleich neben dem Schlafzimmer stand. Erst als alle Diener gegangen waren, Sonia im warmen Wasser gesessen hatte und sie ihm zurief, er könne nun ebenfalls die Reste ihrer Dschungelidylle abwaschen, drehte er sich vom Fenster weg.

Sie lag auf dem großen Himmelbett mit den dünnen Moskitonetzen, als er aus dem Ankleidezimmer kam. Er sah, dass sie ihm den Rücken zugedreht und sich mit einem Leinenlaken mit schwerem Spitzenbesatz zugedeckt hatte. Es schien so, als sei sie darunter nackt, denn ein Nachthemd und ein Überwurf lagen über der Lehne eines Stuhls nahe dem Bett.

Er ging zu ihr, als würde er von unsichtbaren Ketten gezogen, erst an der anderen Seite blieb er stehen und sah Sonia ins Gesicht. Sie schlief, die Lippen standen ein wenig offen, die Augenlider waren fest geschlossen. Ihre Schulter, die unter dem Laken hervorschaute, wirkte so zart wie die eines Kindes, aber obwohl Sonia sein Hemd getragen hatte, wies ihre Haut einen leichten Sonnenbrand auf, der an die Farbe einer Aprikose erinnerte. Ihrem Gesicht waren die Anstrengungen der letzten Tage noch deutlich anzusehen – die Schatten unter den Augen und die Blässe sprachen eine eindeutige Sprache.

Ihm ging ein Stich durchs Herz und Tränen wollten ihm in die Augen steigen. Er hatte sie angetrieben weiterzumarschieren, er hatte zu viel von ihr gefordert, ohne ihr im Gegenzug mehr als das zu geben, wozu er nach der Vereinbarung mit ihrem Vater verpflichtet gewesen war.

Ein Opfer.

Mit einer Hand fuhr er sich über Gesicht und Hinterkopf, während das Wort in seinem Kopf nachhallte.

Was sie nun brauchte, war ihre Tante und die Achtbarkeit, für die diese Lady sorgen konnte. Nach so langer Zeit allein mit ihm musste sie nicht nach Hause eskortiert werden. Dort wartete nur ihr Ruin auf sie. Sie würde aus der Gesellschaft ausgestoßen werden oder einen Mann heiraten müssen, den sie verabscheute – nämlich ihn. Ihr Vater würde völlig zu Recht darauf bestehen.

Es musste einen Weg geben, um die Dinge für sie wieder zu richten. Und seine Aufgabe war es, diesen Weg zu finden.

Momentan war er erschöpfter, als er gedacht hatte, und nach der Geräuschkulisse zu urteilen, die vom Innenhof zu ihm drang, würde es noch eine Weile dauern, bis das Abendessen fertig war. Er legte das Handtuch weg, das er um die Hüften gewickelt hatte, schob das Moskitonetz zur Seite und begab sich zu Sonia ins Bett. Er drehte sich zu ihr um, streckte einen Arm über ihrem Kopf aus, der auf einem Kissen ruhte, und lag schließlich so, dass er sie fast umgab, ohne sie jedoch zu berühren. Lange Zeit sah er ihr einfach nur beim Atmen zu, während er den Duft nach Seife und wohlriechender Weiblichkeit einatmete, bis er schließlich einschlief.

Das Abendessen war für Kerr eine Tortur, wie er sie in seinem Leben noch nicht mitgemacht hatte. So war der dunkle Anzug an den Schultern so knapp, dass er nicht tief durchzuatmen wagte, da er fürchtete, die Nähte könnten aufplatzen. Die Hose lag so eng an, dass er eine Schürze brauchte, um über seine Erregung hinwegzutäuschen. Seine Handgelenke ragten weit aus den Manschetten heraus, und er hatte längst alle Hoffnung aufgegeben, die zum Anzug gehörende Weste zuknöpfen zu können. Also trug er sie offen, was aber noch harmlos war im Vergleich zu seinem Schuhwerk. Das Einzige, was ihm passte, waren einfache Sandalen, wie sie das Dienstpersonal trug. Alles in allem gab er keine beeindruckende Figur ab.

Sonia dagegen war die Eleganz in Person. Sie trug ein Seidenkleid in Meeresblau, das lavendelfarben abgesetzt war, dazu hatte sie ein schwarzes Schleiertuch auf ihr streng frisiertes Haar gelegt. Nach Kerrs Meinung hätte das Ensemble an ihrer Gastgeberin niemals so gut ausgesehen wie an Sonia.

Doña Francesca dagegen war in so schweren Brokat gekleidet, dass man meinen konnte, ihr Kleid müsse von allein stehen können. Kerr behielt allerdings für sich, dass sie in diesem Erscheinungsbild bei einem Staatsbankett in Europa besser aufgehoben gewesen wäre als bei einem Abendessen mitten in der mexikanischen Wildnis. Genauso verkniff er sich jeden Kommentar dazu, dass die Lady in Gegenwart ihres Besuchs einen Stumpen rauchte. Er kannte Frauen aus den Bergen, die manchmal rauchten oder schnupften, doch die waren alle älter und scherten sich längst nicht mehr darum, was andere über sie dachten.

Kerr saß rechts von Doña Francesca, während Sonia einen Platz weiter unten am Tisch zugewiesen bekommen hatte. Dort war sie zwischen dem Priester Father Tomas, der unweigerlich hatte auftauchen müssen, und einem Mann und dessen Frau eingezwängt, die ihnen als Doña Francescas Sohn und Schwiegertochter vorgestellt worden waren. Der Sohn saß aufrecht und war adrett gekleidet, und er trug einen Schnurrbart, während seine Frau dünn und von fahler Hautfarbe war. Keiner der beiden schien davon begeistert zu sein, Gäste zu unterhalten.

Mit am Tisch saß ein älterer Gentleman mit gelblichem Gesicht und einer anhaltend verdrießlichen Miene, der sich als der Vater der Schwiegertochter entpuppte. Neben ihm fand sich eine untersetzte und unentwegt plappernde Frau mit verschlagenem Blick, die wie eine arme Cousine wirkte, der man in typisch mexikanischer Weise ein Dach über dem Kopf gewährte.

Auch drei Kinder saßen mit am Tisch, die vom Alter her die Nachkommen des Sohnes hätten sein müssen, die aber offenbar Doña Francescas Kinder aus einer Ehe waren, die sie kurz nach dem Tod ihres zweiten Ehemannes – dem

Vater ihres Sohnes Javier – eingegangen war. Ihr erster Mann starb nur wenige Wochen nach der Hochzeit, und inzwischen war sie abermals verwitwet gewesen und hatte ein viertes, vielleicht sogar ein fünftes Mal geheiratet. Wie es aussah, hatte die Lady kein Glück bei der Auswahl ihrer Ehemänner gehabt. Oder es war durchaus Glück, wenn es einen Zusammenhang zur Größe ihres Anwesens gab.

Ob das alles stimmte, stand auf einem anderen Blatt. Zumindest hatte er ihre ausufernde Geschichte so verstanden, mit der sie ihnen erzählen wollte, wie es sie in die Abgeschiedenheit des Dschungels verschlagen hatte. Er war sich aber keineswegs sicher, da jeder am Tisch etwas dazu beigetragen hatte – und das in einer schwer verständlichen Kombination aus Pariser Französisch, kreolischer Mundart, kastilischem Spanisch und einem mexikanischen Landdialekt.

»In einigen Wochen oder in einem Monat, wenn Sie sich vollständig erholt haben«, sagte Doña Francesca zu ihnen, »möchten Sie vielleicht einmal nach Xalapa reisen. Das ist die einzige Stadt von nennenswerter Größe hier in der Gegend, ein reizender Ort mit einem schönen Gebirgspanorama. Wenn es Ihnen dort gefällt, möchten Sie womöglich ein paar Tage dort verweilen. Von dort könnten Sie eine Sänfte mieten, um nach Vera Cruz zu gelangen. Allerdings kann ich mir nicht vorstellen, warum Sie dort hinreisen wollen, wo es die Zeit der Hitze und der Stürme ist.«

»Die Postkutsche«, widersprach der Sohn ihr knapp und trank von seinem Wein.

»O nein«, setzte seine Frau an, doch ein Blick genügte, um sie verstummen zu lassen.

»Die Postkutsche ist eine simple öffentliche Kutsche und völlig unmöglich.« Doña Francesca entfernte die überschüssige Asche von ihrem Stumpen, indem sie das Ende über ihren Brotteller rollte. »Diese riechen nicht nur abscheulich, sondern man wird auch schrecklich durchgeschüttelt und so umhergeschleudert, dass man von Kopf bis Fuß blaue Flecken bekommt. Außerdem muss man mit Personen reisen, die man lieber niemals kennenlernen würde. Erzählen Sie es ihnen, Father Tomas.«

»Ganz genau, mein Kind«, erwiderte der Priester, ohne dabei den Blick von seinen Rinder-Tournedos zu nehmen, die in Peperoni und Tomaten geschmort waren und die er in sich hineinschaufelte. Er war ein ruhiger Mann mit völlig faltenlosem Gesicht und schmalen rosigen Lippen, der den Eindruck machte, sein Leben lang die Güte seines Gottes genossen zu haben, und der das für die Zeit nach seinem Tod ebenso erwartete.

Der Sohn schaute gleichgültig zu seiner Mutter. »Wenn sie die Sänfte nehmen, werden sie sicherlich den Berghang hinuntergeschleudert. Ich weiß von sechs Leuten, die auf diese Weise starben.«

»Und ich weiß von zehn, die in der Postkutsche beraubt wurden«, konterte seine Mutter voller matter Überzeugung. »Eine bedauernswerte Frau verschleppte man, und niemand hörte je wieder etwas von ihr.«

»Vermutlich ließ sie sich mit dem Hauptmann dieser Banditen ein.«

»Wie kannst du nur etwas so Hässliches sagen.« Doña Francesca wandte sich an Kerr. »Finden Sie nicht auch, Monsieur?«

»Nun, was das angeht ...«

»Ich wusste, Sie würden mir zustimmen. Sie sind ein liebenswürdiger Mann.« Die Lady legte eine Hand auf seinen Arm, streichelte ihn und drückte durch den Ärmel seine Muskeln. »Und so stark. Ich bin mir sicher, Sie würden jeden Banditen verscheuchen, der versucht, Ihre Lady zu rauben. Aber ganz gleich, eine Sänfte wäre für Sie bequemer.«

»Er bräuchte zusätzliche Esel, damit sie ihn tragen können«, meinte ihr Sohn und machte eine neidische Miene, während er seine Blicke über Kerr wandern ließ. »Und selbst dann könnten sie ihn immer noch in eine Schlucht stürzen lassen.«

»Ich würde Pferde bevorzugen, falls man die in diesem Xalapa kaufen kann«, sagte Kerr etwas lauter. Die ständige Aufmerksamkeit seiner Gastgeberin ließ seine Ohren heiß werden und nahm ihm jeden Appetit. Wie es schien, hatte der Sohn bislang nichts gegen die Blicke einzuwenden, die seine Mutter Kerr zuwarf, doch es würde ihn nicht wundern, wenn es doch noch dazu kam. Je eher Sonia und er von hier abreisen konnten, desto besser.

»Das ist alles schön und gut, aber Sie kennen nicht den Weg durch die Berge. Sie würden einen Führer benötigen. Diese Männer sind sehr gut, sie kennen alle Strecken und Wasserstellen, aber manchmal entpuppen sie sich als die Cousins von Banditen.« Doña Francesca spreizte die Hände in einer Geste, die wohl aussagen sollte, dass letztlich mit nichts anderem zu rechnen war.

»Ganz gleich, welches Transportmittel wir auch wählen, wir dürfen nicht trödeln. Wir werden nach heute Nacht Ihre Gastfreundlichkeit nicht länger beanspruchen.«

»Oh, aber Sie können doch nicht so schnell schon wieder aufbrechen.« Die Lady griff erneut nach seinem Arm, als wolle sie ihn notfalls mit Gewalt am Tisch halten.

»Ich fürchte, uns bleibt keine andere Wahl«, erwiderte Sonia in einem entschiedenen Tonfall, als sie sich in die Diskussion einmischte. »Auch wenn wir uns geehrt fühlen, dass Sie uns so bereitwillig in Ihrem Haus aufgenommen haben, erfordert eine Angelegenheit von besonderer Dringlichkeit, dass wir die Weiterreise antreten.«

»Aber was kann denn so dringlich sein? Sagen Sie es mir bitte, vielleicht kann ich Ihnen helfen, diese Angelegenheit zu erledigen.«

»Ist Ihnen zufällig ein amerikanischer Gentleman namens Rouillard bekannt?«

Die Lady reagierte mit sichtlichem Unbehagen und wechselte einen schnellen Blick mit ihrem Sohn. »Es könnte sein, dass ich den Namen gehört habe.«

Kerr beobachtete sie wachsam. »Darf ich fragen, in welchem Zusammenhang?«

»Er hat viele Verbindungen zur Regierung, jedenfalls für einen Ausländer.«

»Er ist ein Schurke«, sagte ihr Sohn, wischte sich den Schnauzbart mit der Serviette ab, als würde er damit auch Rouillard erledigen.

»Javier, bitte!«

»Er schleicht sich bei allen ein, er berät und schmiedet gleichzeitig seine eigenen Pläne. Ihn sollte man zerquetschen wie die niederen Kreaturen, denen er ähnelt.«

Seine Mutter schaute verlegen Sonia an. »Es heißt, dieser Rouillard stehe dem Schurken General Santa Ana nahe, müssen Sie wissen. Zwar stammt der General aus Xalapa, doch Javier hat immer der Politik seines Rivalen Präsident Bustmente den Vorzug gegeben. Wir wissen eigentlich kaum etwas über diesen Gentleman aus New Orleans, nur die Dinge, die über ihn erzählt werden.«

»Und das ist auch schon mehr als genug«, sagte ihr Sohn in einem verächtlichen Tonfall und sah Kerr an. »Sie sind nicht mit ihm verwandt oder?«

»Beileibe nicht«, antwortete Kerr.

»Hervorragend.« Der Mexikaner machte eine beiläufige Geste. »Man möchte schließlich nicht den Verwandten eines Gastes beleidigen.«

»Das ist ausgeschlossen. Hinzu kommt, dass wir uns noch nie in unserem Leben begegnet sind.«

»Na, bitte«, meinte Doña Francesca und betrachtete ihn, als wolle sie ihn mit ihren Blicken liebkosen. »Ich wusste, Sie sind ein Mann der Vernunft.«

Die Cousine, die mit leuchtenden Augen die Unterhaltung verfolgt hatte, äußerte auf einmal in einem faszinierten Ton: »Ich glaube, Señor Wallace ist auf Señor Rouillard genauso schlecht zu sprechen wie Javier auf Santa Ana.«

»Soll das wahr sein?« Doña Francesca musterte ihn aufmerksam.

»Wir sind keine Freunde«, räumte Kerr ein.

»Dann werden Sie ihm vielleicht sein Zuhause in Mexiko nehmen? Und möglicherweise auch sein Leben?«

»Doña Francesca, bitte!«, protestierte der Priester, wenngleich es mehr nach einem förmlichen Protest klang, den man von einem Geistlichen erwartete.

Es wäre eine Dummheit, ihr die Wahrheit zu sagen, überlegte Kerr. »Ich bezweifle, dass es dazu kommen wird.«

»Aber Sie könnten es.« Die Augen seiner Gastgeberin leuchteten förmlich, und sie klammerte sich mit beiden Händen an seinem Arm fest.

»Aber gewiss könnte er es«, erklärte die Cousine im Brustton der Überzeugung. »Er ist ein Fechtmeister. Sieh dir doch nur seine Hände an.«

Abrupt machte sich Stille breit, und alle sahen Kerr an. Unwillkürlich ballte er die Hände zu Fäusten, damit man die Schwielen an den Innenflächen und an den Seiten seiner Finger nicht sehen konnte.

»Haben Sie Ihren Mann getötet, Señor?«

Die Frage kam von Doña Francescas jüngerem Sohn, einem blassen dünnen Jungen in schwarzen Samt gekleidet. Die Frage bezog sich auf den Tod, der bei einem Duell eintrat, und konnte auf jeden Gentleman angewendet werden, der gezwungen war, seine Ehre zu verteidigen. Kerr hätte antworten können, ohne ins Detail zu gehen, doch er weigerte sich, seine Berufung zu leugnen. »Ja, das habe ich«, sagte er. »Und es könnte sein, dass ich gezwungen werde, es wieder zu tun, da mein Beruf der des Fechtmeisters ist. Aber es ist nichts, womit man prahlt.«

»Natürlich nicht«, meinte Doña Francesca und sah ihren Sohn missbilligend an. »Und es ist auch kein Thema für ein Abendessen.« Sie wandte sich wieder Kerr zu. »Aber nun, da es schon mal angesprochen wurde, müssen Sie uns sagen, wie das ist.«

»Sie würden sich langweilen, davon bin ich überzeugt«, antwortete er und überlegte krampfhaft, wie er sie ablenken konnte. »Ein besseres Thema wäre wohl der Krieg, der zwischen unseren Ländern erklärt wurde.«

Betroffenheit machte sich an der Tafel breit, die Gäste sahen sich bestürzt an. Es überraschte nicht, dass Doña Francesca als Erste die Sprache wiederfand.

»Krieg? Wir befinden uns endlich im Krieg? Erzählen Sie uns sofort davon, denn wir liegen hier so abgeschieden, dass wir noch nichts davon erfahren haben.«

In ihrer Begeisterung nahm die Gastgeberin seine Hand und drückte die Knöchel zwischen ihre vollen Brüste. Sonia presste die Lippen zu einem schmalen Strich zusammen, und als Kerr ihr in die Augen sah, schlug ihm solche Kälte entgegen, dass er glaubte, er müsse zu einem Eisblock gefrieren. Es war aber auch Sonia, die ihm zu Hilfe kam, indem sie auf die Frage antwortete.

»Wir wissen selbst wenig mehr als die Tatsache, dass nach den monatelangen Feindseligkeiten nun ein offener Konflikt ausgebrochen ist. Doch dieser Krieg ist der Hauptgrund, weshalb wir uns so früh wie möglich auf den Weg nach Vera Cruz machen müssen.«

Damit war das Thema aber noch nicht erledigt. Kerr wurde mit weiteren Fragen überschüttet und angefleht, sie mögen doch noch eine Weile bleiben. Dennoch war er froh, dass Sonia mit ihm einer Meinung war, und wenn es nur die Notwendigkeit war, umgehend aufzubrechen.

Es war deutlich nach Mitternacht, als das schier unendliche Abendessen schließlich vorüber war. Kerr wurde eingeladen, mit Javier auf der Galerie einen Stumpen zu rauchen und einen Brandy zu trinken. Father Tomas gesellte sich zu ihnen, sodass Kerr damit rechnete, weiter verhört zu werden, was genau er zu tun gedenke. Doch diese Befürchtung erwies sich erfreulicherweise als Irrtum. Stattdessen diskutierten sie über die möglichen Konsequenzen und die vermutliche Richtung, die dieser Krieg nehmen würde.

So ausdruckslos sich Javier auch gab, kannte er sich gut mit den Grundlagen dieses Konflikts aus. Seiner Meinung nach würde Vera Cruz der Schauplatz einer Invasion werden, um von dort auf Mexico City zu marschieren. Seine Landsleute würden ehrbar und hartnäckig kämpfen, doch er konnte sich einen Sieg nicht vorstellen, falls die Vereinigten Staaten entschlossen waren, sich das einzuverleiben, was zu Mexiko gehörte – also Texas und das Land, das sich von dort bis zum Pazifischen Ozean erstreckte.

Kerr, der auf dem Galeriegeländer saß und sich mit dem Rücken gegen einen Pfosten lehnte, betrachtete die Glut der Stumpen, die die anderen Männer in der Hand hielten, und sah dem Rauch nach, der von seinem eigenen Stumpen in den Nachthimmel aufstieg. Alles hier war so friedlich, so ruhig und angenehm. Er fragte sich, ob die zahlreichen Ehen der Doña Francesca dafür verantwortlich waren, dass ihr Haus so abgeschieden lag, oder ob sich das einfach ergeben hatte. Vermutlich würde er es nie erfahren. Dennoch erschien es ihm obszön, dass ein solches Paradies unter dem Ehrgeiz und dem kleinlichen Gehabe kriegslüsterner Männer leiden sollte.

Sah Sonia womöglich seine Betätigung als Fechtmeister ganz genauso? Als eine Frage von Gehabe und albernen Gesten um des Stolzes willen? Vermutlich sah sie es so, und auf seine Art entsprach das sogar den Tatsachen. Verwundert wurde ihm bewusst, dass er das Fechten für ein Zuhause wie dieses hier aufgeben konnte, ein Zuhause, in dem eine Lady am Kopfende seines Tischs saß, die ihre Mahlzeiten, ihre Kinder und ihr aller Leben nach ihrem Wohlwollen und nach seinen gelegentlichen Bitten ausrichtete?

In seiner Fantasie war Sonia diese Lady. Aber wie dumm war er, sich so etwas vorzustellen?

Er schnippte den Stumpen weg, entschuldigte sich in aller Form und ging los, um nach Sonia zu suchen.

Sie hatte sich aus der Gesellschaft der Ladys verabschiedet, da die sich zu Bett begeben wollten. Als er zu ihr ins Zimmer kam, hatte sie sich bereits umgezogen, saß in Nachthemd und Überwurf am Fenster und starrte in die Dunkelheit.

In der Tür blieb er stehen und sah zu ihr, betrachtete die Kratzer an ihren Fußsohlen. Er fand auch die Stelle, an der er mit dem Messer den Dorn aus dem Fleisch geholt hatte. Der Schnitt begann erkennbar zu heilen. Plötzlich wirbelte sie zu ihm herum, als habe sie erst jetzt seine Anwesenheit bemerkt.

»Ich hatte dich noch lange nicht erwartet«, sagte sie in schnippischem Tonfall. »Konnte Doña Francesca keinen Vorwand mehr finden, sich an dir festzuhalten?«

»Mir schien es ratsam, ihr keine Gelegenheit zu geben.« Er zog seine zu enge Jacke aus. Eine Naht platzte auf, doch das kümmerte ihn nicht.

»Zu schade. Ich nehme an, du hättest Ehemann Nummer fünf sein können, wenn du dich auf die Stelle beworben hättest. Oder wärst du dann schon Nummer sechs gewesen?«

»Ich habe nicht mitgezählt, weil ich nicht zur Verfügung stehe.« Er warf die Jacke in Richtung des Stuhls.

Sonia fuhr sich mit der Zunge über die Lippen, während sie ihn beobachtete. »Aber wieso denn nicht? Sie muss eine wohlhabende Frau sein, und von einem der Dienstmädchen weiß ich, dass sie kaum vierzig ist.«

Er war dabei, das Hemd aus der Hose zu ziehen, hielt aber inne, da ihm der Spott in ihrer Stimme auffiel. Der Grund, den er dafür fand, verblüffte ihn zutiefst. Sie klang nahezu eifersüchtig, vielleicht, weil sie gedacht hatte, er ziehe in Erwägung, mit der Witwe das Bett zu teilen. Als ob ihm ein solcher Gedanke auch nur in den Sinn kommen konnte, wenn sie mit ihm im gleichen Haus war ... im gleichen Land ... auf der gleichen Welt.

»Dann muss die Lady jung geheiratet haben«, gab er in ruhigem und sachlichem Tonfall zurück, während er sein Hemd zu Boden fallen ließ.

»Mit vierzehn. Ihr erster Mann war dreißig Jahre älter, und er starb prompt. Ihr gefiel es, reiche Männer zu heiraten, also machte sie eine Gewohnheit daraus.«

»Aber sie würde bestimmt keinen Straßenköter aus Kentucky auf diese lange Liste setzen wollen.« Die Worte hatte er bewusst so gewählt, dass Sonias Antwort ihm etwas verriet. Plötzlich war es ihm wichtig zu wissen, ob Doña Francescas Vorliebe Sonia ermutigt haben könnte, in ihm doch einen akzeptablen Ehemann zu sehen.

»Du bist kein ...«, setzte sie an, verstummte aber gleich wieder.

»O doch, das bin ich«, hielt er dagegen und lächelte zufrieden, als er seine Ledersandalen ablegen konnte. Während er seine Hose aufknöpfte, ging er barfuß auf Sonia zu und redete weiter: »Ich bin der schäbigste Straßenköter, weil es meine Absicht ist, die Tatsache auszunutzen, dass du mich als deinen Ehemann ausgegeben hast.«

»Das willst du tun?«

»O ja.« Er kniete sich vor ihr hin, dann beugte er sich vor und fuhr mit seiner heißen, feuchten Zunge über den Schnitt, den er ihr am Tag zuvor zugefügt hatte. Erst dann begann er sanft mit dem Daumen über die Stelle zu reiben. Er küsste ihr Knie, legte die Hände auf ihre Oberschenkel, schob die Daumen zwischen sie und bewegte sie langsam auf und ab, um ihre Beine sanft auseinanderzudrücken. Er hob den Kopf und sah ihr tief in die Augen. »Wenn du etwas dagegen einwenden willst, dann solltest du das besser jetzt tun. In ein paar Minuten ist es dafür zu spät.«

»Es war bereits zu spät, als du zur Tür hereinkamst«, flüsterte sie und zog ihn in die Arme.

Zweiundzwanzigstes Kapitel

Es dauerte einen weiteren Tag, ehe es ihnen gelang, sich aus Doña Francescas Gastfreundlichkeit zu befreien. Und selbst dann sahen sie sich gezwungen, sich von ihrem Sohn Don Javier nach Xalapa begleiten zu lassen, der es für unabdingbar hielt, sie in seiner Kutsche zu befördern. Doña Sonia, die Frau von Don Wallace, fühle sich so bestimmt wohler, und sie konnte ihm nur zustimmen. Da Kerr ihre Meinung teilte, erreichten sie die Gebirgsstadt in einer unübersehbaren Manier, da mehrere Reiter sie begleiteten und ein Diener in Livree am Heck der Kutsche stand.

Don Javier zeigte sich sehr zufrieden darüber, dass sie beabsichtigten, sich seine Empfehlung zu Herzen zu nehmen und per Postkutsche nach Vera Cruz zu reisen. Er konnte nicht ahnen, dass sein Ratschlag für ihre Entscheidung ohne Bedeutung war, denn es kam vor allem darauf an, dass sie ihr Ziel so schnell wie möglich erreichten. Auf Nachfragen ergab sich, dass die *literas* –Sänften, schwankende Konstruktionen ähnlich wie Sessel, die zwischen zwei Maultieren getragen wurden – zwischen acht und neun Tagen für die Reise benötigten, während die Postkutsche die gleiche Strecke in vier, höchstens fünf Tagen bewältigte.

Don Javiers Freude über ihre Entscheidung war so groß, dass es fast so schien, als wolle er darauf bestehen, sie in seiner Kutsche bis nach Vera Cruz zu bringen, weil er ihre Gesellschaft genoss. Lediglich die traurige Erkenntnis, dass sein edles Gefährt die Fahrt auf der holprigen Strecke nicht heil überstehen würde, hielt ihn davon ab. Zum Ausgleich bestand er aber darauf, sich um ihre Plätze in der am nächsten Morgen abfahrenden Postkutsche zu kümmern und auch ein Zimmer im kleinen Gasthaus am Ort zu reservieren. Er wäre vermutlich sogar noch über Nacht geblieben, um sie am Morgen zu verabschieden, doch es galt, verschiedene Einkäufe für seine Mutter zu erledigen, die ihm eine Liste mitgegeben hatte. Schließlich zog er sich mit einer Verbeugung in seine Kutsche zurück, und dann waren sie beide allein.

»Ich würde sagen, diesmal war es deine Eroberung«, merkte Kerr an, während sie der Kutsche nachwinkten.

»Jetzt sei nicht albern«, gab Sonia lachend zurück. »Don Javier ist verheiratet.«

»Was ihn aber nicht davon abhält, nach etwas zu schmachten, was er nicht bekommen kann.«

Sie drehte den Kopf in seine Richtung und musterte sein Gesicht. Er sah in die Staubwolke, die die Kutsche aufgewirbelt hatte, aber seine Miene ließ nicht erkennen, ob er mit seiner Bemerkung noch etwas anderes hatte aussagen wollen.

Die Luft in Xalapa war kühler als in der Casa de las Flores. Die Blumen waren farbenprächtiger und dufteten intensiver, zweifellos eine Folge der höheren Lage der Stadt. Die engen und gewundenen Straßen verzweigten sich ohne erkennbares System in zwielichtige Gässchen und Sackgassen. Die Wolken schienen hier tiefer zu hängen und hüllten alles in einen feinen Nebel, den ihre Gastwirtin als *chipi chipi* bezeichnete, die ihnen aber versprach, wenn sich dieser Nebel noch lichtete, dass sie einen wundervollen Ausblick auf den uralten Vulkan Citlaltépetl würden genießen können, den Berg des Sterns und zugleich die höchste Erhebung im ganzen Land.

Sie sollten aber kein Glück haben. Der Nebel hing beharrlich die ganze Nacht hindurch über der Stadt und ließ so viel Feuchtigkeit auf die Dächer herabsinken, dass sich winzige Rinnsale bildeten, die von den Dachziegeln tropften. Sonia und Kerr lagen auf einer groben Matratze aus auf Schnüre aufgezogenen Maishülsen und lauschten diesen Tropfen. In Sonias Ohren hörte sie sich an wie Tränen. Das Geräusch begleitete sie auch am folgenden Morgen, als die kalte Gebirgsluft sie schaudern ließ, während sie in die schwere Postkutsche einstiegen und zum letzten Teil ihrer Reise nach Vera Cruz aufbrachen.

Die Reise war tatsächlich so zermürbend, wie Doña Francesca sie gewarnt hatte. Die breiten eisernen Räder der Kutsche drückten sich tief in den Sand und holperten über verborgene Steine, dass die Passagiere fast von ihren Plätzen geworfen wurden. Der große hölzerne Kutschwagen, der über keinerlei Federung verfügte, schaukelte so sehr, dass einem übel werden konnte, an Abhängen kippte er gefährlich zur Seite, und er neigte sich bedenklich nach vorn, wenn ein Gefälle zu überwinden war. Die Ledersitze rochen nach Schweiß, Hühnerfedern flogen umher, und es stank nach dem schimmligen Heu, das den Boden bedeckte, und nach dem Mist der Maultiere. Hinzu kam der Staub, den die Tiere mit ihren Hufen aufwirbelten und der sich als dünner graubrauner Film auf jede Oberfläche legte. Don Javier war zu verdanken, dass sie die Kutsche nicht mit anderen Passagieren teilen mussten, der offenbar alle Plätze für sie beide gebucht hatte, doch das war auch schon der einzige Trost.

Sonia wurde auf ihrem Sitz hin und her geworfen, machte bei mancher Unebenheit einen solchen Satz nach oben, dass sie mit dem Kopf an die Decke stieß, oder landete auf dem Boden, wenn sie nicht das geknotete Seil zu fassen bekam, das als Haltegriff diente. Nachdem sie das dritte oder vierte Mal von ihrem Platz gerutscht war und sich nur noch an dem Seil festhielt, packte Kerr sie, löste ihre Hand vom Seil und setzte sie neben sich, dann legte er einen Arm um sie und drückte sie gegen sich, während er sich mit den Füßen von der Bank vor ihnen abstützte.

Sie versuchte, sich gerade hinzusetzen, damit er nicht ihr Gewicht mit abstützen musste, doch er gab nur ein Brummen von sich und zog sie wieder an sich, dann legte er ihr den Umhang über, den er für sie im Gasthaus gekauft hatte.

Ihr war es durchaus recht, sich gegen ihn sinken zu lassen. Sie lag an seiner breiten, muskulösen Brust, umschlossen von seinen Armen, die keinen Zoll breit nachgaben. In dieser Position war sie nun in der Lage, mehr von der Landschaft wahrzunehmen, die an den Fenstern vorbeizog.

Es war ein exotisches Panorama vom in Wolken gehüllten Gipfel des Citlaltépetl, der im Schein der Morgensonne in ein roséfarbenes Licht getaucht war, bis hin zu der Bergstraße, die zum Perote-Gefängnis führte, aus dem die Häftlinge der Mier-Expedition erst vor Kurzem entlassen worden waren. Sie sah Esel mit großen Kiepen auf beiden Seiten, in denen dunkelhäutige Kinder saßen, ebenso Maultiertrecks, angetrieben von grimmigen Reitern, deren Sättel mit Silberschmuck verziert waren, Wasserfälle und einen Vogel mit so langen Schwanzfedern, dass er unmöglich fliegen konnte. Das alles waren aber nur kleine Ausschnitte in einer Landschaft, die ihr Aussehen so gut wie nie veränderte: Bäume, Felsen und die gewundene Straße, die sich vor ihnen erstreckte. Nach einer Weile wurde Sonia müde, schloss die Augen, streifte die geborgten Schuhe ab und legte die Beine hoch auf ihren Platz, dann schmiegte sie sich an Kerr.

So verstrichen die langen Tage ihrer Reise, die nur von Müdigkeit sowie vom Schaukeln und Holpern der Kutsche geprägt war. Hin und wieder stiegen sie aus und streckten sich, während die Maultiere gewechselt wurden. Die Nächte verbrachten sie in kleinen Gasthäusern, die als einzigen Komfort kaltes Wasser zu bieten hatten, um sich den Staub von der Haut zu waschen. Zu essen gab es mageres Huhn, gekocht mit Öl, Knoblauch und *frijoles*, und die Matratze ihres Nachtlagers war nichts weiter als ein Holzbrett.

Allmählich ließen sie die großen Höhen hinter sich und kehrten in wärmere Gefilde zurück. Wunderschöne grüne Täler waren zu sehen, Palmen streckten ihren Schirm aus großen Wedeln dem Himmel entgegen, und von Bäumen, die mit Ranken überzogen waren, fielen verwelkte Blütenblätter auf den Weg. Obwohl ihr Weg langsam ebener wurde, änderte das nichts am schlechten Zustand der Straße, die sogar noch staubiger wurde. Gleichzeitig wurde es wärmer, bis sie eine drückende Hitze ertragen mussten. Am Morgen des fünften Tages ließ der Kutscher sie wissen, dass sie die nächste Nacht in Vera Cruz verbringen würden.

Vera Cruz.

Sonia spürte, wie sie sofort nervöser wurde, als sie den Namen der Stadt hörte. Furcht bewirkte, dass sich ihr Magen verkrampfte, während sich die Postkutsche wieder in Bewegung setzte. Kerr griff nach ihr, woraufhin sie sich gegen ihn lehnte und den Kopf auf seine Schulter sinken ließ. Sie fühlte seine Kraft, mit der er sie beschützte, und horchte auf seinen beruhigenden Herzschlag.

Sie sollte eigentlich nicht so folgsam sein, sondern sich einen neuen Fluchtplan zurechtlegen, nachdem sie nun fast wieder zurück in der Zivilisation waren. Es wäre nicht klug gewesen, auf dem langen Weg aus den Bergen bis zur Küste einen Fluchtversuch zu wagen, aber näher an Vera Cruz sollte es doch vielleicht möglich sein.

Von dort aus fuhren jeden Tag Schiffe in jeden Winkel der Erde. Daran hatte der Krieg nichts geändert, außer es kam zu einer Seeblockade. Jedoch war es sehr unwahrscheinlich, dass man so etwas bereits in die Tat umgesetzt hatte. Wenn sie ein Schiff fand, das sie nach Havanna brachte, sollte es von dort aus ein Leichtes sein, bis nach Mobile zu gelangen.

Aber ... sie hatte kein Geld.

Zugegeben, das war ein Problem, jedoch kein unlösbares. Sehr wahrscheinlich hielt sich ihre Tante am Hafen auf, und sie würde wissen, wie man an Geld kommen konnte, selbst wenn sie beim Untergang der *Lime Rock* alles verloren haben sollte, was sie mit auf die Reise genommen hatte. Es würde Zeit und einiges an List kosten, um sich die Unterstützung durch ihren Vater zu sichern, doch wenn das erst einmal geschehen war, konnten sie und Tante Lily reisen, wohin sie wollten.

Natürlich nur, wenn sie es vermeiden konnte, in Vera Cruz Jean Pierre über den Weg zu laufen. Und wenn es ihr gelang, Kerr abzuschütteln.

Ach, wie ermüdend und kindisch das doch alles klang. Sich verstecken, lügen, umherschleichen wie ein Dieb, ständig auf der Hut, dass sie nicht in die eine oder andere Gefangenschaft geriet. Was hatte das noch mit Freiheit zu tun?

Nein, sie hatte endgültig genug davon. Sie würde sich allem stellen, was auf sie zukam. Sie würde dabei an Kerrs Seite stehen, während er vollendete, wofür er so weit gereist war. Das war sie ihm für alles schuldig, was er für sie getan hatte. Was immer auch kommen mochte, er hatte ihr gezeigt, wie Liebe zwischen einem Mann und einer Frau sein konnte.

Liebe.

Sie liebte ihn. So seltsam das auch klang, war es doch die Wahrheit.

Aber wann hatte sie sich in ihn verliebt? Sie war sich nicht sicher. Vielleicht in jener Nacht im Stadthaus, als sie ihn zum ersten Mal im Schein der Laterne gesehen hatte? Oder als er sie vor die Wahl stellte, selbst die Laufplanke zur *Lime Rock* hinaufzugehen oder sich von ihm hinauftragen zu lassen? Vielleicht war es auch der Moment gewesen, als er den Seemann über Bord gehen ließ, der es gewagt hatte, sie anzufassen. Oder an dem Nachmittag, als er im See schwamm, während über ihm die Libellen in der Luft schwirrten. Es gab so viele Möglichkeiten, weil sie sich an so vieles erinnerte, dass sie den eigentlichen

Augenblick nicht bestimmen konnte. Aber sie würde ohnehin jeden dieser Momente in ihrem Gedächtnis festhalten, um ihn dann wieder mit einem Seufzer hervorzuholen, wenn sie sehr alt war und im Winter vor einem Kaminfeuer saß.

Sie drehte ihren Kopf so, dass sie sein Gesicht sehen konnte. Er schaute aus dem Fenster, ohne sich auf einen bestimmten Punkt zu konzentrieren, während seine Hand um ihre Taille lag und wie automatisch darüberstrich. Sonia fragte sich, ob er eigentlich wusste, was er da tat.

Plötzlich wurde er auf ihren Blick aufmerksam und wandte sich zu ihr um. »Was ist?«

»Ich habe überlegt, was du tun willst, wenn wir Vera Cruz erreicht haben.«

»Herausfinden, ob deine Tante in der Stadt ist und wo sie sich aufhält.«

»Und wenn sie bei Jean Pierre ist?«

»Dann gehen wir dorthin.«

Sie schaute ihm in die Augen, weil sie wissen wollte, welche Gedanken sich hinter den schattenhaften grauen Untiefen verbargen, doch sein Blick war so verschlossen wie zu der Zeit, bevor sie wusste, dass sie ihn liebte.

Der Gedanke an eine Konfrontation zwischen ihm und Jean Pierre war beunruhigender als alles, was sie sich vorzustellen vermochte. »Glaubst du ...«, begann sie, hielt aber gleich wieder inne.

»Vermutlich nicht. Aber worum geht es?«

»Weißt du, ob Jean Pierre klar ist, dass du ihm die Schuld am Tod deines Bruders gibst?«

»Sonst würde er nicht schon seit Jahren vor mir davonlaufen, und er hätte nicht kurz nach meiner Ankunft New Orleans verlassen, und er wäre auch nicht der Stadt so lange Zeit ferngeblieben.«

»Er weiß nicht, dass du kommst. Oder besser gesagt: Er *wusste* es nicht. Angenommen, Tante Lily ist bei ihm und hat eine Bemerkung gemacht, dass du mein Begleiter bist. Was dann?«

»Daran lässt sich dann auch nichts mehr ändern. Entweder rennt er abermals vor mir weg, oder er bleibt und stellt sich mir.«

»Und was geschieht dann?«, fragte sie mit sehr leiser Stimme.

»Das hängt davon ab, was sich zwischen uns abspielt und wie er reagiert.«

Sie konnte sich keinen anderen Ausgang als ein Duell vorstellen. Und es war für sie undenkbar, dass Jean Pierre etwas gegen Kerrs überlegene Kraft und gegen sein Geschick im Umgang mit dem Degen würde ausrichten können. Sie konnte nur hoffen, dass das Duell beendet wurde, sobald Jean Pierre die erste blutende Wunde davongetragen und er sich womöglich entschuldigt hatte.

Aber konnte das genügen? Würde Kerr eine Entschuldigung annehmen und dann weiter seines Weges gehen?

Sie öffnete den Mund, um ihn zu bitten, er solle sie unter keinen Umständen bei Jean Pierre zurücklassen, sondern sie mitnehmen, ganz gleich wohin er gehen würde. Doch die Worte wollten ihr nicht über die Lippen kommen, weil sie riskieren konnte, dass er sich weigerte. Die Enttäuschung wäre mehr gewesen, als sie hätte ertragen können.

»Sieh mich nicht so an«, sagte Kerr mit schroffer Stimme, die ein wenig zitterte, weil die Kutsche mit einem Rad in diesem Moment in ein Schlagloch geriet. Er beugte sich vor und küsste Sonia auf den Mund.

Sie öffnete sich ihm so selbstverständlich wie eine Blüte, die von der Sonne geküsst werden wollte. Doch sie war nicht ganz so ruhig oder unschuldig, vielmehr wurde sie von einem intensiven Verlangen erfasst. Sie begehrte ihn so sehr, wie sie nie zuvor in ihrem Leben etwas begehrt hatte. Ihr Herz war von dieser Sehnsucht erfüllt, ihr Atem wurde durch nicht vergossene Tränen erstickt. Jeder Zoll ihrer Haut kribbelte voller Vorfreude auf seine Berührung. Als er sie nun fester an sich zog und sie seinen Körper an ihren geschmiegt fühlte, lief ihr ein wohliger Schauer über den Rücken.

Den Umhang hatte sie am Morgen abgelegt, aus ihm war ein Kissen geworden, gegen das sie sich lehnen konnte. Sie fuhr mit der Hand unter seine Weste und strich über seinen muskulösen Oberkörper, während ein leises, ungehaltenes Stöhnen ihrer Kehle entstieg. Sie wollte sich fester an ihn drücken, sie wollte die Hitze seiner nackten Haut an ihrem Busen ebenso spüren und die festen, lockigen Haare auf seiner Brust. Im nächsten Moment schob sie ihre Finger unter sein Hemd.

Er stöhnte auf, jeder Muskel spannte sich an und wurde unter den Berührungen ihrer Hände noch fester. Dann zog sie sein Hemd auf, knabberte an seiner Unterlippe und ließ eine Spur von Küssen folgen, die über sein Kinn bis hinunter zum Hals lief. Mit der Zunge verharrte sie an seinem Hals und kostete das salzige Aroma, während sie mit der Zungenspitze das Blut durch seine Adern pulsieren spürte.

Lange wollte sie dort aber nicht verharren. Sie rutschte auf ihrem Platz zur Seite, legte den Kopf schräg und ließ ihre Zunge um seine Brustwarze kreisen. Gleichzeitig drückte sie eine Hand auf seine Männlichkeit, die sich gegen den Stoff seiner Hose presste, als wolle sie von dem Hindernis befreit werden.

Es kam ihr wie eine Belohnung vor, dass er bei dieser Berührung hastig einatmete, auch wenn das durch das Hufgetrappel und das Rumpeln der Kutsche fast nicht zu hören war. Plötzlich spürte sie, dass er seine Hand über ihren Schenkel gleiten ließ, sie unter die Röcke schob und schließlich das darunter verborgene warme und verlockende Fleisch fand.

Nun war es an ihr, vor Lust nach Atem zu ringen, als sie

fühlte, wie seine Finger in ihr Innerstes vordrangen. Als sei es die natürlichste Reaktion darauf, presste sie sich gegen ihn, um seine feingliedrigen Finger tiefer eindringen zu lassen. Im nächsten Moment wurde ihr Wunsch erfüllt, und als sie ihn in sich fühlte, schmolz sie förmlich dahin.

Mit einem leisen Fluch auf den Lippen zog Kerr sie höher, schließlich hob er sie hoch, damit sie sich rittlings auf seinen Schoß setzen konnte. Er öffnete den Hosenbund und schob den Stoff ein Stück weit nach unten, dann ließ er sie auf sich niedersinken. Sie stöhnte leise und beugte sich nach vorn, damit sie ihre Stirn gegen seine sinken lassen konnte. Es erstaunte sie, welche Kontrolle sie über ihn in dieser Position hatte, und noch mehr verblüffte sie, wie viel intensiver ihre Empfindungen waren. Nie wieder wollte sie diese Stellung aufgeben.

»Kerr«, flüsterte sie. »*Mon cœur*.«

»Befehlige über mich«, entgegnete er. Auf seinen Schläfen hatte sich ein Film aus kleinen Schweißperlen gebildet, ein Zittern durchfuhr seinen Körper, da er sich zusammenreißen musste. »Was immer du willst.«

Noch nie in ihrem Leben hatte sie sich so mächtig oder so frei gefühlt. Eindringlicher war nur noch ihre grenzenlose Dankbarkeit, dass er ihr diese wundervolle Vereinigung gezeigt hatte. Kein anderer Mann hätte das so gut machen können wie er. Doch sie wusste auch, dass sie dieses Wunder zweier eng umschlungener Körper und miteinander verschmolzener Seelen wohl niemals wieder erfahren würde. Dies war sehr wahrscheinlich das letzte Mal, dass sie sich liebten, das letzte Mal, dass er sie hielt, dass sie ihn kosten und ihn mit jedem pulsierenden Herzschlag tief in sich würde spüren können.

Die Postkutsche schaukelte, holperte durch ein Schlagloch und rumpelte über einen Stein. Während sich Sonia wie zum Rhythmus der Kutsche bewegte, fühlte sie Tränen in ihre Augen treten. Genauso verspürte sie das unbändige

Verlangen, eins mit Kerr zu werden. Dieses Verlangen war stärker als jeder Gedanke und jede Kontrolle. Ihre Muskeln schmerzten bei jeder Bewegung, ihre Lungen brannten und ihr Herz hämmerte wie wild gegen ihre Rippen. Sie beugte sich nach hinten und sah Kerr angsterfüllt in die Augen.

Er flüsterte ihren Namen, als würde er ein Gebet sprechen. Dann drückte er die Hände auf ihre Hüften und bäumte sich unter ihr auf zu einem tiefen, festen Stoß, schließlich zu einem zweiten und einem dritten.

Es kam ihr vor, als würde sie endgültig und völlig mit ihm verschmelzen. Sie schrie ihre ungestüme Lust und ihre Trauer hinaus, während glühende Lust in ihr aufstieg. Kerr zog sie erneut an sich und vergrub sein Gesicht zwischen ihren Brüsten, während ihn ein wohliger Schauer überkam und er gemeinsam mit Sonia den Höhepunkt erreichte.

Die Kutsche hatte längst eine, vielleicht sogar zwei Meilen zurückgelegt, als Sonia sich zum ersten Mal wieder regte. Sie saß immer noch rittlings auf ihm, rutschte aber ein Stück nach hinten, um ihr Kleid zuzuknöpfen. Gleichzeitig zog er seine Hose hoch und schloss sie, dann half er ihr, die Röcke zurechtzuziehen.

Plötzlich zerriss eine dröhnende Explosion die Luft, gleich darauf wurde ein Befehl geschrien.

Sonia schaute erschrocken zu Kerr, der mit einem finsteren Nicken ihre Befürchtung bestätigte, während ein weiterer Schuss abgefeuert wurde. Die Postkutsche verlangsamte abrupt die Fahrt, als der Kutscher nach der Bremse griff.

Eine dichte Staubwolke stieg rings um das schwere Gefährt auf, das weiter abgebremst wurde. Ein Reiter galoppierte in Richtung der Maultiere vorbei, dann ein zweiter und ein dritter. Die Männer brüllten und fluchten auf Spanisch. Mit einem Rucken kam die Postkutsche zum Stehen.

Die Tür gleich neben Kerr wurde aufgerissen. Er war

noch damit beschäftigt, seine Kleidung zu richten, als in der Tür ein vertrautes Gesicht auftauchte, verschwitzt und nun mit dem Ansatz eines Schnauzbarts. Gleich darunter war der silbern schimmernde Lauf einer bedrohlich aussehenden Pistole zu sehen, die genau auf Kerrs Brust zielte.

»Wenn ich Sie dann bitten dürfte, aus der Kutsche auszusteigen«, befahl Alexander Tremont mit einer beängstigenden Mischung aus Höflichkeit und Drohung. »Überlegen Sie sich gut, wie Sie aussteigen. Ich würde Sie nur ungern erschießen, mein Freund, aber ich werde es tun, wenn Sie mir dazu Veranlassung geben.«

Sonia saß einen Moment lang da und verstand nicht, was sich vor ihren Augen abspielte. Dann aber wurde sie von einer siedenden Wut erfasst. »Was hat das zu bedeuten, Monsieur?«, wollte sie wissen, während sie noch damit beschäftigt war, ihre Schuhe anzuziehen. »Was gibt Ihnen das Recht, eine öffentliche Postkutsche anzuhalten?«

»Sie werden ebenfalls aussteigen, Mademoiselle Bonneval.« Tremont hielt die Pistole kurz in ihre Richtung.

»Auf keinen Fall werde ich das tun. Wir sind auf dem Weg nach Vera Cruz, und Sie können nicht einfach …«

Mitten in ihrem Wutausbruch wurde sie unterbrochen, da Kerr ihr einen Finger auf die Lippen drückte und ihr einen warnenden Blick zuwarf, ehe er seine Hand wieder wegnahm. Schließlich fasste er sie am Arm und zog sie mit sich aus der Kutsche. Als ihre Füße den Boden berührten, stellte sich Kerr vor sie, um sie vor den Männern abzuschirmen, die auf ihren Pferden sitzend auf sie warteten.

Was dachte Kerr in diesem Moment? Sein Gesicht war wie versteinert, jeder Muskel angespannt. Gepaart mit seiner beachtlichen Größe und Beweglichkeit erschien er wie eine tödliche Bedrohung – wie das Sinnbild eines wahren Fechtmeisters.

Jedoch besaß er keine andere Waffe als sein Taschenmesser.

»Gehen Sie weg von ihr, Wallace«, befahl Tremont, der einen Schritt zurück machte, bis er sich außerhalb von Kerrs Reichweite befand. Die Pistole war weiter auf seine Brust gerichtet.

»Das glaube ich nicht.«

»Ich werde ihr nichts tun, das schwöre ich Ihnen. Mein Auftrag lautet lediglich, sie zu ihrem zukünftigen Ehemann zu eskortieren.«

Kerr lachte kurz auf. »Und ich hatte doch tatsächlich gehofft, dass Sie nicht ertrunken waren.«

»Oh, wir wurden alle gerettet, auch Tante Lily, die in Rouillards Stadthaus bereits ungeduldig auf die Ankunft ihrer Nichte wartet. Leider sind Sie kein erwünschter Gast auf dieser Hochzeit.«

Sonia verspürte Erleichterung, dass ihre Tante wirklich noch lebte. Sie lag nicht tot auf dem Meeresgrund, und sie war auch nicht in einem mexikanischen Gefängnis gelandet. Der Wunsch, sie wiederzusehen und sie aufgeregt reden zu hören, war so stark, dass sie leicht zu schwanken begann.

Kerr musste ihr erleichtertes Aufatmen bemerkt haben. Er griff hinter sich, um seinen Arm um ihre Taille zu legen. »Rouillard weiß, dass ich hier bin.«

»Ganz richtig. Und er möchte ein Treffen lieber vermeiden.«

»Er kann es vielleicht hinauszögern, aber nicht vermeiden.«

»Das sieht er anders.« Tremonts Tonfall wurde härter. »Ich sagte, Sie sollen aus dem Weg gehen.«

Kerr rührte sich nicht von der Stelle.

Über Tremonts Gesicht huschte ein Ausdruck, der nach Bedauern aussah. Dann sah er an Kerr vorbei und nickte knapp.

Einer der Reiter kam näher, hob sein Gewehr wie einen Knüppel und holte aus. Der Schlag traf Kerr am Hinterkopf. Sonia schrie auf und klammerte sich an seinen Arm, während er zu taumeln begann. Ein zweiter Schlag traf ihn zwischen den Schulterblättern. Er sackte in sich zusammen und zog Sonia mit sich zu Boden. Sie ging auf die Knie und wollte nach seinem Haar greifen, das sich vom Blut dunkel färbte.

Jemand schlang seinen Arm um sie und zerrte sie hoch, woraufhin sie zu treten und zu schlagen anfing und wie eine Wahnsinnige schrie. Sie holte mit den Ellbogen nach hinten aus, ein schmerzhaftes Stöhnen verriet ihr, dass Tremont sie festhielt und sie ihn getroffen hatte.

Es half ihr aber nicht, denn im nächsten Moment kam einer der Männer mit seinem Pferd näher, packte sie und legte sie quer über den Sattel. Sekunden später saß Tremont hinter ihr auf und drehte sie so, dass sie quer auf seinem Schoß saß. Er rief den anderen Männern einen Befehl zu, dann ließ er sein Pferd kehrtmachen und trieb es mit seinen Sporen zur Eile an.

Sonia wehrte sich gegen Tremonts Griff und wurde vom harten Galopp des Tiers durchgeschüttelt, während sie versuchte, einen Blick zurückzuwerfen. Zuerst konnte sie vier oder fünf der Männer sehen, die sich bei der offen stehenden Tür der Postkutsche aufhielten.

Dann entdeckte sie Kerr, der reglos und blutend auf der Erde lag.

Dreiundzwanzigstes Kapitel

Ein tiefes, leidendes Stöhnen weckte Kerr, der eine Zeit lang brauchte, ehe ihm klar wurde, dass er selbst derjenige war, der gestöhnt hatte.

Teufel auch! Sein Kopf schmerzte, als würden Heerscharen von Hufschmieden gleichzeitig mit ihrem Hammer auf einen Amboss schlagen. Sein Rücken schmerzte, seine Augen ebenfalls. Es hätte ihn nicht gewundert, wenn ihm auch seine Zähne wehgetan hätten.

Bilder zuckten vor seinem geistigen Auge vorüber, die das Geschehen in der umgekehrten Reihenfolge zeigten. Eine langsame Fahrt auf einem Karren mit quietschenden Holzrädern, bei der er unter einer nach Hund riechenden Decke lag. Erde in seinem Mund und den Augen. Ein Mann mit einer silbernen Pistole. Eine Postkutsche mit aufgerissener Tür. Sonia, von Wut erfasst, aber mit Angst in den Augen.

Sonia ...

Er schoss auf seinem Feldbett so schnell hoch, dass ihm schwindelig wurde. Eine Kette, die von der Wand bis zu seinem Fußgelenk verlief, hielt ihn zurück, sodass er auf Händen und Knien auf dem Boden landete. Er ließ sich nach hinten sinken, bis er sich in einer sitzenden Position gegen das Bett lehnen konnte, dann rieb er sich mit den Handballen die Augen.

O Gott, wo war sie nur? Was tat man ihr an? Tremont hatte gesagt, er werde sie zu Rouillard bringen. War das die Wahrheit, oder wollte er sie für sich selbst haben?

Tremont und Rouillard.

Dass die beiden gemeinsame Sache machen könnten,

wollte er kaum glauben. Nach ein paar Tagen auf See mit ihm hatte er von Tremont einen besseren Eindruck gehabt. Die Waffen an Bord der *Lime Rock* ... er und Rouillard mussten den Handel gemeinsam in die Wege geleitet haben. Eine Lieferung war nun verloren, aber vielleicht war es nicht die erste gewesen – und womöglich würde sie nicht die letzte bleiben.

Tremont würde Sonia nicht wehtun, dessen war Kerr sich ganz sicher. Aber das würde für Rouillard wohl kaum gelten. Ein Mann, der herausgefunden hatte, dass seine zukünftige Braut mit seinem ärgsten Feind unter einer Decke steckte, war bestimmt nicht in der Laune, sie mit offenen Armen zu empfangen.

Er dankte Gott dafür.

Aber vielleicht war gar kein Dank angebracht.

Die Kopfschmerzen waren so heftig, dass Kerr nicht entscheiden konnte, was schlimmer war: wenn Rouillard Sonia an seine Brust drückte, sie küsste und in aller Eile heiratete, oder wenn er sie verprügelte.

Ein Schauer lief ihm über die Haut, als unbändige Wut ihn erfasste. Er würde ihn in Stücke reißen, wenn er Sonia etwas antat. Nichts würde ihn zurückhalten, weder steinerne Mauern noch Gitterstäbe, auch keine Fesseln und nicht einmal die Unverletzbarkeit des von einem Priester gesprochenen Ehegelübdes. Sollte Rouillard ihr auch nur ein Haar krümmen, dann war er ein toter Mann.

Dabei war es seine Schuld, dachte Kerr und stöhnte wieder leise. Wenn sie in Gefahr war, weil sie vor ihrer Hochzeit mit einem Mann das Bett geteilt hatte, dann war das allein ihm anzulasten. Er hätte sie nie anfassen dürfen, sondern sich von ihr fernhalten müssen.

Doch wie hätte ihm das gelingen sollen? Sie war in ihrer Leidenschaft so reizend. Ihre Haut fühlte sich unter seinen Fingern samtweich an, auf seinen Lippen schmeckte sie süß und warm. Ihr Lächeln, als sie in der Postkutsche rittlings auf ihm saß, war zärtlich und verrucht zugleich gewesen. Er hätte sich am liebsten für alle Zeit in ihr vergraben, um die seidige Hitze ihres Innersten zu fühlen und den rasenden Schlag ihres Herzens zu zählen. Und erst ihre Brüste ... die zarte Haut, der köstliche Geschmack ihrer Brustwarzen, die sich versteiften, wenn seine Zunge sie berührte – die bloße Erinnerung ließ ihm das Wasser im Mund zusammenlaufen. Sonia in der Postkutsche zu lieben war der Gipfel der Dummheit gewesen, doch für nichts auf der Welt wollte er auch nur eine Sekunde davon hergeben.

Zu Beginn hatte er sie geliebt, weil sie ihn darum gebeten hatte und weil er glaubte, so einen Grund für Rouillard zu finden, damit der ihn zum Duell herausforderte – einen Grund, den er nicht ignorieren konnte. Es war ihm so erschienen, als würde er sie damit nur beschützen, da ihr Verlobter vermutlich die von ihr so gefürchtete Heirat absagen würde.

Nun verstand er, dass diese Gründe nur Ausflüchte gewesen waren, zudem noch sehr schwache. Er hatte Sonia auf eine höchst verzweifelte Art gewollt, und er war sich sicher gewesen, dass es seine einzige Gelegenheit sein würde.

Und nun war es vorbei. Aus und vorbei. Er konnte nur noch beten, dass er ihr nicht schlimmer wehgetan hatte, als Rouillard es jemals tun würde.

Er öffnete die Augen und blinzelte zur gegenüberliegenden Wand mit der Tür genau in der Mitte. Wenn sie jetzt bei Rouillard war, dann hatte er den Auftrag erfüllt, für den er bezahlt worden war. Er war ihrem Vater gegenüber zu nichts mehr verpflichtet. Wenn sie jetzt noch gehen wollte, konnte er sie mitnehmen. Sie verdiente es, vor diese Wahl gestellt zu werden.

Doch zunächst einmal musste er sie finden. Was er natürlich erst in Angriff nehmen konnte, wenn er sich aus dieser misslichen Lage befreit hatte.

Er atmete tief durch, was er anscheinend schon lange

nicht mehr getan hatte, dann sah er sich um. Er befand sich in einem kleinen Raum mit vier Wänden, drei davon mit Gips verputzt, die vierte aus nacktem Stein. In diese Wand hatte man einen Fensterschlitz eingelassen, der deutlich höher war, als ein Mann greifen konnte. Die einzigen Gegenstände im Raum waren das Feldbett und ein Eimer, die auf einem Steinboden standen. Die Tür war aus massivem Holz, wies aber kein Schloss auf, was vermuten ließ, dass von außen ein Riegel und ein Vorhängeschloss festgemacht waren.

Flecken auf dem Boden und ein schwacher Geruch nach Weinessig und Mais brachten ihn zu der Vermutung, dass dies einmal ein Lagerraum oder vielleicht ein Weinkeller gewesen war. Dass es sich um einen Teil eines Hauses oder einer Scheune handelte, war offensichtlich. In einiger Entfernung hörte er Tauben gurren und Kinder spielen, von irgendwoher drangen Bruchstücke einer Unterhaltung an sein Ohr.

Diese Erkenntnisse halfen ihm nicht weiter. Er war sich nicht sicher, ob er sich schon auf den Beinen halten konnte, und die Kette gab seinem Reißen und Zerren nicht nach.

Er schloss die Augen und lauschte weiter. In seinem Kopf drehte sich alles, und er döste vor sich hin. Irgendwann musste er eingeschlafen sein, oder aber er hatte im Sitzen das Bewusstsein verloren. Jedenfalls ruhte sein Kinn auf der Brust, als er wieder zu sich kam und die Tür geöffnet wurde.

Mit dem Mann, der die Zelle betrat, schien es, dem äußeren Eindruck nach zu urteilen, abwärtszugehen. Er hatte schütteres, sandfarbenes Haar, sein Gesicht glänzte rötlich, und seine Nase war von deutlich erkennbaren lilafarbenen Adern durchzogen. Zudem hatte er ein Doppelkinn. Der Schneider hatte sich alle Mühe gegeben, den dicken Bauch des Mannes zu kaschieren, doch nichts konnte darüber hinwegtäuschen, wie schlecht seine Hose saß. Das Blau in seinen Augen wirkte verblasst, was ihnen viel von ihrer Verschlagenheit nahm. Seine Blicke zuckten mal hierhin, mal dorthin, als rechne er in jeder Richtung mit einem Hinterhalt.

Er trug weder Hut noch Handschuhe, was Kerr auf den Gedanken brachte, der Lagerraum könnte sich in dem Gebäude befinden, das diesem Mann gehörte. War er in Vera Cruz?

War das der Mann, der veranlasst hatte, dass Sonia zu ihm geschickt wurde, als handele es sich lediglich um ein Paket Leinenstoff oder ein Glas mit Pomade? War das der Mann, der beabsichtigte, für den Rest seines Lebens jede Nacht das Bett mit Sonia zu teilen, der von ihr Kinder bekommen und mit ihr alt werden würde?

»Rouillard, nehme ich an.«

Kerr gab sich keine Mühe, mit seiner Verachtung hinter dem Berg zurückzuhalten. Indem er sich an der Bettkante festhielt, zog er sich hoch und stand dann langsam auf. Ihm wurde dabei schwindelig, und er hatte das Gefühl, sich übergeben zu müssen. Sein Besucher schien geneigt zu sein, bedrohlich vor ihm aufzuragen, und es ging Kerr gegen den Strich, ihm dieses Vergnügen zu gönnen.

»Zu Ihren Diensten«, sagte Rouillard abfällig.

Er hatte die Tür hinter sich offen stehen lassen, und nun kam ein anderer Mann in die Zelle. Es war Tremont, der nun förmlicher gekleidet war als bei ihrer letzten Begegnung. Kerr ballte die Fäuste und tat einen kleinen Schritt nach vorn. Die Fessel rieb über sein Fußgelenk, etwas Verputz löste sich von der Wand, wo die Kette festgemacht war, aber sie hinderte ihn nach wie vor, sich weiter von dem Feldbett zu entfernen.

»Wo ist sie?«, wollte er wissen, den wütenden Blick auf Tremont gerichtet. »Was haben Sie mit ihr angestellt?«

Der Gentleman erwiderte nichts, sondern lehnte sich mit einer Schulter gegen die Wand neben der Tür.

Rouillard kam einen Schritt nach vorn. »Sie sprechen von Mademoiselle Bonneval, wie ich annehmen darf. Es geht ihr gut, und sie ruht sich in meiner Obhut aus. Und ich darf anfügen, dass sie bemitleidenswert dankbar ist, endlich bei mir zu sein.«

»Das ist eine Lüge«, gab Kerr überzeugt zurück. »Egal was Sonia – Mademoiselle Bonneval – auch macht, es wäre nie etwas, wofür man sie bemitleiden müsste oder wofür sie bemitleidet werden möchte. Und ich wette, sie war auch nicht dankbar dafür, dass sie gegen ihren Willen verschleppt wurde.«

Rouillard sah ihn mit zusammengekniffenen Augen an und wollte zum Sprechen ansetzen, doch Tremont kam ihm zuvor. »Ihr geht es den Umständen entsprechend gut. Von mir wurde ihr kein Leid zugefügt. Ich glaube, sie ruht sich derzeit aus.«

Ihr ging es gut. Kerr wusste nicht so recht, warum er Tremonts Beteuerungen glaubte, wenn er an Rouillards Worten zweifelte.

»Ich verstehe nicht, warum sie aus der Postkutsche gezerrt und hergebracht werden musste«, sagte er. »Wir waren seit dem Schiffsuntergang auf dem Weg hierher.«

»Spielen Sie nicht den Ahnungslosen«, meinte Rouillard verächtlich. »Es war notwendig, Sie beide zu trennen.«

»Dann wissen Sie, wieso ich hier bin.« Seine Erwiderung war Drohung und Frage zugleich.

»Seit Sonias Tante Ihren Namen erwähnte, wusste ich, wer Sie sind. Nicht, dass ich Sie nicht auch dem Aussehen nach erkannt hätte. Sie haben die gleiche Statur und Hautfarbe wie Ihr Bruder, den gleichen starrsinnigen Stolz und diesen verdammten Ausdruck in den Augen, es notfalls allein mit einer ganzen Armee aufzunehmen. Wie Bonneval sich von Ihnen beeindrucken lassen konnte, kann ich nicht verstehen. Sie werden feststellen, dass ich schlauer bin.«

»Daran habe ich keinen Zweifel. Man muss sich ja nur ansehen, wie Sie Andrew zum Narren hielten.«

Rouillards Gesicht färbte sich rot. »Ich tat, was ich tun musste. Er hätte mitkommen können, als ich die Ranger verließ. Der Idiot weigerte sich, weil es für ihn eine Frage der Ehre war. Als wenn die Ehre noch etwas wert gewesen wäre, wenn wir sowieso alle sterben sollten.«

»Aber Sie überlebten.«

»Ich überlebte, und es geht mir gut, obwohl ich Sie auf den Fersen hatte. Aber ich wusste ja auch immer, dass Sie hinter mir her waren. Und nun sehen Sie sich an, was es Ihnen eingebracht hat.«

»Tja, das muss man sich mal ansehen«, stimmte Kerr ihm voller Ironie zu. Immerhin hatte er nach all den Jahren den Verbrecher gefunden, das durfte man dabei nicht vergessen. »Und was werden Sie jetzt tun?«

»Ich habe mir überlegt, dass wir uns unterhalten sollten, um herauszufinden, ob sich nicht irgendein Kompromiss finden lässt. Ich besitze viel Geld, und ich werde noch viel mehr besitzen, sobald ich über das Vermögen meiner Ehefrau verfüge. Sie könnten sich ein ansehnliches Stück Land in Südamerika kaufen und dort wie ein König leben.«

»Ich glaube, ich tauge nicht zum Monarchen«, gab Kerr leise zurück.

Rouillard schürzte die Lippen und schob die Hände auf den Rücken unter die Rockschöße seiner Jacke. Dann sah er sich in dem kleinen Raum um. »Jeder mag Geld. Haben Sie erst einmal einige Tage hier verbracht, dann werden Sie Ihre Meinung schon noch ändern.«

»Das bezweifle ich.«

Enttäuschung und Sorge waren dem Gesicht des Mannes deutlich anzusehen. »Ich hätte Sie von Tremont töten lassen sollen.«

»Und warum haben Sie es nicht getan?«

»Ich dachte, er würde es machen. Ich wusste nicht, dass

ich ihm dafür erst den ausdrücklichen Befehl hätte erteilen müssen.« Rouillard warf Tremont einen zornigen Blick zu, während er sich weiter in dem Raum umsah. Sein Tonfall war so beiläufig, als sei das Thema so unwichtig wie eine verlegte Einladung zu einer Soiree.

Der Mann war offensichtlich ein Feigling, das konnte Kerr deutlich erkennen. Er griff zu den verschlagenen Methoden eines Schwächlings, er war jemand, der sich zu fein war, sich die Hände schmutzig zu machen. Geahnt hatte Kerr das schon immer, doch das ganze Ausmaß dieser Feigheit wurde ihm erst jetzt klar.

Hinzu kam, dass Rouillard ein Mann ohne Gewissen war. Ihn kümmerte nicht, welche Hoffnungen und Träume die Menschen hatten, die er für seine Zwecke benutzte oder die ihm im Weg waren.

Er war es kaum wert, getötet zu werden.

Und diesen Mann sollte Sonia heiraten.

Abscheu erfüllte Kerr, als er daran dachte. Rouillard würde niemals Sonias Mut und Selbstständigkeit zu schätzen wissen, stattdessen würde er versuchen, ihren Willen zu brechen, weil sein Ego das von ihm verlangte. Er würde sie einsperren, sie benutzen und behandeln wie einen Hund, den er je nach Laune mal trat, mal streichelte. All ihre Leidenschaft würde bei einem solchen Mann verschwendet sein, denn er würde diese Leidenschaft als etwas betrachten, das beklagt oder sogar gefürchtet werden musste, weil sie eine Bedrohung für seine kümmerliche Männlichkeit darstellte.

Der Gedanke machte ihn krank. Er durfte nicht zulassen, dass es dazu kam.

»Entlassen Sie Mademoiselle Bonneval aus Ihrem Ehevertrag«, verlangte er spontan. »Im Gegenzug verspreche ich Ihnen, nach New Orleans zurückzukehren und Sie in Ruhe zu lassen.«

Rouillard hielt inne und wandte sich zu ihm um, dann

lachte er rau. »Ich vermute, ich soll mich auf Ihr Wort verlassen.«

»Ich bin genauso ein Ehrenmann, wie es mein Bruder war.«

In dem kleinen Raum herrschte Stille, während der andere Mann ihn anstarrte. Tremont, der gegen die Wand gelehnt dastand, betrachtete anscheinend gelangweilt seine Fingernägel, doch das war vielleicht nur vorgespielt.

»Sie wollen meine Braut«, sagte Rouillard schließlich.

O Gott, ja, er wollte sie unbedingt, ging es Kerr durch den Kopf, doch es wäre dumm, ihm das zu sagen. »Erlauben Sie ihr, sich häuslich niederzulassen, wenn sie das möchte. Oder schicken Sie sie mit dem nächsten Schiff zurück zu ihrem Vater. Ob mit oder ohne Eskorte, ist mir einerlei.«

»Ich soll sie gehen lassen, wenn sie in der Erwartung herkam, verheiratet zu werden?«

»Sie wäre lieber frei.«

»Und das wäre Ihnen ebenfalls lieber, und Sie würden sogar Ihre Hoffnung aufgeben, sich an mir zu rächen«, fuhr Rouillard schnaubend fort. »Ich muss schon sagen, ich bin erstaunt.«

»Ich finde, es ist ein fairer Tausch.«

»Das sagen Sie, aber da ist noch ihre Mitgift, die ich nicht außer Acht lassen möchte.«

»Dann heiraten Sie sie und behalten das Vermögen, wenn Sie sie wegschicken.«

»Eine gute Idee – zumindest wäre sie das, wenn Sie sich in einer Position befinden würden, mir befehlen zu können. Glücklicherweise ist das aber nicht der Fall.«

Dem konnte Kerr nicht widersprechen, zumindest nicht in diesem Moment. »Sie will diese Ehe nicht, das hat sie immer wieder gesagt. Warum wollen Sie sie dazu zwingen?«

»Ihre Familie zählt zu den besten in ganz New Orleans, und ich könnte eines Tages den Wunsch verspüren, dorthin zurückzukehren. Sie ist die einzige Erbin ihres Vaters, ein wichtiger Punkt. Was die Frage angeht, was sie will, glaube ich, sie umstimmen zu können.«

»Das wird Ihnen nicht gelingen. Wenn sie sich schon so gesträubt hat, überhaupt die Reise hierher zu unternehmen, was glauben Sie, wie viel Kummer sie Ihnen hier bereiten wird.«

»Gesträubt?« Rouillard legte den Kopf schräg.

»Was glauben Sie, warum ich angeheuert wurde?«

»Das hatte ich mich tatsächlich schon gefragt. Zwischen Bonneval und mir gab es keine derartige Vereinbarung.«

»Ohne mich wäre sie gar nicht hier.« Die Worte schmeckten in Kerrs Mund so bitter wie Galle.

»Ich kann mir Ihre Gründe vorstellen, warum Sie das Angebot annahmen, sie zu begleiten. Aber verraten Sie mir doch, warum Ihnen das Wohlergehen dieser Lady so am Herzen liegt.« Rouillard warf einen Blick über die Schulter zu Tremont, dann sah er abermals Kerr an. »Wie gut kennen Sie meine Verlobte, Wallace? Was hat sich zwischen Ihnen beiden abgespielt während der Zeit vom Untergang der *Lime Rock* bis gestern Nachmittag?«

»Nichts, was Ihre Sorge sein müsste.« In gewisser Weise entsprach das sogar der Wahrheit. Sonias Unschuld war anscheinend für Rouillard nicht von großer Bedeutung gewesen, als er um ihre Hand anhielt. Warum sollte das Thema jetzt eine Rolle spielen?

Doch Kerr wusste nur zu gut, es spielte eine Rolle. Dass die zukünftige Ehefrau unberührt sein musste, war Teil der Vereinbarung, ohne dass es ausdrücklich erwähnt werden musste. So war es schon seit Jahrhunderten gewesen. Wenn Rouillard erfuhr, dass sie von Kerr berührt worden war und vielleicht sogar ein Kind von ihm erwartete, dann würde dieser Bastard vor Wut platzen. Frauen waren schon wegen eines solchen Vertrauensbruchs getötet worden.

Ich werde Rouillard eine unbefleckte Braut abliefern ...

Er hatte es versäumt, seinen Schwur einzuhalten. Dafür sollte er ausgepeitscht werden.

Wieder drehte sich Rouillard zu Tremont um. »Was sagen Sie dazu, mein Freund? Sie haben sie zusammen an Bord des Schiffs gesehen, und dann wieder, als Sie sie aus der Postkutsche geholt haben. Sollte ich mir Sorgen machen?«

Kerr sah in die dunklen Augen des Zuckerrohrplantagenbesitzers und erkannte in ihnen, dass er die Tatsachen gegeneinander abwägte. Er versuchte, ihm einen warnenden Blick zuzuwerfen. Tremont selbst hatte sich zu Sonia hingezogen gefühlt, war mit ihr an Deck spaziert, hatte sich mit ihr unterhalten und gelacht. Er kannte ihre seltene Kombination aus Schönheit und Lebensgeist. Sicherlich würde er nichts sagen, was sie in Gefahr bringen konnte, oder etwa?

Der Mann hob eine Schulter und mimte ein Paradebeispiel an Gleichgültigkeit. »Wer weiß? Aber die Wahrheit werden Sie von Wallace vermutlich nicht erfahren. Ich schlage vor, Sie fragen die Lady selbst.«

Nein!

Kerr wollte seinen Protest herausschreien, doch er presste die Lippen aufeinander. Sonia würde es nicht abstreiten, weil sie nichts davon hatte, wenn sie Diskretion walten ließ. Sie würde ihrem Verlobten die Wahrheit ins Gesicht schleudern, weil sie hoffte, dann von ihm weggeschickt zu werden. Und vielleicht täte sie es auch, weil es ihr Befriedigung verschaffen würde.

Ganz gleich, welche Folgen das nach sich zog, Kerr würde damit leben müssen – zumindest lange genug, um den Mann von der Erde verschwinden zu lassen, der es wagte, ihr wehzutun.

Vierundzwanzigstes Kapitel

Sonia stand am Fenster ihres Schlafzimmers, in das man sie in der Nacht gebracht hatte, und schaute hinunter auf die Straße. Es wimmelte dort von Menschen: Mestizen-Frauen mit geflochtenem Haar und farbenprächtigen Röcken, die um ihre Beine wirbelten; Jungs und Mädchen, die ausgelassen hin und her rannten; Verkäufer an ihren Kaffee-, Gemüse- oder Kräuterständen, die ihre Waren anpriesen; Gentlemen zu Pferd, und Männer und Frauen, die hinter diesen Reitern kauerten und den Kopf mit einem Schal anstelle eines Huts bedeckten. In den Rinnsteinen tummelten sich Geier, große schwarzgraue Aasfresser, über die sie in Xalapa gehört hatte, dass man sie *zopilotes* nannte. Diese Tiere wurden geduldet, weil sie die Straßen sauber hielten.

Wenn sie über die Dächer schaute, konnte sie das blaue Leuchten des Meeres sehen, ebenso den Hafen, der von dem grauen Klotz des Forts San Juan de Ulúa bewacht wurde.

Nichts von alledem konnte Sonias Aufmerksamkeit wirklich auf sich lenken. Ebenso gut hätte sie auch blind sein können, denn das Einzige, was sie immer wieder sah, war Kerr, wie er blutend im Staub der Straße gelegen hatte.

War er tot, und sie wusste es nicht? Er schien zu stark zu sein für ein so klägliches Schicksal, sein Geist war dafür zu unbändig.

Sie konnte noch immer kaum fassen, was sich abgespielt hatte. Ausgerechnet Tremont hielt die Kutsche an und ritt mit Sonia davon. Zugegeben, er hatte ihr nicht wehgetan, doch seine Wachsamkeit hatte auf dem langen Ritt bis in die

Stadt niemals nachgelassen. Damit war für sie keine Gelegenheit gegeben, die Flucht zu ergreifen.

Sie waren den Rest des Tages und die halbe Nacht geritten. Seine Arme hatte er die ganze Zeit fest um sie gelegt und sie damit gezwungen, sich gegen ihn zu lehnen. Dabei war sie dem Mann so nah gewesen, wie es eine Frau nur sein konnte, ohne dass die Art von intimer Nähe entstand, wie sie und Kerr sie geteilt hatten. Seine Bartstoppeln hatten auf ihrem Kopf gekratzt, seine Brust war zu schmal gewesen, und er hatte sie zu fest in seinen Armen gehalten.

Nichts an dieser Situation erinnerte auch nur im Entferntesten daran, in Kerrs Armen zu liegen.

Das Sonderbare daran war, dass sie sich von ihrem vormaligen Mitreisenden zu keiner Zeit bedroht gefühlt hatte. Er antwortete auf keine ihrer Fragen und ließ nicht erkennen, welche Absichten er verfolgte, dennoch hatte sie nicht das Gefühl, dass er ihr etwas tun wollte.

Wohin er sie brachte, war ihr ein Rätsel gewesen bis zu dem Moment, als sie in den Innenhof eines Hauses in Vera Cruz ritten. Auch da sagte er kein Wort zu ihr, er vermied es sogar, sie anzusehen. Ihr kam es vor, als sei es für ihn eine unangenehme Pflicht, sie herzubringen, die er so schnell wie möglich hinter sich bringen wollte. Sie hatte von ihm lediglich erfahren können, dass es sich um Jean Pierres Haus handelte.

So wie bei der Casa de las Flores handelte es sich um ein großes Haus im typisch spanischen Kolonialstil. Und es war mit jener übertriebenen Opulenz eingerichtet, die manche Menschen mit gutem Geschmack verwechselten. Der Gedanke, womöglich gezwungen zu werden, hier den Rest ihres Lebens zu verbringen, war nahezu unerträglich.

Aber noch konnte sie nicht von hier weggehen. Erst musste sie mit Rouillard sprechen, der nicht im Haus gewesen war, als sie eintraf. Sie hatte eigentlich vorgehabt, aufzubleiben und auf ihn zu warten, doch kaum hatte sie sich in diesem Zimmer ins Bett gelegt, um sich auszuruhen, da war sie auch schon fest eingeschlafen. Sie musste ihm sagen, dass ...

Was sollte sie überhaupt sagen? Was konnte sie sagen, das die Dinge nicht noch schlimmer machte, falls Kerr noch lebte? Und falls er tot war ... was machte es dann eigentlich noch aus?

Jemand klopfte vorsichtig an die Tür. Sonia drehte sich um, legte sich den Überwurf um, den sie am Fußende des Betts vorgefunden hatte, doch bevor sie »Herein« rufen konnte, ging die Tür bereits auf.

»*Ma chère!*«, rief ihre Tante, die mit ausgestreckten Armen auf sie zugelaufen kam. »Da bist du ja endlich! Ich habe so sehr für diesen Moment gebetet, dass meine Knie wund sind und mein Rosenkranz völlig abgenutzt ist. Hätte man es mir gestern Abend bereits gesagt, hätte ich es doch nur gewusst – aber niemand ließ es mich wissen, niemand verriet ein Wort.«

Ihre warmherzige Umarmung, das Parfüm, das von ihrem Busen aufstieg, und das vertraute Gesicht bewirkten, dass Sonia einen Kloß im Hals verspürte und ihr die Tränen kamen. Tapfer schniefte sie, während sie ihre Tante festhielt und sie sich Wangenküsse gaben. »Du hast mir auch so gefehlt«, schluchzte sie.

»Ich hatte dich fast schon aufgegeben, das schwöre ich dir. Du kannst dir nicht meine Verzweiflung vorstellen, als immer mehr Menschen ins Rettungsboot gezogen wurden und du nirgendwo zu sehen warst. Oder als der mexikanische Captain die Unglücksstelle verließ und du und Monsieur Wallace nicht unter den Überlebenden zu finden wart. Ich hatte euch im Wasser gesehen, aber dann aus den Augen verloren. Meine einzige Hoffnung war, dass er vielleicht bei dir war.«

»Tante Lily, du weißt, ich kann schwimmen.«

»Ja, ja, aber ernsthaft, *chère* ...«

»Du hast recht. Ich verdanke Kerr mein Leben.«

»Wo ist er, damit ich mich bei ihm bedanken kann? Er hat dich doch hergebracht, nicht wahr?«

Es blieb Sonia nichts anderes übrig, als ihr die Geschichte von Anfang an zu erzählen, da ihre Tante erst Ruhe geben würde, wenn sie jede Einzelheit erfahren hatte. Als sie von der Schlange und dem riesigen Skorpion erfuhr und hörte, dass sie die Nacht in einem alten Tempel verbracht hatten, machte sie ein erschrockenes Gesicht. Nachdem sie gehört hatte, dass sie von Doña Francesca aufgenommen worden und von dort nach Xalapa gereist waren und man ihre Postkutsche auf dem Weg nach Vera Cruz abfing, sank sie auf das Bett, hielt sich die Hand vor den Mund und sah Sonia mit großen Augen an.

»Oh, *chère*, solch ein Abenteuer. Und solch entsetzliche Dinge! Das ist ja der Stoff, aus dem die Albträume sind. Ich habe selbst auch Nacht für Nacht das schlimmste Entsetzen verspürt, als ich an den Untergang unseres Dampfers dachte, als ich mir Sorgen machte, wo du wohl bist und was dir zugestoßen ist. Wenn ich mir vorstelle, was du alles erleben musstest, wird mir jetzt noch ganz übel. Geht es dir denn gut?«

»Wie du siehst.« Sonias Lächeln hätte nicht flüchtiger sein können.

»Nein, nein, mein liebes Kind. Ich wollte damit sagen, du hast sehr viel Zeit in der Gesellschaft eines Mannes verbracht. Niemand sonst war bei euch, und du hast unter einer großen Belastung gestanden. Mich würde es nicht überraschen, wenn du ... wenn du nicht mehr unversehrt wärst.«

Es gab eine Zeit, da hätte Sonia ihrer Tante alles anvertraut, doch jetzt hatte sie das sonderbare Gefühl, für sich zu behalten, welch wunderbare Momente sie in Kerrs Armen erfahren hatte. »Ich kann es nicht fassen, dass du so etwas zu mir sagst«, erwiderte sie stattdessen entrüstet.

»Nun, du kannst dich darauf verlassen, dass dein Verlobter es wissen will«, gab ihre Tante mit einem warnenden Blick zurück. »Er hat sich aufgeführt wie ein Verrückter. Ich weiß nicht, was für ihn schlimmer war: der Gedanke, du könntest ertrunken sein, bevor du seine Frau werden konntest, oder der Gedanke, dass dich womöglich ein Mann gerettet hat, den er nicht ausstehen kann. Ehrlich gesagt, mir war vor meiner Ankunft nicht bewusst gewesen, dass er und Monsieur Wallace miteinander bekannt sind.«

»Sie sind sich zuvor nie begegnet«, antwortete Sonia und berichtete ihr mit so wenigen Worten wie möglich von der Verbindung zwischen den beiden.

Ihre Tante reagierte mit einem finsteren Gesichtsausdruck, beugte sich über das Bett, bis sie die Kordel zu fassen bekam, um die Glocke zu läuten.

»Was machst du da?«

»Du musst sofort baden und dich ankleiden. Es geht nicht, dass dein Verlobter dich so zerzaust zu Gesicht bekommt.«

Sonia drehte sich zum Fenster um. »Ich habe nichts anzuziehen.«

»Und ob du das hast, denn gleich nach meiner Ankunft bin ich einkaufen gegangen. Ich kenne deine Maße so gut wie meine eigenen, und für solche Notfälle gibt es immer anständige Kleidung.«

»Mir ist aber egal, wie er mich zu sehen bekommt.«

»Das darf es dir aber nicht sein, wirklich nicht! Kleidung ist wie eine Rüstung, das habe ich dir schon mal gesagt. Eine Frau, die sich hinter Walfischknochen und vielen Lagen von Unterröcken verbarrikadiert, ist eine andere als eine Frau, die unter einem schlichten Überwurf nackt ist.«

»Du findest, ich brauche eine Rüstung?«

»Davon bin ich überzeugt. Ich wollte es dir nicht sagen, aber ...«

Sonias Herz machte einen Satz, als sie den ängstlichen

Gesichtsausdruck ihrer Tante bemerkte. »Was wolltest du mir nicht sagen?«

»Ich glaube, Monsieur Rouillard hat große Angst vor deinem Monsieur Wallace. Wenn ihm etwas zugestoßen ist, dann ist Monsieur Rouillard der Grund dafür. Ich hörte ihn zu Monsieur Tremont sagen, jemand müsse unbedingt aufgehalten werden, aber zu der Zeit hatte ich keine Ahnung, wen er damit meinte. Wenn du jetzt ohne deinen Beschützer bist, wenn er ...«

»Sprich es nicht aus!«

»Nein, nein. Aber ist dir denn nicht klar, dass dir Monsieur Rouillard als Erstes die Frage stellen wird, was sich abgespielt hat, als du mit Monsieur Wallace allein unterwegs warst? Wenn du dieses Verhör unbeschadet überstehen willst, dann musst du vorbereitet sein.«

Ihre Tante hatte recht, das wusste Sonia nur zu gut. Ihr war jedoch nicht klar, wie sie die wichtigste aller Fragen beantworten sollte.

Nicht ganz eine Stunde später saß Sonia in einem Kleid aus braun und gold gestreifter Seide vor ihrem Toilettentisch, während ein junges Dienstmädchen ihr Haar zu einem geflochtenen Kranz legte. Plötzlich flog die Tür mit so viel Schwung auf, dass sie gegen die Wand donnerte und fast wieder zugefallen wäre, weshalb Jean Pierre sie erneut aufdrücken musste, als er eintrat.

»Raus.«

Der wütend gezischte Befehl galt dem Dienstmädchen, das mit einem verängstigten Blick über die Schulter aus dem Zimmer eilte. Womöglich war auch Tante Lily gemeint gewesen, doch die unerschrockene Lady hörte einfach nicht hin, sondern hängte Sonias Überwurf in den Eckschrank, in dem sich bereits ein Kleid für den Tag, ein Abendkostüm sowie ein Schultertuch und – im obersten Regal – Hut und Kappe befanden.

Falls ihr Verlobter erwartete, dass sie sich angesichts

eines so geladenen Auftritts vor Angst verkriechen würde, dann musste er schon bald erkennen, dass er sich im Irrtum befand. Sie stand nicht auf, sondern drehte sich auf ihrem Stuhl um, als sitze sie auf einem Thron. »So charmant wie immer, Monsieur Rouillard«, ging Sonia sofort zum Angriff über. »Aber das überrascht mich nicht. Immerhin ließen Sie mich aus der Postkutsche von Xalapa zerren und vor Ihrer Haustür abladen wie eine Kiste mit Hühnern.«

Er blinzelte verdutzt und blieb abrupt stehen. »Ich bitte um Verzeihung, aber ich wollte Sie unbedingt sehen. Sie hätten schon längst bei mir sein sollen.«

»Ja, und das wäre ich zweifellos auch, hätte uns nicht ein mexikanisches Kriegsschiff daran gehindert. Ein kleiner, aber ärgerlicher Zwischenfall. Und wo waren Sie gestern Abend, dass Sie mich nicht begrüßen konnten?«

Die Art, wie er schuldbewusst errötete, sprach für sich. »Ich war anderweitig verhindert.«

»Zweifellos«, sagte sie in einem repressivem Tonfall. »Ich hoffe, sie war hübsch und nicht zu habgierig.«

»Mademoiselle Bonneval!«

»Sind Sie schockiert? Nun, ich kann mir vorstellen, warum Sie das sind. Wir kennen uns kaum, und von daher wissen Sie nichts über meinen Charakter. Vielleicht können Sie mir erklären, wieso Sie glaubten, Sie müssen mich und keine andere zu Ihrer Frau nehmen.«

Er machte eine verbissene Miene. »Die Vereinbarung sagte mir zu, als sie getroffen wurde, mehr müssen Sie nicht wissen. Ob sie mir jetzt noch gefällt, ist eine andere Sache.«

Offenbar hatte er seine Fassung ebenso wiedererlangt wie seine männliche Arroganz. Das war kein gutes Zeichen. Sonia stand auf und griff nach einem Fächer, der auf dem Toilettentisch lag, öffnete ihn und betrachtete interessiert die über die Holzstäbchen gespannte und grobschlächtig bemalte Baumwolle. »Ich bin sicher, Sie werden es mir sagen, wenn Sie sich entschieden haben«, meinte sie beiläufig.

»Das hängt von Ihren Antworten auf meine Fragen ab. Ich verlange zu erfahren, was sich zwischen Ihnen und Kerr Wallace abgespielt hat, als Sie ohne Anstandsdame unterwegs waren.«

»Sie verlangen es?«, wiederholte sie mit sanfter Stimme und hielt den Fächer in gespielt koketter Manier vor den Mund, um ihn darüber hinweg anzusehen.

»Es ist mein Recht, das zu erfahren.«

»Wären Sie nach New Orleans gekommen, um mich aufzusuchen und in der üblichen Form um meine Hand anzuhalten, und hätten wir in der Kirche unser Ehegelübde abgelegt und uns dann gemeinsam auf diese tragische Seereise begeben, dann müssten Sie mir jetzt nicht diese Frage stellen.«

»Und natürlich wären Sie außer sich vor Freude gewesen über meinen Antrag«, spottete er. »Vor fünf Jahren wollten Sie mir nicht einmal einen Platz auf Ihrer Tanzkarte zugestehen.«

Erst in diesem Augenblick erinnerte sie sich an den Zwischenfall. Er hatte sie wie eine Fliege umschwirrt und jeden ihrer höflichen Versuche ignoriert, ihm aus dem Weg zu gehen. Schließlich war sie gezwungen gewesen, zu einer höflichen Lüge, dass sie alle Tänze Bernard versprochen hatte, zu greifen, was er offenbar bis heute nicht verwunden hatte. Wäre der Vorfall für sie nicht so völlig unbedeutend gewesen, hätte sie vielleicht geahnt, dass er ihn ihr nachtragen würde.

»Ist das der Grund, weshalb Sie sich an meinen Vater wandten? Um mir heimzuzahlen, dass ich nicht mit Ihnen tanzen wollte?«

»Neben der Tatsache, dass er mir diesen Gefallen kaum hätte abschlagen können.« Selbstzufrieden lächelte er, verschränkte die Hände auf dem Rücken und wippte auf den Hacken auf und ab.

... kaum hätte abschlagen können ...

Dieser Satz eröffnete eine ganz neue, verblüffende Möglichkeit. Konnte es etwa sein, dass ihr Vater sie gar nicht hatte loswerden wollen? Dass er nicht glücklich war über diese arrangierte Heirat? »Was meinen Sie damit?«

»Nur, dass er ein Gesellschafter – wohlgemerkt ein stiller Gesellschafter – in meinem Importunternehmen ist. Er ging die Vereinbarung bereitwillig ein, weil er kein Problem mit schmutzigen Geschäften hat. Dass ich sein Schwiegersohn werden würde, war nur der nächste Schritt. Ich war mir sicher, er würde nichts unternehmen, um den Ehemann seiner Tochter in Misskredit zu bringen, denn mein Ruin wäre auch der Ihre.«

»Warum sollte er Sie in Misskredit bringen wollen?«

»Nichts, was Ihre Sorge sein muss. Nur eine kleine Meinungsverschiedenheit über verschiedene Waren, die verschifft werden sollten. Letztlich konnte ich ihn zu der Einsicht bringen, dass er bei einer genaueren Untersuchung aufgrund seines Reichtums und seiner gesellschaftlichen Stellung viel verdächtiger dastehen würde als ich. Wer würde schon glauben, dass nicht er der Kopf hinter diesem Plan war.«

Sonia starrte ihn an, während die Enthüllung ihr einen Schauer über den Rücken jagte. »Die Gewehre«, flüsterte sie.

»Sie wissen davon?« Er sah sie erstaunt an und warf Tante Lily einen gehetzten Blick zu. »Aber wieso auch nicht. Ja, genau. Schließlich sprach ja Tremont davon, dass Wallace sie entdeckt hatte.« Er kam näher und legte seine fleischige, feuchte Hand um ihren Unterarm. »Was hat er Ihnen sonst noch gesagt? Und was haben Sie gemacht, während dieser amerikanische Bastard über meine Geschäfte redete?« Er drehte ihr Handgelenk brutal um. »Haben Sie sich ihm hingegeben? War es das?«

Ein brennender Schmerz bahnte sich seinen Weg bis in

Sonias Ellbogen, und sie beugte sich zur Seite, damit der Schmerz etwas nachließ. Aus dem Augenwinkel sah sie, wie sich Tante Lily vom Schrank wegdrehte und auf sie zukam. »Sie müssen ja verrückt sein!«

»Was erwarten Sie, wenn meine Verlobte tagelang allein mit einem Fremden unterwegs ist und nicht auf eine einzige, einfache Frage antworten kann? Man sagte mir, Sie hätten ausgesehen wie die verderbteste Kreatur auf Gottes Erdboden, als man Sie fand. Und was Wallace angeht ...«

»Wer hat so etwas erzählt?«, wollte sie wissen, rang aber nach Luft, als er ihren Arm noch weiter verdrehte.

»Der Mann, der Ihren Geliebten mit einem Gewehrkolben niederschlug, der Captain meiner Hauswache. Sie können mir glauben, dass ich ihn dafür angemessen belohnte.«

Dass es nicht Tremont gewesen war, überraschte sie. Sie hatte gedacht, er führe den Trupp an. Doch für mehr als einen flüchtigen Gedanken blieb ihr keine Zeit, denn Tante Lily hatte sich von hinten an Jean Pierre herangeschlichen. Die Hutnadel in ihrer Faust blitzte im Licht der Morgensonne auf. Plötzlich ließ sie ihren Arm vorschnellen.

Jean Pierre heulte auf und zuckte zusammen, ließ Sonia los und fasste an seinen Rücken.

»Miststück!«, fauchte er und drehte sich zu Tante Lily um.

Die machte einen Satz nach hinten und hielt die Hutnadel wie ein Schwert vor sich. »Sie sind noch nicht mit meiner Schutzbefohlenen verheiratet, Monsieur! Meine Aufgabe ist es, sie zu beschützen. Verlassen Sie auf der Stelle dieses Zimmer.«

»Sie vorwitziges altes Huhn. Wo waren Sie denn, als sie mit meinem ärgsten Feind rumhurte? Was war denn da mit Ihrer Aufgabe?«

»Die beiden waren allein, sie hatten eine Schiffskatastrophe überlebt, bei der sie beinahe ertrunken wären. Was könnte da natürlicher sein, als dass beide die Nähe des anderen suchen? Und wessen Schuld ist, dass es dazu kommen konnte? Sie und Ihre Gewehre! Es würde mich nicht überraschen, wenn wir deswegen von dem mexikanischen Schiff beschossen wurden!«

»Tante Lily, nein«, protestierte Sonia.

»Er hat gefragt, dann soll er es sich auch anhören«, gab sie zurück und warf nur einen flüchtigen Blick in Sonias Richtung. »Sie, Monsieur, sind der größte Heuchler auf Gottes Erden. Sie treiben Unzucht ganz nach Belieben, aber Sie wagen es, einen einzelnen Fehltritt zu verdammen, den meine Nichte im Angesicht des Todes begangen haben könnte? Sie sollten außer sich sein vor Freude darüber, dass sie jetzt hier bei Ihnen ist. Und Sie sollten Monsieur Wallace dafür danken, dass dem so ist, denn sonst wäre meine liebste Sonia vor dieser Ehe und vor Ihnen geflohen. Es ist nur der Wachsamkeit und der Durchsetzungskraft von Kerr Wallace zu verdanken, dass sie für diese Reise an Bord der *Lime Rock* gebracht wurde. Und es würde mich nicht wundern, wenn sie nur hier ist, weil er dafür sorgte, dass sie in Richtung Vera Cruz reiste, anstatt einfach heimzukehren.«

Sonia musste sich ein Aufstöhnen verkneifen. Sie hätte wissen müssen, dass ihre Tante sich nicht von ihren Ausflüchten täuschen lässt. Sie war eine gute Menschenkennerin, auch wenn sie zur Geschwätzigkeit neigte. Und ihr hätte klar sein sollen, dass eine einmal provozierte Tante Lily nicht in der Lage sein würde, ihre Haltung zu dieser Heirat für sich zu behalten.

»O ja, Wallace wollte, dass sie herkommt. Er wollte mich im Schlaf überraschen, um mich leichter töten zu können.«

Tante Lilys Augen blitzten auf. »Noch ein Beispiel für Ihre Falschheit, Monsieur. Sie müssen wissen, mir ist Ihr Verhalten auf dem Marsch nach der Mier-Expedition bekannt. Sie sind ein jämmerliches Exemplar von einem Mann, und ich glaube, es wird das Beste sein, wenn ich meiner Nichte untersage, Sie zu heiraten.«

»Das können Sie nicht machen. Die Verträge sind unterzeichnet.«

»Tante Lily«, warf Sonia abermals ein und streckte einen Arm aus, um ihre Hand auf den Arm der Tante zu legen.

»Aber nicht von meiner Nichte. Und Sie werden schon sehen, was ich alles machen kann, wenn ich den Priester kommen lasse. Ich bin bislang noch keinem Geistlichen begegnet, der bereit ist, eine Frau gegen ihren Willen zu vermählen, vor allem wenn ihm die gesamte Situation erklärt wurde.«

Jean Pierres Gesicht lief dunkelrot an, seine Augen verengten sich zu schmalen Schlitzen. »Sie wird mich heiraten«, sagte er. »Sonst wird Wallace sterben.«

Die plötzliche Stille im Zimmer war erdrückend. Draußen wurde es wärmer und wärmer, und die Hitze versuchte, ins Innere des Hauses vorzudringen. Von der Straße war Hufgetrappel zu hören, als ein Reiter vorbeikam, ein Blumenverkäufer pries in einem monotonen Singsang seine Ware an, Kinder schrien. Sonia hatte den Atem angehalten, und als sie nun ausatmete, erschien es ihr übermäßig laut.

»Kerr lebt?«, fragte sie. »Er ist hier?«

»Ihre Sorge ist einfach rührend«, meinte Jean Pierre. »Allerdings wäre es vielleicht besser gewesen, Sie hätten Desinteresse vorgetäuscht.«

»Was haben Sie mit ihm gemacht?«

»Oh, im Moment hat er es recht bequem. Angesichts dessen, was er zu sagen hatte, kam mir der Gedanke, er könnte für mich lebend von größerem Nutzen sein.«

Sie verkniff es sich, all die Fragen zu stellen, die ihr auf der Zunge lagen. Zu gern hätte sie gewusst, was seine Verletzung machte, ob er bei Bewusstsein war oder Schmerzen hatte. »Sie haben mit ihm gesprochen?«

»Ja, das habe ich, und ich muss sagen, es war sehr aufschlussreich. Wissen Sie, er versicherte mir, von jedem Rachegedanken Abstand zu nehmen und mich nicht mehr zu behelligen, wenn ich unsere Verlobung auflöse.«

Ihre Kehle war wie zugeschnürt. Kerr hatte angeboten, darauf zu verzichten, den Tod seines Bruders zu rächen, damit sie ihre Freiheit erlangte? Ihr fiel es schwer, das zu glauben, aber noch schwieriger war es für sie, das zu akzeptieren, was der Grund für dieses Angebot sein mochte. »Das hat er wirklich gesagt?«

»Nur dumm von ihm, dass er da schon längst keine Bedrohung mehr für mich darstellte.« Jean Pierre musste lachen. »Er sprach allerdings nicht davon, Sie auch wieder nach Hause zu begleiten. Könnte es sein, dass er von Ihrem Charme genug hat? Oder liegt das nur daran, dass er nicht darauf hoffen kann, seine Kette zu lösen?«

Seine Kette? Kerr war irgendwo angekettet. Der Fächer in ihrer Hand zuckte, da ihre Finger zu zittern begonnen hatten. Sie klappte ihn zu, ließ ihn auf den Toilettentisch fallen und ballte die Fäuste. »Ich wäre mir da nicht so sicher, dass er die Hoffnung aufgegeben hat. Er ist ein bemerkenswerter Mann.«

»Ihr Vertrauen in ihn ist rührend, aber ich versichere Ihnen, er ist völlig machtlos.«

Sie sagte nichts und war nur dankbar, dass Tante Lily zu ihr kam und ihr einen Arm um die Schultern legte.

»Natürlich ist die Frage, was ich mit ihm anfangen soll, nun, da er in meiner Gewalt ist«, fuhr Rouillard fort, ohne ein Zeichen von Sorge erkennen zu lassen. »Nach allem, was sich soeben zwischen uns abgespielt hat, möchte ich gern wissen, wie Sie die Angelegenheit lösen würden.«

Sie reckte das Kinn und nahm mit Skepsis zur Kenntnis,

welche Befriedigung sie in seinen glanzlosen Augen brennen sah. »Ja?«

»O ja. Was ich von Ihnen haben möchte, ist ein sehr, sehr sorgfältig überlegter Vorschlag, was Sie zu tun bereit sind, um das jämmerliche Leben Ihres Liebhabers zu retten.«

Fünfundzwanzigstes Kapitel

Tante Lilys Hutnadel – oder genauer gesagt: die Nadel die sie gekauft hatte, damit Sonia sie zu ihrem neuen Hut tragen konnte – schien die Luft aus Jean Pierres Wutanfall genommen zu haben. Nachdem er ihr in gehässigem Tonfall seine Aufforderung hingeworfen hatte, blieb er nicht länger im Zimmer.

Kaum war er weg, ließ Sonia sich aufs Bett fallen. Gedankenverloren rieb sie sich das Handgelenk, das er so fest umschlossen gehalten hatte. Mit einem Mal fühlte sie sich todmüde, jedes Gelenk und jeder Muskel schmerzte ihr von den Anstrengungen der letzten Tage und von dem langen Ritt. Hinzu kamen die Verzweiflung darüber, dass sie letztlich doch in Jean Pierres Gewalt geraten war, und der Schmerz darüber, dass Kerr verletzt und allein irgendwo ganz in der Nähe eingesperrt war.

Ihre Tante setzte sich zu ihr und nahm ihre Hand. »Mach nicht so eine betrübtes Gesicht, *chère*. Es muss doch möglich sein, irgendetwas zu unternehmen.«

»Vielleicht braucht Kerr Hilfe. Jean Pierre wird sich nicht um ihn kümmern und auch keinen Doktor rufen. Er würde sich sogar noch freuen, wenn Kerr stirbt.«

»Ich fürchte, da hast du recht.«

Das Gesicht ihrer Tante war von resignierter Trauer gezeichnet, von der unvermeidbaren Unterwerfung einer Frau, die vor vollendeten, unveränderlichen Tatsachen stand. Aber Sonia weigerte sich, das zu akzeptieren.

»Ich muss etwas unternehmen«, erklärte sie und schlug sich mit der Faust auf das Knie.

»Aber was? Verzeih mir, aber du bist praktisch selbst eine Gefangene. Glaubst du, Jean Pierre lässt dich zu Monsieur Wallace? Vielleicht sogar, damit du dich um ihn kümmern kannst? Nein und nochmals nein. Wenn du ihn darum bittest, machst du alles nur noch schlimmer.«

Ihre Tante hatte recht. Sie durfte Jean Pierre nicht dazu bringen, sich des Mannes zu entledigen, den er als seinen Feind betrachtete. Ihm gefiel es, sie in der Hand zu haben, doch wie lange würde das noch anhalten?

»Du bist schon einige Tage hier«, sagte sie schließlich zu ihrer Tante. »Hast du dich im Haus umgesehen? Kannst du dir vorstellen, wo man einen Gefangenen unterbringen könnte?«

»Ich bin im Innenhof herumspaziert, und auf den Galerien ging ich von einem Zimmer zum nächsten.« Tante Lily hielt inne und dachte konzentriert nach, dann schüttelte sie den Kopf. »Nein, da habe ich keine Idee. Es ist ein Haus wie jedes andere, das in einer Region mit tropischem Klima steht. Küche, Waschküche und die Unterkünfte des Dienstpersonals befinden sich im Erdgeschoss, und die Familie hat ihre Zimmer im ersten Stockwerk, weil dort die Luft besser ist. Diese Räumlichkeiten kommen zwangsläufig nicht infrage, weil sie zu vielen Türen und Fenster haben. Vorstellen könnte ich mir nur einen der Lagerräume nahe der Küche. Du weißt, in New Orleans werden diese Räume manchmal benutzt, um diejenigen einzusperren, die dem Wahnsinn verfallen oder mit einem Mal brutal werden.«

Sonia nickte. Trotz der vor ihnen liegenden Schwierigkeiten keimte Hoffnung in ihr auf. »Wenn er dort ist, dann hat man die Tür verriegelt.«

»Das würde ich auch sagen. Und sie könnte auch noch bewacht werden.«

»Hat Jean Pierre noch andere Gäste außer dir und Monsieur Tremont?«

»Du meinst weitere Passagiere von der *Lime Rock*? Nein,

nur wir sind noch in Vera Cruz. Madame Pradat und ihr Sohn, Reverend Smythe und die anderen machten sich sofort auf ihren Weg, nachdem alles arrangiert war.«

»Was ist mit dem Dienstpersonal? Wie zahlreich ist es?« Ihr schien es ratsam, das zu wissen, damit sie wusste, wo sich jeder aufhielt, sollte das notwendig werden.

»Die Köchin und ihre Helfer, außerdem der Kammerdiener für Jean Pierre, einige Dienstmädchen fürs Saubermachen und Aufräumen, ein Mann mit seinen Helfern, die den Innenhof in Ordnung halten. Insgesamt vielleicht acht oder neun Leute, dazu ein halbes Dutzend Männer, die Monsieur Rouillard gern als seine Hauswache bezeichnet. Weil es unruhige Zeiten sind, haben in Vera Cruz viele eine solche Wache, vor allem diejenigen, die sich hervortun möchten. Dein Verlobter hat mehr von einem spanischen Grande angenommen als diejenigen, die ein Recht auf diesen Titel haben.«

Rund vierzehn Bedienstete waren eine große Zahl, wenn man ihnen allen aus dem Weg gehen wollte. Zumindest traf das zu, bis sie genau wusste, wohin sie musste und was sie dort tun würde.

Sie stand vom Bett auf, ging im Zimmer auf und ab und trat gereizt gegen ihre steifen Röcke, von denen sie sich eingeengt fühlte, nachdem sie ein paar Tage lang von ihnen befreit gewesen war. Noch mehr widerte sie aber an, dass ihr die Hände gebunden waren, weil Männer ihr ständig Vorschriften machten. Ihr Vater, Kerr und jetzt auch noch Jean Pierre – das war einfach zu viel. Ganz gleich, wie gut die Absichten dahinter waren, der sich daraus ergebende Verlust ihrer Freiheit, selbst über ihr Leben zu bestimmen, machte sie rasend vor Wut.

Sie war gefangen.

Sie saß in einem Gefängnis, das aus Wänden und Verpflichtungen und auch aus Schulden bestand. Kerr hatte sie nicht zurückgelassen, als die *Lime Rock* unterging, und er war auf dem Marsch durch den Dschungel immer bei ihr geblieben, obwohl er allein viel schneller vorangekommen wäre. Selbst wenn ihr die Flucht gelang, wie hätte sie ihn jetzt im Stich lassen können?

Sie würde sich nicht unterwerfen. Sie würde nicht einen Moment länger als unbedingt nötig in diesem Haus bleiben, und sie würde nicht heiraten. Zunächst aber musste sie dafür sorgen, dass Kerr nicht zum Leidtragenden ihrer Entscheidung wurde.

Irgendwie musste sie Kerr befreien.

Der Tag verstrich allmählich, und Sonia verbrachte ihn zum Teil damit, herauszufinden, wie frei sie sich bewegen konnte. Niemand hatte etwas dagegen einzuwenden, dass sie ihr Schlafzimmer verließ und sie sich im Salon, im Esszimmer oder in den anderen Schlafzimmern umsah. Sie schlenderte auch über die Galerien und ging nach unten in den Innenhof, wo sie sich in den Schatten setzte, ihre Finger in den Brunnen tauchte und an den duftenden Blumen roch.

Auch die Küche stand ihr offen, und die Köchin ermunterte sie sogar dazu, Gerichte vorzuschlagen, die sie am Nachmittag gern probieren würde. Um den langen Tisch in der Küche drängten sich zu viele Männer, die viel zu wenig zu tun hatten. Es waren raue Gesellen mit langen Schnauzbärten, die jeder ein Messer unter den Gürtel geschoben hatten. Sonia erkannte in ihnen die Männer wieder, die die Postkutsche aufgehalten hatten. Keiner von ihnen ließ sich anmerken, dass sie ihm bekannt war, doch sie wurde so sehr von ihnen angestarrt, dass sie sich wie nackt fühlte.

Jean Pierre war nicht mehr im Haus, wie sie herausfand, sondern kurz nach ihrem Streit gegangen und dabei von Tremont begleitet worden. Sonia war über alle Maßen erleichtert, weil ihr dadurch weitere Diskussionen mit ihrem Verlobten erspart blieben. Würde er doch bloß nie wieder zurückkehren!

Sie machte der Köchin eine Kruste Brot abspenstig und

setzte sich eine Weile in den Hof, wo sie das Brot für die herumflatternden Vögel zerkleinerte. Von ihrem Platz aus konnte sie sehen, dass sich an dem imposanten Tor zum Hof ein kunstvoll verziertes Vorhängeschloss befand. Kaum jemand durchschritt dieses Tor, auch wenn sie einen ältlichen Mann daneben auf der Erde sitzen sah, der im Schatten seines Sombreros döste. Er schien der Wächter zu sein, dem die Aufsicht über das Tor unterstand.

Drei Türen entlang der Wand hinter der Küche waren ebenfalls mit Vorhängeschlössern versehen. Die Lage entsprach fast genau der der Lagerräume in den Häusern des Vieux Carré, die nach zwei Großbränden und Jahren unter spanischer Verwaltung im Jahrhundert zuvor mehr vom spanischen, denn vom französischen Baustil aufwiesen. Niemand ging in die Nähe dieser Räume, und sie konnte von dort auch kein Geräusch hören.

Die Stille war beunruhigend, sogar ein wenig beängstigend, da sie keine Ahnung hatte, ob Kerr überhaupt in diesem Haus eingesperrt war. Und wenn er nicht hier war, wo sollte sie dann nach ihm suchen? Was, wenn er allein war und zu schwer verletzt, um sich zu bewegen?

Sie riss weitere Krumen ab und warf sie auf den Boden. Die bunten Vögel verwischten vor ihren Augen zu Schemen, als sie hin und her eilten, um das Brot aufzupicken. Die Flügel zuckten vor ihrem Gesicht hin und her, und im grellen Licht der Sonne waren die Farben fast schmerzhaft intensiv.

Es war bereits nach Sonnenuntergang, als Jean Pierre zurückkam. Angekündigt wurde dies durch lautes Hufgetrappel und das Rasseln des Zaumzeugs, als seine Kutsche in den Hof gefahren kam und vor der Treppe zum Stehen kam.

Sonia beobachtete von ihrem Schlafzimmerfenster aus, wie er ausstieg. Er machte den Eindruck, sich während des abgelaufenen Tages bestens vergnügt zu haben. Tremont folgte ihm nach draußen. Er trug nicht länger die einfache Kleidung, sondern einen Zweireiher von der Art, wie ihn der britische Prinz Albert so populär gemacht hatte. Sie wandte sich von diesem Anblick ab und presste die Lippen zusammen.

Die Bitte, um zehn Uhr beim Abendessen anwesend zu sein, wurde ihr wenig später überbracht, doch Sonia ließ das Dienstmädchen ausrichten, dass sie die Einladung ausschlage.

Sollte ihre Tante hingehen, sie entschuldigen, Jean Pierres Ego besänftigen und am Tisch für ausgelassene Unterhaltung sorgen. Sonia hatte keinen Hunger, zudem ertrug sie den Gedanken nicht, im gleichen Zimmer zu sein wie ihr Verlobter und dessen hinterhältigen Freund. Außerdem wollte sie die Dunkelheit der Nacht für etwas Sinnvolleres nutzen.

Sie wartete, bis sie das Klirren von Besteck auf Porzellan und leise Stimmen aus dem Esszimmer hörte, das nur ein paar Türen von ihrem Schlafzimmer entfernt lag. Dann verließ sie ihr Zimmer und ging auf der Galerie in die entgegengesetzte Richtung. Dabei hielt sie sich im Schatten entlang der Wand und schien geräuschlos wie ein Geist zu schweben, während sie Ausschau nach irgendwelchen Bewegungen unten im Hof hielt. Ihre Mission war es, nach einer Waffe zu suchen. Eine Pistole wäre ihr zwar am liebsten gewesen, doch sie würde nehmen, was sie finden konnte.

Eine Doppeltür entlang der Galerie stand weit offen, um kühle Nachtluft hereinzulassen. Sie blieb stehen und horchte, und als sie nichts hörte, schlich sie nach drinnen.

Sie stand in einem Schlafzimmer, das wegen der rosafarbenen Seidenbahnen an den Wänden und des weißen Bettzeugs mit Rüschen offensichtlich für eine Frau eingerichtet wurde. Es war ein großer Raum, der aber nicht so aussah, als werde er benutzt. Nirgendwo lagen typisch weibliche

Accessoires, auf dem Toilettentisch lag weder eine Bürste noch ein Kamm, und in der erlesenen Kanne und der Schüssel auf dem Waschtisch fand sich kein Wasser. Daran angeschlossen war ein weiteres Schlafzimmer, das nur durch einen großen weißen Vorhang abgeteilt wurde, sodass die Luft besser zirkulieren konnte. Ohne zu zögern trat Sonia ein.

Nach der prahlerischen Einrichtung dieses Zimmers zu urteilen, musste es Jean Pierres sein. Die Vermutung fand im Ankleidezimmer ihre Bestätigung, da über einer Stuhllehne jener Gehrock hing, den er zuvor am Tag getragen hatte. Es gab auch Hinweise darauf, dass er nach seiner Rückkehr schnell gebadet und sich umgezogen hatte, zudem lag sein Rasierzeug auf dem Waschtisch. Sie warf einen flüchtigen Blick darauf, da sie hoffte, etwas Tödlicheres zu finden als das Rasiermesser, doch sie konnte nichts Brauchbares entdecken.

Etwas Vertrautes lenkte ihren Blick zurück zum Rasierzeug. Halb hinter dem Seifenbecher versteckt lag Kerrs Taschenmesser. Wut kam in ihr auf, als sie darüber nachdachte, dass man es ihm abgenommen hatte. Mit zitternden Fingern griff sie danach und hob es hoch.

Das angenehme Gefühl des Elfenbeinhefts, die Erinnerungen daran, wie er die Klinge benutzt hatte, das Wissen, dass er es in der Hand gehalten hatte – das alles wirkte beruhigend auf sie. Fast kam es ihr vor, als strahle das Messer noch Kerrs Wärme aus, als habe er es so lange Zeit bei sich getragen, dass diese Wärme sich nicht so schnell verflüchtigen wollte. Sie öffnete das Messer und fuhr behutsam mit einem Finger über die Klinge.

Aus dem Nebenraum waren Schritte zu hören. Vermutlich handelte es sich um den Kammerdiener, der gekommen war, um das Bett für die Nacht vorzubereiten. Seine nächste Aufgabe würde es sein, im Ankleidezimmer die Ordnung wiederherzustellen. Also blieb ihr keine Zeit für eine gründlichere Suche. Mit dem Messer in der Hand schlich sie zur Doppeltür und kehrte zurück auf die Galerie.

Die Treppe zum Innenhof befand sich am anderen Ende der Galerie, also ging sie in diese Richtung, blieb aber oben an der Treppe stehen. Aus dem Parterre kam ihr ein Dienstmädchen mit langem schwarzem Zopf und großen Augen entgegen, das ein Tablett mit einer silbernen Wasserkanne nach oben trug. Etwas von dem Wasser schwappte über, als die junge Frau einen Schritt zur Seite machte. Sonia lächelte und wünschte ihr mit leiser Stimme einen guten Abend, als sie an ihr vorbeiging. Auf dem Weg nach unten hielt sie sich mit der freien Hand am Geländer fest und machte ein trauriges Gesicht, als habe sie sich schweren Herzens in ihr wie auch immer geartetes Schicksal gefügt.

Unten an der Treppe brannte eine Fackel. Das einzige andere Licht fiel durch die offene Küchentür nach draußen auf den Hof, während die Kerzen in den Zimmern im ersten Stock zu schwach waren, um die Nacht zu erhellen. Die Galerie im Parterre lag in tiefem Schatten. Unter den Duft der Blumen mischte sich das Aroma von geröstetem Fleisch und gebratenem Gemüse. Irgendwo gurrte eine Taube, das Wasser im Brunnen plätscherte leise. Eine Katze kam aus der Küche geschlichen und blieb am Brunnen stehen, um etwas von dem Wasser zu trinken, das über den Beckenrand gelaufen war. Sonst war in der Dunkelheit keine Bewegung auszumachen.

Sonia machte einen Bogen um die Küchentür und ging hinüber zur Galerie, die sich jenseits der Küche erstreckte. Vor ihr lagen die drei Türen, die ihr früher am Tag aufgefallen waren. Jede der Türen war aus massivem Holz, versehen mit schweren schmiedeeisernen Scharnieren und Vorhängeschlössern. Aus keinem der Lagerräume war ein Geräusch zu hören, als sie vorbeiging, doch am Ende des Gebäudes stutzte sie und drehte sich um. Etwas an der letzten Tür war anders gewesen. Sie ging zurück und blieb davor stehen. Diese Tür war als einzige zusätzlich mit einem Eisenriegel gesichert. Sonia beugte sich vor und lauschte, konnte aber nichts hören. Sie hob ihre Hand und wollte soeben anklopfen, um zu sehen, ob ...

»Begutachten Sie Ihr neues Reich, *chère*? Vielleicht kann ich mich als Führer nützlich machen.«

Sonia wirbelte herum und sah, dass Jean Pierre diese ironischen Worte gesagt hatte. Er stand auf dem Absatz einer Dienstbotentreppe, die in der Ecke verborgen war, und kam langsam nach unten. Jeder seiner Schritte wirkte so, als wollte Jean Pierre ihr Angst machen.

»Sie haben mich erschreckt. Ich habe Sie dort nicht gesehen.« Mit ihren weiten Röcken tarnte sie ihre Hand, damit sie das aufgeklappte Messer in der Tasche verschwinden lassen konnte, die an ihrer Taille hing. Dann hob sie ihre Hand und legte sie an ihr Mieder, um zu versuchen, den harten, unregelmäßigen Schlag ihres Herzens zu beruhigen.

»Sonst wären Sie sicher sofort wieder nach oben zurückgekehrt.«

Damit hatte er sogar recht. Es schien ihr das Beste, ihn auf ein anderes Thema zu lenken. »Ist das Abendessen schon vorüber? Ich hatte überlegt, zum Dessert zu kommen.«

»Wir befinden uns zwischen zwei Gängen. Ich beschloss, Sie aufzusuchen und zu überreden, Ihr Zimmer doch zu verlassen. Natürlich war ich besorgt, als ich sie dort nicht antraf.«

»Ganz bestimmt«, murmelte sie.

»Es wird eine Freude sein, wenn Sie sich zu uns gesellen. Nach welcher Süßigkeit steht Ihnen heute Abend der Sinn?«

»Das ist mir gleich.«

»Sie müssen nur einen Wunsch äußern, dann werde ich dafür sorgen, dass er ausgeführt wird. Ich kann nachgiebig sein, wenn ich das will, aber Sie werden mit der Zeit schon lernen, dass ich in meinem Haus das Sagen habe.«

Seine Prahlerei diente einem anderen Zweck, da war sie sich sicher. Es war mehr als ein Versuch, seine Macht über sie zu demonstrieren. Was das für ein Zweck haben sollte, wollte sich ihr nicht erschließen. »Ich kann mir vorstellen, dass Sie so denken.«

»Spotten Sie jetzt ruhig, aber Sie werden schon noch lernen, Ihre Zunge im Zaum zu halten, wenn wir erst einmal verheiratet sind«, sagte er und ballte eine Faust, als er näher kam. »Und wir werden heiraten. Sie brauchen nicht zu glauben, dass Ihr *Kaintuck*-Liebhaber das verhindern könnte. Sein Leben liegt in meiner Hand.«

Irgendwo aus der Nähe war ein metallen klingendes Geräusch zu vernehmen. War das das Rasseln einer Kette? Kam es aus dem Raum gleich hinter ihr? »Das sagten Sie bereits«, antwortete sie, »aber bislang habe ich ihn nicht zu sehen bekommen, und das lässt mich an Ihren Worten zweifeln.«

»Sie wollen ihn sehen? Vielleicht möchten Sie ihn ja auch berühren, um Gewissheit zu haben, dass er nicht bloß ein Geist ist?« Er strich ihr mit den Fingern über den Arm.

»Nicht.« Sie wich sofort vor ihm zurück.

»Wieso nicht? Schon bald werde ich das Recht auf viel mehr haben. Wie sehr ich es genießen werde, wenn sie nackt unter mir liegen und mich anflehen.« Er folgte ihr und streckte einen Arm aus, um ihn ihr um die Taille zu legen, während er mit einer warmen, feuchten Hand ihre Brust bedeckte.

»Monsieur!«, entrüstete sie sich, und diesmal hörte sie deutlich, wie im Lagerraum hinter ihr eine Kette über Stein gezogen wurde. Das Geräusch konnte einen leisen Fluch nicht völlig übertönen.

»Tun Sie doch nicht so schockiert«, meinte er in anzüglichem Tonfall. »Wir wissen doch beide, dass Sie keine jungfräuliche Braut mehr sind. Ich wüsste nicht, warum ich der Hochzeit nicht um einige Tage vorausgreifen sollte. Was würde das schon ausmachen?«

Die Kette rasselte, es folgte ein Geräusch, als würde ein Stück Verputz auf den Boden fallen. Kerr befand sich in diesem Lagerraum und zerrte an seinen Fesseln. Der Gedanke, dass er dort angekettet war, ließ die Wut in ihr hochsteigen. Für einen kurzen, irrsinnigen Moment überlegte sie, ob sie ein Angebot machen sollte – ihr Einlenken für den Schlüssel zum Lagerraum und das Versprechen, dass Kerr unversehrt fortgehen konnte.

Aber er würde darauf niemals eingehen. Ihm gefiel die Situation so, wie sie sich im Augenblick gestaltete. Er glaubte, am Ende würde alles so gelaufen sein, wie er sich das vorstellte. Doch das Ende war noch nicht gekommen.

Sie hob den Arm und stieß seine Hand fort. »Es wird etwas ausmachen, wenn meine Tante wieder mit der Hutnadel auf Sie losgeht.«

Jean Pierre versteifte sich und wich einen Schritt zurück. »Diese neugierige alte Hexe«, knurrte er, während sein Gesicht rot anlief. »Für diesen Angriff hätte ich sie einsperren lassen sollen. Vielleicht mache ich das ja noch, wenn sie sich wieder zwischen uns drängen will.«

»Wenn Sie ihr auch nur ein Haar krümmen, werde ich Sie niemals heiraten.« Trotzig reckte sie das Kinn und sah ihn zornig an.

»Das mag sein, trotzdem werden Sie mein B...«

»Guten Abend. Eine schöne Nacht, nicht wahr?«

Der Gruß kam aus dem Schatten entlang der Galerie, und einen Moment später war Tremont auszumachen, eine Hand in der Jackentasche, in der anderen hielt er einen Stumpen an den Mund, dessen Spitze rot glühte. Er blies den Rauch aus, der in einer dünnen grauen Wolke aufstieg, während er zu ihnen trat.

»Tremont.« Jean Pierres Stimme klang missgelaunt.

»Monsieur.« Sonias kühler Gruß überspielte, dass sie für sein Erscheinen eigentlich äußerst dankbar war.

»Wir haben Sie beim Abendessen vermisst, Mademoiselle. Ich darf annehmen, dass Sie sich von unserem Ritt erholt haben.«

»Weitestgehend.«

»Ich bedauere, dass es so geschehen musste, aber es war erforderlich, umgehend hierher zurückzukehren.«

Er schien sie interessiert zu beobachten, zumindest kam es Sonia so vor. Vielleicht aber kniff er die Augen auch nur zusammen, weil sich Rauch wie ein grauer Schleier vor seinem Gesicht hielt. Der Blick, den sie zurückgab, war alles andere als freundlich.

»Sie haben mir also noch nicht vergeben, wie ich sehe.« Er lächelte ironisch. »Na ja, das war auch nicht zu erwarten.« Als sie nichts erwiderte, drückte er seinen Stumpen am nächsten Pfosten aus, sah sich das Ende prüfend an und steckte ihn dann in die Westentasche. »Ich glaube, ich hörte Sie vom Dessert reden. Gestatten Sie, dass ich Sie zum Esszimmer begleite. Soeben wurden flambierte Bananen auf Eiscreme aus der Küche nach oben gebracht. Es wäre eine Schande, wenn das nicht gegessen würde.«

Sie murmelte ein Dankeschön, das ihr fast genauso frostig über die Lippen kam, wie das Dessert sein sollte. Dann legte sie die Finger auf seinen Arm und stellte sich neben ihn. Sein Angebot anzunehmen war immer noch viel besser, als hier bei Jean Pierre zu bleiben, der ihnen mit hastigen Schritten folgte. »Einen Moment noch.«

Tremont blieb stehen und sah über die Schulter. »Ja?«

Jean Pierre starrte ihn an, was nicht verwunderlich war, denn Tremonts Tonfall war überraschend ungeduldig. Sonia schaute zwischen den Männern hin und her und bemerkte plötzlich die angespannte Atmosphäre. Gleichzeitig wurde ihr bewusst, dass aus dem dunklen Lagerraum seit Tremonts Erscheinen kein Geräusch mehr zu vernehmen war.

»Ich werde in Kürze nachkommen«, meinte Jean Pierre schließlich mit förmlich, fast unverschämt klingender Stimme. »Wir werden uns später weiter unterhalten, Sonia, *ma chère*.«

Von Sonia kam darauf keine Antwort. Ginge es nach ihr, dann würde es kein Später geben.

Sie und Tremont gingen die untere Galerie entlang, ohne sich zu unterhalten. Als sie an der offenen Küchentür vorbeikamen, durch die ein heller Lichtschein auf den gepflasterten Weg fiel, legte er eine Hand auf ihre Finger, die auf seinem Arm ruhten. »Ihr Verlobter ist ein impulsiver Mann«, sagte er so leise, dass niemand außer ihr ihn hören konnte. »Erst lässt er Sie herkommen, weil er in Sie vernarrt war, und jetzt kann er es nicht abwarten, Sie für sich zu beanspruchen.«

»Vernarrt?«

»So hat er es mir gesagt.«

»Und das glauben Sie ihm?«

Er lächelte sie an. »Sie nicht?«

»Ich glaube, dass ich seinen Stolz verletzte, als ich mich weigerte, mit ihm zu tanzen.«

»Männer überleben es, ignoriert zu werden. Es ist nicht der Regelfall, dass sie deswegen Vergeltung üben.«

»Bei den meisten Männern trifft das zu.« Ehe er etwas darauf erwidern konnte, fuhr sie fort: »Wer sind Sie eigentlich wirklich? Ich meine, Sie hören sich an, als würden Sie Jean Pierre kaum kennen. Auf dem Schiff haben Sie mit keinem Wort verlauten lassen, dass Sie mit ihm bekannt sind. Und doch sind Sie jetzt hier bei ihm.«

Er verzog das Gesicht. »Ich wusste, es würde ein Fehler sein, mich einzumischen.«

Sie musste nicht extra daran erinnert werden, was sie ihm schuldig war. »Ich bin Ihnen dankbar, dass Sie dazwischengingen. Tut mir leid, wenn Ihnen meine Fragen nicht behagen. Es ist nur so …«

»Dass Sie neugierig sind? Sagen wir, Ihr Verlobter und ich kennen uns seit Kurzem.«

»Wegen des Geldes, nehme ich an. Und wegen des Waffenhandels.«

Er blieb stehen und sah sie stirnrunzelnd an. »Wie meinen Sie das?«

»Sie müssen mir nichts vormachen. Kerr sah Sie im Frachtraum, wie Sie die Waffen überprüften.«

»Er sah es, aber er sagte es nicht Captain Frazier.«

»Vielleicht dachte er, es geht ihn nichts an.«

Er ging wieder weiter. »Es ist gut, dass er geschwiegen hat, sonst hätte ich in der Arrestzelle gesessen, als die *Lime Rock* unterging. Ich denke, ich bin ihm dafür etwas schuldig.«

»Wenn Sie sich ihm gegenüber verpflichtet fühlen, dann flehe ich Sie an, helfen Sie ihm«, bat sie und blieb stehen. »Er wird in dem Lagerraum dort hinten festgehalten, da bin ich mir so gut wie sicher. Es wäre ...«

»Unmöglich.«

»Aber wieso? Es wäre eine Kleinigkeit.«

»Das ist keineswegs eine Kleinigkeit. Bitten Sie mich nicht darum.«

Die Endgültigkeit in seinem Tonfall versetzte ihr einen tiefen Stich, der umso mehr schmerzte, da sie Hoffnung gehabt hatte. Sie zog ihre Hand weg und ließ seinen Arm los. Sie stand nun vor der Haupttreppe und raffte ihre Röcke.

Auf der zweiten Stufe stolperte sie, da die Tränen ihr die Sicht nahmen. Sie zwinkerte ein paar Mal und eilte weiter. Noch während sie zum Esszimmer lief, lauschte sie, ob ein Geräusch zu hören war, das ihren Verdacht bestätigte, dass Kerr in dem dunklen Lagerraum dort unten eingesperrt war. Sie lauschte, weil sie einen Beweis hören wollte, dass er noch lebte.

Doch da war nichts.

Absolut nichts.

Sechsundzwanzigstes Kapitel

Kerr atmete erst dann wieder richtig durch, als er hörte, wie Sonias Schritte ebenso leiser wurden wie die dieses Bastards Tremont. O Gott, diese rasende Wut, sich anhören zu müssen, wie Rouillard sie bedrängte, während er selbst nichts tun konnte, um ihn aufzuhalten. Er war sich sicher gewesen, dass der Mistkerl vorgehabt hatte, sie vor der Tür zu seinem Gefängnis zu vergewaltigen. Er hatte versucht, die Kette aus der Mauer zu reißen, um mit bloßen Händen die Tür aus den Angeln zu heben. Noch immer zitterte er vor Wut. Ihm war klar, Rouillard wollte ihn mithören lassen, wollte ihn die Angst um Sonia schmecken lassen.

Es sollte die Strafe dafür sein, dass er Sonia im Dschungel genommen hatte. Allerdings sollte sie diese Strafe verbüßen.

Das war also der Hurensohn, den sie heiraten sollte, ein unmoralischer Kretin, dem nichts heilig war, den nur das kümmerte, was er selbst wollte. Ein kleiner Mann, der über jeden in seiner Umgebung herrschen musste, damit er sich groß fühlen konnte. Ein Idiot, der sich nicht damit begnügen konnte, dass er die Braut bekam, die er sich ausgesucht hatte, sondern der sie auch noch dafür bestrafen musste, dass sie ihn nicht heiraten wollte. Das Schlimmste daran war, dass ihm seine Rache Spaß zu machen schien.

Nach allem, was er mitbekommen hatte, würde die Hochzeit wohl stattfinden. Das bedeutete, Rouillard hatte sein Angebot zurückgewiesen. Es war zwar von Anfang an dessen Antwort gewesen, aber damit war es nun endgültig bestätigt.

Auch gut. Damit war er wenigstens nicht länger verpflichtet, Sonias zukünftigen Ehemann zu verschonen. Und das würde er auch nicht machen, wenn er Sonia ein Leben an der Seite dieses Mannes ersparen konnte.

Kerr setzte sich wieder auf das Feldbett und fuhr sich mit einer Hand durchs Haar, wobei er vorsichtig seinen Hinterkopf abtastete. Mehr als einmal hatte man ihn als Dickschädel bezeichnet, und jetzt war er heilfroh, dass es auch tatsächlich so war. Sein Kopf war wund, die Haare klebten durch das getrocknete Blut zusammen, wo der Gewehrkolben ihn getroffen hatte. Die Kopfschmerzen hielten weiter an, aber wenigstens hatte sich die Übelkeit gelegt. Er ging davon aus, dass er nichts Bleibendes davontragen würde.

Die Frage war jedoch, wie es Sonia erging. In diesem Haus war sie Rouillards Gnade ausgeliefert, der nicht nach einem Mann aussah, der seine Begierde im Zaum halten konnte. Nicht mehr lange, und dann würde er die Tür zu ihrem Zimmer eintreten und über Sonia herfallen.

Kerr hoffte, dass der Kerl sich zuvor ihn würde vornehmen wollen. Auf diesen Moment wartete er nur, denn das würde seine Chance sein ... vielleicht die einzige, die er bekommen sollte.

Im Innenhof war wieder alles ruhig. Kerr drehte sich zu der Mauer um, an der seine Kette befestigt war. Er legte die Kettenglieder um sein Handgelenk, dann bewegte er den Arm hin und her, um auf diese Weise den Bolzen zu lockern. Damit war er bereits den ganzen Tag beschäftigt, auch wenn es eine entmutigende Tätigkeit war, weil sich auf dem Boden nur ein winziges Häufchen Mörtel angesammelt hatte. Obwohl er nur bescheidene Erfolge erzielte, machte er weiter, da es ihm half, einen Teil seiner Wut abzureagieren. Abgesehen davon – was hätte er sonst auch tun sollen?

Nicht ganz eine Viertelstunde später bemerkte er, dass durch die Ritzen zwischen den Holzbohlen der Tür das Licht einer Laterne drang und für ein wenig Helligkeit in der stockfinsteren Zelle sorgte. Sekunden später hörte er einen Schlüsselbund klimpern, dann wurde auch schon der Riegel entfernt.

Die Tür wurde geöffnet, Kerr stand auf und hielt ein Stück der Kette um seine Hand gewickelt. Der Captain der Wache trat ein. Die Laterne hatte er an der Tür abgestellt, sodass ihm sein eigener Schatten in den Lagerraum vorauseilte. Dem Captain folgten sechs Männer.

Einen Moment lang sah Kerr dem Mann in die Augen, der ihn niedergeschlagen hatte. Über das Gesicht des Captains huschte ein skeptischer Ausdruck. Er stieß einen knappen Befehl aus, dann hoben zwei der Männer ihre Gewehre und richteten sie auf Kerrs Brust.

»Treten Sie zur Seite. Wir haben den Befehl, Ihre Fessel zu lösen und Sie nach oben zu bringen.«

Das hörte sich deutlich besser an als das, was er bislang gemacht hatte, ging es Kerr durch den Kopf. Sollte das womöglich die Gelegenheit sein, auf die er wartete? Er nickte und stellte sich ans andere Ende seines Betts, damit man die Kette vom Bolzen lösen konnte.

Ihm selbst wurde die Kette nicht abgenommen, sodass er sie an seinem linken Fußgelenk hinter sich über den Innenhof herzog, als man ihn zu der Treppe brachte, die nach oben in den ersten Stock führte. Bei jedem Schritt rasselte die Kette, und auf dem Weg die Treppe hinauf sowie bis zum Eingang zum Esszimmer schepperte sie laut über den gefliesten Boden.

Er entdeckte Sonia, die rechts neben Rouillard saß, der den Platz am Kopf des Tischs innehatte. Sie war so blass wie ein Geist und erhob sich halb von ihrem Stuhl, als man ihn in den Raum führte. Rouillard packte ihren Arm und drückte sie zurück auf den Stuhl an seiner Seite.

Im Kerzenschein erstrahlte sie wie eine Vision aus Seide und Spitzen, die im gewundenen Kranz auf ihrem Kopf Blumen trug. Sie war die vollkommene Lady, edel und von einem feinen Duft umgeben, wodurch sie keinen krasseren Gegensatz zu ihm hätte darstellen können mit der ihn umgebenden Wolke aus Weinessig und Mais, mit seinem unrasierten Gesicht und dem zerzausten Haar. So hoch stand sie über ihm, dass ihm allein beim Gedanken daran schwindelig wurde. Doch das Verlangen, mit ihr irgendwohin wegzulaufen, sie an sich zu drücken, ihre Haut auf der seinen zu fühlen, ihren Herzschlag zu spüren, traf ihn so heftig wie der Schlag mit einem Vorschlaghammer. Der Anblick von Rouillards Hand um ihren Arm, der feste Griff auf ihrer blassen Haut, die schon genug erduldet hatte, war wie ein Messerstich in seine Eingeweide.

Kerr ballte die Fäuste und trat einen Schritt vor, doch die Männer hielten die Gewehre gekreuzt, um ihm den Weg zu versperren. Es machte ihm bewusst, dass er seinen Zorn unter Kontrolle halten und abwarten musste, um sich einen Plan zu überlegen.

Er sah in Sonias Augen, und für diesen einen Moment war sie das Einzige, was in seiner Welt existierte. Nichts anderes war von Bedeutung, weder Tremont, der an ihrer anderen Seite saß, noch ihre Tante Lily, die neben ihm Platz genommen hatte. Nein, es gab nur ihre Augen, große dunkle Augen, die in einem immergrünen Licht schimmerten und tausend Erinnerungen erkennen ließen – ihre Tränen im Regen; der Moment, als sie sich von der Regenrinne herunterließ und in seinen Armen landete; ein Kuss voller Wut und Verlangen; der Kampf gegen die See, um nach dem Untergang der *Lime Rock* an Land zu gelangen; die Totenstille im Dschungel, als sie sich von ihm den Dorn aus der Ferse holen ließ; ihre Hingabe auf dem uralten Altar; die Art, wie sie ihn mit der feurigen Lust einer Walküre ritt. Erinnerungen, die für ein ganzes Leben reichten oder die Grund genug waren, um zu sterben, ohne das zu bereuen.

»Na, sieh einer an, wen wir da haben.« Rouillard ließ Sonia los und lehnte sich auf seinem Stuhl zurück. »Die Unterhaltung für den heutigen Abend.«

Kerr richtete seinen Blick auf das Gesicht des Mannes. Zu gern hätte er ihm das herablassende Lächeln von der Visage gewischt, ihm in dieses widerwärtige Maul geschlagen, das womöglich bereits Sonias Lippen berührt hatte, und ihn in die Erde gerammt.

»Wie meinen Sie das?«, hörte er Sonia fragen, die zwar mit ruhiger Stimme sprach, aus der er jedoch ein unterschwelliges Entsetzen heraushören konnte.

»So, wie ich es gesagt habe, *chère*. Es könnte Sie amüsieren, immerhin ist er der Mann, der Sie zwang, an Bord jenes Schiffs zu gehen, das Sie herbringen sollte. Ich sollte ihm dafür dankbar sein, und vermutlich wäre ich das auch, hätte er Sie nicht noch zu so vielen anderen Dingen gezwungen.«

»Nicht«, flüsterte sie erstickt.

»*Monsieur!*«, protestierte Tante Lily, während Tremont neben ihr finster dreinschaute.

»Nicht?« Rouillard schüttelte den Kopf. »Ich glaube, das müssen Sie mir schon etwas genauer erläutern. Wollen Sie sagen, es war keine Gewaltanwendung erforderlich? Soll das heißen, dass Sie sich im Gegensatz zu meiner Aufforderung diesem Barbaren nicht widersetzten?«

»Lassen Sie sie in Ruhe«, warnte Kerr ihn mit so schroffer Stimme, dass ihm die Kehle wehtat.

Rouillard richtete die Blicke aus seinen Glubschaugen auf Kerr. »Aber wie soll ich das machen? Diese Dinge müssen vor einer Heirat klargestellt werden. Ein Mann sollte wissen, welche Art von Frau er zu seinem Weib nimmt.«

Kerr ertrug diese vorsätzliche Demütigung für Sonia nicht. »Das wissen Sie längst, denn sonst hätten Sie nicht darauf bestanden, dass sie zu Ihnen geschickt wird. Also hören Sie damit auf.«

»Aber sie befindet sich nicht im selben Zustand wie zu

dem Zeitpunkt, da sie aus der Obhut ihres Vaters entlassen wurde, nicht wahr? Ich will das genaue Ausmaß wissen. Und ich will erfahren, ob sie bereitwillig in Ihr Bett kam oder ob Sie sie dorthin schleppen mussten.«

Sonia atmete erschrocken tief ein, was in der plötzlichen Stille gut zu hören war.

»*Mon Dieu*«, raunte Tante Lily.

Wenn er erklärte, sie sei freiwillig zu ihm gekommen, dann würde Rouillard sie als Dirne brandmarken. Sagte er dagegen aus, es sei gegen ihren Willen geschehen, war das ein guter Grund, ihn dafür zu hängen. Das Gesetz drückte ja bereits in den Vereinigten Staaten ein Auge zu, wenn ein betrogener Verlobter ein solches Urteil fällte. Wie wahrscheinlich war es da, dass hier in Mexiko irgendjemand davon Notiz nahm?

Abermals schaute er Sonia in die Augen und sah das Entsetzen, das sich in ihnen widerspiegelte und von ihren Tränen nahezu ertränkt wurde. Er brauchte nicht einmal eine Sekunde, um zu wissen, wie er vorgehen würde.

»Mademoiselle Bonneval trifft keine Schuld.«

»Hören Sie damit auf, Monsieur. Auf der Stelle!«, rief sie an Rouillard gewandt. »Sie haben keinen Grund, Monsieur Wallace hier festzuhalten. Lassen Sie ihn noch heute Nacht frei, dann gebe ich Ihnen mein Wort, dass ich morgen an Ihrer Seite mein Ehegelübde ablegen werde.«

Es war die Angst um ihn, wie Kerr erkennen musste. Und das größte Opfer galt ebenfalls ihm. Es war das kostbarste Geschenk, das ihm je ein Mensch gemacht hatte. Ihm wurde warm ums Herz, seine Kehle war plötzlich wie zugeschnürt, sodass er kein Wort des Protests herausbringen konnte.

Zugleich begann aber auch sein Verstand auf Hochtouren zu arbeiten und zeigte ihm einen möglichen Ausweg aus dieser Situation.

Rouillard setzte eine triumphierende Miene auf. »Wie großmütig von Ihnen, meine Sonia. Ich bin erfreut. Tremont, mein Freund, Sie haben gehört, welchen Handel sie vorschlägt.«

Der winkte flüchtig, doch sein Gesicht verriet nach wie vor seine Abscheu vor dem Ganzen.

»Dann hätten wir das erledigt.« Er lächelte Sonia verschlagen an. »Sollen wir beide die Hochzeitsfeier und das anschließende Frühstück planen? Oder soll ich das Ihnen und Ihrer Tante überlassen?«

»Nicht so eilig«, fuhr Kerr in einem Tonfall dazwischen, der einem Peitschenhieb gleichkam, und redete sofort weiter, wie es der *Code Duello* von ihm verlangte. »Sie haben meine Ehre angezweifelt, Sir, und auch die Ehre der Lady. Ich fordere Satisfaktion.«

Schweigen senkte sich über den ganzen Raum. Einer der Wachleute sah mit Unbehagen zu seinem Nebenmann.

»Sie *fordern*?« Rouillard brach in schallendes Gelächter aus. »Vielleicht haben Sie es noch nicht bemerkt, Wallace, aber Sie befinden sich nicht in der Position, um *irgendetwas* zu fordern.«

»Stellen Sie sich mir im Duell, sonst weiß jeder Mann im Raum und auch die Lady, die Sie heiraten wollen, was für ein Feigling Sie sind.«

Arglist war in den Gesichtszügen seines Gegenübers auszumachen. »Sie sind ein Fechtmeister. Das wäre legaler Mord.«

»Dann behalte ich die Kette an.« Verächtlich zog er an der Kette, die rasselnd ein Stück weit über den Boden rutschte. »Das sollte meinen Vorteil wettmachen.«

»Nein«, hauchte Sonia, deren Blick auf seinen mit Blut verklebten Haaren ruhte. »Nicht jetzt. Nicht nach ...«

»Warte, *chère*«, sagte ihre Tante, deren Blicke zwischen Kerr und ihrer Nichte hin- und herwanderten.

»Das ist schon mal ein Anfang«, meinte Rouillard.

»Was wollen Sie sonst noch?« Es hätte genügen sollen, fand Kerr angesichts des pochenden Schmerzes in seinem

Kopf. Offenbar hatte er nicht bedacht, wie weit das Eigeninteresse dieses Mannes reichte.

»Als der Herausgeforderte ist es mein Privileg, die Bedingungen für dieses Duell zu stellen. Ich nehme für mich das Recht in Anspruch, einen anderen an meiner Stelle kämpfen zu lassen.« Dabei deutete Rouillard auf den dunkelhaarigen Mann rechts von Sonia. »Ich glaube, mein Freund hier besitzt ein wenig Erfahrung im Umgang mit einer Klinge. Ich wähle Monsieur Tremont.«

Kerr schaute zu Tremont, doch der wirkte wie geistesabwesend.

»Also, Monsieur?«, wollte Rouillard wissen. »Akzeptieren Sie meinen Stellvertreter?«

So hatte Kerr sich das nicht vorgestellt. Seine Idee war gewesen, Sonias Verlobten davon zu überzeugen, dass es eine dumme Idee war, eine Frau mit moralischer Erpressung dazu zu bewegen, seine Ehegattin zu werden. Zumindest aber wollte er ihn so schwer verletzen, dass er eine Weile brauchte, ehe er seine ehelichen Pflichten würde erfüllen können. Immer vorausgesetzt, dass er Rouillard nicht doch tötete.

Letzteres wäre ihm am liebsten gewesen.

Nichts davon brachte ihm bei Tremont irgendetwas ein, auch wenn der Mann die Postkutsche gestoppt und Sonia entführt hatte. Es wäre nicht verkehrt, ihm einen Grund zu geben, beide Taten zu bereuen. Ein Duell mit ihm war immer noch besser als gar kein Duell, dennoch gefiel es ihm nicht.

»Wollen Sie sich hinter Tremont verstecken, Rouillard?«, fragte er.

Rouillard brummte verächtlich. »Nennen Sie es, wie Sie wollen. Ich räume freimütig ein, dass mir im Umgang mit der Klinge die Erfahrung fehlt. Außerdem sind Sie größer als ich und haben folglich eine größere Reichweite. Es wäre Selbstmord, Ihnen gegenüberzutreten.«

Kerr musste ihm zugestehen, dass sein Eingeständnis ein guter Zug war. Sogar in seinen Ohren hörte sich das vernünftig an. Dieses Arrangement schien alles zu sein, was er unter diesen Umständen herausholen konnte, vor allem mit Blick darauf, dass er erwartet hatte, rundweg abgewiesen zu werden. Wenigstens würde er ein Schwert in die Finger bekommen, was für ihn dabei das Wichtigste war.

»Ich nehme Ihre Bedingungen an«, erklärte er und nickte knapp. »Vorausgesetzt, das Duell kann sofort stattfinden.«

Rouillard lächelte, seine Augen leuchteten. »Ich habe nichts dagegen einzuwenden.«

Es war genau das, was der Mann beabsichtigt hatte, ging es Kerr durch den Kopf. Warum nur? Wollte er Sonia mitansehen lassen, was er für die Niederlage ihres Liebhabers hielt? Kerr sah sich um und überlegte, was besser war: der hell erleuchtete, aber beengte Raum, oder der große Innenhof mit seinen viel schlechteren Sichtverhältnissen. Dieser Raum würde genügen, doch es galt nichts zu überstürzen.

Er wandte sich seinem Landsmann zu und deutete eine knappe Verbeugung an. »Sir?«

»Wie Sie wünschen.« Seufzend stand Tremont auf und schob seinen Stuhl nach hinten. Seine Verbeugung war ein Paradebeispiel an Anstand und Resignation.

Es war auch die respektvolle Geste, die ein Fechtmeister einem anderen zuerkennt. Kerr stutzte, denn mit einem Mal war er sich nicht sicher, in welche Situation er sich jetzt gebracht hatte. Eines war jedoch gewiss: Er konnte nur alles tun, um sich daraus freizukämpfen.

Siebenundzwanzigstes Kapitel

Sonia konnte es nicht fassen. Das durfte doch nicht wahr sein. Streitigkeiten mochten in Duellen enden, aber es gab strenge Regeln zu beachten, Sicherheitsvorkehrungen waren zu treffen. Was dagegen hier ablief, das kam ihr vor wie ein barbarischer Vorläufer derartiger Praktiken, ein simples Blutvergießen, bei dem Gott allein den Sieger bestimmen würde.

Jean Pierre ließ den Captain seiner Wache ein Paar passende Rapiere holen. Tremont entschuldigte sich bei Sonia und ihrer Tante, dann legte er seinen langen Gehrock und die Weste ab und begann, die Hemdsärmel hochzukrempeln. Dienstmädchen kamen herbeigeeilt, um die Tische abzuräumen und an die Wand zu schieben. Dann schoben sie auch die Stühle zur Seite. Jean Pierre führte Sonia und ihre Tante an eine Seite des Speisesalons neben den Tisch, während sich Kerrs Wache ihnen gegenüber aufstellte.

Schließlich stand Kerr allein da.

Sonias Herz schmerzte, als sie ihn mitten in dem leer geräumten Salon stehen sah, zu allen Seiten umgeben von Feinden. Sein Haar klebte am Hinterkopf durch das getrocknete Blut zusammen, auf seinem Hemd fanden sich rostrote Flecken, die Hose war zerrissen, genauso wie die Sandalen. Trotzdem war er würdevoller und tapferer als jeder andere Mann in diesem Raum. Er sah auf jeden von ihnen herab und erwartete mit geballten Fäusten sein Schicksal. Als er sie mit anschaute, war sein Blick klar und fest und ließ Sonia wissen, dass er nicht seinen Schwur vergessen hatte, für ihre Sicherheit zu sorgen. Nicht einmal jetzt würde er davon abrücken.

Doch vielleicht bildete sie sich das auch nur ein. Möglicherweise war es nur ihre Einbildung, weil sie das im Moment brauchte.

»Sonia, *ma chère*«, sagte Tante Lily in mitfühlendem Tonfall, als sie sich zu ihr herüberbeugte. »Ich glaube, wir sollten uns zurückziehen. Das ist kein Spektakel für eine Lady.«

Rouillard blickte sie an. »Das werde ich auf gar keinen Fall gestatten.«

»Aber unsere Anwesenheit kann unmöglich vonnöten sein.«

»Ganz im Gegenteil.« Sein Lächeln war voll kalter Gehässigkeit. »Es ist sogar unbedingt erforderlich.«

Sonia hatte so etwas bereits erwartet. Jean Pierre wollte, dass sie Zeuge dessen wurde, was er für Kerrs Ende hielt. Das war der wichtigste Sinn und Zweck seines Beharrens.

Dass es jedoch nicht der einzige Sinn und Zweck war, sollte sich schon bald herausstellen.

»Sollten Sie nicht einen Schmied holen, damit er meinem Kontrahenten die Fessel abnimmt?«, fragte Tremont mit ernstem Tonfall und sah zu Jean Pierre.

»Das denke ich nicht.« Rouillard machte keinen Hehl daraus, wie köstlich er sich amüsierte. »Er bot mir an, sie zu tragen. Dann kann er das auch tun, wenn er gegen Sie kämpft.«

Der Captain der Wache kehrte mit einer Kiste unter dem Arm zurück, stellte sie nahe Rouillard auf den Tisch, öffnete den Verschluss und klappte den Deckel hoch. Tremont nahm eins der Rapiere und betrachtete die Klinge der Länge nach, dann sagte er: »Sie wollen doch damit nicht andeuten, ein Sieg wäre für mich nur möglich, wenn mein Gegner eine Erschwernis hat?«

Tremonts Tonfall nahm Jean Pierres Miene etwas von seinem Ausdruck höchster Zufriedenheit. »Gewiss nicht.

Aber warum sollte man auf einen Vorteil verzichten, wenn er einem geschenkt wird?«

»Der Fairness wegen«, antwortete Tremont, legte das erste Rapier zur Seite und hob das zweite hoch. »Der Ehre wegen.«

»Ach, deswegen. So etwas mag ja manchmal ganz nützlich sein, aber das ist nur hinderlich, wenn es um Leben und Tod geht.«

Sonia hörte aus der Stimme von Rouillard, dass er tödliche Absichten hegte, die ihr das Blut in den Adern gefrieren ließen. In Panik suchte sie nach einer Möglichkeit, um diesem Wahnsinn ein Ende zu setzen.

Tremont musterte Kerr, der breitbeinig dastand, während hinter ihm die Kette auf dem Boden lag. »Auf Leben und Tod geht es also? Was ist mit dem Prinzip, wer zuerst blutet?«

»Welchen Nutzen hätte das für mich?«, fragte Rouillard und lachte abrupt auf. Er warf einen flüchtigen Blick auf Kerr. »Dieser *Kaintuck*-Teufel wird mich niemals in Ruhe lassen. Mir ist es lieber, wenn ich ihn ein für alle Mal los bin.«

Tremont stieß ein kurzes Schnauben aus, dann drehte er sich mit dem Rapier in der Hand langsam um, bis dessen Spitze auf Jean Pierres Bauch zeigte. »Dieses Duell verstößt schon gegen genügend Regeln, da es ohne Vermittler stattfindet, außerdem ohne Sekundanten und ohne Arzt. Mehr ist nicht nötig.«

Jean Pierre betrachtete das Rapier und fuhr sich mit der Zunge nervös über die Lippen. »Worauf wollen Sie hinaus?«

»Ich bin kein Mörder«, antwortete Tremont ruhig. »Lassen Sie die Fessel entfernen oder tragen Sie Ihr Duell selbst aus.«

Tante Lily griff so fest nach Sonias Arm, dass sich die Fingernägel ins Fleisch bohrten. Doch Sonia bekam davon kaum etwas mit, da sie auf Jean Pierres Antwort wartete.

Der sah zwischen Kerr und Tremont hin und her. »Das kann doch nicht Ihr Ernst sein.«

»Ich versichere Ihnen, es ist mein Ernst.«

In Jean Pierres Augen blitzte der Ärger eines schwachen Mannes auf, der soeben eine Niederlage hatte einstecken müssen. »Wie Sie wollen. Es ist Ihr Todesurteil.«

Tremont legte das Rapier zurück in die Schachtel und lächelte düster. »Oder auch nicht«, gab er zurück.

Die Zeit verlor an Bedeutung. Die Ereignisse stürmten mit einem alarmierenden Tempo voran, auch wenn sie zugleich Ewigkeiten zu benötigen schienen, um erledigt zu werden.

Ein Dienstmädchen wurde losgeschickt, um den Schlüssel für die Fessel um Kerrs Fußgelenk zu holen. Es kehrte mit dem Kammerdiener zurück, der ohne viel Mühe die Fessel öffnete und sie zusammen mit der Kette entfernte.

Auf Tremonts Bitte hin wurden Linien auf dem Fußboden aufgetragen, die den üblichen Regeln eines Duells entsprechend die Punkte kennzeichneten, bis wohin man vorrücken konnte und wie weit man sich zurückziehen durfte. Die beiden Kontrahenten nahmen ihren Platz ein, jeder nahm ein Rapier, dann bewegten sie zum Salut die Klingen auf und ab.

»Mademoiselle Bonneval«, rief Tremont ihr von seiner Position aus zu. »Haben Sie ein Taschentuch?«

Sie suchte in der Tasche an ihrer Taille, dabei strichen ihre Finger über das Taschenmesser, bevor sie das Spitzentuch fand. »Ja, das habe ich.«

»Hervorragend. Sie werden uns auffordern, in die Verteidigungshaltung zu gehen, dann warten Sie, bis wir bereit sind, und lassen das Taschentuch als Zeichen dafür fallen, dass wir anfangen können.«

Sie wollte diese Verantwortung nicht übernehmen, sie ertrug nicht den Gedanken, dass sie das Kommando gab, um die beiden Männer gegeneinander kämpfen zu lassen. Aber wer hätte das sonst übernehmen sollen? Nicht der Captain der Wache, denn der hatte sich zu seinen Männern gesellt, die dabei waren, Wetten auf den Sieger des Duells abzuschließen. Ihre Tante war viel zu aufgeregt und so rot im Gesicht, als stehe sie kurz davor, vom Schlag gerührt zu werden. Von Jean Pierre war beim besten Willen nicht zu erwarten, dass er für einen gerechten Beginn sorgen würde.

Nein, das musste sie erledigen.

Kerr und Tremont warteten bereits auf sie. Die Schultern gestrafft, den Kopf hoch erhoben, beobachteten sie sich und schienen sich gegenseitig einzuschätzen. Wägten sie ab, welchen Willen und welche Ausdauer ihr Gegenüber haben mochte? Nichts an ihrer Haltung ließ erkennen, dass es um einen Kampf auf Leben und Tod ging. Keine Miene und keine Geste verrieten, dass einer von beiden in wenigen Minuten vielleicht nicht mehr unter den Lebenden weilen würde.

Sonia räusperte sich und musste schlucken, weil ihre Kehle wie zugeschnürt war und sie kaum zu atmen vermochte. Sie kniff die Augen zusammen, schnappte nach Luft und gab dann deutlich den Befehl: »*En garde!*«

Die beiden Klingen zuckten gleichzeitig nach oben, ihre Spitzen berührten sich mit einem glockenhellen Klang. Keiner der beiden Männer bewegte sich, nicht einer der kraftvollen Muskeln unter den Hautschichten und den darüberliegenden, feinen dunklen Haaren zuckte auch nur. Die Blicke der Männer trafen sich ebenfalls, sie kniffen die Augen in höchster Konzentration zusammen, die alles um sie herum auslöschte. Mit kontrollierten Atemzügen warteten sie.

Sonias Finger zitterten und hielten beharrlich das Taschentuch fest, während sie es hochhob. Die Finger waren so verkrampft, dass sie sich nicht voneinander lösen wollten. Was Sonia auch versuchte, das Tuch wollte ihr nicht aus der

Hand fallen, da sie den Gedanken nicht ertrug, dass dieser brutale Wettstreit beginnen sollte.

Ihr Zögern dauerte so lange, dass man im Raum bereits zu tuscheln anfing.

Kerr gestattete sich, einen Blick in Sonias Richtung zu werfen. Er sah ihr in die Augen und nickte fast unmerklich.

Dann endlich ließ sie das Taschentuch los, das langsam zu Boden fiel und dabei von einem Luftzug erfasst wurde.

Kaum war das Zeichen gegeben, ging Tremont zum Angriff über, aber Kerr parierte mit einem Hieb, bei dem beide Klingen regelrecht Funken sprühten. Mit aller Kraft seiner Schultermuskeln stieß er Tremont nach hinten.

»Gut gemacht«, kommentierte Tremont. »Ich hatte mich schon gefragt, auf welchem Niveau Sie kämpfen. Jetzt weiß ich es.«

»Das war nur der Anfang«, gab Kerr zurück.

Tremont lachte belustigt. »Wenn Sie das sagen.«

Sie ließen eine Runde gemäßigter Finten folgen, um Stärken und Schwächen ihres Gegenübers auszukundschaften. Ihre Klingen trafen in einem so gleichmäßigen Rhythmus aufeinander, dass es wie Glockengeläut klang, das von den Wänden zurückgeworfen wurde und über den Innenhof hallte. Keiner der Männer musste bislang schwer atmen, aber ein dünner Schweißfilm überzog die Gesichter, außerdem war der Hemdrücken durchgeschwitzt.

Sonia wollte sich das nicht ansehen, doch sie konnte auch nicht den Blick abwenden. Diese Zurschaustellung roher männlicher Kraft fesselte sie, und es war faszinierend zu beobachten, mit welcher Geschwindigkeit sich die beiden Männer bewegten und wie ihre Klingen tanzten.

Beide schienen unermüdlich, ihre Ausdauer hatte fast etwas Unmenschliches. Sie machten einen Satz nach vorn, täuschten an, wichen zurück, rückten wieder vor, wobei sich ihre Schritte auf dem Fußboden wie ein Flüstern anhörten.

Angriff, Parade, Riposte – ihre Bewegungen waren so förmlich wie bei einem Menuett. Es ging vor und wieder zurück, und die Kämpfer nahmen nichts weiter wahr als die Augen des Widersachers und die Klingen, die sich zwischen ihnen beiden befanden. Sie gingen so aufeinander los und verteidigten sich, als gäbe es kein Publikum – und als bräuchten sie auch keines.

Nach einem besonders harten und schnellen Schlagabtausch stieß Kerr ein atemloses Lachen aus. »Sie besitzen selbst einiges Geschick, Tremont. Sind Sie sich ganz sicher, dass Sie kein *maître d'armes* sind?«

»Mein Vater trug diesen Titel, aber ich nicht. Er trainierte mich für andere Zwecke.«

»Richten Sie ihm meinen Glückwunsch aus, er ist ein guter Lehrer.«

»Das würde ich gern tun, aber er ist tot.«

»Nicht durch das Schwert gestorben, oder?«

Jean Pierre, der neben Sonia stand, schnaubte ungeduldig. »Setzen Sie diesem Kampf ein Ende«, rief er. »Mein Gott noch mal, sorgen Sie für ein Ende.«

Sonia fühlte fast genauso wie er. Der Schnarren der übereinandergleitenden Klingen zerrte an ihren Nerven, und wenn sie Luft zerschnitten, ließ das Geräusch sie zusammenzucken. Bei jedem Satz, mit dem einem Stoß ausgewichen wurde, um den Tod zu vermeiden, stockte ihr das Herz, als stehe ihr eigenes Leben auf dem Spiel.

Hinzu kam, dass sie das Gefühl hatte, Kerr ermüde allmählich. Mit jedem Augenblick wurde die Falte zwischen seinen zusammengezogenen Augenbrauen tiefer, Schweißtropfen rannen ihm über die Wangen. Ein roter Streifen lief an seinem Hals nach unten und sorgte für einen größer werdenden Fleck auf seinem Hemd. Es war nicht zu erkennen, ob die Kopfwunde aufgeplatzt war. Fast instinktiv schob sie eine Hand in ihre Tasche und schloss die Finger um sein Taschenmesser wie um einen Talisman, der ihr

Trost spenden und Vertrauen auf ein Wunder schenken sollte.

Tremonts Blick ruhte für den Bruchteil einer Sekunde auf Kerrs blutigem Hemd, dann verstärkte er seine Bemühungen und attackierte noch aggressiver. Kerr parierte jeden Angriff, doch seine Bewegungen waren nicht mehr so sauber, seinen Riposten mangelte es an Präzision.

Plötzlich rutschte Kerr auf den Fliesen aus – zumindest hatte es den Anschein. Sonia schrie entsetzt auf, Tante Lily stöhnte und hielt sich die Hände vor den Mund, während Jean Pierre triumphierend jubelte, da er das Duell für so gut wie beendet hielt.

Auch Tremont musste dieser Meinung sein, da er einen Satz nach vorn machte.

Doch im gleichen Augenblick traf ihn die Klinge so plötzlich wie der Stich eines Skorpions. In Höhe der Taille fand sich ein Schnitt in seinem Hemd, der Stoff färbte sich schnell rot. Kerr wich zurück, ohne ein Anzeichen von Schwäche erkennen zu lassen. Abwartend ließ er die Klinge sinken.

»*Touché*«, sagte Tremont und presste eine Hand auf seine Seite. Er lachte abgehackt, während er seine blutverschmierten Finger betrachtete. »Sie haben mich reingelegt.«

Kerr neigte den Kopf, sein Gesicht zeigte keine Regung. »Aber genügt das?«

»Niemals!«, brüllte Jean Pierre. »Fangen Sie wieder an.«

»Sollen wir?«, fragte Tremont.

»Sie entscheiden.« Kerr ließ die Spitze seines Rapiers auf den Boden sinken.

Tremont sah auf die Waffe in seiner Hand und drehte sie hin und her, sodass sich das Licht in der Klinge spiegelte. »Ich glaube, meine Neugier ist gestillt. Und ich kann mir bessere Verwendungszwecke für eine solche Waffe vorstellen.«

»Neugier?« Kerr schien lässig dazustehen, doch wäre niemand auf den Gedanken gekommen, er könnte unaufmerksam sein.

Sie redeten so leise, dass Sonia sich anstrengen musste, um sie überhaupt zu hören. Die Wachen sahen sich gegenseitig verwundert an, während sie sich weiter auf ihre Gewehre stützten, die sie im Verlauf des Duells abgesetzt hatten. Jean Pierre verzog das Gesicht und beugte sich weit vor, als bekomme er überhaupt nichts von ihrer Unterhaltung mit.

»Die Neugier, meine beharrliche Sünde«, hörte Sonia Tremont sagen. »Es ist an der Zeit, sie zurückzustellen und mich wieder dem Geschäft zu widmen, das mich hergeführt hat.«

»Schmuggel? Spezialisiert auf Waffen und Munition?«

»Das könnte man so sagen. Genau genommen war es der Verräter, der sie zwischen Mexiko und unserer Nation transportierte, den manchmal großartigen und oftmals unwissenden Vereinigten Staaten von Amerika.« Er hob eine Schulter und lächelte ironisch. »Mein Arbeitgeber, wenn man so will.«

Es steckte mehr hinter diesen Worten, doch das bekam Sonia nicht mit. Hoffnung keimte in ihr auf und verdrängte jede andere Empfindung.

Im nächsten Augenblick drehten sich die beiden Duellanten um und gingen Schulter an Schulter auf Jean Pierre zu. Ihre Klingen hielten sie bereit, die Augen hatten einen erbarmungslosen Ausdruck, und niemand hätte die beiden aufhalten können.

Jean Pierre reagierte mit einem entsetzten Ausdruck. Er fluchte und blickte in Panik zu seinen Wachen, riss den Mund auf und stieß einen durchdringenden Schrei aus. »Feuert eure Waffen ab! Feuert schon! Erschießt sie doch, um Himmels willen!«

In einer fließenden Bewegung verließ Sonia ihren Platz, zog das Taschenmesser, stellte sich zu Jean Pierre und drückte ihm die gefährlich scharfe Klinge an seine sichtbar pulsierende Halsschlagader.

»Wenn sie das Feuer eröffnen, sind Sie ein toter Mann«, erklärte sie entschlossen. »Widerrufen Sie den Befehl. Sofort, *mon cher*.«

Achtundzwanzigstes Kapitel

An einem schwülen Morgen acht Tage später verließen Kerr und Sonia Vera Cruz. Zusammen mit Tante Lily begaben sie sich an Bord eines mit Mais und mehreren Tonnen einer Art von weißem Erz beladenen spanischen Handelsschiffs. Es war Tremont, der sie zum Hafen brachte und dafür eine hässliche kleine Kutsche benutzte, eine sogenannte *volante*, die er sich von ihrem Gastgeber ausgeliehen hatte – einem Gentleman, der trotz seiner republikanischen Verbindungen noch immer seinen spanischen Titel benutzte.

Dieser Marquis, ein ältlicher, großer, hagerer Mann mit gepflegtem weißem Spitzbart, war offenbar ein Freund von Tremont, der Bekannte in den Washingtoner Botschaftskreisen hatte. Er war auch sehr schnell für Tante Lily zu einer Eroberung geworden. Tadellos gekleidet, wenn auch mit einer Spur Goldspitze zu viel an seiner Weste, überreichte er ihr und Sonia für die Reise Buketts aus Rosen, Verbenen und Oleander, die mit meterlangen Bändern gebunden waren, und entschuldigte sich vielmals dafür, dass nicht mehr seiner Freunde und Bekannten gekommen waren, um sich von ihnen zu verabschieden.

Sonia war allerdings froh darüber, dass ihr weitere Ansprachen, Begrüßungsreden und Beteuerungen erspart blieben. Sie wollte nur noch nach Hause und möglichst bald die roten Sandhügel von Vera Cruz hinter sich lassen.

Diese Rückreise gestaltete sich jedoch als langwierig. Aus Angst vor Seeblockaden kamen weniger Dampfer aus den amerikanischen Häfen nach Mexiko, und da sie nicht länger als unbedingt nötig in Vera Cruz bleiben wollten, hatten sie eine Passage nach Havanna auf dem spanischen Segelschiff gebucht. Dennoch sollten sie in zwei Wochen den Zielhafen erreichen, dort auf einen Dampfer umsteigen und eine Woche später wieder an der Mündung des Mississippi angekommen sein.

So standen sie also an Deck, winkten dem Marquis und Tremont zu und trotzten der Sonne, um einen letzten Blick auf die schwarzen und roten Mauern des Forts San Juan de Ulúa zu werfen, auf die kastenförmigen Häuser jenseits der Stadtmauer, auf die Kirchtürme und die wild flatternden *zopilotes*, die sich in den Dünen entlang der unglaublich blauen See um Aas stritten. Die Leinen wurden gelöst, die das Schiff gehalten hatten, das sich vom Dock entfernte und auf die offene See zusteuerte. Mit einem lauten Knall blähten sich die Segel, als sich der Wind in ihnen fing und das Schiff Fahrt aufnehmen ließ.

Tante Lily, die neben Sonia an der Reling stand, schloss die Augen und dankte stumm einer höheren Macht, gleichzeitig bekreuzigte sie sich. Als sie die Augen wieder aufschlug, schienen sie kräftiger zu strahlen als sonst. Sie drehte sich zu Sonia um, doch ihre Freudentränen versiegten, als sie das Gesicht ihrer Nichte betrachtete. »Wir werden bald wieder zu Hause sein, wo du deinen Papa und all deine Freundinnen sehen wirst, *ma chère*. Bist du denn gar nicht außer dir vor Freude?«

»Doch, das bin ich«, beteuerte sie und brachte ein Lächeln zustande. »Ich bin nur etwas müde, das ist alles.«

»Und auch ein bisschen traurig, nicht wahr? Es fällt einem immer schwer, neue Freunde zu verlassen, und ich bin mir sicher, du bist so wie ich der Meinung, dass Monsieur Tremont dazu zählt. Da war die gemeinsame Reise von New Orleans hierher, und dann war er so nett seit ... seit dieser Sache mit Jean Pierre.«

Diese wenigen Worte genügte, um alle Erinnerungen wach werden zu lassen: der Kerzenschein im Esszimmer, in dem es nach Knoblauch, Öl und karamellisiertem Zucker roch, die beiden Männer, die sich mit todbringenden Waffen gegenüberstanden, das Entsetzen und die Wut. Sonia hatte Jean Pierre töten wollen, als sie ihm das Taschenmesser an den Hals drückte. Der Wunsch war so stark gewesen, dass sie am ganzen Körper zu zittern anfing. In dem Augenblick begann sie zu verstehen, was es mit diesem Blutrausch auf sich hatte, der manchmal einen Mann auf dem Feld der Ehre erfasste.

Es war schließlich Kerr gewesen, der zu ihr kam und ihr das Messer aus ihrer bebenden Hand nahm.

Was sich danach zugetragen hatte, war ihr nur verschwommen in Erinnerung geblieben. Sie konnte sich kaum ins Gedächtnis rufen, wie man sie aus Jean Pierres Haus wegbrachte oder wie sie zum Haus des Marquis gelangt war. Die Tage danach schienen völlig aus den Fugen geraten zu sein, da sie immer nur hatte schlafen wollen.

Selbst jetzt konnte sie nach wie vor nicht lange schlafen. In den letzten Tagen hatte sie nur mit wenigen Leuten gesprochen: mit Tremont, mit der Tochter des Marquis, die bereits weit über fünfzig war, aber keinen Tag älter als fünfunddreißig aussah, außerdem mit ein paar Nachbarn, die zu Besuch gekommen waren. Jeder war sehr nett zu ihr und versuchte, jeglichen ungünstigen Eindruck auszuräumen, den sie von ihrer schönen Stadt gewonnen haben mochte.

Soweit sie sich erinnern konnte, hatte sie mit Kerr nur ein paar Worte gewechselt.

Er schien auf einmal einen Bogen um sie zu machen. Jetzt stand er allein am Bug des Schiffs und sah hinaus auf den Ozean, anstatt die Stadt zu betrachten, die sie hinter sich ließen. Er sah gut aus in seinem neuen Gehrock mitsamt Weste und Hose, die der Schneider des Marquis auf Tremonts Bitte hin angefertigt hatte. Es war ein Geschenk als Wiedergutmachung für die leichte Gehirnerschütterung, die Kerr wegen seines Befehls erlitten hatte. Der graue Wollstoff passte zur Farbe seiner Augen, und seine Schultern wirkten in diesem Anzug fast so breit wie das Schiff selbst.

Aber sein neuer Anzug ließ ihn auch unnahbar und ungeheuer Furcht einflößend erscheinen. So gab Kerr sich schon, seit sich herausgestellt hatte, dass sie gemeinsam nach New Orleans zurückkehren würden. Er war wieder ihre Eskorte, was er nach wie vor als seine Aufgabe anzusehen schien, aber mehr tat er nicht. Von gelegentlichen Unterhaltungen abgesehen, die mit seiner Aufgabe in Zusammenhang standen, wechselten sie kaum ein Wort miteinander und waren auch niemals allein. Jeder persönliche Kontakt war beendet worden.

Sie hatten sich aus Gründen geliebt, die kaum mit Verlangen und erst recht nicht mit einer dauerhaften Liaison zusammenhingen. Sie hatte einen Vorwand benötigt, um die Heirat zu vermeiden, und er musste einen Anlass haben, Jean Pierre herauszufordern. Dass weder das eine noch das andere so abgelaufen war, wie sie es sich vorgestellt hatten, tat dabei nichts zur Sache, denn am Ende war doch alles zu ihrer Zufriedenheit ausgegangen. Sie musste nicht heiraten, und Kerr hatte den Mann zu Fall gebracht, der für den Tod seines Bruders verantwortlich gewesen war. Welche Notwendigkeit gab es da noch, sich zu berühren und zu halten, sich zu küssen oder in den Armen des anderen einzuschlafen?

Sonia ballte so gereizt die Fäuste, dass eine Naht ihres Handschuhs aufplatzte. Sie sah nach unten und strich die Stelle im Leder glatt, dann zwang sie sich, die Hand flach auf die Reling zu legen.

»Ich wünschte, Monsieur Tremont hätte mit uns segeln können«, meinte Tante Lily. »Ich verstehe ja, dass es das Beste sein wird, wenn er seinen Gefangenen auf einem amerikanischen Schiff unterbringt. Ich hoffe nur, er kann den Hafen noch verlassen, bevor die Invasionsstreitmacht eintrifft, von deren Ankunft er so überzeugt ist.«

»Ja, wirklich«, sagte Sonia, die alle Mühe hatte, sich auf das zu konzentrieren, was ihre Tante sagte. Wie seltsam es doch war, in Tremont einen Agenten der US-Regierung zu sehen. Und ebenso seltsam war es, dass die Waffen, die in New Orleans an Bord genommen wurden, bedeutend genug sein konnten, um ihn loszuschicken, den Waffenhandel mit Mexiko zu untersuchen. Und jetzt war Jean Pierre wegen dieses Verbrechens Tremonts Gefangener.

Was wäre wohl aus ihr oder Kerr geworden, wäre Tremont nicht gewesen? Aber eigentlich interessierte es sie nicht, darüber nachzudenken.

»Du bist doch hoffentlich nicht immer noch wütend auf ihn, weil er dich entführt hat, oder etwa doch? Ich dachte, er hätte seine Gründe recht klar und deutlich dargelegt. Du solltest dankbar sein, dass er derjenige war, der dich aus der Kutsche holte, nicht einer von Jean Pierres Handlangern. Mir läuft noch jetzt ein Schauder über den Rücken, wenn ich mir vorstelle, welche unwürdige Behandlung dir dann vielleicht zuteil geworden wäre – und welche Verletzung man womöglich Monsieur Wallace zugefügt hätte.«

»Ich bezweifle, dass mir irgendetwas hätte zustoßen können. Immerhin war ich da noch immer Jean Pierres Verlobte.« Was Kerr anging, war sie sich nicht so sicher. Sein Tod während der Entführung wäre für Jean Pierre eine sehr praktische Entwicklung gewesen.

Alex Tremont hatte sich freiwillig gemeldet, sie aus der Postkutsche zu holen, zum einen weil er sicherstellen wollte, dass ihr nichts zustieß, zum anderen weil er Zweifel an Jean Pierres wahren Absichten hatte. Er hatte sich an Bord der *Lime Rock* ein Urteil über Kerr gebildet, wie er erklärte, und er wollte nicht, dass er willkürlich ermordet wurde. Alles zusammengerechnet, hatten sie und Kerr dem amerikanischen Agenten sehr viel zu verdanken.

»Die Angelegenheit mit den Gewehren habe ich nie ganz verstanden«, beklagte sich ihre Tante. »Mir ist klar, dass Monsieur Rouillard sie in Zusammenarbeit mit Santa Anas Partei nach Mexiko importierte. Aber kaum hatten wir den Mississippi hinter uns gelassen, erzählte uns Monsieur Tremont von sich aus, dass Waffen an Bord der *Lime Rock* gebracht worden waren. Und das auch noch, wo Monsieur Wallace bei uns war, wenn ich mich recht entsinne. Hat Monsieur Tremont wirklich geglaubt, er könnte in den Transport verwickelt sein?«

»Offenbar ja, jedenfalls so lange, bis er Kerr besser kennenlernte. Als er später von Kerrs Einstellung zu Jean Pierre erfuhr, wusste er natürlich, dass die beiden praktisch unmöglich gemeinsame Sache machen konnten. So oder so dienten die Waffen, die Monsieur Tremont beaufsichtigte, als eine Falle für Jean Pierre. Es bestand nur eine geringe Gefahr, dass sie gegen amerikanische Truppen zum Einsatz kommen würden.«

»Und dann wurde unser Dampfschiff von dieser mexikanischen Fregatte versenkt, als die Mexikaner versuchten, die Waffen aus dem Frachtraum zu holen. *Quelle dommage.*«

»Oh, der Captain der Fregatte hatte gar keine Ahnung, dass sich Waffen an Bord befanden. Sein Auftrag war es, den amerikanischen Regierungskommissar an Bord in Haft zu nehmen, zum einen, um eine Geisel in der Hand zu haben, zum anderen, um zu erfahren, was der Mann über die Pläne der Amerikaner im Falle eines Krieges wusste.«

»Dann war das alles eine große Tragödie.«

»Dass die Waffen mit der *Lime Rock* untergingen, war in dem Moment tatsächlich eine Katastrophe, da Monsieur Tremont somit keinen Vorwand mehr hatte, um sich mit Rouillard zu treffen. Soweit ich weiß, begab er sich aber zu ihm, um den Verlust zu erklären, womit das Ergebnis das Gleiche war.«

»Als man uns rettete, wurde er mit den anderen Passagieren an Bord geholt«, erklärte Sonias Tante, »aber er wurde nie befragt, soweit ich das mitbekam.«

»Er sagte, er habe seine wahre Identität vor den mexikanischen Behörden geheim gehalten. Ich glaube, er bekam dabei Hilfe vom amerikanischen Regierungskommissar.«

»Das kann gut sein. Ich habe noch nie ein solches Theater miterlebt, wie es dieser Gentleman veranstaltete, als wir den Hafen erreichten. Jedem hielt er seine offiziellen Papiere hin und bestand darauf, sofort in sein Land zurückkehren zu können. Er drohte mit allen möglichen Repressalien gegen den Captain der mexikanischen Fregatte, weil der es gewagt hatte, auf Zivilisten zu schießen und ein amerikanisches Handelsschiff zu versenken.«

»Damit hat er ja auch recht.«

»O ja.« Tante Lily tat so, als erschaudere sie. »Wollen wir nur hoffen, dass sie etwas vorsichtiger sind, wenn sie ein spanisches Schiff vor sich haben.«

Sonia konnte dem nur beipflichten, und zum Glück kam es auch so.

Zwar begegneten sie in den ersten zwei Tagen auf See mehreren Schiffen, aber niemand schien von ihnen Notiz zu nehmen, und erst recht verhielt sich niemand ihnen gegenüber feindselig. Sie kamen gut voran, der Wind sorgte für eine Reisegeschwindigkeit von fünf bis sechs Knoten. Wenn die Wetterbedingungen so blieben, konnten sie in etwas mehr als einer Woche in Havanna sein.

Doch das Wetter blieb nicht so.

Der Wind drehte auf Südost, und flaute dann völlig ab. Die Segel hingen schlaff herunter, und das Schiff verlor gänzlich an Fahrt.

Es folgten hoffnungsvolle Stunden, in denen sie wieder ein wenig vorankamen, doch ihnen schlossen sich Tage an, in denen sie von ihrem Kurs abgebracht wurden und alle zuvor gewonnene Zeit verloren. Nach einer Woche auf See konnten sie zwischendurch immer wieder einmal am Horizont die Spitze des Citlaltépetl ausmachen, dessen schneebedeckter Gipfel im Sonnenschein silbern glänzte. Sein Anblick war der Beleg dafür, dass sie in mexikanische Gewässer zurückgetrieben worden waren.

Die Hitze war zermürbend, nur selten strich eine Brise über Deck, die die spiegelglatte See ein wenig kräuselte. Die Stimmung an Bord wurde zunehmend gereizter, einige Seeleute zettelten Prügeleien an, und unter den Männern, die sich im Schlafquartier für die Gentlemen mit Kartenspielen die Zeit vertrieben, kam es immer wieder zu Streitereien.

Aus einer Woche wurden zwei, und allmählich schienen sich drei volle Wochen abzusetzen. Am siebzehnten Tag verfiel der Schiffskoch aus Wut darüber, dass man sich ständig über die von ihm servierten Gerichte beklagte, kurzzeitig dem Wahnsinn und versuchte, mit einem Fleischermesser seinem Helfer diverse Körperteile abzuhacken. Am achtzehnten Tag stellte sich heraus, dass in der Gemeinschaftskajüte der Männer ein Importeur von Damenkleidung aus Paris nur ein cremefarbenes, mit roten Rosen bedrucktes und mit Goldfransen besetztes Schultertuch aus Seide trug, wenn er schlief. Am neunzehnten Tag wachte Sonia auf und verspürte Übelkeit. Als sie zurückrechnete, kam sie zu dem Schluss, dass sie durchaus ein Kind erwarten konnte.

Die Ankunft in Havanna war ihr mit einem Mal nicht länger wichtig. Je später sie dort eintrafen, desto besser, denn auf diese Weise bekam sie Zeit zum Nachdenken, ehe sie sich ihrem Vater anvertraute.

Er würde außer sich vor Wut sein, und er würde niemals verstehen, welche Abfolge von Ereignissen zu dieser Situation geführt hatte. Ebenso wenig würde er seine Rolle bei dem Ganzen erfassen, ganz abgesehen davon, dass ihm die Gründe ohnehin gleichgültig wären. Für ihn wäre nur wichtig, wie sich der drohende Skandal vermeiden ließe.

Ohne Zweifel würde ihr Papa sie erneut wegschicken, womöglich nach Frankreich oder Italien in ein Kloster, wo junge Frauen wie sie ihr Kind bekommen und es in die Obhut der Nonnen übergeben konnten. Als Alternative kam nur infrage, sie mit einem x-beliebigen Mann zu verheiraten, der sie jetzt noch nehmen wollte.

Das war keinesfalls die Zukunft, die sie sich vorgestellt hatte.

Sie überlegte, ob sie es Kerr sagen sollte. Immerhin war es sein gutes Recht zu erfahren, dass er der Vater war. Es würde viel ausmachen zu wissen, wie er empfand.

Aber sie wollte ihm keine Verpflichtung aufbürden. Dass sie schwanger geworden war, das war eine Laune der Natur gewesen. Es gab keinen Grund, deswegen sein Leben oder seine Zukunft zu verändern.

Ihr Leben würde verändert werden, das war unausweichlich. Doch was machte das schon? Nach den Erlebnissen der letzten Wochen würde sie nie wieder die Alte sein.

Was jedoch, wenn es ihm wichtig war? Er war ein Mann, der tiefe Gefühle empfand, der um das Wohl anderer besorgt sein konnte. Angenommen, er würde es wissen wollen?

Immer wieder überlegte sie hin und her. Als wieder Wind aufkam, der sie endlich weitersegeln ließ, und sie schließlich den Hafen von Havanna erreichten, war sie einer Entscheidung noch keinen Schritt näher.

In Havanna – der Stadt mit ihren verschlafenen Straßen und den sanft klingenden Kirchturmglocken – war das Glück endlich wieder mit ihnen, denn innerhalb von vierundzwanzig Stunden lief dort ein Dampfer aus, der noch über freie Kabinen verfügte. Ihnen blieb kaum Zeit genug, um die Formalitäten bei der Ankunft zu erledigen und ihr weniges Gepäck an Land zu bringen, da mussten sie sich auch schon an Bord des Dampfers einfinden.

Doch mit einem Mal lief alles wie im Eiltempo ab. Die spanischen Beamten stempelten ihre Papiere, versahen sie mit schwungvollen Unterschriften und einer Vielzahl von goldfarbenen Siegeln, dann winkten sie sie weiter. In einem Gasthaus nahmen sie eine gute Mahlzeit zu sich, schliefen ein wenig und ließen ihre Wäsche erledigen, und dann machten sie sich auch schon wieder auf den Weg zum Hafen. Der Dampfer verließ Havanna und stach in eine von der Sonne beschienene See, um den Weg nach New Orleans in Rekordzeit zurückzulegen.

Viel zu schnell erreichten sie die Mündung des Mississippi in den Golf, der seine gelbbraunen Fluten in die blaue See ergoss. Das endlose Meer aus Riedgras wich weiter flussaufwärts den mit Moos bewachsenen Eichen, die in sommerliches Grün gekleidet waren. Plantagenhäuser standen inmitten von Zuckerrohr- und Baumwollfeldern, Fischerhütten zogen vorüber, ihnen folgten Flachboote und Lagerhäuser, bis sie schließlich den großen Bogen umrundeten, der die Stadt kennzeichnete. Endlose Reihen von Dampfern kamen in Sichtweite, alle zum Auslaufen bereit, ebenso vor Anker liegende Schiffe und die auf den Wellen tanzenden Dingis, Kanus und Pirogen. Dort war der vertraute, staubige Place d'Armes, da stand die geliebte Kirche. Dies hier war die Heimat.

Niemand stand am Dock, um sie zu Hause zu empfangen. Ihr Vater wusste nicht, dass sie auf dem Rückweg waren. Sie hatten sich zu kurz in Havanna aufgehalten, um einen Brief zu schreiben, zudem waren sie davon überzeugt gewesen, noch vor der Post zu Hause einzutreffen. Zwar hätte Sonia ihm schreiben können, als sie sich noch in Vera Cruz aufhielten, doch was hätte sie ihm mitteilen sollen? Das Geschehen zu Papier zu bringen, erschien ihr zu kompliziert, da sie vor allem fürchtete, das geschriebene Wort sei zu leicht falsch zu verstehen. So blieb ihnen jetzt nichts weiter zu tun, als ihre Habseligkeiten einzusammeln und von Bord zu gehen. Da sie kaum Gepäck hatten, konnten sie den kurzen Weg bis zum Stadthaus auch zu Fuß zurücklegen.

Sonia drehte sich weg und beobachtete nicht länger, wie der Dampfer anlegte, sondern raffte ihre Röcke und ging in Richtung der Kabine, in der Tante Lily mit dem Packen beschäftigt war.

»Warte.«

Sie blieb stehen. Beim Klang dieser tiefen, rauen Stimme schnürte sich ihr die Kehle zusammen. Trotz zitternder Lippen verzog sie den Mund zu einem höflichen Lächeln, wie sie es seit Tagen machte, wenn sie sich ansahen.

»Wolltest du ohne ein Wort weggehen? Nicht mal eine höfliche Verabschiedung?«

Er stand mit der Schulter gegen das Schott gelehnt da, in einer Hand den Hut, den Koffer neben sich abgestellt. Die vom Fluss kommende Brise zerzauste sein Haar und sorgte dafür, dass er die Augen verengte. Er sah einfach zu gut aus, um ihn zu vergessen, weshalb sie es auch gar nicht erst versuchte.

»Nein, niemals.« Sie kam näher und hielt ihm ihre Hand hin. »Ich freue mich über diese Gelegenheit, dir noch einmal zu danken. Du warst auf dieser ganzen Reise immer freundlich und entgegenkommend, der perfekte Begleiter. Ich schulde dir mehr, als ich dir je wiedergutmachen kann. Und du kannst dir sicher sein, dass ich dich nie vergessen werde. Niemals.«

Er nahm ihre Hand, führte sie an seine Lippen und vollzog dabei jene elegante Verbeugung, wie er sie auf dieser gemeinsamen Unternehmung gelernt hatte. »Das hört sich so an, als gehst du davon aus, mich nie wiederzusehen.«

»Wirklich?« Sie hatte gedacht, es würde vermutlich so kommen, außer dass man sich vielleicht einmal auf größere Entfernung sehen könnte. Doch von einer Sekunde auf die andere erschien ihr das unerträglich. Ihre zwiespältigen Gefühle der letzten Tage waren so schnell verschwunden, als hätten sie nie existiert. Plötzlich wusste sie, was sie tun musste. »Ich möchte mich entschuldigen. Es gibt noch eine letzte Pflicht, die du als mein Begleiter und Beschützer erfüllen könntest, wenn du das möchtest.«

Er verzog den Mund zu einem leichten, ironischen Lächeln, das das Grübchen in seiner Wange wieder zum Vorschein brachte. »Dein Wunsch ist mir Befehl.«

»Dein Wunsch ist mir Befehl ...«

Ihr wurde heiß, als sie daran dachte, bei welcher Gelegenheit sie diese Worte das letzte Mal von ihm gehört hatte. Das Lodern in seinen Augen, das sie bemerkte, als sie ihn anschaute, ließ sie Hoffnung und Mut schöpfen. »Ich wäre dir dankbar, wenn du meine Tante und mich zum Stadthaus begleiten würdest.«

Er wurde ernst. »Ich werde ...«

»Ich weiß, das gehört nicht zu dem Auftrag, den du angenommen hattest«, fuhr sie fort, bevor er weiterreden konnte. »Ich bin mir sicher, es gibt anderes, was du jetzt zu erledigen hast und was du jetzt auch unbedingt erledigen möchtest, nachdem du nun wieder hier bist.«

»Das ist richtig ...«

»Es ist nicht so, als hätte ich Angst davor, Papa unter die Augen zu treten oder ihm zu gestehen, dass ich nicht verheiratet bin, auch nicht ...«

Er ließ ihre Hand los und legte ihr einen Finger auf die Lippen. »Ich hatte nie etwas anderes beabsichtigt«, sagte er, als sie verstummt war. »Dein Vater sollte von mir einen Bericht bekommen, was sich in Vera Cruz zugetragen hat.«

»Dann wolltest du mitkommen?«

»Ich hatte nicht vor, dich im Stich zu lassen, wenn du ihm gegenübertrittst.«

»Du fühlst dich verantwortlich. Das hätte ich wissen sollen.«

Nach einem kurzen Zögern nickte er entschlossen und setzte den Hut auf. »Es ist an der Zeit, dass wir das hinter uns bringen. Ich werde an der Laufplanke warten, bis du fertig bist.«

Er wollte wieder sein altes Leben leben, wenn er seine Rolle bei der Verhaftung von Jean Pierre erklärt hatte und sie zurück zu Hause war. Das konnte sie ihm nicht verübeln. Dennoch hatte sie noch eine letzte Chance, die Dinge ins Lot zu bringen. Jetzt blieb nur noch zu hoffen, dass diese eine Chance genügte.

Neunundzwanzigstes Kapitel

Tante Lily lächelte verschmitzt, während sie sich ihm näherte, so als kenne sie ein Geheimnis, das sie ihm nicht verraten wollte. Kerr verbeugte sich und nahm ihr die Tasche ab, sah aber sofort zu Sonia, die ihrer Tante mit ein paar Schritten Abstand folgte.

Er hatte sich nicht geirrt, als er sie anschaute. Auch an diesem Morgen war ihr Gesicht wieder blass, und ihr Kleid – das zugegebenermaßen nicht von der modebewusstesten Modistin der Welt geschneidert worden war – wirkte weiter als noch vor ein paar Tagen. Er wusste, sie hatte nicht gut gegessen. Das war ihm in den letzten Wochen ebenso wenig entgangen wie alles andere, was sie tat oder sagte. Ihre Haut erschien so durchsichtig, dass man das Geflecht aus blauen Äderchen darunter sehen konnte, und die Schatten unter ihren Augen waren von der gleichen Farbe wie die blasslila Bänder um ihren Hut.

Er machte eine ernste Miene, während er sich die Tasche ihrer Tante unter den Arm klemmte, Sonias und seinen eigenen Koffer in die andere Hand nahm und den beiden Frauen über die Laufplanke an Land folgte. Zweifellos freute sie sich nicht darauf, ihrem Vater gegenüberzutreten, doch hatte er nicht erwartet, sie könnte so krank vor Sorge darüber sein.

Er hätte aufmerksamer sein sollen. Er hatte sie kaum einmal aus den Augen gelassen, war aber immer auf so viel Abstand zu ihr geblieben, wie das an Bord eines Schiffs möglich war. Je näher er ihr kam, desto stärker wurde der Wunsch, sie zu berühren – doch das durfte er nicht. Er hatte seinen Zweck für sie erfüllt, sie brauchte nichts weiter von ihm. Aber er konnte nicht die gleiche Luft atmen wie sie und sich damit zufriedengeben, dass sie nichts von ihm brauchte.

Daher hatte er es für die beste Lösung gehalten, auf Abstand zu ihr zu gehen, doch das hielt er jetzt nicht mehr unbedingt für den richtigen Weg. Vielleicht benötigte sie immer noch einen Beschützer.

Am Fuß der Laufplanke übergab er das Gepäck an ein paar schwarze Jungs, die sich an den Docks aufhielten, um solche Aufgaben zu übernehmen, drückte jedem von ihnen eine Münze in die Hand und sagte ihnen die Adressen, wohin sie welches Gepäckstück zu bringen hatten. Dann hakten sich die beiden Ladys bei ihm unter und ließen sich von ihm zur Rue Royale bringen.

Auf halbem Weg zum Stadthaus kam ihm der Gedanke, Monsieur Bonneval könnte von seiner Reise, die ihn flussaufwärts geführt hatte, vielleicht noch gar nicht zurückgekehrt sein. Für die Strecke an sich war zwar genug Zeit vergangen, aber er wusste nicht, wie lange die geschäftlichen Angelegenheiten den Mann beanspruchen würden. Unsicher war auch, ob diese Reise in irgendeinem Zusammenhang mit Monsieur Bonnevals Verbindung zu Rouillard stehen mochte. Wenn das zutraf, war es erforderlich, ihn auf bestimmte neue Entwicklungen hinzuweisen. Er musste zudem vom Zustand seiner Tochter erfahren und wissen, wie sie zu behandeln war.

Das Gepäck der Ladys traf vor ihnen am Stadthaus ein, woraufhin Kerr dem Jungen noch eine Münze zuwarf und dann Sonia und ihrer Tante ins Haus folgte. Der Butler, den Tante Lily Eugene nannte, hieß sie mit erfreutem Lächeln willkommen und ging mit dem Gepäck die Treppe hinauf. Über die Schulter erklärte er ihnen, Monsieur Bonneval sei im Salon.

Sonias Vater hatte sie offenbar kommen gehört, denn er

war bereits aufgestanden und machte eine fragende Miene, als sie das Zimmer betraten. Er faltete sein Nachrichtenblatt ordentlich zusammen, legte es auf den Tisch neben seinem Sessel, erst dann kam er zu ihnen.

»Was ist denn das?«, fragte er, während er Kerr einen kurzen Blick zuwarf, dann erst seine Schwägerin auf die Wangen küsste und das förmliche Ritual bei seiner Tochter wiederholte. »Sag mir bitte nicht, dass die Ausgaben für deine Reise und deine Aussteuer vergebens waren und dass du Schande über den Mann gebracht hast, den du heiraten solltest. Erklär mir auf der Stelle, warum du hier bist und nicht bei Jean Pierre in Mexiko.«

Sonia wurde kreidebleich und schwankte leicht hin und her, woraufhin Kerr ihren Arm nahm und sie zu einem Sofa führte, damit sie sich hinsetzen konnte. Dann stellte er sich hinter sie.

Es war Tante Lily, die vorpreschte und die Fragen beantwortete, als seien sie tatsächlich in einem moderaten Ton gestellt worden. »Sie können sich nicht vorstellen, welche Abenteuer wir erlebt haben, Monsieur! Welche Ängste, welche unbeschreiblichen Schrecken. Wir wurden von einem mexikanischen Kriegsschiff beschossen und versenkt, und ...«

»Versenkt, Madame?«

»Aber ja doch. Sie sind erstaunt, und wer wäre das nicht. Aber ich schwöre, es ist die Wahrheit.« Sie ging zum Kamin und läutete die Glocke. »Ich selbst war eine Gefangene auf der mexikanischen Fregatte, und das ist erst der Anfang. Lassen Sie uns einen Sherry trinken, dazu Kuchen und ein paar Häppchen essen, dann werden Sie alle Einzelheiten erfahren.«

Die Schilderung lief zum größten Teil so ab, wie Tante Lily es vorgeschlagen hatte. Sie erzählte die ganze Geschichte und wandte sich nur selten einmal an Sonia oder an Kerr, damit sie ihr Gedächtnis auffrischten. Sie machte das hervorragend, da sie es die ganze Zeit über vermied, auf Kerrs und Sonias Flucht vor dem Kriegsschiff hinzuweisen. Zumindest gelang ihr das bis zu dem Moment, da die beiden in Rouillards Haus eintrafen und Kerr in eine behelfsmäßige Zelle geworfen wurde.

»Einen Moment bitte«, unterbrach Bonneval sie und hob die Hand, damit Tante Lily innehielt, dann sah er verwundert Kerr an. »Warum tat er das? Welchen Grund hatten Sie ihm dafür gegeben?«

»Keinen«, antwortete Kerr mit tiefer, knurrender Stimme.

»Es fällt mir schwer, das zu glauben. Monsieur Rouillard ist ein vernünftiger Mann.«

Sonias Tante setzte zu einer wütenden Bemerkung an, doch Sonia kam ihr zuvor. »Ganz im Gegenteil, Papa. Er ist alles andere als ein vernünftiger Mann. Er dachte, er käme damit durch, Waffen nach Mexiko zu schmuggeln, mich zu entführen und Kerr umzubringen. Du hast mich mit einem Schurken verlobt, der für seine Verbrechen verhaftet wurde.«

»Das ist ja lächerlich! Ich werde mir keine weiteren von deinen Beleidigungen anhören. Aber eine Sache verstehe ich nicht.« Er wandte sich wieder an Tante Lily. »Wo war Monsieur Wallace, dass er nicht zusammen mit Ihnen eintraf? Wie sollte Rouillard einen Grund dazu haben, ihn in Ketten zu legen, wenn er ihn nie zuvor gesehen hat? Welche Veranlassung könnte er für ein solches Verhalten haben?«

Es war Sonia, die stattdessen antwortete: »Die Antworten auf deine Fragen sind ganz einfach, Papa. Monsieur Wallace und ich waren nicht bei Tante Lily. Wir waren eine Zeit lang allein im mexikanischen Dschungel unterwegs, dann gewährte uns eine mexikanische Lady Obdach, danach waren wir allein in einer Postkutsche auf dem Weg nach Vera Cruz.«

Ihr Vater sah entsetzt drein. »*Mon Dieu*. Dein Verlobter

hat dich zurückgeschickt, weil du Schmach über dich gebracht hast.«

»Keinesfalls. Er war sehr darauf aus, mich zu heiraten, ohne sich für diese Frage zu interessieren.«

»Dann wirst du auf der Stelle nach Mexiko zurückkehren und ihn heiraten. Etwas anderes kommt für dich gar nicht infrage.«

»Nun, in diesem Punkt irren Sie sich«, warf Kerr ein. »Da irren Sie sich sogar sehr.«

»Sie halten sich raus, Monsieur. Sie haben schon genug angerichtet.«

»Mehr als du ahnst, Papa. Er ist der Vater des Kindes, das ich in ungefähr acht Monaten bekommen werde.«

Bonneval schien vor Entrüstung zu explodieren, machte ein paar hastige Schritte auf seine Tochter zu und holte mit einer Hand aus.

Kerr bewegte sich mit der Schnelligkeit, die bei einem Duell vonnöten war, packte Bonnevals Arm und drehte ihn auf dessen Rücken. Er hätte ihm den Arm sogar womöglich gebrochen, wäre ihm nicht plötzlich bewusst geworden, was Sonia da eigentlich gesagt hatte. Er stieß Bonneval in einen Sessel und wandte sich zu ihr um.

Sie erwartete ein Kind von ihm, und dabei sah sie dünner aus als bei ihrer ersten Begegnung, bei seiner Berührung, als er ihr die schwarzen Tränen aus dem Gesicht gewischt hatte. Es erschien ihm völlig unmöglich, und doch wollte er, dass es stimmte. Er wollte es mit so brennendem Verlangen, dass es ihn verblüffte und ihn wehrlos und verwundbar machte.

»Wenn sie irgendwen heiratet«, sagte er in entschlossenem Tonfall, »dann mich.«

Hinter ihm lachte ihr Vater auf, obwohl er mit verkniffenem und grauem Gesicht dasaß. »Unmöglich. Einen *Kaintuck* als Schwiegersohn werde ich keinesfalls dulden. Ich werde sie enterben und ihren Bastard gleich mit. Die

Brut von einem solchen Kerl bekommt keinen Penny von meinem Geld.«

»Behalten Sie's ruhig«, erwiderte Kerr. »Wir brauchen Ihr Geld nicht.«

Sonias Gesicht bekam ein wenig Farbe. Sie erhob sich und stellte sich zu Kerr, legte eine Hand auf seinen Arm und wandte sich zusammen mit ihm zu ihrem Vater um.

»Du befindest dich nicht in der Position, irgendwelche Bedingungen zu stellen, Papa«, erklärte sie mit leicht belegter, aber fester Stimme. »Das Schicksal, das Jean Pierre ereilte, könnte auch dich treffen. Ein Gentleman, den wir auf der *Lime Rock* kennenlernten, ein Monsieur Alexander Tremont, ließ seine guten Beziehungen spielen, um dafür zu sorgen, dass dein Name nicht im Zusammenhang mit diesen von Jean Pierre importierten Waffen erwähnt wird. Es war ein Freundschaftsdienst, musst du wissen, wegen seiner Freundschaft zu Kerr. Aber so wie wir alle weiß auch er, dass du mit diesen Waffen zu tun hattest.«

»Unsinn«, krächzte Bonneval.

»Das glaube ich. Rouillard versuchte, seine Haut zu retten, und dabei berichtete er Tremont, dass du in diese Transporte verwickelt bist. Dass du auf deinen Geschäftsreisen weiter flussaufwärts alles für die Waffentransporte arrangierst.«

»Das war eine Investition, weiter nichts«, widersprach Bonneval, der sich so in seinen Sessel drückte, als könnte er den Anschuldigungen auf diese Weise entrinnen. »Ich hatte anfangs gar keine Ahnung, was da gekauft und verkauft wurde. Dann war es auf einmal zu spät, um auszusteigen. Rouillard sagte ... er drohte mir ...«

»Es ist egal, wie es angefangen hat«, fiel Sonia ihm ins Wort. Ihre Stimme wurde allmählich kräftiger und lauter, während ihr Vater immer kleinlauter wurde. »Wichtig ist, dass es aufhört. Nachdem offiziell Krieg erklärt worden ist, könnte es dich an den Galgen bringen. Und ich kann mir nicht vorstellen, dass mein zukünftiger Ehemann einen solchen Skandal in seiner Familie haben möchte.«

Es herrschte absolute Stille. Bonneval starrte seine Tochter an, und auch Kerr hatte seinen Blick auf ihn gerichtet, während eine grenzenlose Erleichterung ihn erfasste. Diese Frau war mutig und intelligent, und sie wusste, wie sie für das kämpfen musste, was sie wollte. Er konnte nicht einschätzen, ob sie ihn an sich oder einfach nur irgendeinen Mann brauchte, solange der nicht Rouillard war, doch das wollte er umgehend herausfinden.

»Mach, was du willst«, meinte Sonias Vater und schaute weg. In seinem Gesicht zeichneten sich Falten ab, die ihn mit einem Mal alt aussehen ließen. »Vielleicht hast du ja recht, und es ist so am besten. Ich war sowieso nie glücklich damit, dich zu Jean Pierre zu schicken. Aber er kam aus einer guten Familie, und er legte großen Wert darauf, dich zur Frau zu nehmen.« Bonneval hielt inne und sprach mit nunmehr festerer Stimme weiter. »Er deutete an, mich in den Ruin zu stürzen, sollte ich anderswo nach einem Ehemann für dich Ausschau halten.«

»Du hattest Angst vor ihm.«

Er versuchte, das Gesicht zu verziehen. »Mehr vor dem, wozu er fähig war. Wäre er erst einmal mit dir verheiratet, dachte ich bei mir, dann sei unser Familienname sicher. Ich wusste ja nicht, dass er jemals die Hand gegen dich erheben könnte. Hätte ich das gewusst, wärst du niemals aus New Orleans weggegangen. Ich konnte mich nicht dazu durchringen, zum Hafen zu kommen und zuzusehen, wie du weggehst.«

»Oh, Papa«, flüsterte sie und kniete sich vor ihm hin, um nach seinen Händen zu greifen.

Es war nichts, was ein Fremder mitansehen sollte, daher ging Kerr aus dem Zimmer, um auf der Galerie zu warten. Er lehnte sich gegen einen Pfosten, zupfte ein Blatt von der Blauregenranke, die daran nach oben wuchs, und zerteilte es in kleine Stücke, die er in ein leeres Vogelnest gleich unterhalb des Geländers fallen ließ. Dabei schweifte sein Blick über den Innenhof.

Er merkte sofort, als Sonia aus dem Salon kam und sich ihm näherte, und drehte sich zu ihr um, sodass er ihren eleganten gleitenden Gang ebenso beobachten konnte wie die Wellen, die bei jedem Schritt über ihre Röcke liefen. Und er sah, wie sie lächelte und wie sie ihren Kopf hielt – es war keine aus Stolz geborene Haltung, wie er einmal gedacht hatte, sondern dahinter steckte Selbstbewusstsein.

Sein Körper reagierte auf die inzwischen gewohnte Weise auf sie, nämlich mit abrupt erwachender Begierde und einer schmerzenden Sehnsucht. Doch da gab es noch etwas anderes, das einem Gefühl von Ehrfurcht gleichkam.

Dass er sie in seinen Armen gehalten und sie auf all jene Arten geliebt hatte, die sich ein Mann nur vorstellen konnte, erschien ihm immer noch wie ein Wunder. Das würde er sein Leben lang nicht vergessen. Doch er konnte nicht zulassen, dass sie sich für sein Verlangen opferte.

Dreißigstes Kapitel

»Da bist du ja«, sagte Sonia, als sie Kerr auf der Galerie bemerkte. Ihre freudige Erleichterung ließ etwas nach, als sie seine ernste Miene sah. »Ich hatte bereits befürchtet, du wärst gegangen.«

»Das würde ich nicht tun.« Er verschränkte die Arme vor der Brust und stützte sich mit dem Rücken am Pfosten ab. »Hast du dich mit deinem Vater ausgesöhnt?«

»Er scheint damit einverstanden zu sein, dass ich mache, was ich möchte.« Sie schüttelte flüchtig den Kopf. »Er ist kein schlechter oder unvernünftiger Mensch. Er ist nur nicht daran gewöhnt, darüber nachzudenken, wie sich andere fühlen könnten. Und wenn er weiß, er ist im Unrecht, dann wird er erst richtig stur.«

»So sind viele von uns«, antwortete Kerr lässig. »Ich habe gewartet, weil es einige Dinge gibt, über die wir reden müssen.«

Ihre aufkeimende Hoffnung wurde so erstickt wie ihr Lächeln. »Ja, ich ... ich muss mich bei dir entschuldigen. Ich hätte dir von dem Kind erzählen sollen.«

»Ja, das hättest du«, pflichtete er ihr mit ruhiger Stimme bei.

»Ich hatte Angst, du würdest dich verantwortlich fühlen.«

»Wieso auch nicht? Schließlich bin ich verantwortlich.«

Sie blickte auf ihre gefalteten Hände. »Siehst du? Ich wusste, es würde so kommen.«

»Zu manchen Dingen muss ein Mann eben stehen, wenn er sich einen Mann der Tat nennen will.«

Seine Stimme war etwas sanfter geworden, was ihr den Mut gab, wenigstens den Versuch einer Erklärung zu unternehmen. »Aber ich wollte nicht, dass du das Gefühl bekommst, die eine Fessel gegen eine andere eingetauscht zu haben. Das will ich selbst jetzt noch nicht. Allem zum Trotz, was du meinem Vater gesagt hast, bist du keinesfalls verpflichtet, mich zu heiraten.«

»Was ist, wenn ich diese Fessel will? Und wenn ich verpflichtet sein möchte?«

Mit großen Augen blickte sie ihn an. »Du meinst allen Ernstes ...«

Er nickte und betonte jede Silbe, dass seine Worte wie in Stein gemeißelt schienen: »Mehr als alles andere auf Gottes grüner Erde will ich das. Ich möchte dich für alle Zeit festhalten und beschützen, Sonia Bonneval, und ich möchte mit dir und unserem Kind nach Kentucky zurückkehren, um dir dort ein Zuhause zu geben, das du nie wieder verlassen möchtest. Ich möchte mit dir in unserem warmen und gemütlichen Bett liegen, während der Regen aufs Dach prasselt und im Winter der Sturm heult. Ich möchte mit dir auf der Veranda stehen, während wir zusehen, wie die Baumwolle blüht und wie unsere Kinder in den Bergen groß und stark werden. Ich möchte ...«

»Du möchtest aus mir eine *Kaintuck*-Frau machen«, sagte sie voller Freude. Seine Erklärung war ein unschätzbar wertvoller Tribut für einen Mann, der sonst nur wenige Worte machte.

»Das ist eine gute Sache, das verspreche ich dir. *Kaintuck*-Frauen sind stolz und frei. Sie sagen, was sie denken, und sie bringen die Leute dazu, ihnen zuzuhören. Sie lieben intensiv und für die Ewigkeit. Sie nehmen sich, was sie wollen, und lassen es nie wieder los. Sie stehen zu ihren Männern, und sie kämpfen für das, was sie für richtig halten. Und sie lehren ihre Kinder, so zu werden wie sie selbst.«

»Sie lieben?«

»Mit aller Macht«, entgegnete er. »Vor allem, wenn sie einen Mann haben, der sie von den Haarspitzen bis hin zur kleinsten Narbe an ihrer Ferse verehrt. Ja, Sonia, ich verehre dich mit jedem Atemzug und jedem Herzschlag.«

Sie schloss die Augen, denn nur wenn sie nicht sein Gesicht sehen konnte, würde sie aussprechen können, was sie zu sagen hatte. »Vor allem seit ich von dir ein Kind bekomme.«

»Du glaubst mir nicht. Du denkst, das ist mein Pflichtbewusstsein, das aus mir spricht. Ich hätte das schon gesagt, als wir den See entdeckten. Aber da dachte ich, du brauchst mich nicht und hast in deinem Leben keinen Platz für mich.«

»Du dachtest, unsere Vereinbarung ist beendet, und das würde auch für deine Stellung als meine Eskorte gelten.«

»So könnte man es formulieren. Mein Gott, Sonia, in deiner Nähe zu sein und dich berühren zu dürfen, das war schier unerträglich für mich. Aber jeder Hinweis auf eine mögliche Verbindung zwischen uns an Bord des Schiffs hätte nur die Gerüchteküche zum Brodeln gebracht, nachdem wir in New Orleans an Land gegangen wären. Das Beste, was ich tun konnte, war, mich von dir fernzuhalten.«

»So magst du dir das gedacht haben«, gab sie zurück und sah ihn mit all dem Schmerz in ihren Augen an, den sie in den langen Wochen auf See ertragen hatte, »aber du hast mich nicht gefragt.«

Er machte den Mund auf, als wolle er sie auffordern, ihn wissen zu lassen, wie sie darauf geantwortet hätte, presste dann aber die Lippen wieder aufeinander. Schließlich griff er in die Tasche seines Gehrocks und zog ein Päckchen heraus, das in elfenbeinfarbenen Seidenbrokat gewickelt war. Einen Moment lang betrachtete er das Päckchen, dann hielt er es ihr hin.

»Was ist das?«, wollte sie wissen, während sie es entgegennahm.

»Mach es auf.« Seine Worte klangen schroff.

Vorsichtig wickelte sie den Gegenstand aus der Verpackung, bis sie einen mit Spitze besetzten und geschnitzten Elfenbeinstäbchen versehenen Seidenfächer in der Hand hielt, an dem eine Seidenquaste hing.

»An Bord der *Lime Rock* nahm ich deinen Fächer an mich. Wenn du möchtest, kannst du diesen hier als Ersatz dafür betrachten.«

Als sie zu ihm hochsah, standen ihr Tränen in den Augen. »Aber das ist ja ein Hochzeitsfächer.«

»Das sagte mir auch der alte Gentleman, der ihn mir verkaufte. Der Fächer kommt aus Spanien, wo Nonnen ihn gefertigt haben. Der Verkäufer sagte außerdem, falls ich daran interessiert sei, wäre das ein guter Anfang für einen Hochzeitskorb, den *corbeille de noce*, den ein Mann seiner Braut in Städten wie New Orleans überreicht.«

Anstrengung und Schmerz in seiner Stimme durchdrangen Sonias Traurigkeit. Sie betrachtete sein Gesicht und entdeckte die durch zu wenig Schlaf entstandenen Falten, die auch sie hatte. Und genauso sah sie den Schmerz der Ungewissheit.

Ihr kam es vor, als müssten die Liebe und das Mitgefühl in ihrem Inneren ihr Herz zerspringen lassen.

»Und warst du es?«, flüsterte sie. »Warst du interessiert?«

»Das war ich. Dann erinnerte ich mich daran, wie ich eines Morgens an Deck stand und zusah, wie dein Fächer im Wind flatterte, während ich ihn in der Hand hielt. Es schien, als wollte er vor mir fliehen, so wie du es gemacht hattest.«

»Und trotzdem hattest du ihn aufbewahrt.« Dieser Punkt war ihr wichtig.

»Bis ich ihn verlor, als ich nach dem Schiffbruch meine Jacke abstreifen musste.« Er schüttelte den Kopf. »Das Problem ist, dass du noch immer hier festgehalten wirst. Nicht ich bin hier gefangen.«

»Du meinst, ich sei hier gefangen, nur weil ich ein Kind bekommen werde?« Sie hob den Fächer aus der Verpackung, die sie auf das Geländer legte. Behutsam öffnete sie ihn, bis die zarte Schönheit der Spitze zu sehen war. Es war ein wundervoller Fächer, aber noch viel wundervoller war der Gedanke dahinter – und der damit verbundene Schwur.

Kerr Wallace nahm solche Dinge nicht auf die leichte Schulter, und das würde er auch nie tun. Und das galt auch für sie.

»Bist du es denn nicht? Dein Vater, deine Freundinnen, deine Bekannten – sie werden alle von dir erwarten, dass du heiratest. Ich wäre stolz und würde mich geehrt fühlen, an deiner Seite zu stehen, aber ich weiß nicht, ob du mich als deinen Ehemann willst oder du mich genauso wenig willst wie Rouillard.«

»Oh, Kerr«, sagte sie und verzog ihre Lippen zu einem Lächeln. »Jeder von uns ist in seinem Schicksal gefangen. Ob dieses Schicksal etwas Gehässiges und Böses oder etwas Gutes und Erfreuliches ist, das hängt davon ab, welche Entscheidungen wir treffen. Wirklich gefangen zu sein bedeutet, nie eine Wahl zu haben oder nie eine Wahl treffen zu können. Ich habe Alternativen, so ist es nicht. Hippolyte Ducolet würde mich vermutlich heiraten, wenn ich ihn frage, und er wäre ein angenehmer und anspruchsloser Ehemann. Ich könnte auch einige Jahre durch die Welt reisen und bei meiner Rückkehr behaupten, ich sei verwitwet. Ich könnte mein Kind auch in einem französischen Kloster zur Welt bringen und es zur Adoption freigeben. All diese Dinge würden bedeuten, dass ich anschließend in eine langweilige Ehrbarkeit zurückkehren müsste. Das will ich nicht und habe es auch nie gewollt. Ich traf meine Entscheidung in einem Tempel im mexikanischen Dschungel. O ja, ich gab dir wohlüberlegte Gründe, aber nie den einen, der mir am wichtigsten war. Die Wahrheit ist, ich wollte dich damals, und ich will dich jetzt. Ich wähle dich aus, mein Ehemann zu sein, Kerr Wallace. Auch wenn ich gern von Zeit zu Zeit nach New Orleans zurückkehren möchte, um meinen Vater und Tante Lily zu besuchen, will ich mit dir in Kentucky leben, um all die Dinge zu erleben, die du mir beschrieben hast. Ich will wirklich die Frau eines *Kaintuck* sein.«

Obwohl seinem Gesicht die unbändige Freude anzusehen war, lag immer noch ein Schatten über seinen Augen, als sei er nach wie vor nicht restlos überzeugt. Er machte einen Schritt nach vorn und legte ihr die Hände auf die Taille, um sie an sich zu ziehen. »Bist du dir ganz sicher?«

»Vollkommen sicher.«

»Trotz meines fürchterlichen Akzents?«

»Ich mag inzwischen deine Art zu sprechen, vor allem wenn du sagst ...« Sie flüsterte ihm die Worte ins Ohr, wobei sie sich eng an ihn schmiegte und in einer Hand den kostbaren Fächer hielt, während sie die andere an seinen Hinterkopf legte.

Er stöhnte leise und zog sie noch enger an sich, dann küsste er sie, als hinge sein Überleben davon ab, sie zu kosten, und verschmolz förmlich mit ihr. Sonia schlang ihm die Arme um den Hals und erwiderte jeden seiner Küsse. Sie drückte sich gegen ihn, wonach sie sich all die Wochen gesehnt hatte, in denen es ihr nicht möglich gewesen war, in seine Nähe zu kommen. Was sie nun nachholte, drohte über das hinauszugehen, was für ein frisch verlobtes Paar noch vertretbar schien.

»Mein Gott, Sonia«, flüsterte er, als er seine Lippen von den ihren nahm. »Wann können wir heiraten?«

Sie löste sich von ihm und bewegte den Fächer zwischen ihnen hin und her, um ihre glühenden Wangen ebenso zu kühlen wie ihren Hals, der rot angelaufen war. »Bald, *mon cher Kaintuck*«, sagte sie und lächelte ihn strahlend an. »Bald.«

Jennifer Blake

»Wenn man Jennifer Blake liest, fühlt man die Schwüle einer stillen Julinacht in den Sümpfen New Orleans und hat die überwältigende Würze der Südstaatenküche auf der Zunge.« **Chicago Tribune**

978-3-453-49006-2

978-3-453-49007-9

978-3-453-49008-6

Romane für Sie

Voller Romantik und Sinnlichkeit

978-3-453-58039-8

978-3-453-81159-1

978-3-453-81162-1

978-3-453-58038-1

HEYNE‹

Darlene Marshall

»Sexy, charmant, voller Esprit und unvergesslicher Figuren.«
Diana Gabaldon

»Fantastisch!«
Romantic Times Book Reviews

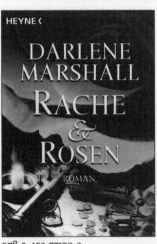

978-3-453-77170-3

Auch bei Heyne:

Samt und Säbel
978-3-453-77169-7